ein Ullstein Buch

ÜBER DAS BUCH:

»Die *Brücke über die Zeit*«, sagt Richard Bach von seinem Roman, der stark autobiographische Züge aufweist, »ist die Geschichte des einen großen Abenteuers, das schon zu allen Zeiten bestand.« Dieses Abenteuer ist die Suche nach der wahren Liebe. In Ichform erzählt der Autor von seiner immerwährenden Hoffnung, der Frau zu begegnen, die einzig und allein »sein Leben zum Leben erwecken« könnte. Er gerät in die Turbulenzen, die der sensationelle Welterfolg der *Möwe Jonathan* ihm beschert. Er genießt Reichtum und Ruhm und erlebt deren Schattenseiten. Die unsichtbaren Schutzmauern, mit denen er sich daraufhin umgibt, werden ihm zum Gefängnis. Und dann begegnet er der geistvollen, schönen und faszinierenden Frau, die ihn aus dem selbst errichteten Kerker befreien kann, und geht mit ihr auf eine Reise, die einen neuen Menschen aus ihm macht – eine magische Entdeckungsreise, auf der er der Liebe und Unsterblichkeit begegnet.

DER AUTOR:

Richard Bach, 1935 in Oak Park, Illinois, geboren, entdeckte seine Liebe zur Fliegerei bereits mit siebzehn Jahren. Mit achtzehn wurde er zum Jetpiloten ausgebildet. Er war Schauflieger und Fluglehrer und publizierte Hunderte von Aufsätzen über seinen mit Leidenschaft ausgeübten Beruf, bis er mit seinem ersten Buch, *Die Möwe Jonathan* (UB 20897), einen weltweiten Erfolg errang.

Richard Bach

Brücke über die Zeit

Roman

ein Ullstein Buch

ein Ullstein Buch
Nr. 22278
im Verlag Ullstein GmbH,
Frankfurt/M – Berlin
Titel der amerikanischen
Originalausgabe:
The Bridge Across Forever
Ins Deutsche übertragen
von Marion Zerbst

Ungekürzte Ausgabe

Umschlagentwurf:
Theodor Bayer-Eynck

Printed in Germany 1991
Druck und Verarbeitung:
Ebner Ulm
ISBN 3 548 22278 1

3. Auflage Januar 1992

Vom selben Autor
in der Reihe
der Ullstein Bücher:

Glück des Fliegens (20711)
Die Möwe Jonathan (20897)
Illusionen (22117)

Die Deutsche Bibliothek –
CIP-Einheitsaufnahme

Bach, Richard:
Brücke über die Zeit: Roman / Richard
Bach. [Ins Dt. übertr. von Marion Zerbst]. –
Ungekürzte Ausg., 3. Aufl. – Frankfurt/M;
Berlin: Ullstein, 1992
(Ullstein-Buch; Nr. 22278)
Einheitssacht.: The bridge across
forever <dt.>
ISBN 3-548-22278-1
NE: GT

Manchmal glauben wir, die Drachen der alten Märchen und Sagen seien längst ausgestorben und es gebe keine tapferen Ritter mehr und auch keine Prinzessin, die durch verborgene Wälder schwebt und Rehe und Schmetterlinge mit ihrem Lächeln verzaubert.

Manchmal haben wir den Eindruck, unsere Zeit biete uns kein unerforschtes Land und keine Abenteuer mehr. Das Schicksal – so meinen wir – liegt weit jenseits des Horizonts: ein leuchtender Schatten, der schon vor langer Zeit vorübergehuscht und verschwunden ist.

Wie schön, daß wir unrecht haben. Prinzessinnen, Ritter und Drachen, Zauberei, Geheimnisse und Abenteuer gibt es immer noch, jetzt und hier – ja, es hat auf der Welt niemals etwas anderes gegeben!

Natürlich stecken sie in unserem Jahrhundert in anderen Kleidern. Die Drachen tragen heute die Roben hoher Regierungsbeamter oder haben sich als Mißerfolge und Katastrophen verkleidet. Und die Dämonen unserer Gesellschaft stoßen kreischend auf uns herab, sobald wir es wagen, unseren Blick vom Boden zu erheben oder an einer Kreuzung rechts abzubiegen, obwohl man uns befohlen hat, nach links zu fahren. Der äußere Schein ist inzwischen so hinterlistig geworden, daß die Prinzessinnen und Ritter einander manchmal verborgen bleiben – ja, daß sie sich selbst nicht mehr erkennen.

Und doch erscheinen uns in unseren Träumen immer noch Lehrmeister, die uns die Wirklichkeit offenbaren. Sie verraten uns, daß wir den Schild, den wir zum Schutz gegen die Drachen brauchen, niemals verloren haben und daß wir von einer ungeheuren Spannung erfüllt sind, die uns dazu antreibt, die Welt nach unseren Wünschen zu verändern. Unsere Intuition flüstert uns zu (und sie hat recht): Wir sind nicht Staub, sondern Magie!

Diese Geschichte handelt von einem Ritter, der im Sterben lag, und der Prinzessin, die ihm das Leben gerettet hat. Sie erzählt von Schönheit und wilden Tieren, von Zauberbann und Festungen, von nur scheinbar existierenden Todesmächten und wirklich vorhandenen Lebenskräften. Und sie berichtet von dem einen Abenteuer, das wohl das allerwichtigste ist – ganz egal, in welchem Zeitalter wir leben.

Die Geschichte hat sich beinahe genauso abgespielt, wie ich sie niedergeschrieben habe. Ich habe die Reihenfolge der Ereignisse ein wenig verändert und einige Figuren aus mehreren tatsächlich existierenden zusammengesetzt. Die meisten Namen sind erfunden. Doch den Rest hätte ich mir beim besten Willen nicht ausdenken können, selbst wenn ich es versucht hätte; die Wahrheit ist zu unglaubhaft, um Fiktion zu sein.

Da Leser ihre Autoren durchschauen können, werden sie erkennen, was mich dazu getrieben hat, diese Worte niederzuschreiben. Doch manchmal – wenn das Licht aus einem ganz bestimmten Winkel einfällt – können Autoren auch ihre Leser durchschauen. Und in einem solchen Augenblick werde ich vielleicht dabei zusehen können, wie jemand mit seiner Geliebten dieser Geschichte folgt – und mich und meine Geliebte begleitet.

Richard Bach

1

Heute wird sie dabeisein.

Ich schaute aus dem Cockpit, blickte durch Wind, Propellerluftstrom und leichten Dunst hinunter auf die abgemähte Wiese, die ich angemietet hatte, und mein an dem offenen Gatter befestigtes FLY-$3-FLY-Schild, das von oben wie ein winziges Stück Zucker aussah.

An beiden Straßenseiten standen die Autos dichtgedrängt – etwa sechzig an der Zahl –, und entsprechend viele Menschen waren gekommen, um sich die Flugveranstaltung anzusehen. Vielleicht stand sie in diesem Augenblick unten; vielleicht war sie gerade angekommen. Ich lächelte bei diesem Gedanken. Vielleicht!

Ich nahm das Gas weg, zog die Nase des Fleet-Doppeldekkers höher und manövrierte ihn in einen überzogenen Flugzustand. Dann trat ich fest auf das Seitenruder, auf das linke Seitenruder, und riß den Steuerknüppel zurück.

Ich sah das Grün des Bodens, erntereife Getreide- und Sojabohnenfelder, Farmen und Wiesen schläfrig unter mir in der herbstlichen Mittagssonne liegen. Dann trudelte ich ab, und die Landschaft unter mir explodierte plötzlich, drehte sich blitzschnell im Kreise und wurde immer verschwommener und undeutlicher. Von unten mußte meine Maschine jetzt wie ein uraltes Fluggerät aussehen, über das der Pilot die Kontrolle verloren hat.

Die Nase meines Flugzeuges bewegte sich mit einem heftigen Ruck nach unten, und die Welt umwirbelte mich in einem farbigen Tornado, wickelte sich in immer atemberaubenderem Tempo um meine Schutzbrille.

Wie lange vermisse ich dich nun schon, meine Seelengefährtin, dachte ich, meine schöne, geliebte, weise, geheimnisvolle Geliebte? Heute endlich wird dich ein Zufall nach Russell in Iowa führen, er wird dich an der Hand nehmen und zu der Wiese dort unten leiten. Du wirst dich der Menschenmenge anschließen, ohne genau zu wissen, warum, und wirst neugierig die in der Luft herumwirbelnden leuchtenden Farben meines Flugzeugveteranen beobachten: ein Stück Geschichte, das immer noch lebendig ist.

Mein Doppeldecker schoß unter heftigem Rucken nach unten, und ich spürte das heftige Vibrieren des Steuerknüppels zwischen meinen Beinen. Der Tornado wurde von Sekunde zu Sekunde schneller und lauter und zog immer engere Kreise um mich.

Ich trudelte . . . bis . . . jetzt.

Ich schob den Steuerknüppel nach vorn, nahm den Fuß vom linken Seitenruder und trat hart auf das rechte Seitenruderpedal. Noch ein- oder zweimal tanzte die verschwommene Landschaft um mich herum, kam immer näher, immer schneller . . . Dann trudelte ich nicht mehr, sondern raste im Sturzflug direkt nach unten.

Heute wird sie hier sein, dachte ich, weil sie auch einsam ist, weil sie schon alles gelernt hat, was sie allein lernen wollte, weil es auf der Welt jemanden gibt, zu dem sie jetzt mit magischer Kraft hingeführt wird – und dieser Jemand fliegt im Augenblick diese Maschine.

Eine steile Kurve, Gas wegnehmen, Motor abschalten . . .

Der Propeller hörte auf, sich zu drehen, und ich steuerte im lautlosen Gleitflug dem Boden entgegen und stoppte direkt vor der Menschenmenge.

Ich werde sie auf den ersten Blick erkennen, dachte ich voller Vorfreude – ich werde sie sofort erkennen.

Männlein und Weiblein, ganze Familien, die Picknickkörbe dabeihatten, und Kinder mit Fahrrädern umringten das Flugzeug und schauten mich an. Auch zwei Hunde waren da.

Ich kletterte aus dem Cockpit, besah mir die Zuschauer und fand sie auf Anhieb sympathisch. Dann versuchte ich ihnen das Mitfliegen schmackhaft zu machen. Seltsam geistesabwesend hörte ich meine eigene Stimme, während ich gleichzeitig in der Menschenmenge nach *ihr* Ausschau hielt:

»Leute, seht euch Russell doch einmal von oben an, wie es inmitten der Felder von Iowa daliegt! Das ist für euch die letzte Gelegenheit, bevor die Schneefälle einsetzen! Kommt, steigt mit mir auf in das Reich der Vögel und Engel!«

Ein paar Leute lachten und applaudierten, wollten aber nicht als erste mitfliegen. Einige schauten mich mißtrauisch und fragend an, andere wieder erwartungsvoll und abenteuerlustig. Ich entdeckte auch ein paar hübsche Gesichter in der Menge, die mich mit einer Mischung aus Belustigung und Interesse musterten. Doch das Gesicht, das ich suchte, war nirgends zu entdecken.

»Ist so ein Flug auch wirklich nicht gefährlich?« fragte eine Frau. »Nach dem, was ich gerade gesehen habe, bin ich mir nicht so sicher, ob Sie ein Pilot sind, dem man sich anvertrauen kann!« Sie war von der Sonne gebräunt und schaute mich mit klaren braunen Augen an. Offensichtlich wollte sie, daß ich sie überzeugte.

»Völlig ungefährlich, meine Dame; Sie werden dabei ein Gefühl haben, als seien Sie auf Daunen gebettet. Diese gute, alte Fleet hat ja gerade erst siebenundvierzig Jahre auf dem

Buckel und wird schon noch einen Flug überstehen, ehe sie auseinanderfällt.«

Sie kniff entsetzt die Augen zusammen und sah mich erschrocken an.

»Keine Bange, ich habe nur ein Späßchen gemacht«, beruhigte ich sie. »Diese Maschine wird noch fliegen, wenn Sie und ich schon längst nicht mehr unter den Lebenden weilen, das garantiere ich Ihnen.«

»Ich wollte schon immer einmal in so einer Maschine fliegen«, meinte sie. »Ich glaube, jetzt ist es an der Zeit, es auszuprobieren . . .«

»Es wird Ihnen bestimmt gefallen.«

Ich drehte den Propeller, um den Motor anzuwerfen, und war dann der Frau beim Einstieg in das Cockpit und beim Anschnallen behilflich.

Unmöglich, dachte ich. Sie war wieder nicht dabei? Das konnte doch einfach nicht sein!

Tag für Tag war ich erneut davon überzeugt, daß es endlich soweit sein würde – und jedesmal irrte ich mich!

Bis Sonnenuntergang startete ich noch dreißigmal und plauderte während des Fluges mit meinen Passagieren, die dann allmählich nach Hause gingen – zum Abendessen und zu ihren Liebesnächten – und mich allein ließen.

Allein.

Existiert sie nur in meiner Phantasie?

Kurz bevor das Wasser kochte, nahm ich den Topf von meinem Lagerfeuer, schüttete Schokoladen-Milchpulver hinein und rührte mit einem Strohhalm um. Dabei führte ich mit gerunzelter Stirn Selbstgespräche.

»Es ist idiotisch von mir, sie hier draußen zu suchen.«

Ich steckte eine Zimtrolle, die noch von letzter Woche stammte, auf einen Stock und röstete sie über der Glut.

Was ist das schon für ein Abenteuer, in den siebziger Jahren immer noch mit einem alten Doppeldecker von Dorf zu Dorf zu ziehen und Flugkunststücke vorzuführen, sinnierte ich. Ursprünglich waren gewisse Risiken und Ungewißheiten damit verbunden gewesen, die der Sache einen bestimmten Reiz verliehen. Doch inzwischen bin ich mit allem so vertraut, daß ich nicht gefährdeter bin als ein Foto in einem Album. Nach dem hundertsten Trudeln kann man es mit geschlossenen Augen ausführen. Allerdings bezweifle ich allmählich, nachdem ich nun schon die tausendste Menschenmenge abgesucht habe, daß man Seelengefährtinnen auf Stoppelfeldern finden kann.

Ich verdiene zwar genug Geld, da es immer genügend Leute gibt, die mitfliegen wollen. Verhungern werde ich also wohl nicht, aber ich lerne auch nichts Neues dazu und entwickle mich nicht weiter.

Es ist schon zwei Jahre her, daß dies zum letztenmal wirklich der Fall war. Damals hatte ich im Sommer auf einem Feld einen weißgoldenen Travel-Air-Doppeldecker entdeckt, der auch einem von Dorf zu Dorf ziehenden Kunstflieger gehörte. Ich war dort gelandet und hatte Donald Shimoda kennengelernt – den pensionierten Messias, den ehemaligen Retter der Welt. Wir wurden Freunde, und er vertraute mir in diesen letzten Monaten seines Lebens ein paar von den Geheimnissen seiner seltsamen Berufung an.

Aus dem Tagebuch, das ich in jener Zeit führte, wurde ein Manuskript, das ich dann an einen Verlag schickte, der es vor kurzem dann als Buch herausbrachte.

Die meisten Dinge, die Shimoda mir beibrachte, übte ich gründlich, weswegen mir dann selten neue Situationen begegneten, die mich auf eine Probe stellten. Doch das Seelengefährtinnen-Problem konnte ich beim besten Willen nicht lösen.

Plötzlich hörte ich ein leises Knirschen am Rumpfende der Fleet und Schritte, die durchs Gras huschten. Als ich mich umwandte, herrschte sofort wieder Stille. Doch dann bewegte sich das unbekannte Wesen erneut behutsam vorwärts und schlich sich immer näher an mich heran.

Ich starrte in die Dunkelheit. »Ist dort wer?« rief ich. Sollte es sich am Ende um einen Panther oder einen Leoparden handeln? Nein, das war nicht gut möglich, denn hier in Iowa gab es die schon nicht mehr seit ...

Und wiederum war da dieses befremdliche Geräusch in der Nacht. Das konnte nur ein Timberwolf sein!

Hastig griff ich nach meinem Werkzeugkasten und wühlte nach einem Messer oder einem großen Schraubenschlüssel – doch es war schon zu spät, denn in diesem Augenblick erschien hinter dem Rad des Flugzeugs eine schwarzweiße Banditenmaske. Glänzende Augen musterten mich prüfend, und eine pelzige Nase mit Schnurrhaaren schnüffelte forschend nach meinem Lebensmittelbehälter.

»Na so was ... hallo ...«, rief ich. »Willkommen!« Ich mußte lachen, weil mein Herz so klopfte, und tat so, als sei ich gerade dabei, den Schraubenschlüssel beiseite zu legen.

Im Mittelwesten kommt es häufiger vor, daß verwaiste Waschbärenbabys von Menschen aufgezogen und dann, wenn sie etwa ein Jahr alt sind, wieder in die Freiheit entlassen werden. Doch im Grunde genommen bleiben sie dann immer Haustiere.

Es ist doch schließlich nichts dabei, wenn ich raschelnd des Nachts durch die Felder streife und bei einem Camper vorbeischaue, um ihn zu fragen, ob er nicht vielleicht eine leckere Kleinigkeit für mich zum Knabbern hat – oder?

»Aber nein, natürlich nicht ... komm ruhig her, du kleiner Bursche! Hast du Hunger?«

Mir wäre nach irgend etwas Süßem zumute, ein Stück Schokolade vielleicht oder ... Marshmallows? – Schwindle nicht, ich rieche, daß du welche hast ... Der Waschbär stellte sich einen Augenblick lang auf die Hinterbeine, witterte mit bebenden Nasenflügeln in die Richtung, aus der der verlockende Duft kam, und sah mich dann an. *Die restlichen Marshmallows würden mich zum glücklichsten Waschbären der Welt machen – vorausgesetzt natürlich, daß du sie nicht selbst essen willst.*

Ich streckte ihm die Marshmallow-Tüte hin und schüttete ein Häufchen der süßen Würfelchen auf mein zusammengerolltes Bettzeug. »Da ... komm her.«

Der kleine Bär begann sich geräuschvoll seinem Mahl zu widmen. Er stopfte Marshmallows in sich hinein und mampfte mit feinschmeckerischer Zufriedenheit vor sich hin.

Von meinem selbstgebackenen Pfannenbrot hatte er schon nach einem halben Bissen genug. Die Marshmallows jedoch fraß er auf, bewältigte auch noch den größten Teil meiner Frühstücksflocken mühelos und schlabberte das Wasser auf, das ich ihm in einen Topf goß. Danach blieb er noch eine Zeitlang sitzen und schaute ins Feuer. Schließlich schnüffelte er mir zu, er müsse nun weiter.

»Nett, daß du vorbeigekommen bist«, sagte ich. »Vielleicht sehen wir uns einmal wieder?«

Er schaute mich mit seinen schwarzen Augen feierlich an. *Danke für das Abendessen. Du bist kein schlechter Mensch. Ich komme morgen abend wieder vorbei. Übrigens: Dein Pfannenbrot schmeckt abscheulich.*

Und damit trottete der haarige Geselle davon. Der schwarzweiß geringelte Schwanz verschwand im Dunkel, die knisternden Schritte im Heu wurden immer leiser, und ich war wieder allein mit meinen Gedanken und der Sehnsucht nach meiner Geliebten.

Immer wieder kehren meine Gedanken zu ihr zurück.

Sie ist nicht unerreichbar, dachte ich, ich erwarte nicht zuviel, wenn ich auf sie hoffe!

Was würde Donald Shimoda sagen, wenn er heute abend mit mir unter dieser Tragfläche säße und wüßte, daß ich sie noch immer nicht gefunden habe?

Ich kann mir vorstellen, was er sagen würde: irgend etwas

ganz Naheliegendes. Das Seltsame an seinen Geheimnissen war, daß sie stets sehr einfach waren.

Wenn ich ihm nun erzählen würde, daß meine Suche nach ihr erfolglos geblieben war, würde er nachdenklich seine Zimtrolle betrachten, als sei von ihr eine Inspiration zu erwarten. Er würde sich mit den Fingern durch das schwarze Haar fahren und sagen: »Du fliegst mit dem Wind von Stadt zu Stadt, Richard; ist dir schon einmal der Gedanke gekommen, daß du sie auf diese Weise nicht finden, sondern nur verlieren kannst?«

Ganz einfach. Und dann würde er wortlos auf meine Antwort warten.

Und ich würde erwidern: »Okay. Von Horizont zu Horizont zu fliegen ist nicht die richtige Methode. Ich geb's auf. Und nun sag' mir: Wie soll ich sie finden?«

Er würde – verärgert, weil ich diese Frage ihm stellte und nicht mir selbst – die Augen zusammenkneifen. »Bist du eigentlich glücklich, Richard?« würde er mich fragen. »Tust du in diesem Augenblick wirklich das, was dir am allerwichtigsten ist?«

Normalerweise hätte mir die Gewohnheit die Antwort in den Mund gelegt: »Ja, natürlich bin ich glücklich – natürlich führe ich genau das Leben, das mir gefällt.«

Doch wenn Donald mir in der Kälte der heutigen Nacht dieselbe Frage gestellt hätte, hätte ich anders reagiert. Irgend etwas in mir hatte sich verändert. *Tue ich im Augenblick wirklich das, was mir am wichtigsten ist?*

»Nein!«

»Was für eine Überraschung!« hätte Shimoda gesagt. »Und was hat das deiner Ansicht nach zu bedeuten?«

Ich blinzelte, schüttelte die Phantasievorstellung ab und sprach jetzt laut vor mich hin. »Das heißt, daß ich es satt habe, von Dorf zu Dorf zu ziehen und die Leute mit meinen Flugkunststückchen zu unterhalten! Dieses Lagerfeuer hier wird mein letztes sein; der kleine Junge aus Russell, mit dem ich heute durch die Abenddämmerung geflogen bin, war mein letzter Passagier!«

Ich sprach es noch einmal aus, um zu prüfen, wie es sich anhörte: »Ich habe es satt, von Dorf zu Dorf zu ziehen!«

Langsam breitete sich ein seltsam ruhiges Gefühl des Schrekkens in mir aus. Gleichzeitig schwirrten mir hundert Fragen durch den Kopf.

Einen Augenblick lang kostete ich diese neue Empfindung der Ungewißheit aus: Was soll ich jetzt tun? Was wird aus mir werden?

Nun, da es mit der beruflichen Sicherheit der Flugveranstaltungen endgültig vorbei war, überkam mich ein ganz neues, überraschendes Gefühl der Freude. Es durchlief mich wie eine kühle, erfrischende, aus tiefstem Meeresgrund kommende Welle: Ich wußte nicht, was ich tun sollte!

Man sagt, wenn eine Tür zufällt, öffnet sich dafür eine andere. Ich sehe vor mir meine Tür mit der Aufschrift: »FLUGVERANSTALTUNGEN IN DER PROVINZ«, die gerade ins Schloß gefallen ist; hinter ihr sind Kisten und Schachteln voller Abenteuer aufgestapelt. Sie haben mich zu dem Menschen gemacht, der ich im Augenblick bin. Doch nun ist es an der Zeit, weiterzugehen. Nur: Wo ist die Tür, die sich mir laut Sprichwort gerade aufgetan hat?

Was würdest du dir sagen, falls deine Seele jetzt bereits eine höhere Entwicklungsstufe – wenn auch keine so hohe wie die Shimodas – erreicht hätte? fragte ich mich.

Einen Augenblick später wußte ich bereits die Antwort.

Schau' dir einmal ganz genau deine Umgebung an, Richard, und dann überlege dir: *Was stimmt an diesem Bild nicht?*

Ich schaute mich in der Dunkelheit um. Mit dem Himmel war alles in Ordnung. Tausend Lichtjahre über mir sandten die Sterne ihre diamantenen Explosionen aus, und ich durfte mir dieses Feuerwerk von einem sicheren Ort aus ansehen – was konnte daran schon verkehrt sein? Und was war an einem so robusten und zuverlässigen Flugzeug wie meiner Fleet auszusetzen, die mich jederzeit an jeden beliebigen Ort brachte? Nichts.

Jetzt weißt du, was an dem Bild nicht stimmt, dachte ich plötzlich. *Sie ist nicht bei dir!* Und du wirst jetzt daran gehen, diesen unhaltbaren Zustand zu ändern.

Langsam, Richard, ermahnte ich mich selbst. Bitte tu' nur dieses eine Mal etwas, was ganz und gar uncharakteristisch für dich ist: Denk' erst einmal nach. Und zwar gründlich. Überstürze nichts. Bitte nicht.

Und tatsächlich: Es lauerte noch eine weitere Frage in der Dunkelheit – eine, die ich Donald Shimoda nicht gestellt und die er mir nicht beantwortet hatte.

Woran liegt es, daß gerade die geistig und seelisch fortgeschrittensten Menschen, deren Lehren – zu Religionen entstellt – schon seit Jahrhunderten fortwirken, stets einsam waren?

Warum standen ihnen niemals strahlende Ehefrauen oder -männer, niemals wunderbare, ebenbürtige Partner zur Seite, mit denen sie ihre Abenteuer teilen und die sie lieben konnten? Diese wenigen Auserwählten, die wir so bewundern, waren zwar stets von Schülern und Neugierigen umringt, und man flehte sie um Heilung und Erleuchtung an. Doch wie oft hatten sie ihre Seelengefährtinnen, ihre herrlichen, mächtigen Geliebten bei sich? Manchmal? Hin und wieder?

Ich schluckte, denn meine Kehle war plötzlich trocken.

Nie.

Die Menschen, die geistig am höchsten stehen, dachte ich, sind am einsamsten!

Über mir zog der frostige Herbsthimmel seine Bahn – langsam und unerschütterlich wie ein Uhrwerk.

Haben diese vollkommenen Menschen keine Seelengefährten, weil sie bereits über alle menschlichen Bedürfnisse hinausgewachsen sind?

Blau schimmerte die Wega im Sternbild der Leier, doch sie gab mir keine Antwort.

Selbst wenn ich noch viele Existenzen durchlebte, würde Vollkommenheit wohl kaum mein Problem sein: Ich wäre immer noch weit von ihr entfernt. Doch schließlich sollten die Menschen, die sie erreicht haben, uns auf den richtigen Weg führen. Lautete ihre Antwort: Sucht nicht nach Seelengefährten, weil es keine gibt?

Zögernd zirpten die Grillen: Vielleicht... vielleicht...

An der unüberwindlichen Mauer dieses Problems zerbrach mein Abend. »Wenn die Vollkommenen dieser Welt das gesagt haben«, brummte ich vor mich hin, »dann haben sie unrecht.«

Ich fragte mich, ob *sie* wohl meiner Meinung wäre – ganz gleich, wo sie sich in diesem Augenblick befand. Haben sie unrecht, meine geliebte Unbekannte?

Doch wo immer sie auch war – sie antwortete mir nicht.

Am nächsten Morgen, als der Reif von den Tragflächen abgetaut war, hatte ich Motorplane, Werkzeugkasten, Nahrungsmittelbehälter und Kocher bereits ordentlich auf meinem Vordersitz verstaut. Ich setzte die Kabinenhaube auf und befestigte sie. Den Rest meiner Frühstücksflocken ließ ich für den Waschbären zurück.

Im Schlaf hatte ich die Antwort auf meine Frage gefunden: Jene hochentwickelten, vollkommenen Menschen können vorschlagen und andeuten, was sie wollen; doch *ich selbst* entscheide, was ich tue. Und ich habe beschlossen, mein Leben nicht allein zu verbringen!

Ich zog meine Handschuhe an, drehte zum letztenmal den Propeller, um den Motor anzuwerfen, und machte es mir im Cockpit bequem.

Was täte ich, wenn ich sie jetzt plötzlich über diese Wiese gehen sähe? Ein törichter Impuls – ein seltsamer Schauer im

Nacken – veranlaßte mich, mich umzuwenden und nachzusehen, ob sie da war.

Die Wiese war leer.

Die Fleet hob mit dröhnendem Motorengeräusch vom Boden ab. Ich flog nach Osten und landete auf dem Kankakee-Flughafen in Illinois. Binnen einer Stunde hatte ich das Flugzeug für elftausend Dollar in bar verkauft. Ich stopfte das Geld zwischen mein zusammengeschnürtes Bettzeug.

Dann war ich noch eine Minute, die mir sehr lang vorkam, mit meinem Doppeldecker allein. Ich legte ihm die Hand auf den Propeller, bedankte mich bei ihm, sagte ihm Lebewohl und verließ rasch die Flugzeughalle, ohne mich noch einmal umzuwenden.

An den Erdboden gefesselt, reich und heimatlos, lief ich durch die Straßen eines Planeten mit vier Billionen und fünfhundert Millionen Einwohnern. Von nun an würde ich mich ausschließlich auf die Suche nach der einen Frau konzentrieren, die es – wenn man den wertvollsten Menschen, die je gelebt haben, Glauben schenken wollte – gar nicht gab.

2

Alles, was uns verzaubert, leitet und schützt uns gleichzeitig auch. Wenn wir von irgendeiner Leidenschaft besessen sind – Segelboote, Flugzeuge, Ideen –, ebnet ein mächtiger Zauber uns den Weg, hebt alle Regeln auf, beseitigt alle Unstimmigkeiten und trägt uns mit sich – über Abgründe, Ängste und Zweifel hinweg. Ohne die Macht dieser Liebe . . .

»Was schreiben Sie denn da?« Sie sah mich verblüfft und fragend an, als habe sie noch nie einen Fahrgast in einem Bus nach Florida mit Füller und Notizbuch hantieren sehen.

Wenn jemand mit Fragen in mein Privatleben eindringt, gebe ich ihm manchmal eine Antwort, die überhaupt nichts erklärt, um ihn einzuschüchtern und zum Schweigen zu bringen.

»Ich schreibe einen Brief an den Jungen, der ich vor zwanzig Jahren war. Die Überschrift lautet: *Ich wollte, ich hätte das schon gewußt, als ich noch so jung war wie du.*«

Trotz meines Mißmuts fand ich es angenehm, ihr Gesicht zu betrachten. In ihm malten sich Neugier und die Entschlossenheit, diese Neugier zu befriedigen. Sie hatte unergründliche braune Augen; ihre Haare waren ein dunkler, sorgfältig gebürsteter Wasserfall.

Sie ließ sich durch meine Antwort nicht einschüchtern. »Lesen Sie mir den Brief vor«, bat sie.

Ich las den letzten Abschnitt bis zu jenem Satz, bei dem sie mich unterbrochen hatte.

»Ist das wahr?« fragte sie.

»Nennen Sie mir etwas, was Sie geliebt haben«, forderte ich sie auf. »Nicht nur gemocht – das zählt nicht. Was war Ihre einzige, überwältigende, unbezähmbare Leidenschaft?«

»Pferde«, antwortete sie, ohne zu zögern. »Ich liebte Pferde.«

»Und wenn Sie bei Ihren Pferden waren – hatte die Welt dann ganz andere Farben als sonst?«

Sie lächelte. »Oh, ja. Dann war ich die Königin von Süd-Ohio. Meine Mutter mußte mich mit einem Lasso aus dem Sattel holen, um mich zum Nachhausegehen zu bewegen. Angst hatte ich nie. Ich spürte das große, kräftige Pferd unter mir – Sandy hieß es –, es war mein *Freund,* und ich hatte das Gefühl, niemand könne mir wehtun, solange es da war! Ich liebte Pferde. Ich liebte Sandy.«

Ich dachte schon, sie sei am Ende ihres Berichtes angelangt, da fügte sie noch hinzu: »Heute kenne ich dieses Gefühl gar nicht mehr. Es gibt nichts mehr, was mich dermaßen begeistern könnte.«

Ich gab keine Antwort, und sie versank in ihren Erinnerungen an Sandy. Ich wandte mich wieder meinem Brief zu.

Ohne die Macht dieser Liebe sind wir nur noch träge dahintreibende Boote auf dem windstillen Meer der Langeweile; und dieses Meer ist tödlich.

»Wie wollen Sie einen Brief an eine Adresse schicken, die schon seit zwanzig Jahren nicht mehr existiert?« fragte sie mich.

»Ich weiß es nicht.« Ich beendete meinen Satz. »Aber wäre es nicht schrecklich, wenn wir eines Tages lernen würden, wie man Gegenstände und Botschaften in die Vergangenheit schickt – und nichts zu schicken hätten? Na also. Deshalb habe ich mir gedacht, daß ich das Paket erst einmal packe. Hinterher kann ich mir immer noch Gedanken über das Porto machen.«

Wie oft hatte ich in meinem Leben schon gedacht: Schade, daß du das nicht schon mit zehn Jahren wußtest. – Oh, wenn du das doch nur schon als Zwölfjähriger gelernt gehabt hättest! – Oder: Was für eine Zeitverschwendung, das erst nach zwanzig Jahren zu verstehen!

»Was ist denn Ihr Ziel?« fragte sie mich.

»Sie meinen, in geographischer Hinsicht?«

»Ja.«

»Ich will dem Winter entfliehen«, sagte ich. »Nach Süden fahren. Irgendwohin ins Landesinnere Floridas.«

»Und was haben Sie da vor?«

»Ich bin mir noch nicht ganz sicher. Ich treffe mich dort mit einer Freundin; aber ich weiß nicht genau, wo sie ist.« Das war die Untertreibung des Tages.

»Sie werden sie finden.«

Ich lachte über diese Antwort und blickte sie an: »Wissen Sie überhaupt, was Sie da behaupten?«

»Ja.«

»Dann erklären Sie es mir bitte.«

»Nein.« Sie lächelte geheimnisvoll. Ihre leuchtenden Augen waren sehr dunkel, beinahe schwarz. Sie hatte eine glatte, walnußfarbene Haut und noch keine Falten, keinen charakteristischen Zug, der Rückschlüsse auf ihre Persönlichkeit zugelassen hätte. Sie war so jung, daß ihr Gesicht noch nicht ausgeprägt war.

»Sie haben recht«, lächelte ich zurück.

Der Bus brauste den Highway entlang. Farmen und Landschaften in Herbstfarben zogen an uns vorüber.

Wer war diese Unbekannte neben mir? War sie das Lächeln des Alls über meine Ängste – ein Zufall, den das Schicksal mir gesandt hatte, um meine Zweifel zu zerstreuen? Vielleicht.

Alles war möglich. Sie konnte auch Shimoda sein, der sich hinter einer Maske verborgen hatte.

»Fliegen Sie eigentlich auch?« fragte ich sie daher ganz beiläufig.

»Säße ich dann in diesem Bus? Schon der Gedanke ans Fliegen macht mich nervös! Flugzeuge!« Sie erschauderte und schüttelte den Kopf. »Ich hasse das Fliegen.« Sie öffnete ihre Handtasche. »Macht es Ihnen etwas aus, wenn ich rauche?«

Ich zuckte zusammen und rückte ein wenig von ihr ab. Es war eine Reflexbewegung.

»Ob es mir etwas ausmacht? *Eine Zigarette?* Bitte nicht...« Ich versuchte es ihr begreiflich zu machen, ohne sie zu verletzen. »Sie wollen doch nicht allen Ernstes... *Rauch* in dieses kleine bißchen Luft blasen, das uns zur Verfügung steht? Mich, der Ihnen nichts getan hat, dazu zwingen, *Rauch* einzuatmen?« Wenn sie Shimoda wäre, dachte ich, wäre sie inzwischen wohl schon dahintergekommen, was ich von Zigaretten halte.

Sie erstarrte bei meinen Worten.

»Es tut mir leid«, sagte sie schließlich. Sie nahm ihre Handtasche und setzte sich von mir weg. Ihre Frage tat ihr leid; gleichzeitig war sie verletzt und ärgerlich.

Schade. Sie hatte so schöne dunkle Augen.

Ich nahm meinen Füller wieder zur Hand, um meinen Brief an den Jungen zu beenden, der ich vor Jahren einmal gewesen war. Doch was konnte ich ihm schon darüber erzählen, wie man seine Seelengefährtin findet? Zögernd verharrte die Feder über dem Papier.

Ich war in einem von einem Zaun umgebenen Haus aufgewachsen. In dem Zaun befand sich ein weißes Tor, in dessen Holz unten zwei große, runde Löcher gebohrt worden waren, damit der Hund hinaussehen konnte. Eines Nachts, als ich sehr spät von einer Tanzveranstaltung meiner Schule zurückkam – der Mond stand schon hoch am Himmel –, blieb ich plötzlich vor dem Tor stehen und berührte es mit der Hand. Dann sprach ich – so leise, daß nicht einmal der Hund es hören konnte – zu mir selbst und der Frau, die ich eines Tages lieben würde: »Ich weiß nicht, wo du bist; aber ich weiß, daß du in diesem Augenblick irgendwo auf diesem Planeten lebst. Eines Tages werden wir beide dieses Tor genau an der Stelle berühren, an der ich es jetzt berühre. Dann werden wir durch das Tor hindurchgehen. Wir werden von Zukunft und Vergangenheit erfüllt sein, und wir werden einander so viel bedeuten wie kein anderes liebendes Paar. Wir können uns jetzt noch nicht begegnen – ich weiß nicht, warum. Doch eines Tages werden unsere Fragen sich in Antworten verwandeln, und etwas unsagbar Strahlendes und Schönes wird uns gefangennehmen... Und jeder Schritt, den ich gehe, bringt mich ein Stückchen vorwärts auf jener Brücke, die wir überqueren müssen, um zueinander zu gelangen. Hoffentlich dauert es nicht zu lange...«

Ich habe schon so viele Erlebnisse aus meiner Kindheit vergessen, doch die Worte, die ich damals an dem Tor sprach, sind mir noch genau in Erinnerung.

Und was kann ich dem kleinen Dick nun über diese Frau erzählen? Lieber Dick! Stell' dir vor, inzwischen sind schon zwanzig Jahre vergangen, und ich bin immer noch allein...

Ich legte das Notizbuch beiseite und sah aus dem Fenster, ohne etwas wahrzunehmen. Sicherlich hat dein unermüdliches Unterbewußtsein inzwischen Antworten für den kleinen Jungen wie auch für dich gefunden, dachte ich, nachdem ich eine Weile hinausgestarrt hatte.

Es waren jedoch nur Ausreden. Es ist schwer, die richtige Frau zu finden, Richard! flüsterte es mir zu. Du bist nicht mehr so formbar, wie du einmal warst, du hast das Stadium der Aufgeschlossenheit bereits hinter dir. Und die Dinge, die du zu deinem Glauben erhoben hast, für die du sterben würdest, kommen den meisten Menschen seltsam oder gar verrückt vor...

Meine Geliebte, dachte ich, muß – unabhängig von mir – genau zu den gleichen Einsichten gelangt sein wie ich: daß diese Welt nicht im entferntesten so ist, wie sie zu sein scheint, daß alles, worauf wir unsere Gedanken konzentrieren, sich in unserem Leben verwirklichen wird und daß Wunder gar nicht wunderbar, sondern etwas Selbstverständliches sind. Wir werden niemals miteinander auskommen, es sei denn ... Ich blinzelte bei dieser plötzlichen Erkenntnis: *Sie muß genauso sein wie ich!*

An körperlicher Schönheit sollte sie mich natürlich übertreffen, denn ich liebe die Schönheit. Ansonsten aber hat sie so zu sein wie ich, muß meine Vorurteile ebenso teilen wie meine Leidenschaften. Ich kann mir nicht vorstellen, ein gemeinsames Leben mit einer Frau zu beginnen, die immerzu raucht und überall Asche hinterläßt. Wenn sie Parties, Cocktails oder Drogen braucht, um glücklich zu sein, wenn sie sich vor Flugzeugen oder vor irgend etwas anderem fürchtet, wenn sie nicht ein sehr großes Selbstvertrauen und Sinn für Abenteuer besitzt, wenn sie nicht über die Albernheiten lachen kann, die ich als Humor bezeichne – dann wird nichts daraus. Solange wir Geld haben, muß sie bereit sein, es mit mir zusammen auszugeben, sobald wir keines mehr haben, muß sie sich mit unseren gemeinsam ausgesponnenen Phantasien begnügen. Sie muß Waschbären mögen ... Oh, Richard, das wird nicht leicht sein. Doch wenn sie die obigen Bedingungen – und noch viele andere – nicht erfüllt, tust du besser daran, allein zu bleiben.

Während wir im höchsten Gang den Highway 65 zwischen Louisville und Birmingham entlangdröhnten, fertigte ich auf den hinteren Blättern meines Notizbuches eine Liste an: *Die perfekte Frau.* Wie lang meine Liste wurde, läßt sich daran ermessen, daß der Bus in der Zwischenzeit dreihundert Meilen zurücklegte. Als ich auf Seite neun angelangt war, beschlich mich allmählich ein Gefühl der Entmutigung. Jeder der Punkte, die ich niederschrieb, war wichtig, war ein Muß. Und doch konnte niemand solchen Ansprüchen – ja, nicht einmal ich selbst –, konnte diesen Anforderungen genügen!

Plötzlich schossen mir wie ein grausamer Konfettiregen tausend objektive Einsichten durch den Kopf: Noch ehe meine Seele eine höhere Entwicklungsstufe erreicht hat, werde ich bereits für jede Partnerschaft verdorben sein; und wenn ich mich tatsächlich weiterentwickle, wird es noch viel schlimmer!

Je erleuchteter wir werden, desto weniger kann uns irgend jemand gerecht werden. Je mehr wir lernen, desto mehr sollten wir uns mit dem Gedanken befreunden, einsam zu bleiben.

Diese Sätze brachte ich so rasch zu Papier, wie ich nur schreiben konnte. In die noch verbleibende leere Zeile auf der letzten Seite setzte ich – halb unbewußt – die Worte: »Das gilt selbst für mich.«

Doch sollte ich deshalb meine Liste abändern? Mein Urteil revidieren? Es in Ordnung finden, wenn sie rauchte, Flugzeuge haßte oder hin und wieder einen unwiderstehlichen Drang nach Kokain verspürte?

Nein. Das wäre nicht richtig.

Inzwischen war die Sonne untergegangen und die Dunkelheit hereingebrochen. Ich wußte, daß dort draußen in der Schwärze der Nacht rechts und links des Highways kleine Farmen und winzige viereckige Felder lagen, auf denen nicht einmal meine Fleet landen konnte.

Niemals erwacht in dir ein Wunsch
ohne die Kraft, ihn zu verwirklichen.

Ach ja, *Das Handbuch des Messias,* dachte ich, wo mag es sich jetzt wohl befinden? Höchstwahrscheinlich war es samt dem Unkraut am Feldrand, in das ich es an Shimodas Todestag geworfen hatte, untergepflügt worden. Es hatte sich immer genau an der Stelle geöffnet, deren Lektüre für den Leser im Augenblick am notwendigsten war. Ich habe es einmal als Zauberbuch bezeichnet, und Shimoda war ärgerlich darüber gewesen. »Du kannst die Antworten, die du suchst, überall finden«, hatte er gesagt. »Sogar in einer Zeitung vom letzten Jahr. Wenn dich irgendeine Frage bewegt, schließe die Augen, konzentriere dich auf sie und berühre irgend etwas Geschriebenes – dann hast du die Antwort.«

An bedrucktem Papier führte ich lediglich einen schon ziemlich ramponierten Fahnensatz des Werkes, das ich über Shimoda geschrieben hatte, im Bus mit mir. Das war die letzte Möglichkeit für den Autor, noch Korrekturen vorzunehmen, sich etwa daran zu erinnern, daß man »Diesel« mit »ie« schreibt – und meine letzte Gelegenheit, darüber nachzudenken, ob ich mein Buch wirklich als einziges in der Geschichte der englischsprachigen Literatur mit einem Komma am Schluß enden lassen wollte.

Ich legte den Text auf meinen Schoß, schloß die Augen und stellte meine Frage. Wie soll ich die eine, liebste, vollkommenste Frau finden? Ich konzentrierte mich auf die Frage, ließ sie hell in meinem Gehirn aufleuchten, steckte dann meinen Finger irgendwo zwischen die Seiten und schlug die Stelle auf. Mein Finger ruhte auf dem Wort »treten«.

»Soll etwas in dein Leben treten,
so stelle dir vor, es sei bereits da.«

Es lief mir eiskalt den Rücken hinunter. Das hatte ich schon lange nicht mehr praktiziert. Ich hatte vergessen, wie gut es funktioniert.

Ich blickte auf die Fensterscheibe, in der sich als nächtlicher Spiegel trübe die Beleuchtung meines Sitzes spiegelte, und hoffte dabei, auch das Spiegelbild meiner Seelengefährtin zu entdecken. Ein vergebliches Hoffen. Ich hatte noch niemals eine Seelengefährtin gesehen und wußte beim besten Willen nicht, wie ich sie mir vorstellen sollte. Sollte ich im Geiste ihr äußeres Erscheinungsbild vor mir sehen, als sei sie ein Gegenstand? Etwa: Sie ist so und so groß und trägt lange dunkle

Haare, ihre Augen besitzen die Farbe des Meeres und des Himmels und verstehen zu verzaubern, ihr Reiz bleibt sich nie gleich, sondern wandelt sich von Stunde zu Stunde?

Oder sollte ich mir ihre Eigenschaften vorstellen? Eine schillernde Vorstellungskraft... eine Intuitionsgabe, die auf der Erinnerung an hundert frühere Existenzen beruht... kristallklare Aufrichtigkeit, eiserne, furchtlose Entschlossenheit? Wie sollte ich mir solche Eigenschaften bildlich vorstellen?

Heute fällt mir so was leicht, doch damals war es noch nicht so einfach für mich. Bilder flackerten in meiner Phantasie auf und verschwanden gleich darauf wieder, obwohl ich wußte, daß die in meinem Geist auftauchenden Vorstellungen klar und deutlich sein mußten, wenn sie zum Leben erwachen sollten.

Wieder versuchte ich verzweifelt, sie vor mir zu sehen, konnte jedoch nur Schatten erkennen, Schemen, die kaum in mein Bewußtsein drangen. Normalerweise vermochte ich mir alles, was meine Phantasie sich zu erträumen wagte, bis ins kleinste Detail vorzustellen, doch von dieser einen Frau, die zum wichtigsten Menschen in meinem Leben werden sollte, konnte ich mir nicht einmal ein ungefähres Bild machen.

Noch ein letztes Mal versuchte ich sie zu sehen, sie mir dort draußen in der Dunkelheit vorzustellen.

Nichts. Ich sah nur Dunkelheiten, die sich in jeder Kurve verschoben. Sonst nichts.

Ich kann mir einfach nicht vorstellen, wer sie ist!

Nach einer Weile gab ich es auf.

Es ist immer dasselbe mit den übersinnlichen Kräften: Wenn man sie wirklich einmal braucht, haben sie garantiert gerade etwas anderes vor.

Kaum war ich – todmüde von der Fahrt und von den Strapazen, die ich meinem Vorstellungsvermögen zugemutet hatte – im Bus eingeschlafen, da wurde ich von einer inneren

Stimme aufgerüttelt. Sie erschreckte mich so, daß ich schlagartig hellwach war.

»HEY, RICHARD. Wenn dir dadurch wohler wird, dann hör' mir zu! Du suchst die eine Frau, die für dich bestimmt ist? Deine Seelengefährtin? *Du kennst sie schon!*«

3

Um 8.40 Uhr morgens stieg ich aus – irgendwo mitten in Florida. Ich hatte Hunger.

Geld spielte keine Rolle, wenn man so viel Bargeld in seinem Bettzeugbündel verschnürt hatte wie ich. Weit mehr Sorgen machte mir, was jetzt geschehen sollte. Hier war ich nun – im warmen Florida, aber ich hatte nicht nur keine Seelengefährtin, die mich an der Bushaltestelle erwartete, sondern auch keinen Freund, kein Zuhause – nichts.

An der Snackbar, die ich betrat, war ein Schild mit der Aufschrift angebracht: »Wir behalten uns das Recht vor, Gäste nicht zu bedienen.«

Ihr behaltet euch das Recht vor, alles zu tun, was ihr wollt, dachte ich. Warum stellt ihr solche Schilder auf? Sieht aus, als hättet ihr Angst. Wovor? Daß Rowdys oder organisierte Verbrecherbanden in diese kleine Snackbar hier hereinkommen und die Einrichtung kaputtschlagen könnten?

Der Kellner betrachtete erst mich und dann mein zusammengerolltes Bündel. Am Ärmel meiner Jeansjacke befand sich eine geflickte Stelle, deren Naht bereits wieder ein Stück aufgegangen war. Auf dem Bettzeug waren allenfalls ein paar winzige Fett- und Ölflecken zu entdecken, die vom Motor meiner Fleet stammten. Dennoch spürte ich, daß der Mann sich überlegte, ob ich eventuell zu jenen Personen gehörte, die man nicht zu bedienen brauchte.

Ich begrüßte ihn mit einem Lächeln: »Wie geht's?«

»Danke, gut.« Das Lokal war fast leer. Er beschloß, mich als Kunden zu akzeptieren. »Kaffee?«

Kaffee zum Frühstück? Igitt, so ein bitteres Zeug...

»Nein, danke«, lehnte ich ab. »Aber vielleicht könnten Sie mir ein Stück von diesem Zitronenkuchen im Mikrowellenofen warm machen? Und dazu hätte ich gern ein Glas Milch.«

»In Ordnung«, sagte er.

Früher hätte ich mir zum Frühstück Speck oder Wurst bestellt, doch schon seit einiger Zeit tat ich das nicht mehr. Je stärker ich mich in meinem Glauben an die Unzerstörbarkeit des Lebens bestärkt fühlte, desto weniger wollte ich an Tiermorden beteiligt sein – selbst wenn sie nur eine Täuschung waren, da es ja in Wirklichkeit keinen Tod gab. Es lohnte sich schon, auf Fleisch zu verzichten, wenn dadurch auch nur ein einziges von einer Million Schweinen die Chance erhielt, ein besinnliches, der Betrachtung geweihtes Leben zu führen, statt knusprig angebraten auf meinem Frühstücksteller zu enden. Dann schon lieber jeden Tag heißen Zitronenkuchen.

Ich kostete den Kuchen und sah durch das Fenster hinaus in die Stadt. War es wahrscheinlich, daß ich meine Geliebte an diesem Ort treffen würde? Nein. Nirgends war es wahrscheinlich, da es Billionen von Orten gab.

Wie war es möglich, daß ich sie bereits kannte?

Die Weisesten behaupten, daß wir alle Menschen der Welt kennen, ohne sie jemals persönlich kennengelernt zu haben... Aber das ist ein schwacher Trost, wenn man die Absicht hat, seine Suche auf eine ganz bestimmte Person zu konzentrieren. »Hallo, Fräulein, erinnern Sie sich noch an mich? Da das Bewußtsein weder durch Raum noch durch Zeit begrenzt ist, werden Sie sicherlich noch wissen, daß wir alte Freunde sind ...«

So stellte sich allenfalls ein komischer Vogel vor. Das ging also nicht. Die meisten jungen Damen wissen, daß es auf der Welt ein paar komische Vögel gibt, vor denen man sich besser ein wenig in acht nimmt.

Ich ließ im Geiste alle Frauen an mir vorüberziehen, die ich in den letzten Jahren kennengelernt hatte. Die meisten waren inzwischen Fremde für mich geworden, und die wenigen, mit denen mich noch immer ein freundschaftliches Verhältnis verband, waren entweder mit ihrer Karriere oder einem Mann verheiratet, oder sie hatten sich Denkweisen verschrieben, die sich von meinen unterschieden.

Verheiratete Frauen trennen sich manchmal auch wieder von ihren Ehemännern, dachte ich, die Menschen verändern sich. Ich könnte ja jede Frau anrufen, die ich kenne ...

»Hallo«, würde die erste sagen.

»Hallo«, würde ich antworten.

»Mit wem spreche ich?«

»Ich bin's, Richard Bach.«

»Wer?«

»Wir haben uns einmal im Einkaufszentrum kennengelernt, erinnern Sie sich nicht mehr? Sie lasen gerade in einem Buch, und ich sagte: ›Das ist ein phantastisches Buch.‹ Und Sie fragten: ›Woher wissen Sie das?‹, und ich antwortete: ›Weil ich es geschrieben habe.‹«

»Oh! Hallo.«

»Hallo. Sind Sie eigentlich immer noch verheiratet?«

»Ja.«

»Aha. Es war nett, wieder einmal mit Ihnen zu reden. Einen schönen Tag noch!«

»Ja ... danke ...«

»Wiederhören.«

Sicher gibt es einen besseren Weg, der mich zu ihr hinführen wird. Es *muß* einen besseren Weg geben, als mit jeder Frau, die ich kenne, ein solches Gespräch zu führen. Wenn der richtige Zeitpunkt gekommen ist, werde ich sie finden, dachte ich – keine Sekunde eher.

Das Frühstück kostete fünfundsiebzig Cents. Ich zahlte und schlenderte hinaus an die Sonne. Es würde ein heißer Tag werden. Wahrscheinlich würde es heute nacht viele Moskitos geben. Doch was kümmerte es mich, da ich ja ohnehin nicht im Freien schlafen würde?

In diesem Augenblick fiel mir ein, daß ich mein Bettzeugbündel in der Snackbar liegengelassen hatte.

Ohne meine Fleet, ohne mein Hilton auf der Wiese, war das Leben für mich völlig anders und ungewohnt. Ich konnte morgens nicht einfach meine Sachen zusammenschnüren und ins Cockpit werfen und in den Tag hineinfliegen. Statt dessen mußte ich meine Habseligkeiten mit mir herumtragen oder mir irgendein Dach über dem Kopf suchen.

Mittlerweile hatte ein neuer Gast, eine Frau, an dem Tisch Platz genommen, an dem ich gesessen hatte. Sie blickte erschrocken auf, als ich auf sie zuging.

»Entschuldigung«, sagte ich und hob mit leichtem Schwung das Bündel neben ihr von dem Platz auf. »Das habe ich vergessen mitzunehmen. Ich würde wahrscheinlich sogar meine Seele irgendwo verschusseln, wenn ich nicht so fest mit ihr verhaftet wäre.«

Sie lächelte und wandte sich wieder der Speisekarte zu.

»Vorsicht bei dem Zitronenkuchen«, setzte ich noch hinzu. »Er wird Ihnen nur schmecken, wenn Sie keinen allzu kräftigen Zitronengeschmack mögen.«

Ich ging wieder hinaus an die Sonne und schlenkerte das Bündel an meiner Seite hin und her, bis mir wieder einfiel, daß ich bei der Luftwaffe gelernt hatte, niemals etwas in der Hand hin und her zu schlenkern.

Als ich das Telefonhäuschen sah, beschloß ich, einem plötzlichen Impuls folgend, einen eigentlich schon längst fälligen geschäftlichen Anruf zu tätigen. Der Verlag, der mein Buch herausgebracht hatte, saß zwar in New York, doch was kümmerte es mich, ob wir ein teures Ferngespräch führten oder nicht? Der Verlag würde schließlich die Kosten dafür übernehmen. Jeder Beruf bringt eben gewisse Privilegien mit sich – Piloten zahlen für ihre Flüge nichts, sondern werden dafür bezahlt, und Schriftsteller verfallen rasch in die Gewohnheit, mit ihren Verlegern nur R-Gespräche zu führen.

Ich rief an.

»Hallo, Eleanor.«

»Richard«, rief sie, »wo hast du denn die ganze Zeit gesteckt?«

»Laß mich überlegen«, sagte ich. »Seit wir das letztemal miteinander gesprochen haben? Wisconsin, Iowa, Nebraska, Kansas, Missouri ... Dann zurück nach Indiana und Ohio, dann wieder nach Iowa und anschließend nach Illinois. Ich habe den Doppeldecker verkauft. Und jetzt bin ich in Florida. Laß mich raten, wie das Wetter bei euch in New York ist: bedeckter Himmel, Schichtwolken in sechstausend Fuß Höhe, Sichtweite in Dunst und Qualm: drei Meilen.«

»Wir haben dich gesucht wie die Stecknadel im Heuhaufen, Richard. Weißt du, was passiert ist?«

»Was – sag' bloß, die Sichtweite beträgt nur zwei Meilen?«

»Dein Buch!« rief sie. »Es läuft phantastisch!«

»Ich weiß, es klingt albern«, sagte ich, »aber ich habe hier ein Problem, mit dem ich nicht weiterkomme. Kannst du aus dem Fenster sehen?«

»Aber ja, Richard. Natürlich kann ich aus dem Fenster sehen.«

»Wie weit?«

»Etwa zehn oder fünfzehn Häuserblocks. Hast du überhaupt gehört, was ich gerade gesagt habe? Dein Buch ist ein Bestseller, und du sollst in Fernsehsendungen auftreten, die Zeitungen und Radiosender wollen Interviews mit dir machen, und die Buchhandlungen möchten unbedingt, daß du zu Signierstunden kommst. Wir verkaufen den Titel zu Hunderttausenden! Und zwar auf der ganzen Welt! Wir haben bereits Lizenzverträge an Japan, England, Deutschland und Frankreich vergeben, und heute haben wir mit Spanien abgeschlossen ...«

Was sagt man, wenn man so etwas am Telefon zu hören bekommt? »Das ist ja eine gute Nachricht! Ich gratuliere euch!«

»*Wir* gratulieren *dir*«, sagte sie. »Wie hast du es selbst im finstersten Busch nur fertiggebracht, nichts davon zu erfahren? Du stehst ganz oben auf der Bestsellerliste von *Publishers Weekly,* der *New York Times* ... auf allen, die es gibt! Wir haben Schecks an deine Bank geschickt – hast du deinen Kontostand denn noch nicht überprüft?«

»Nein.«

»Das solltest du unbedingt tun. Du klingst furchtbar weit weg – kannst du mich überhaupt einigermaßen verstehen?«

»Doch, sehr gut. Übrigens ist nicht alles westlich von Manhattan Busch, Eleanor.«

»Ich weiß nicht ... Vom Vorstands-Kasino aus hat man einen Blick bis nach New Jersey hinüber, und alles, was jenseits des Flusses liegt, sieht mir verdächtig nach Busch aus ...«

Vom Vorstands-Kasino aus. Sie lebte in einer ganz anderen Welt als ich!

»Du hast den Doppeldecker verkauft?« fragte sie, als hätte sie diese Neuigkeit eben erst gehört. »Du gibst doch nicht etwa die Fliegerei auf?«

»Natürlich nicht, Eleanor.«

»Du und ohne Flugzeug – das kann ich mir auch gar nicht vorstellen.«

Was für ein erschreckender Gedanke: nie wieder zu fliegen!

Sie kehrte wieder zum geschäftlichen Teil zurück: »Also – wann kannst du im Fernsehen auftreten?«

»Ich weiß nicht«, zögerte ich. »Muß das denn sein?«

»Denk' darüber nach, Richard. Es würde dem Buch ungeheuer zugute kommen, wenn du vor den Kameras einem Millionenpublikum etwas darüber erzählen würdest.«

Fernsehstudios befinden sich nun mal in Städten, und von denen halte ich mich lieber fern. »Ich werde es mir überlegen, Eleanor«, erklärte ich, »und dich dann wieder anrufen.«

»Bitte, ruf' auf jeden Fall wieder an. Du giltst als ein Phänomen, und alle wollen dich sehen und wissen, wer du bist. Sei so nett und gib mir Nachricht, sobald du kannst.«

»In Ordnung.«

»Herzlichen Glückwunsch, Richard!«

»Danke.«

»Bist du denn nicht glücklich?«

»Doch! Ich weiß gar nicht, was ich sagen soll.«

»Überleg' dir die Sache mit dem Fernsehen«, drängte sie. »Ich hoffe, du wirst dich dazu wenigstens entschließen, in den wichtigsten Sendungen aufzutreten.«

»Okay«, versprach ich. »Ich werde dich anrufen.«

Ich legte auf und schaute durch die Glastür des Telefonhäuschens nach draußen. Die Stadt war immer noch dieselbe wie vorher, und doch hatte sich für mich alles verändert.

Sieh' mal einer an, dachte ich. Diese Tagebuchseiten, die du eigentlich eher aus einer Laune heraus nach New York geschickt hast, wurden zu einem Bestseller? Wie schön! Aber Städte, Interviews, Fernsehen – das alles behagte mir nicht so recht.

Ich fühlte mich wie ein Nachtfalter in einem Kronleuchter – plötzlich eröffneten sich mir so viele interessante Möglichkeiten, doch ich war mir nicht ganz sicher, in welcher Richtung ich mich wenden sollte.

Wiederum einem plötzlichen Impuls folgend, hob ich den

Hörer nochmals ab und wählte mich durch die verwirrende Nummernvielfalt hindurch, die erforderlich war, um die Bank in New York zu erreichen. Es dauerte eine Weile, bis ich die zuständige Sachbearbeiterin erreicht und davon überzeugt hatte, daß ich wirklich Richard Bach war und über den Stand meines Kontos informiert werden wollte.

»Einen Augenblick«, sagte sie. »Ich muß Ihre Daten in den Computer eintippen.«

Wie hoch der Kontostand wohl sein mochte? Zwanzigtausend Dollar? Fünfzigtausend? Oder gar Hunderttausend? – Zwanzigtausend, entschied ich. Wenn ich dazu noch die elftausend in meinem Bündel rechnete, war ich sehr reich!

»Mr. Bach?«

»Ja?«

»Ihr Kontostand beträgt eine Million dreihundertsiebenundneunzigtausend dreihundertfünfundfünfzig Dollar und achtundsechzig Cents.«

Mir fehlten die Worte.

»Sind Sie sich da auch ganz sicher?« fragte ich schließlich.

»Ja, Sir«, sagte sie. »Ist das alles?«

Wieder schwieg ich.

»Wie bitte? – Oh, ja. Danke . . .«

Wenn im Film einer von zwei Gesprächspartnern einhängt, hört der andere immer noch dieses lange, summende Amtszeichen in der Leitung. Doch in Wirklichkeit wird es in dem Telefonhörer einfach still, wenn der andere auflegt, schrecklich still.

4

Nach einiger Zeit legte ich den Hörer wieder auf die Gabel, hob mein Bündel auf und ging weiter.

Ist es Ihnen auch schon einmal passiert, daß Sie nach einem sehr beeindruckenden Film mit wunderbaren Schauspielern und herrlichen Aufnahmen aus dem Kino gingen und sich sagten: Hoffentlich spielt dieser Film Millionen ein? Die großartigen Leistungen dieser Schauspieler oder des Regisseurs hätten dies wahrlich verdient.

Und dann haben Sie sich den Film vielleicht noch ein zweitesmal angesehen und sind glücklich darüber gewesen, ein winziger Teil jenes Systems zu sein, durch das diese Leute mit jeder verkauften Eintrittskarte honoriert werden. Wir freuen uns, wenn ein Film, der uns beeindruckt hat, oder ein Buch, das wir lieben, Erfolg hat.

Aber eine Million Dollar für *mich*? Jetzt wußte ich auf einmal, was es bedeutet, selbst der Gebende zu sein und den Menschen das zu schenken, was mir seit dem Tag, an dem ich vor mich hin buchstabierte: »*Bam-bi. Von Fe-lix Sal-ten*«, schon so viele Schriftsteller geschenkt hatten.

Ich fühlte mich wie ein auf seinem Brett rastender Surfer, unter dem plötzlich eine ungeheure Energie aufsteigt, sich seiner bemächtigt, ohne zu fragen, ob er startbereit ist . . . Und dann bricht sich die Gischt an der Spitze seines Surfbretts und spritzt an ihm vorbei; er wird von dieser mächtigen, intensiven Kraft gefangengenommen und davongetragen, und der Wind treibt ihm ein Lächeln ins Gesicht.

Es ist schon ein ziemlich aufregendes Gefühl, ein Buch geschrieben zu haben, das viele Leute lesen. Wenn man als Surfer mit rasender Geschwindigkeit in ein riesiges Wellental hinunterbraust, vergißt man leicht, daß man sehr, sehr geschickt sein muß, um nicht unterzugehen.

5

Ich überquerte die Straße und ließ mir im Drugstore den Weg zu einem Ort erklären, an dem ich vielleicht finden würde, was ich jetzt brauchte. Dann folgte ich Orientierungspunkten, die ich, wie man mir gesagt hatte, »nicht verfehlen konnte«, bog in die von Tillandsienflechten überhangene Lake Roberts Road ein und stand schließlich vor der Gladys-Hutchinson-Memorial-Bibliothek.

Alles, was wir wissen müssen, können wir aus Büchern lernen. Wir brauchen uns nur gründlich in sie zu vertiefen und ein wenig zu üben – und schon können wir fachgerecht Messer werfen, Maschinen überholen und Esperanto sprechen, als sei es unsere Muttersprache.

So sind für mich alle Bücher Nevil Shutes verschlüsselte, plastische Darstellungen redlichen Menschseins: Der Schriftsteller hat seine Persönlichkeit auf jeder Seite eingebracht, und wenn wir wollen, können wir sie in der Abgeschiedenheit der Bibliotheken zu einem Teil unseres eigenen Lebens machen.

Ich spürte förmlich, wie dieser große, kühle, stille Raum, dessen Wände aus Büchern bestanden, vor Erwartung zitterte, mich belehren zu dürfen. Und auch ich konnte es kaum noch erwarten: Endlich würde ich mich in das Buch *Du hast eine Million Dollar – was nun?* vertiefen können!

Doch seltsamerweise war dieser Titel nicht in der Kartei aufgeführt.

Nun, es konnte ja auch sein, daß der Titel *Was tut man, wenn man plötzlich reich wird?* lautete. Also schlug ich sicherheitshalber auch noch unter den entsprechenden Stichwörtern nach.

Erneut Fehlanzeige.

Dann befragte ich eine andere Informationsquelle, das Verzeichnis lieferbarer Bücher. Das *Books in Print* bedauerte: Tut mir leid, Richard. Dein Problem hat nichts mit dem Bestand in dieser Bibliothek zu tun, sondern mit der Tatsache, daß das von dir gesuchte Buch gar nicht existiert.

Das kann doch nicht sein, dachte ich. Schließlich war ich nicht der einzige Mensch auf der Welt, der plötzlich reich wurde. Das ist schon vielen Leuten passiert; und irgendeiner von ihnen *muß* doch so ein Buch geschrieben haben. Ich wollte nichts über Aktien, Wertpapiere und Banken erfahren, sondern darüber, wie man sich als Millionär fühlt, was für Möglichkeiten jetzt an meine Tür klopften, was für kleine Mißgeschicke mich wie gehässige Straßenköter anknurrten und was für große Katastrophen vielleicht schon in diesem Augenblick wie Geier auf mich herabstürzten.

Hilfesuchend wandte ich mich an eine Bibliothekarin. »Entschuldigen Sie . . .«

»Ja, bitte?«

»Ich suche ein Buch, das davon handelt, wie man es fertigbringt, reich zu sein. Keinen Ratgeber, wie man sehr viel Geld verdient oder anlegt, sondern mehr etwas mit Hinweisen, wie man sich verhalten soll, wenn man es hat. Könnten Sie mir . . .«

Offensichtlich war sie an ausgefallene Buchwünsche gewöhnt. Und wer weiß . . . Vielleicht war meine Frage gar nicht so ungewöhnlich. In Florida gibt es zahllose steinreiche Zitrusfruchtfarmer, Großgrundbesitzerinnen und Menschen, die ganz plötzlich zu einem Millionenvermögen gekommen sind.

Die Frau hatte hohe Backenknochen und haselnußbraune Augen, und das Haar fiel ihr in Wellen von der Farbe dunkler Schokolade bis auf die Schultern. Sie war nüchtern, geschäftsmäßig und reserviert gegenüber allen Leuten, die sie nicht schon lange kannte.

Im Anschluß an meine Frage sah sie mich an und wandte ihren Blick dann nach links oben – gemeinhin die Richtung, in die man schaut, wenn man sich an etwas zu erinnern sucht. Nach oben rechts pflegt man zu sehen, wenn man nach neuen Erkenntnissen trachtet. (Das habe ich jedenfalls mal so in einem Buch gelesen.)

»Ich kann mich nicht erinnern...«, meinte sie. »Wäre Ihnen mit Biographien reicher Leute gedient? Ich weiß, daß wir etliche Werke über die Kennedys und eines oder zwei über Rockefeller haben.«

»Ich fürchte, das ist nicht ganz das, was ich suche. Haben Sie nicht so etwas wie *Wie verkrafte ich plötzlichen Wohlstand*?«

Ernst und nachdenklich schüttelte sie den Kopf. Sind eigentlich alle nachdenklichen Menschen schön?

Sie drückte auf den Knopf der Wechselsprechanlage auf ihrem Schreibtisch und sprach mit leiser Stimme hinein: »Sara Jean? *Wie verkrafte ich plötzlichen Wohlstand.* Haben wir so einen ähnlichen Titel?«

»Nie gehört. Mir ist nur *Wie ich im Immobiliengeschäft Millionen verdiente* bekannt.«

Das konnte ich überhaupt nicht verstehen. »Ich werde mich ein bißchen dort drüben hinsetzen und darüber nachdenken«, erklärte ich der Bibliothekarin. »Kaum zu glauben. So ein Buch muß es doch irgendwo geben...«

Sie musterte erst mein zusammengebündeltes Bettzeug und dann mich. »Würden Sie Ihren Schmutzwäschesack bitte auf den Fußboden legen?« bat sie mich ruhig. »Unsere Polsterstühle sind neu ...«

»Aber ja«, sagte ich.

Ganz sicher, dachte ich, gibt es in diesen vielen Regalen voller Bücher eines, das mir erklären kann, was für mich jetzt angebracht wäre zu tun. Das einzige, was ich auch ohne Zuhilfenahme eines Buches wußte, war, daß Narren und Geld sich im allgemeinen rasch wieder trennen.

Wenn es darum ging, mit einer Fleet irgendwo auf einem klitzekleinen Fleckchen zu landen, waren mir nur wenige Leute überlegen, doch in der Gladys-Hutchinson-Bibliothek konnte ich mich des Gedankens nicht erwehren, daß ich mich beim Zusammenhalten eines Vermögens möglicherweise als unübertrefflicher Versager entpuppen würde. Papierkram hatte mir schon immer Kopfschmerzen bereitet und in meinem Gehirn ein hoffnungsloses Durcheinander angerichtet. Ich bezweifelte, daß das bei Geldangelegenheiten nun plötzlich anders sein würde.

Nun gut, dachte ich, du kennst dich und weißt genau, daß sich weder an deinen Schwächen noch an deinen Stärken jemals etwas ändern wird. Und eine so unbedeutende Angelegenheit wie ein dickes Bankkonto kann aus dir, dem unbekümmerten Flieger, unmöglich einen anderen Menschen machen.

Ich mühte mich noch weitere zehn Minuten damit ab, in der Kartei fündig zu werden. Inzwischen war ich schon so verzweifelt, daß ich unter *Glück* und sogar unter *Pech* nachschlug. Dann gab ich es auf. Das Buch, das ich brauchte, gab es nicht!

In Zweifel versunken, ging ich hinaus an die Sonne. Ich spürte, wie Photonen, Betateilchen und kosmische Strahlen mit Lichtgeschwindigkeit durch die Luft hüpften, aneinander abprallten und lautlos durch den Tag und mich hindurchschwirrten.

»Als ich fast schon wieder in die Nähe der Snackbar gelangt war, in der ich gefrühstückt hatte, fiel mir auf, daß ich mein

Bettzeugbündel erneut vergessen hatte mitzunehmen. Seufzend kehrte ich um, ging noch einmal den ganzen Weg zur Bibliothek zurück, wobei mir in der Sonne immer wärmer wurde, und holte mir das Bündel wieder, das unten am Karteikasten lehnte.

»Es tut mir leid«, sagte ich zu der Bibliothekarin.

»Ich habe so gehofft, daß Sie sich noch daran erinnern würden!« rief sie. In ihrer Stimme schwang eine solche Erleichterung mit, daß ich ihr glaubte. Natürlich war sie heilfroh darüber, daß sie den »Schmutzwäschesack« eines wildfremden Kerls nicht als Fundsache aufzubewahren brauchte.

»Tut mir leid«, sagte ich noch einmal.

Es gibt schon so viele Bücher, und doch müßten noch viel mehr geschrieben werden! dachte ich. Sie warten wie frische, dunkle Pflaumen hoch oben in den Baumwipfeln darauf, daß jemand sie herunterholt. Natürlich macht es keinen großen Spaß, an einer schwankenden Leiter hochzuklettern, sich durch die Äste zu schlängeln und sich bis zu den zerbrechlichsten Zweigen emporzuwagen, um sie zu pflücken – doch wie köstlich schmecken sie, wenn diese Arbeit einmal getan ist!

Und Fernsehauftritte – würden sie auch köstlich sein, oder würde meine Angst vor Menschenmengen sich nur noch steigern, wenn ich für mein Buch Propaganda machte? Wie sollte ich entkommen, wenn ich keinen Doppeldecker mehr hatte, der nur darauf wartet, mich über die Bäume emporzuheben und mit sich davonzutragen?

Ich schlug die Richtung zum Flughafen ein, denn der ist in jeder fremden Stadt der einzige Ort, an dem ein Pilot sich zu Hause fühlt. Ich orientierte mich an den Anflugbahnen der startenden und landenden kleinen Maschinen. Da ich mich schon fast unter der Kurve vom Queranflug zum Endanflug befand, konnte der Flughafen nicht mehr weit sein.

Gegen Geld ist ja im Grunde genommen nichts einzuwenden. Aber von Menschenmengen umgeben zu sein und erkannt zu werden, wenn man allein und in Ruhe gelassen werden will – das ist etwas ganz anderes. Und besteht eben darin nicht die Berühmtheit? Ein kleines bißchen davon mag ja Spaß machen – aber wenn man dem Ruhm nicht mehr Einhalt gebieten kann? Wenn man in diesen Fernsehsendungen auftritt und dann auf Schritt und Tritt angesprochen wird: »Ich kenne Sie von irgendwoher! Halt, verraten Sie es mir nicht . . . Jetzt weiß ich es wieder: Sie haben doch dieses Buch geschrieben . . .«

Jetzt fuhren oder gingen die Leute im Licht der Spätvormittagssonne an mir vorüber, ohne mich anzusehen. Ich hätte ebensogut unsichtbar sein können. Sie kannten mich nicht. Ich war einfach irgend jemand, der mit ordentlich zusammengeschnürtem Bettzeug in der Hand auf den Flughafen zuging und die Freiheit hatte, das zu tun, ohne dabei angestarrt zu werden.

Wenn man beschließt, berühmt zu werden, gibt man dieses Privileg auf. Doch ein Schriftsteller muß das nicht unbedingt tun; Schriftsteller können Bücher schreiben, die von vielen Leuten gelesen werden, ihr Name kann überall bekannt sein – und dennoch können sie sich aufhalten, wo sie wollen, ohne erkannt zu werden. Schauspieler haben diese Möglichkeit nicht, auch Nachrichtensprecher des Fernsehens nicht – und ebensowenig jene Menschen, die in den Nachrichten vorkommen. Aber Schriftsteller haben sie.

Sollte ich jemals zu einer solchen »Persönlichkeit« werden – ob es mir hinterher leid tun würde? Ich wußte die Antwort sofort: Ja. Vielleicht hatte ich es in irgendeinem anderen Leben schon einmal mit der Berühmtheit versucht. Und diese frühere Existenz warnte mich jetzt: *Es ist weder aufregend noch reizvoll, und du wirst es bereuen, solltest du im Fernsehen auftreten.*

Dann sah ich eine Aeronca Champion – ein zweisitziges Schulflugzeug aus dem Jahre 1946, das statt des Bugrades ein Spornrad hatte –, die zum Endanflug ansetzte. Der Flughafen gefiel mir schon jetzt, obwohl ich ihn noch gar nicht gesehen hatte – nur wegen der Champ, die dort landete.

Wie würde es sich auf die Suche nach meiner Geliebten auswirken, wenn ich auch nur ein ganz klein wenig berühmt wurde? Die erste Antwort schoß mir so blitzschnell durch den Kopf, daß sie kaum einen nebelhaften Eindruck hinterließ: Es würde sie zu schanden machen. Du wüßtest nie, ob sie wirklich dich oder nur deinen Ruhm und dein Geld liebt. Richard, hör zu. Wenn du sie finden willst, darfst du nie eine Berühmtheit werden – ganz egal, auf welchem Gebiet.

Die zweite Antwort, die mir in den Sinn kam, erschien mir so einleuchtend und vernünftig, daß ich nur auf sie hörte. Meine strahlende, schöne Seelengefährtin fuhr ganz offensichtlich nicht von Stadt zu Stadt, um nach irgendeinem jungen Mann zu suchen, der auf einer Kuhweide gegen Bezahlung Passagiere in seinem Doppeldecker mitfliegen ließ. Würde meine Chance, sie zu finden, sich nicht vergrößern, wenn sie von meiner Existenz erfuhr? Hier bot sich mir eine ausgesprochen günstige Gelegenheit – und das zufällig gerade in dem Augenblick, in dem ich ein besonderes Bedürfnis danach hatte, meiner Seelengefährtin zu begegnen!

Also hab' keine Angst, Richard. Man wird nicht gleich eine Berühmtheit, wenn man in ein paar Talk-Shows auftritt. Das Gedächtnis des Publikums dürfte ungefähr so schlecht sein wie deines, beruhigte ich mich selbst. Die meisten Zuschauer werden dich binnen einer halben Minute wieder vergessen, und die anderen werden sich spätestens nach einem oder zwei Tagen nicht mehr an dich erinnern können.

Und sicherlich wird der Zufall dafür sorgen, daß deine zukünftige, ewige Gefährtin sich zur richtigen Zeit die richtige Fernsehsendung ansieht; und er wird euch auch zeigen, wie ihr einander begegnen könnt. Und dann wird der öffentliche Rummel um deine Person allmählich nachlassen. Du brauchst dich nur eine Woche lang in Red Oak, Iowa oder auf dem

Estrella Sailport in der Wüste südlich von Phoenix zu verstekken, und schon hast du dein ungestörtes Privatleben wieder – und hast gleichzeitig deine Seelengefährtin gefunden!

Ich öffnete die Tür des Flughafenbüros.

»Hi«, sagte ein Mädchen. »Was können wir für Sie tun?« Sie schrieb an einem Schalter Rechnungen aus. Ihr Lächeln verwirrte mich. Es verschlug mir die Sprache. Ich konnte nicht einmal mehr »hallo« sagen.

Wie sollte ich ihr zu verstehen geben, daß nichts mir hier fremd war – daß der Flughafen, das Leuchtfeuer, die Flugzeughalle, die Aeronca, ja sogar das nach einer Landung unter Fliegern übliche freundliche »Hi« lange Zeit zu meinem Leben gehörten, das mir jetzt entglitt? Daß ich etwas getan hatte, was mein bisheriges Leben veränderte, und daß ich nicht sicher war, ob ich mir diesen Wandel überhaupt wünschte, da die Welt der Flughäfen mir so vertraut und meine einzige Heimat war?

Und was konnte sie schon tun? Sollte sie mich daran erinnern, daß alles, was wir kennen und lieben, unsere Heimat ist und daß diese Heimat stets bei uns ist, ganz gleich, wo wir uns aufhalten? Sollte sie mir sagen, daß sie die Frau, nach der ich suchte, kannte – oder daß vor einer Stunde ein Mann mit einer weißgoldenen Travel Air hier gelandet war und Namen und Adresse einer Frau für mich hinterlassen hatte? Sollte sie mir Vorschläge machen, wie man eine Million und dreihunderttausend Dollar möglichst klug und besonnen verwaltet?

»Ich weiß nicht genau, ob Sie überhaupt etwas für mich tun können«, antwortete ich endlich. »Mich hat es mehr oder weniger hierher verschlagen. Stehen im Hangar eigentlich auch ein paar ältere Maschinen rum?«

Die Aeronca rollte aus und kam neben der Zapfsäule zum Stillstand, die man vom Aussichtsfenster aus sehen konnte. Das leise Geräusch des kleinen Motors erstarb, der Propeller drehte sich immer langsamer, und schließlich herrschte draußen wieder sommerliche Stille. Ich sah, wie der Fluglehrer vom Rücksitz aus sich mit dem vorn sitzenden Schüler unterhielt.

»Jill Handleys Porterfield steht dort draußen«, sagte das Mädchen. »Sie ist allerdings schon ganz schön betagt. Und das da ist Chet Davidsons Tiger Moth. Morris Jackson besitzt eine Waco, doch die hütet er wie seinen Augapfel.« Sie lachte. »Die Champs sind mittlerweile auch schon ziemlich in die Jahre gekommen. Wären Sie denn an einer Aeronca Champ ernsthaft interessiert?«

»Das ist eines der besten Flugzeuge der Weltgeschichte«, sagte ich.

Ihre Augen weiteten sich. »Oh, nein, ich habe nur Spaß gemacht! Ich glaube nicht, daß Miß Reed ihre Champs jemals verkaufen würde.«

Es hatte wohl tatsächlich so geklungen, als wolle ich die Maschine kaufen. Merken die Menschen es einem Fremden an, wenn er eine Million Dollar besitzt?

Sie wandte sich wieder ihren Rechnungen zu, und mir fiel ihr aus ineinander verflochtenen Goldsträngen gewirkter Ehering auf.

»Darf ich mich denn einen Augenblick in der Flugzeughalle umsehen?«

»Klar«, lächelte sie. »Der Mechaniker heißt Chet. Er müßte eigentlich irgendwo dort hinten sein, falls er noch nicht zum Mittagessen in das Restaurant auf der gegenüberliegenden Straßenseite gegangen ist.«

»Danke. Sehr nett.«

Ich ging einen Flur entlang und öffnete die Tür zum Hangar. Das war wirklich mein Zuhause. Eine Cessna 172 in den Fabrikfarben – rot-creme – bei der Jahresinspektion: Die Motorverkleidung war ab, die Zündkerzen draußen, das Öl wurde gerade gewechselt. Eine silberne Beech Bonanza mit einem blauen Streifen an der Seite ruhte zart und zerbrechlich auf einer großen, gelben Hebebühne, da ihr Fahrwerkmechanismus gerade überprüft wurde. Außerdem standen noch verschiedene Leichtflugzeuge rum, die ich alle kannte. Sie hatten mir ebenso viele Geschichten zu erzählen wie ich ihnen. In einer stillen Flugzeughalle herrscht dieselbe kaum merkliche Spannung wie in einer von dichtem Wald umgebenen Lichtung... Der Fremde spürt, wie Augen ihn beobachten. Für einen Augenblick ist jede Aktivität zum Stillstand gekommen. Das Leben hält den Atem an.

Selbst eine große Grumman Widgeon mit zwei 300-PS-Sternmotoren fehlte nicht. Sie war mit der neuen einteiligen Windschutzscheibe und mit Spiegeln auf den Stützschwimmern ausgerüstet, die es dem Piloten ermöglichten zu überprüfen, ob die Räder tatsächlich eingezogen waren, ehe er auf dem Wasser landete.

Ich stand neben der Widge und schaute mit ehrerbietig hinter dem Rücken gefalteten Händen ins Cockpit. Kein Flieger sieht es gern, wenn ein Fremder sein Flugzeug anfaßt, ohne vorher um Erlaubnis zu fragen – nicht so sehr deshalb, weil er die Flugzeuge beschädigen könnte, sondern vielmehr, weil diese Geste eine unberechtigte Vertraulichkeit darstellt. Das ist genauso, als berühre ein Fremder im Vorübergehen eine Frau, bloß weil er neugierig ist, wie sie sich anfühlt.

Ich sah zwei Steuerräder, von denen das auf der Seite des Kopiloten abmontierbar war, und ein Armaturenbrett voller Instrumente und Funkgeräte, die das Fliegen bei jedem Wetter ermöglichten. Das Flugzeug schien in ziemlich gutem Zustand zu sein; der Pilot, der es wartete, mochte die alten Sternmotoren offensichtlich lieber als die modernen Boxermotoren, die die meisten Widgeons heutzutage haben. Er hatte eine gute Wahl getroffen.

Weiter hinten in der Nähe der Flugzeughallentür stand die Tiger Moth. Ihr Oberflügel überragte die anderen Flugzeuge wie das Taschentuch, mit dem ein Freund dir über eine

Menschenmenge hinweg zuwinkt. Er war in den gleichen Farben lackiert wie Shimodas Flugzeug – weiß-golden! Ich schlängelte mich durch das Labyrinth von Tragflächen, Rumpfenden und Werkstattgeräten hindurch, um mir die Maschine aus der Nähe anzusehen. Je näher ich kam, desto mehr beeindruckte mich die Farbe dieses Flugzeugs.

Was für ein erstaunliches Stück Geschichte diese de-Havilland-Moth-Flugzeuge miterlebt haben! Wie viele Männer und Frauen, die in meinen Augen Helden waren, sind mit Tiger-Moth-, Gypsy-Moth- und Fox-Moth-Maschinen von England aus rund um die ganze Welt geflogen: Amy Lawrence, David Garnett, Francis Chichester, Constantine Shak Lin, Nevil Shute selbst . . . Diese Namen und die mit ihnen verbundenen Abenteuer zogen mich zu der Moth hin. Was für ein hübscher kleiner Doppeldecker! Er war ganz weiß und hatte rechts und links am Rumpf v-förmige Winkel, die wie Pfeilspitzen nach vorn zeigten und sich dann in goldene Streifen verwandelten, die sich bis zu den Tragflächenenden und dem Höhenleitwerk erstreckten.

Die Zündschalter befanden sich an der Außenseite des Flugzeugs; und wenn es sich um eine genaue Rekonstruktion handelte . . . Tatsächlich: Auf dem Boden des Cockpits war ein riesiger britischer Militärkompaß! Ich konnte meine Hände kaum hinter dem Rücken halten, so schön war das Flugzeug. An den Seitenruderpedalen sollte man . . .

»Das Flugzeug gefällt Ihnen, nicht wahr?«

Ich hätte beinahe aufgeschrien, so erschrocken war ich. Der Mann hatte schon seit einer halben Minute dort gestanden, sich an einem Werkstatthandtuch seine öligen Hände abgeputzt und mir dabei zugesehen, wie ich seine Moth inspizierte.

»Gefallen ist gar kein Ausdruck«, erwiderte ich, »ich finde es schön!«

»Danke. Ich habe es von den Rädern an wiederaufgebaut. Vor einem Jahr erst bin ich damit fertig geworden.«

Ich schaute mir den Stoff genau an. Unter der Farbe war eine leichte Strukturierung zu erkennen.

»Sieht wie Ceconite aus«, stellte ich fest. »Gut gemacht...« Mehr brauchte ich nicht zu sagen, um mich als Fachkundiger auszuweisen. Erstklassiges Baumwolltuch und Ceconite-Dacron-Tuch auf alten Flugzeugen voneinander zu unterscheiden, lernt man nicht an einem Tag. »Und wo haben Sie den Kompaß gefunden?«

Er lächelte. »Sie werden es kaum glauben... in einem Gebrauchtwarenladen in Dothan, Alabama. Ein echter Kompaß der Royal Air Force aus dem Jahre 1942! Für sieben Dollar und fünfzig Cents. Ich habe keine Ahnung, wie er dorthin gekommen ist – aber ich habe ihn natürlich sofort gekauft!«

Wir schlenderten um die Moth herum, und ich hörte seinen Erklärungen zu. Mir wurde zusehends klarer, daß ich mich immer noch an meine Vergangenheit klammerte, an das vertraute und daher einfache Fliegerleben. War ich zu impulsiv gewesen, als ich die Fleet verkauft und alle Brücken zu meinem bisherigen Leben hinter mir abgebrochen hatte, um mich auf die Suche nach einer unbekannten Geliebten zu machen? In diesem Hangar erschien es mir plötzlich, als habe meine bisherige Welt sich in ein Museum oder eine alte Fotografie verwandelt, in ein Floß, das langsam davontrieb und in der Vergangenheit verschwand.

Ich schüttelte den Kopf, runzelte die Stirn und unterbrach den Mechaniker bei seinen Erläuterungen.

»Ist die Moth verkäuflich, Chet?«

Er nahm meine Frage nicht ernst. »Alle Flugzeuge sind verkäuflich. Wie man so schön sagt – es ist eine Frage des Preises. Ich bin in erster Linie Flugzeugbauer und nicht so sehr Flieger. Allerdings würde ich diese Moth nur für sehr viel Geld verkaufen, das können Sie mir glauben.«

Ich kauerte mich nieder und warf einen Blick unter die

Maschine. Auf der Motorhaube war keine Spur von Öl zu entdecken.

Vor einem Jahr von einem Flugzeugmechaniker wiederaufgebaut, dachte ich, und seither immer in der Flugzeughalle untergestellt. Diese Moth war wirklich ein Fund. Ich hatte niemals auch nur einen Augenblick lang vorgehabt, das Fliegen aufzugeben. Mit der Moth konnte ich quer durch die Vereinigten Staaten fliegen. Das heißt, ich konnte mit ihr zu den Fernsehinterviews reisen, und unterwegs würde ich vielleicht meine Seelengefährtin finden!

Ich stellte mein Bündel auf den Boden, um es als Sitzpolster zu benutzen. Es knisterte, als ich mich darauf niederließ. »Was verstehen Sie unter ›sehr viel Geld‹? Bar auf die Hand, meine ich?«

Chet Davidson kam anderthalb Stunden zu spät zu seinem Mittagessen. Ich nahm die Bord- und Handbücher der Moth mit ins Büro.

»Entschuldigen Sie, Sie haben doch sicher ein Telefon?«

»Ja, sicher. Ortsgespräch?«

»Nein.«

»Der Münzfernsprecher ist dort draußen, Sir.«

»Vielen Dank. Ihr Lächeln ist wirklich süß.«

»Danke!«

Eheringe sind eine gute Erfindung, dachte ich.

Ich rief Eleanor in New York an und sagte ihr, daß ich im Fernsehen auftreten würde.

6

Es gibt eine gelassene, heitere Ruhe ständigen Dazulernens, die man sich erwirbt, wenn man auf dem Land auf Feldern unter Tragflächen schläft; Sterne, Regen und Wind verleihen den Träumen die Farbe der Wirklichkeit. Hotels konnten das einem, meiner Meinung nach, nicht bieten.

Es vermittelt einem eine stolze Freude, Passagiere wohlbehalten wieder aus einem alten Doppeldecker steigen zu sehen und gemeinsam mit ihnen die Angst vor der Höhe besiegt zu haben. Bei zwischen bezahlte Werbespots gezwängten und vom unerbittlichen Vorrücken eines Sekundenzeigers begleiteten Fernsehinterviews hingegen verspürt man hinterher nichts von diesem aufatmenden Gefühl gemeinsam erlebten Triumphes.

Doch meine so schwer zu findende Seelengefährtin war es wert, Hotels, hastig im Taxi heruntergeschlungene Erdnüsse und Interviews in Kauf zu nehmen, bei denen ich ständig unter Zeitdruck stand, da ich ihr eines Tages begegnen würde, wenn ich weiterhin offenen Auges von Ort zu Ort, von Fernsehstudio zu Fernsehstudio zog. Es kam mir nicht in den Sinn, an ihrer Existenz zu zweifeln – denn ich war ständig von Frauen umgeben, die beinahe meine Seelengefährtin hätten sein können.

Schon bei meinen Flugveranstaltungen auf dem Lande hatte ich festgestellt, daß die Frauen der amerikanischen Pioniere bemerkenswert attraktiv gewesen sein mußten, denn sie hatten mittlerweile Millionen ebenso attraktiver Töchter und Enkelinnen in die Welt gesetzt. Da ich wie ein Zigeuner von Ort zu Ort zog, kannte ich sie nur als hübsche Passagiere, die ich für die Dauer eines Fluges mit dem Doppeldecker gern betrachtete.

Meine Gespräche mit ihnen hatten sich stets um praktische Dinge gedreht: »Das Flugzeug ist sicherer, als es aussieht. Wenn Sie Ihre Haare zusammenbinden, bevor wir starten, werden Sie sie nach der Landung leichter bürsten können. Ja, es ist wirklich sehr windig – immerhin werden wir zehn Minuten lang bei einer Geschwindigkeit von achtzig Meilen die Stunde in einem offenen Cockpit sitzen. Danke. Das macht drei Dollar, bitte. Gern geschehen! Mir hat der Flug auch Spaß gemacht.«

Lag es an den Talk-Shows, an dem Erfolg meines Buches, an meinem neuen Bankkonto oder ganz einfach an der Tatsache, nicht mehr ununterbrochen mit meinem Flugzeug unterwegs zu sein, daß ich urplötzlich so vielen attraktiven Frauen wie niemals zuvor begegnete. Und da ich mich so intensiv auf meine Suche nach der *einen* konzentrierte, betrachtete ich jede Frau, die ich kennenlernte, durch ein Prisma der Hoffnung: Sie *war* die eine – so lange, bis sie mir das Gegenteil bewies.

Charlene, ein Mannequin, hätte meine Seelengefährtin sein können, wenn sie nicht zu hübsch gewesen wäre. Kaum sichtbare Spuren im Gesicht erinnerten sie vor dem Spiegel allerdings daran, wie grausam dieses Geschäft ist und daß man nur ein paar Jahre Zeit hat, um genügend Geld für das Alter oder für eine eventuelle Umschulung auf die hohe Kante zu bekommen. Abgesehen von ihrem Beruf, konnten wir uns über andere Themen niemals sehr lange unterhalten. Immer wieder kam sie darauf zurück: Verträge, Reisen, Geld, Agenten. Es war ihre Art, mir zu verraten, daß sie Angst hatte und nicht wußte, wie sie diesem mörderischen Flitterkäfig entfliehen sollte.

Jaynie kannte keine Ängste. Sie liebte Parties und trank gern. Sie konnte so reizend sein wie ein Sonnenaufgang; doch als sie feststellen mußte, daß ich nie wußte, wo etwas los war, verschwand ihr strahlender Charme rasch hinter dunklen Wolken und vorwurfsvollen Seufzern.

Jacqueline mied Alkohol und ging auch nicht auf Parties. Obwohl sie von Natur aus aufgeweckt und intelligent war, zweifelte sie permanent an ihrer eigenen Intelligenz: »Ich bin vorzeitig von der High-school abgegangen«, pflegte sie selbstquälerisch zu sagen. »Ich habe kein Diplom.« Ohne Diplom konnte man ihrer Meinung nach natürlich nicht gebildet sein; und wenn man keinen akademischen Grad hatte, mußte man eben den erstbesten Job annehmen, den man angeboten bekam – und vor allem behalten. Folglich konnte sie die Sicherheit ihrer Tätigkeit, die darin bestand, Cocktails zu servieren, nicht aufgeben, auch wenn ihr diese Arbeit noch so sehr auf die Nerven ging. »Man verdient gut dabei«, erklärte sie, »und ich habe doch keine richtige Ausbildung genossen, weil ich vorzeitig von der Schule abgehen mußte . . .«

Lianne machte sich nicht das Geringste aus akademischen Graden, geschweige denn aus Jobs. Sie wollte erneut geheiratet werden, und die beste Methode, dieses Ziel zu erreichen, bestand darin, sich mit mir sehen zu lassen, damit ihr früherer Ehemann eifersüchtig wurde und sie wieder zurückhaben wollte. Auf dem Boden der Eifersucht, so meinte sie, würde das Glück wachsen.

Tamara liebte das Geld, und sie war auf ihre Art so ungeheuer beeindruckend, daß sie den Preis, den sie forderte, wahrscheinlich wert war. Sie besaß das Gesicht eines Künstlermodells und einen Geist, der selbst dann noch rechnete, wenn sie lachte. Sie war belesen und weitgereist und beherrschte etliche Sprachen. Ihr Ex-Ehemann war Investment-Makler an der Börse, und nun wollte Tamara ihr eigenes Maklerbüro eröffnen. Hunderttausend Dollar Starthilfe würden genügen. »Nur hunderttausend – kannst du mir nicht helfen, Richard?«

Wenn du doch nur eine Frau mit Charlenes Gesicht, Liannes Körper, Jacquelines Intellekt, Jaynies Charme und Tamaras kühler Gelassenheit finden könntest, dann stündest du deiner idealen Seelengefährtin gegenüber, dachte ich.

Doch das Problem bestand darin, daß Charlenes Gesicht mit Charlenes Ängsten und Liannes Körper mit Liannes Problemen verbunden war. Jede neue Begegnung war faszinierend, doch schon nach einem Tag verloren die Farben ihren Glanz, und unser Interesse aneinander verschwand auf der weiten Flur der Ideen, die wir nicht teilten.

Gibt es denn keine Frau, fragte ich mich schließlich, die dir nicht schon nach einem Tag beweist, daß sie nicht diejenige ist, die du suchst? Die meisten Frauen, denen ich auf meiner Suche begegnete, hatten eine problematische Vergangenheit hinter sich, steckten bis über beide Ohren in Schwierigkeiten und suchten Hilfe oder brauchten mehr Geld, als sie im Augenblick verfügbar hatten. Wir nahmen gegenseitig Rücksicht auf unsere Fehler und Verschrobenheiten und nannten einander Freunde, auch wenn wir uns gerade erst getroffen und dies noch unter Beweis zu stellen hatten. Diese Begegnungen glichen einem Kaleidoskop ohne Farben – abwechslungsreich und dabei doch grau und trostlos.

Als das Fernsehen meiner überdrüssig wurde, hatte ich mir bereits einen kurzflügeligen, großmotorigen Doppeldecker gekauft, der meiner Moth Gesellschaft leisten sollte. Ich trainierte eifrig und ausdauernd und begann mich als Kunstflieger zu verdingen.

Bei sommerlichen Flugveranstaltungen versammeln sich Tausende von Menschen, dachte ich, und wenn du die Seelengefährtin bei deinen Fernsehauftritten nicht finden kannst, begegnest du ihr vielleicht bei einer solchen Vorführung.

Katherine lernte ich in Lake Wales in Florida kennen. Sie löste sich aus der Menge, die das Flugzeug umstand, und kam auf mich zu, als sei sie eine alte Freundin von mir. Dabei schenkte sie mir ein kaum merkliches, vertrauliches Lächeln; es wirkte kühl und doch so intim...

Trotz der gleißenden Nachmittagssonne blickten ihre dunkelgrünen Augen mich ruhig und unverwandt an. Je dunkler Augen sind, desto weniger macht ihnen angeblich das helle Sonnenlicht aus.

»So was scheint Spaß zu machen«, stellte sie fest und deutete mit dem Kopf auf den Doppeldecker.

»Es ist auf alle Fälle besser, als sich von der Langeweile erdrücken zu lassen«, erwiderte ich. »Zumal wenn man das richtige Flugzeug hat.«

»Was ist das eigentlich für ein Gefühl, mit dem Kopf nach unten hängend durch die Luft zu brausen?« erkundigte sie sich. »Und nehmen Sie denn auch Fluggäste mit, oder führen Sie nur Ihre Kunststücke vor?«

»Meist letzteres. Ich nehme nicht oft jemanden mit. Nur manchmal. Passagieren, die fest darauf vertrauen, nicht herauszufallen, gefällt die Sache.«

»Würden Sie mich mitnehmen«, fragte sie, »wenn ich Sie auf die richtige Art darum bäte?«

»Ihnen zuliebe würde ich es vielleicht tun – sobald die Veranstaltung vorbei ist.« Noch niemals hatte ich so grüne Augen gesehen. »Wie bittet man denn auf die richtige Art?«

Sie lächelte unschuldig. »Nun, man sagt ganz einfach ›bitte‹ – oder?«

Für den Rest des Nachmittags hielt sie sich nach Möglichkeit in meiner Nähe auf, lächelte und winkte mir heimlich zu. Als die Sonne schon beinahe untergegangen war, stand sie als einzige immer noch bei dem Flugzeug. Ich half ihr ins Cockpit der kleinen Maschine.

»Denken Sie daran, daß Sie sich mit zwei Sicherheitsgurten anschnallen müssen«, ermahnte ich sie. »Es reicht zwar schon ein einziger aus, um Sie im Flugzeug festzuhalten, ganz egal, was für Kunststücke wir vollführen. Aber wir benutzen sicherheitshalber trotzdem zwei.«

Für den Fall aller Fälle erklärte ich ihr den Umgang mit dem Fallschirm. Dann zog ich den gepolsterten Schultergurt so fest über ihre Schultern, daß er stramm saß, und schloß den zweiten Sicherheitsgurt. Beinahe wäre mir das Kompliment entschlüpft: Sie haben einen schönen Busen! Statt dessen sagte ich: »Sie müssen darauf achten, daß Ihr Schultergurt so eng wie möglich sitzt. Sobald das Flugzeug in die Rückenlage übergeht, wird er sich viel lockerer anfühlen als jetzt.« Sie grinste zu mir empor, als hätte ich ihr tatsächlich das Kompliment über ihren Busen gemacht.

Katherine war die geborene Fliegerin. Alles an dem Flug begeisterte sie: das Motorengeräusch ebenso wie die am Rande der plötzlich schräg stehenden Erde rotglühende Sonne. Sie fand es hinreißend, in Rückenlage über den Wolken zu hängen, schwerelos in der Luft zu schweben und beim Looping eine Beschleunigungskraft von drei g zu verspüren.

Als wir schließlich in der Dämmerung wieder landeten, sprang sie schon aus dem Cockpit, während ich noch dabei war, den Motor abzustellen; und ehe ich wußte, wie mir geschah, fiel sie mir um den Hals und küßte mich!

»Das ist ja phantastisch!« rief sie.

»Ooooooh ... Nun ja, ich finde es auch nicht so übel«, sagte ich. Es bezog sich mehr auf ihre Umarmung als auf das Fliegen.

»Sie sind ein großartiger Pilot.«

Ich band das Flugzeug mit Seilen an Eisenpflöcken im Gras fest. »Mit Schmeicheleien, junge Dame, kommt man um die ganze Welt.«

Sie bestand darauf, mir als Honorar für den Flug ein Abendessen zu spendieren, und wir unterhielten uns eine Stunde lang. Ich erfuhr, daß sie geschieden war und als Empfangsdame in einem Restaurant in der Nähe des am See gelegenen Hauses arbeitete, das ich mir gekauft hatte. Mit ihrer Arbeit und den Unterhaltszahlungen ihres Mannes kam sie finanziell gut über die Runden. Im Augenblick sparte sie für die Aufnahme eines Physikstudiums.

»Physik! Oh, Sie müssen mir unbedingt erzählen, was Sie darauf gebracht hat . . .« Katherine war eine faszinierende Frau – so lebensbejahend, geradlinig und begeisterungsfähig.

Sie griff nach ihrer Handtasche: »Es macht Ihnen doch nichts aus, wenn ich rauche?«

Ihre Frage erschreckte mich weniger als meine Antwort. Ich war wie erschlagen, als ich mich sagen hörte: »Nein, überhaupt nicht.«

Sie zündete sich eine Zigarette an und begann über Physik zu sprechen, ohne zu bemerken, was für ein Durcheinander sie in meinem Kopf angerichtet hatte. RICHARD! WAS IST DENN IN DICH GEFAHREN? WAS SOLL DAS HEISSEN: NEIN, ÜBERHAUPT NICHT? Diese Dame ist gerade dabei, sich eine ZIGARETTE anzuzünden! Weißt du, was das über ihre Wertvorstellungen und ihre zukünftige Rolle in deinem Leben aussagt? Es kommt einem Stopschild gleich: *Halt! Bis hierher und nicht weiter* . . .

Haltet den Mund, befahl ich meinen Prinzipien. Sie ist intelligent und ganz anders als alle anderen Frauen; blitzgescheit . . . grüne Augen . . . Es macht Spaß, ihr zuzuhören; sie ist so reizend und aufregend, strahlt eine solche Wärme aus . . . Und ich habe es so satt, mit meinen Gedanken allein zu sein und mit hübschen Fremden zu schlafen. Über das Rauchen werde ich später mit ihr sprechen. Nicht heute abend.

Meine Prinzipien traten beängstigend rasch den Rückzug an.

»Natürlich werde ich hinterher als Physiklehrerin nicht

gerade in Geld schwimmen, aber irgendwie werde ich es schon schaffen«, sagte sie gerade. »Ich werde mir ein eigenes Flugzeug kaufen, selbst wenn es sich nur um ein älteres, gebrauchtes Modell handelt. Glauben Sie, daß ich das eines Tages bereuen könnte?«

Der Rauch bildete kleine Spiralen und zog direkt zu mir herüber. Ich schirmte mich innerlich gegen ihn ab, errichtete einen gläsernen Schutzwall und erlangte sofort meine Selbstbeherrschung wieder.

»Sie wollen sich eine Maschine anschaffen«, fragte ich und sah ihr prüfend in die Augen, »und erst hinterher lernen, sie zu fliegen?«

»Ja. Dann muß ich nur den Fluglehrer bezahlen und nicht auch noch ein Flugzeug dazu mieten. Ist das auf die Dauer nicht billiger? Finden Sie das denn nicht vernünftig?«

Wir erörterten das Problem, und nach einer Weile schlug ich ihr vor, doch hin und wieder mit mir in einem meiner Flugzeuge mitzufliegen. Die neue Lake Amphibian, dachte ich, sieht so glatt und geschmeidig aus, als könne man mit ihr nicht nur Luft und Wasser durchpflügen, sondern ebensogut ganze zukünftige Welten erkunden ... Diese Maschine würde ihr gefallen.

Zwei Stunden später lag ich ausgestreckt im Bett und versuchte mir vorzustellen, wie sie als nächstes aussehen würde.

Ich brauchte nicht lange zu warten. Sie sah phantastisch aus: ein sonnengebräunter, sanft gerundeter Körper, eingehüllt in ein Frotteetuch, das einen Moment später zu Boden glitt. Sie schlüpfte unter die Bettdecke und neigte sich zu mir herüber, um mich zu küssen. Dieser Kuß signalisierte nicht: Ich-weiß-wer-du-bist-und-ich-liebe-dich, sondern: Laß uns heute nacht miteinander schlafen und abwarten, was sich daraus entwikkelt.

Statt sich ständig nach einer fernen, unauffindbaren Geliebten zu sehnen, war es schön, einmal nur zu genießen.

7

»Es wäre mir lieber, wenn du im Haus nicht rauchen würdest, Kathy.«

Sie sah überrascht auf und führte das Feuerzeug nicht an ihre Zigarette. »Gestern abend aber hat es dich nicht gestört.«

Ich stellte unsere Teller in die Geschirrspülmaschine und wischte mit dem Schwammtuch über die Küchenanrichte. Draußen war es bereits warm, und nur ein paar weiße Wölkchen hingen hoch oben am Morgenhimmel. Die Sichtweite im leichten Morgendunst betrug etwa fünfzehn Meilen. Es herrschte Windstille.

Ich fand Katherine immer noch ebenso attraktiv wie am Tag zuvor und wollte sie gern wirklich kennenlernen. Sollten Zigaretten diese Frau, die ich berühren und mit der ich mich länger als eine Minute unterhalten konnte, von meiner Seite vertreiben?

»Ich will dir sagen, was ich von Zigaretten halte«, begann ich meine Ausführungen, für die ich mir viel Zeit nahm.

». . .damit gibst du allen Menschen in deiner Umgebung zu verstehen: ›Du bedeutest mir so wenig, daß es mir ganz gleichgültig ist, ob du atmen kannst oder nicht. Meinetwegen kannst du auch sterben – ich zünde mir trotzdem eine Zigarette an!‹« beendete ich schließlich meine Erklärungen. »Rauchen ist sehr unhöflich, und man sollte es im Beisein von Menschen lassen, die man mag.«

Statt gegen diese Meinung vehement zu opponieren oder gekränkt aus dem Zimmer zu stolzieren, nickte sie zustimmend. »Ich weiß, es ist eine schreckliche Angewohnheit. Ich habe auch schon mit dem Gedanken gespielt, sie aufzugeben. Irgendwann einmal – aber noch nicht jetzt. Ich werde bemüht sein, in deinem Haus nicht zu rauchen. Einverstanden?« Zigarette und Feuerzeug verschwanden wieder in ihrer Handtasche.

Nach einiger Zeit hatte sie mit der Physik nichts mehr im Sinn und wollte statt dessen ihr Glück als Mannequin versuchen. Dann liebäugelte sie mit einer Karriere als Sängerin. Sie hatte eine hübsche Stimme, die einen verfolgte wie der aus einem nebligen Meer aufsteigende Gesang einer Wassernixe. Doch immer wenn es darum ging, für einen bestimmten Beruf, der ihr vorschwebte, konkret etwas zu tun, schwand Kathys hingebungsvolle Begeisterung rasch dahin, und sie wandte sich einem neuen Traum zu. Zu guter Letzt sollte ich ihr helfen, eine kleine Boutique aufzumachen.

Kathy war fröhlich und unbekümmert und besaß einen scharfen Verstand. Von der Amphibian war sie begeistert und lernte das Fliegen auf Anhieb. Und doch war und blieb sie mir fremd. So reizend sie auch war – sie stellte einen Fremdkörper in meinem System dar, und ich verspürte häufig den Drang, dieses fremde Element so sanft wie möglich wieder aus meinem Leben zu entfernen.

Seelengefährten würden wir niemals sein. Wir waren zwei Boote, die sich mitten auf dem Ozean getroffen und beide ihren Kurs geändert hatten, um eine Zeitlang gemeinsam über ein einsames Meer zu fahren. Wir waren verschiedene Boote, zu verschiedenen Häfen unterwegs, und wir wußten es. Doch für eine Weile zogen wir es vor, ziellos zusammen über das Meer zu kreuzen.

Ich hatte das seltsame Gefühl, auf der Stelle zu treten, auf irgend etwas zu warten, das sich erst ereignen mußte, ehe mein Leben seinen seltsamen, verzauberten Gang nehmen, seinen Zweck und seine Richtung finden konnte.

Irgendwie erwartete ich von meiner mir fernen Seelengefährtin, daß sie die Zeit ohne mich so sinnvoll wie möglich verbrachte, bis wir einander fanden. Erwartest du dasselbe von mir, meine liebe, unentdeckte Zwillingsschwester? fragte ich mich. Dürfen wir uns, bis wir einander begegnen, bei anderen wärmen? Und wie nah dürfen wir sie an uns heranlassen?

Vorübergehend war eine Freundschaft mit Kathy recht angenehm, aber sie durfte mich nicht verstricken oder beeinträchtigen, durfte meiner wahren Liebe nicht im Weg stehen, wann immer sie meinen Weg auch kreuzen mochte.

Meine Suche nach der perfekten Frau war sinnlich und immer wieder von neuem fesselnd. Bloß, warum hatte ich dann dieses bedrückende Gefühl, als sei vorzeitig der Winter über mich hereingebrochen? Der Fluß »Zeit« donnerte mit atemberaubender Geschwindigkeit über Felsen und Abgründe hinweg; doch mein Floß hatte sich in verschneiten Stromschnellen gefangen. Ich hörte dem Tosen des Wassers zu und hoffte, ein vorübergehender Stillstand würde nicht tödlich sein. Schließlich habe ich mir diesen Planeten und diese Zeit ausgesucht, um irgendeine übernatürliche Erfahrung zu machen, die ich selbst noch nicht genau definieren kann – um einer Frau zu begegnen, die anders ist als alle anderen.

Trotz dieser Hoffnung flüsterte eine innere Stimme mir warnend zu, daß der Winter mich vielleicht in Eis verwandeln werde, wenn ich mich nicht gewaltsam befreite und meine Seelengefährtin fand.

8

Es war ein Gefühl, als läge ich flach auf dem Küchentisch – nur, daß ich mich in einem Flugzeug in einer Höhe von zwei Meilen befand. Dann war mir, als würde ich mit einem Tritt nach draußen befördert.

Einen Augenblick lang sah ich das Flugzeug noch in voller Größe über mir ... Ich stürzte zwar bereits nach unten, hätte aber noch nach der Maschine greifen und zurück an Bord klettern können, wenn ich das verzweifelte Bedürfnis danach gehabt hätte.

In der nächsten Sekunde jedoch war es bereits zu spät. Der nächste Gegenstand, an dem ich mich jetzt noch hätte festhalten können, befand sich fünfzehn Meter über mir und entfernte sich mit einer Geschwindigkeit von hundert Fuß pro Sekunde. Ich war ganz allein und stürzte senkrecht nach unten. Senkrecht und sehr schnell.

O je, dachte ich. Willst du das wirklich?

Solange man nur für den Augenblick lebt, macht das Fallschirmspringen ungeheuren Spaß. Doch wenn man anfängt, sich Gedanken über den nächsten Augenblick zu machen, ist das Vergnügen nicht mehr ganz so ungetrübt.

Ich stürzte den wilden Strudel hinab und blickte hinunter auf den Erdboden. Wie groß er war, wie hart und flach. Ich fühlte mich entsetzlich klein. Kein Cockpit mehr, nichts, woran ich mich festhalten konnte.

Kein Grund zur Besorgnis, Richard, dachte ich. Hier an deiner Brust befindet sich der Griff der Reißleine, du kannst jederzeit daran ziehen, und gleich darauf geht der Hauptfallschirm auf. Und für den Fall, daß der versagt, gibt es ja noch immer einen zweiten als Reserve. Tue es, wenn dir dadurch wohler zumute wird – doch dann entgeht dir das herrliche Gefühl des freien Falls.

Ich warf einen Blick auf den Höhenmesser an meinem Handgelenk. Achttausend Fuß, siebentausend ... Weit unten auf dem Erdboden befand sich ein mit weißem Schotter markierter Zielpunkt, den ich ansteuerte und auf dem ich – so Gott und der Fallschirm es wollten – in einigen Sekunden stehen würde.

Ein kleiner Teil unserer Persönlichkeit ist stets Beobachter. Was auch geschehen mag – er behält seinen Beobachterposten bei. Er sieht uns zu. Ihn kümmert es nicht, ob wir glücklich oder unglücklich sind, ob es uns gut oder schlecht geht, ob wir am Leben bleiben oder sterben. Seine einzige Aufgabe besteht darin, auf unserer Schulter zu sitzen und zu beurteilen, ob wir würdige Vertreter der Menschheit sind.

Mein Beobachter hockte im Augenblick irgendwo auf meinen Gurten. Er trug einen kleinen Fallschirmanzug und einen kleinen Fallschirm und machte sich Notizen über mein Verhalten.

> *Ist viel nervöser, als er in diesem Stadium sein sollte,* schrieb er auf das Blatt eines winzigen Klemmbretts. *Augen zu weit aufgerissen; Herzfrequenz zu hoch. In sein Hochgefühl mischt sich ein wenig zu viel Furcht. Note für Sprung Nr. 29 bis jetzt: 4+.*

Dein Beobachter legt einen strengen Benotungsmaßstab an, dachte ich.

Höhe fünftausendzweihundert ... viertausendachthundert.

Wenn ich meine Hände inmitten des tosenden Windes nach vorn schob, würde ich mit den Füßen zuerst aufkommen; wenn ich sie nach hinten streckte, würde ich mit dem Kopf nach unten auf den Boden zustürzen. Es war ganz so, wie ich mir das Fliegen ohne Flugzeug vorgestellt hatte – abgesehen von meinem ebenso verzweifelten wie unerfüllbaren Wunsch, ich möge mich nicht nach unten, sondern lieber nach oben bewegen – und möglichst mit derselben Geschwindigkeit. Doch selbst mit einem Drittel der Geschwindigkeit wäre ich schon zufrieden gewesen ...

> *Träumt während des freien Falls vor sich hin,* notierte mein Beobachter. *Sein Geist schweift ziellos umher. Revidierte Note: 5+.*

Höhe dreitausendsiebenhundert. Das war zwar immer noch hoch ... Dennoch griff meine rechte Hand bereits nach der Reißleine und zog kräftig daran. Ich spürte ein Flattern an meinem Rücken – wahrscheinlich stammte es von dem sich öffnenden Hilfsschirm.

> *Reißleine zu früh gezogen. Kann es nicht erwarten, unter die Fallschirmkappe zu kommen. 5.*

Jetzt sollte ich eigentlich schon den typischen Schock verspüren, den man erhält, wenn die Hauptschirmkappe sich öffnet: ein Gefühl, als versinke man in einem Haufen Federn. Doch stattdessen stürzte ich weiterhin ungehindert nach unten. Mein Körper begann sich plötzlich ohne ersichtlichen Grund zu drehen.

Irgend etwas ... dachte ich ... Stimmt etwa irgend etwas nicht?

Ich sah über meine Schulter hinweg nach oben, in die Richtung, aus der das Flattergeräusch kam. Der Hilfsschirm schlackerte wild hin und her und war nur undeutlich zu erkennen; er hatte sich in einem Riemen des Gurtwerks verfangen. Statt der Hauptschirmkappe war nur ein großes Knäuel ineinander verwickelter roter, blauer und grüner Nylonschnüre zu sehen, die inmitten des tosenden Strudels hin und her wogten.

Mir blieben nur noch sechzehn Sekunden Zeit zu handeln, bevor ich den Erdboden erreichte. Noch fünfzehn Sekunden... Ich drehte mich immer noch im Kreise.

»Abtrennen der Hauptschirmkappe«, hatte ich während der Fallschirmspringerausbildung für so einen Fall gelernt. Das ist erst dein neunundzwanzigster Sprung – und dann so was, dachte ich. Ist das *fair?* Nein, ist es nicht.

Hat seine Gedanken nicht unter Kontrolle. Keine Selbstdisziplin. 5–.

Dann raste zu meinem Glück die Zeit plötzlich nicht mehr, und eine Sekunde war jetzt so lang wie eine Minute.

Aber warum war es so unsäglich schwer, mit den Fingern die Trennschlösser zu erreichen, um mich von der nicht aufgegangenen Fallschirmkappe zu lösen?

Meine Hände schienen plötzlich Tonnen zu wiegen. Ganz langsam und mit ungeheurer Anstrengung bewegte ich sie auf die Trennschlösser an meinen Schultern zu.

Lohnte sich diese Anstrengung überhaupt? Man hatte mir nicht gesagt, daß es so schwer sein würde, die Trennschlösser zu erreichen! Plötzlich überkam mich eine rasende Wut auf meinen Ausbilder. Ich packte die Trennschlösser und riß sie auf.

Langsam, viel zu langsam.

Ich hörte auf, mich zu drehen, rollte mich auf den Rücken, um den Reservefallschirm an meiner Brust zu betätigen, und war vor Schreck wie gelähmt, als ich die verwickelten Nylonschnüre immer noch über mir sah. Ich war eine umgedrehte Leuchtkugelröhre, an eine helle, herabstürzende Tuchflamme gebunden.

»Hören Sie genau zu«, hatte der Ausbilder gesagt. »Sie werden wahrscheinlich niemals in eine solche Situation kommen, aber vergessen Sie eins unter keinen Umständen: Bevor Sie sich nicht von einem verhedderten Hauptschirm getrennt haben, dürfen Sie den Reservefallschirm nicht benutzen. Er wird sich sonst nämlich um den Hauptschirm herumwickeln und Ihren Sturz nicht einmal verlangsamen! Also: Immer erst vom Hauptschirm lostrennen!

Das hatte ich getan, doch das vermaledeite Ding war trotzdem noch da und hatte sich im Gurtwerk verhakt.

Mein Beobachter, der immer noch über sein Klemmbrett gebeugt dasaß, gab ein verächtliches Schnauben von sich.

Kann unter Druck nicht vernünftig denken und handeln: 6. Durchgefallen.

Ich sauste mit dem Rücken zur Erde nach unten und spürte, wie der Boden förmlich auf mich zustürzte. Du wirst mit dem Genick auf der Wiese aufschlagen, dachte ich und rechnete mir die dazugehörige Geschwindigkeit aus. Sicherlich ein schneller Tod. Warum läuft jetzt nicht blitzschnell noch einmal dein ganzes Leben vor dir ab? fragte ich mich. Warum verläßt du deinen Körper nicht schon vor dem Aufprall, wie es in den Büchern steht? ÖFFNE DEN RESERVEFALLSCHIRM!

Handelt zu spät. Stellt irrelevante Fragen. Im Grunde genommen ein erbärmliches Geschöpf.

Ich zerrte mit einem heftigen Ruck an der Reißleine des Reservefallschirms, der sofort und neben meinem Gesicht wie eine seidene Krake aus seinem Packsack in die Höhe schoß, als sei er von einer Kanone abgefeuert worden. Er flatterte neben dem zerfetzten Hauptschirm her, bevor er sich mit einem lauten Knall öffnete und groß und weiß über mir hing. Knapp vierhundert Fuß nur über einer Orangenplantage baumelte ich wie eine in letzter Sekunde vor dem Absturz bewahrte Marionette über dem Erdboden.

Mit einem Ruck schaltete die Zeit wieder in einen höheren Gang; Bäume flitzten an mir vorbei; ich kam mit den Stiefeln auf dem Boden auf und fiel – zwar nicht tot, aber schwer atmend – ins Gras.

Ich war um Haaresbreite an der Zukunftsalternative »Todessturz« vorbeigeschrammt; und als sie sich nun von mir abkehrte, verspürte ich den Wunsch, ihr zum Abschied zuzuwinken. Es war fast ein etwas trauriges Winken, denn in dieser Zukunft – jetzt war es bereits eine alternative Vergangenheit – hätte ich ganz plötzlich die Antworten auf mein langjähriges, neugieriges Interesse am Sterben gefunden.

> *Er hat den Sprung überlebt,* schrieb mein Beobachter. *Besser gesagt: hat sich stümperhaft durchgemogelt – mit viel Glück und dank des ausgezeichneten Einsatzes mehrerer Schutzengel. Note für die Schutzengel: 1. Für Richard: 6.*

Ich sammelte den Reservefallschirm ein, umfaßte ihn liebevoll und legte ihn neben dem Hauptschirm, der nicht aufgegangen war. Dann setzte ich mich neben den Bäumen auf den Boden, durchlebte noch einmal die letzten Minuten und hielt in meinem kleinen Notizbuch fest, was geschehen war, was ich alles gesehen und gedacht hatte: die Bemerkungen meines boshaften kleinen Beobachters – meinen traurigen Abschied vom Tod –, alles, woran ich mich erinnern konnte. Meine Hände zitterten beim Schreiben nicht. Entweder hatte ich durch den Absprung keinen Schock erlitten, oder ich unterdrückte ihn gewaltsam.

Als ich an jenem Tag wieder in mein Haus zurückkehrte, war niemand da, der mir Fragen über mein Abenteuer stellte, die mich eventuell auf Bedeutungen meines Erlebnisses hingewiesen hätten, die mir entgangen waren. Ich rief Kathy an, doch sie hatte ihren freien Abend und war ausgegangen. Brigitte konnte nicht kommen, da ihre Kinder an diesem Abend an einer Aufführung der Schultheatergruppe teilnahmen, und Jill war müde von der Arbeit.

Das beste war, ein Ferngespräch mit Rachel in South Carolina zu führen. Sie sagte, sie freue sich, von mir zu hören, und ich solle sie doch gelegentlich einmal besuchen. Ich erzählte ihr nichts von dem Absprung, dem Versagen des Fallschirms und meiner Zukunftsalternative – dem Tod in der Orangenplantage.

Dann buk ich mir zur Feier meiner Rettung einen *Kartoffelkuchen* nach dem Rezept meiner Großmutter: Kartoffeln, Buttermilch, Eier, Muskatnuß und Vanille. Ich glasierte ihn mit Zuckerguß und zerlassener bitterer Schokolade und aß ganz allein ein Drittel davon auf, solange er noch warm war.

Ich dachte über den Fallschirmabsprung nach und kam zu dem Schluß, daß ich ohnehin keiner Menschenseele davon erzählt hätte, um nicht als ein Angeber dazustehen, der damit prahlt, dem Tode entronnen zu sein: Denn was hätte jemand schon dazu sagen können? »Ach du meine Güte, da mußt du aber eine furchtbare Angst ausgestanden haben!« Oder: »Du solltest in Zukunft unbedingt vorsichtiger sein!«

Mein Beobachter setzte sich wieder auf meine Schulter und begann zu schreiben. Ich beobachtete ihn aus den Augenwinkeln.

Er verändert sich. Von Tag zu Tag wird er unnahbarer, abgeschirmter, abweisender. Statt nach der Seelengefährtin, die er immer noch nicht gefunden hat, zu suchen, denkt er sich jetzt Prüfungen für sie aus. Er umgibt sich mit einer Mauer, einem Irrgarten und einer Bergfestung und fordert sie dazu heraus, ihn an seinem geheimnisvollen Aufenthaltsort inmitten dieser Schutzvorrichtungen zu finden. Er versteht es vortrefflich, sich vor der einzigen Frau der Welt abzuschirmen, die er lieben und die ihn eines Tages lieben könnte – in Selbstschutz verdient er eine 1! Momentan befindet er sich in einem Wettrennen mit ihr: Wird sie ihn finden, ehe er sich umbringt?

Ich soll Selbstmord begehen? Selbst unsere Beobachter kennen uns nicht. Das mit dem Fallschirm war nicht meine Schuld, sondern eine unglückselige, seltsame Fügung, die nicht wieder vorkommen wird. Daß *ich* es war, der diesen Fallschirm gepackt hatte, daran dachte ich nicht.

Eines späten Nachmittags landete ich, um aufzutanken. An diesem Tag ging mit meiner mächtigen, schnellen P-51-Mustang alles schief: Die Funkgeräte fielen laufend aus, eine Drosselklappe klemmte etwas, der Generator setzte ab und an aus, die Temperaturen der Kühlflüssigkeiten überstiegen aus unerfindlichen Gründen die roten Höchstmarken, um dann ebenso unerklärlich wieder abzusinken. Ich hatte eindeutig nicht gerade meinen besten Tag erwischt, und diese Maschine war eindeutig die miserabelste, die ich je geflogen hatte.

Die meisten Flugzeuge liebt man, doch mit manchen kommt man eben einfach nie zurecht.

Also: landen, tanken, reparieren und dann so schnell wie möglich wieder starten. Es war ein langer Flug. Ich beobachtete die Motoreninstrumente, die anzeigten, was hinter diesem riesigen Propeller alles nicht stimmte, genau. Kein Einzelteil der Maschine kostete weniger als hundert Dollar – und ausgerechnet jene, die am häufigsten defekt waren, kosteten Tausende.

Die Räder des Jagdflugzeuges schwebten einen Fuß über der Landebahn von Midland in Texas, und ich setzte auf. Schlagartig entwich die Luft aus dem linken Reifen, und das Flugzeug brach seitwärts aus und raste auf den Rand der Landebahn zu.

Es galt blitzschnell zu handeln. Noch müßte die Geschwindigkeit ausreichen, um durchzustarten, dachte ich. Ich gab Vollgas und versuchte die Mustang wieder hochzuziehen.

Die Entscheidung war falsch.

Die Maschine hob ungefähr eine Sekunde lang widerwillig ihre Nase, aber das war auch alles. Unter mir sausten die Beifußsträucher vorbei; die Räder berührten den Boden, und sofort brach das linke Hauptfahrwerk ab. Der riesige Propeller prallte auf dem Erdboden auf und verbog sich. Der Motor heulte auf und explodierte.

Es war nun schon fast ein vertrautes Gefühl: Die Ereignisse liefen wieder im Zeitlupentempo vor mir ab. Und siehe da: Mein Beobachter mit Klemmbrett und Bleistift stellte sich wieder ein! Wie ist es dir inzwischen ergangen, mein Freund? rief ich ihm in Gedanken zu. Ich habe dich schon seit Tagen nicht mehr gesehen.

Plaudert mit seinem Beobachter, während sein Flugzeug in den Sträuchern in Stücke gerissen wird. Dürfte wohl der miserabelste Pilot sein, der mir je begegnet ist.

Flugzeugunglücke mit einer Mustang, das wußte ich sehr wohl, sind etwas ganz anderes als die normalen, die alltäglich passieren können. Diese Maschinen sind so groß und schnell, daß sie mit mörderischer Geschwindigkeit durch alles hindurchrasen, was ihnen im Weg steht. Und dann explodieren sie plötzlich: schöne, zunächst flammend gelbe, dann dynamitrote und schließlich todesschwarze Feuerbälle steigen auf. All das geht so schnell, daß der Pilot gar nichts mehr davon spürt.

Das Hindernis, mit dem meine Maschine zusammenprallen würde, raste auf mich zu: ein Diesel-Generatorenschuppen inmitten der gottverlassenen Wüste – ein Generatorenhäuschen mit organgeweißem Schachbrettmuster, das sich offenbar einbildete, bei Flugzeugunglücken nicht in Mitleidenschaft gezogen zu werden. Ein Irrtum.

Harte Schläge und Rucke ließen die Mustang erbeben. Dann brach auch das zweite Fahrwerk und die Hälfte der rechten Tragfläche weg. Das Schachbrettmuster wurde größer und größer vor meiner Windschutzscheibe...

Wie kam es, daß ich meinen Körper noch nicht verlassen hatte? In allen Büchern steht doch...

Beim Aufprall wurde ich in meinem Schultergurt nach vorn geschleudert, und es wurde schwarz um mich her.

Ein paar Sekunden lang sah ich gar nichts und empfand auch keinen Schmerz.

Ich richtete mich auf und schüttelte verwundert den Kopf. Es ist sehr still hier im Himmel, dachte ich.

Nichts tat mir weh. Ich vernahm nur ein leises, sanftes Zischen... Was, um alles in der Welt, könnte denn im Himmel *zischen,* Richard?

Ich öffnete die Augen und stellte erstaunt fest, daß der Himmel wie ein demolierter, unter den Trümmern eines sehr großen Flugzeuges begrabener Diesel-Generatorenschuppen der US-Regierung aussah.

Langsam wie eine Schildkröte. Braucht eine Ewigkeit, um zu begreifen, was los ist.

Moment mal! Könnte es sein... daß das hier gar nicht der Himmel ist? Du bist noch gar nicht tot! Du sitzt in den Überresten des Cockpits, und das Flugzeug ist noch gar nicht explodiert! In zwei Sekunden wird es – WUM! – in die Luft fliegen, und du bist hier eingeschlossen und wirst jämmerlich *verbrennen!*

Ich machte, daß ich wegkam, so schnell ich konnte, und sprintete los. Als ich bereits zweihundert Yards von den rauchenden Trümmern eines ehemals hübschen – wenn auch nicht zuverlässigen, billigen oder sanftmütigen – Flugzeuges entfernt war, geriet ich ins Stolpern und warf mich mit dem Gesicht nach unten in den Sand, wie es die Piloten in den Filmen immer gerade noch rechtzeitig tun, ehe alles in Stücke fliegt. Ich lag da, bedeckte schützend meinen Nacken mit den Händen und harrte der Explosion.

Wenn er die Situation endlich durchschaut hat, kann er sich beachtlich schnell bewegen.

Ich wartete eine halbe Minute lang. Nichts geschah. Noch eine halbe Minute ließ ich verstreichen, bevor ich den Kopf hob und zu dem Wrack hinüber spähte.

Dann stand ich auf und klopfte den Sand und Schmutz von meiner Kleidung ab, als sei nichts geschehen. Ohne ersichtlichen Grund hörte ich im Geiste plötzlich eine uralte, blecherne Rock 'n' Roll-Melodie. Ich bemerkte es kaum. War es ein Versuch, die Situation mit Lässigkeit zu überspielen?

Menschenskind, dachte ich, du hast noch nie von einer '51er gehört, die bei einem Crash nicht sofort in die Luft geflogen wäre wie ein angezündetes Pulverfaß. Dieser Trümmerhaufen dort drüben, mit dem du bis vor kurzem noch geflogen bin, ist die einzige Ausnahme! Jetzt steht dir eine Menge Papierkram bevor: Berichte, die du einreichen mußt . . . Es wird Stunden dauern, bis du von hier aus ein Verkehrsflugzeug erreichen und in Richtung Westen weiterfliegen kannst.

Die Melodie in meinem Kopf schepperte weiter.

Hat keinen großen Schock erlitten. Wenn die Gefahr vorbei ist, ist er kühl und gelassen: 2+.

Ich fühlte mich geschmeichelt, pfiff die Melodie vor mich hin und kehrte zu den Überresten der Mustang zurück. Dort fand ich meine Kleidertasche und meinen Waschbeutel und brachte sie in Sicherheit.

Das Cockpit ist stabil – das mußte man der Mustang lassen!

Natürlich! Das Flugzeug war deshalb nicht explodiert, weil bei der Landung kein Treibstoff mehr in den Tanks war.

Mein Beobachter verblaßte immer mehr und verschwand schließlich kopfschüttelnd, und die Feuerwehrautos rückten an. Meine Erklärung, daß mir der Sprit ausgegangen sei, schien die Feuerwehrleute nicht sonderlich zu interessieren; um sicherzugehen, bedeckten sie die Flugzeugtrümmer über und über mit Schaum.

Ich machte mir Sorgen um die Funkgeräte, die sich zum Teil noch unbeschädigt im Cockpit befanden und von denen jedes einzelne Gold wert war. »Bitte versuchen Sie, keinen Schaum ins Cockpit zu spritzen, ja? Die Funkgeräte . . .«

Zu spät!

Na wenn schon, dachte ich hilflos, na-wenn-schon na-wenn-schon na-wenn-schon . . .

Ich ging zu dem eine Meile entfernten Flughafenterminal und kaufte mir ein Ticket für den nächstmöglichen Flug. Anschließend füllte ich ein Unfallmeldungsformular aus, wobei ich mich auf die allernötigsten Angaben beschränkte, und erklärte dann den Fahrern des Abschleppwagens, wohin sie die Teile meiner widerspenstigen Maschine transportieren sollten.

In diesem Augenblick, als ich in der Flugzeughalle an meinem Schreibtisch saß und den Fahrern meine Adresse aufschrieb, fiel mir der Text zu der Melodie ein, die mir seit dem Augenblick nach dem Absturz durch den Kopf gegeistert war.

Sh-boom, sh-boom . . . und viele *ya-t-ta ya-t-tas.*

Warum summte ich ausgerechnet jetzt dieses Lied, obwohl ich es schon seit zwanzig Jahren nicht mehr gehört hatte?

Life could be a dream / Sh-boom / If I could take you to paradise up above / Sh-boom...

Jetzt wußte ich, warum mir der Song nicht aus dem Kopf ging! Der Geist der Mustang sang es – und er beherrschte alle Toneffekte!

Life could be a dream, sweetheart...

Natürlich ist das Leben ein Traum, du Blechhexe! Und du hättest mich tatsächlich beinahe ins Paradies befördert! *Sh-boom* – du elendes, zerfetztes Wrack!

Geht uns tatsächlich niemals etwas völlig Bedeutungsloses durch den Kopf? – Dieses Flugzeug hat mich nie ernst genommen.

Die Düsenverkehrsmaschine rollte an den Beifußsträuchern vorbei zu ihrer Startposition. Ich blickte aus dem Fenster.

Der Rumpf meiner schaumbedeckten Mustang lag bereits auf einem Lastwagen mit Pritsche; die zerfetzten Flügelteile wurden gerade von einem Kran hochgehievt.

Du verdammte Kiste wolltest mich zum Narren halten, wie? Es hat dir wohl Spaß gemacht, bei jedem Flug mit einem neuen Malheur aufzuwarten und dich mit mir anzulegen?

Das Spielchen hast du verloren! Mögest du jemanden finden, der dir deine Vergangenheit verzeiht und dich irgendwann einmal – vielleicht in hundert Jahren – wieder zusammenzimmert. Und dann erinnere dich an diese Stunde und sei nett zu ihm, denn das schwöre ich dir – von mir hast du nichts mehr zu erwarten.

Erst der nicht aufgegangene Fallschirm, und jetzt auch noch ein Flugzeugabsturz. Während ich in Richtung Westen flog, dachte ich über diese Ereignisse nach und gelangte nach einer Weile zu dem Schluß, daß hier göttliche Fügung am

Werk gewesen war: Sie hatte während dieser nicht eingeplanten abenteuerlichen Augenblicke schützend ihre Hand über mich gehalten, und ich hatte keinen Kratzer davongetragen!

Jeder andere hätte aus meiner Situation genau das Gegenteil geschlossen: Der Absturz war nicht auf das Wirken, sondern auf den allmählichen Rückzug meiner Schutzengel zurückzuführen.

9

Ich schwamm im Geld. Mein Buch wurde auf der ganzen Welt gelesen, und die Leute kauften auch die anderen Werke, die ich geschrieben hatte. Und an jedem Exemplar, das abgesetzt wurde, war ich als Autor finanziell beteiligt.

Mit Flugzeugen konnte ich umgehen, aber Geld machte mich nervös. Kann man mit Geld auch auf die Nase fallen? fragte ich mich.

Vor dem Fenster des Büros bewegten sich Palmwedel im Wind. Die Sonne schien herein und wärmte die Berichte, die auf dem Schreibtisch lagen. »Klar kann ich das für dich erledigen, Richard. Kein Problem. Ich übernehme die Sache gern.« Stan war nur einen Meter fünfzig groß; das Rot seiner Haare und seines Bartes hatte sich im Lauf der Jahre in Weiß verwandelt und aus einem begabten kleinen Kobold einen allwissenden Weihnachtsmann gemacht.

Ich kannte ihn aus der Zeit, als ich noch Stories für Zeitschriften geschrieben hatte. Stan war damals Redakteur gewesen und hatte dann auf Anlageberater umgesattelt. Schon seit der ersten Auftragsarbeit, die ich von ihm erhielt, hatte ich ihn gemocht und seinen ruhigen Geschäftssinn bewundert. Ich setzte uneingeschränktes Vertrauen in ihn, das auch durch unser Gespräch am heutigen Nachmittag nicht enttäuscht wurde.

»Stan, ich kann dir gar nicht sagen, wie froh ich bin...«, atmete ich auf. »Ich kann Geld nicht so verwalten, wie man muß, und kenne mich auch mit all dem Papierkram und den Steuerangelegenheiten nicht aus, die mir zudem zuwider sind. Also – abgemacht, du bist von nun an mein Finanzverwalter. Du kümmerst dich um alles, was damit zusammenhängt, und hältst mir den Krempel vom Hals, okay?«

»Willst du denn nicht laufend über den Stand der Dinge informiert werden, Richard?«

Ich warf noch einmal einen Blick auf die in Diagrammform festgehaltenen Erfolge seiner Kapitalanlagen. Alle Linien führten steil nach oben.

»Nein«, entschied ich dann. »Nur, wenn du im Begriff bist, eine besonders wichtige Entscheidung zu treffen. Der größte Teil deiner Tätigkeit ist mir ohnehin zu hoch.«

»Das solltest du nicht sagen«, widersprach er. »Es ist keine Zauberei, sondern lediglich eine einfache, fachgerechte Analyse der Warenmärkte. Die meisten Anleger haben bei Warentermingeschäften kein Glück, weil sie nicht über genügend Kapital zur Deckung eines Nachkaufs verfügen für den Fall, daß der Markt sich gegen sie wendet. Für dich – das heißt, für uns – gibt es dieses Problem nicht. Wir fangen vorsichtig an zu investieren und behalten ein gehöriges Kapital in der Hinterhand. Und sobald unsere Taktik Früchte trägt, können unsere Spekulationen allmählich risikofreudiger ausfallen. Bei einem vielversprechenden Warentermingeschäft können wir jederzeit eine Menge Geld locker machen und ein Vermögen verdienen. Und die Anlage braucht nicht immer langfristig zu sein. Kurzfristig kann man ebensoviel Geld verdienen.«

Er lächelte, als er bemerkte, daß ich bereits hoffnungslos im dunkeln tappte.

Dann zeigte er auf ein Diagramm. »Nehmen wir zum Beispiel diese Tabelle. Auf ihr sind die Sperrholzpreise an der Handelskammer von Chicago verzeichnet. Hier siehst du, wie sich die Kopf-Schulter-Konfiguration auszubilden beginnt – das Warnzeichen dafür, daß im nächsten Augenblick der Sturz ins Bodenlose erfolgt. Das ist der Stand vom letzten April. Zu diesem Zeitpunkt hätten wir bereits Sperrholz verkauft – viel Sperrholz. Und an dieser Stelle, wenn der Preis stürzt, kaufen wir eine Menge Sperrholz. Zum hohen Preis verkaufen und zum niedrigen Preis einkaufen ist das gleiche wie zum niedrigen Preis einkaufen und zum hohen Preis verkaufen. Klar?«

Aber wie konnten wir... »Wie können wir denn Waren verkaufen, ehe wir sie eingekauft haben? Müssen wir es nicht in der umgekehrten Reihenfolge tun?«

»Nein.« Er erklärte es mir mit der Ruhe eines Universitätsdekans. »Das sind Waren*termingeschäfte*. Wir versprechen, die Waren später zu einem festgesetzten Preis zu verkaufen. Und wenn dann der Liefertermin herangerückt ist, haben wir das Sperrholz – oder den Zucker, das Kupfer, das Getreide – bereits zu einem viel niedrigeren Preis gekauft.«

»Oh.«

»Dann legen wir unseren Gewinn wieder an. Und zwar gut verteilt. Auslandsinvestitionen. Vielleicht sogar eine Aktiengesellschaft im Ausland. Aber bei der Handelskammer in Chicago müssen wir anfangen – vielleicht mit einem Sitz an der West-Coast-Warenbörse. Wir werden sehen. Wenn du dir einen Börsensitz kaufst, sparst du Maklergebühren. Später dann die Verteilung der Investitionen. Vielleicht wäre eine Beteiligung an einer kleinen, im Aufstieg begriffenen Firma eine gute Idee. Ich werde Erkundigungen einziehen. Doch bei dem Geldbetrag, mit dem wir arbeiten, und einer vorsichtigen Taktik auf den Märkten dürfte es ziemlich schwer sein, etwas falsch zu machen.«

Als ich Stans Büro verließ, hatte er mich restlos überzeugt.

Meine finanzielle Zukunft konnte sich also auf keinen Fall verwickeln wie ein Fallschirm. Welch eine Erleichterung!

Mir war bewußt, niemals so gut mit Geld umgehen zu können wie Stan, da ich dafür weder hinreichend geduldig noch klug genug war; und außerdem besaß ich keine Tabellen mit Linien, die raketengleich in den Himmel schossen.

Doch wenigstens war ich einsichtig genug, um meine schwache Seite zu kennen, einen alten Freund zu finden, dem ich vertrauen und getrost die Verwaltung meines Geldes überlassen konnte.

10

Donna und ich lagen an Deck meines Segelbootes in der Sonne. Wir waren in eine Flaute geraten und ließen uns dreißig Meilen nördlich von Key West von der Strömung treiben. »Ich gehöre keiner der Frauen, die in meinem Leben eine Rolle spielen«, erklärte ich ihr gerade ruhig und geduldig, »und auch mir gehört keine. Das ist sehr, sehr wichtig für mich. Ich verspreche dir: Ich werde dich nie besitzen wollen und nie eifersüchtig sein.«

»Wie schön, zur Abwechslung einmal so etwas zu hören«, sagte sie. Ihr Haar war kurz geschnitten und schwarz; sie hatte die braunen Augen geschlossen, da die Sonne ihr direkt ins Gesicht schien. Ihre Bräune hatte während der Jahre, die sie im ewigen Sommer Floridas verbracht hatte, die Farbe eingeölten Teakholzes angenommen. Ehe sie nach Florida gezogen war, war sie irgendwo weit oben im Norden verheiratet gewesen. »Die meisten Männer haben kein Verständnis dafür, daß ich so lebe, wie es mir gefällt. Wenn ich bei ihnen sein will, komme ich; wenn nicht, gehe ich wieder. Erschreckt dich das nicht?« Sie verschob die Träger ihres Bikinioberteils ein wenig, um keine hellen Streifen an den Schultern zu bekommen.

»Erschrecken?« wehrte ich ab. »Ich bin begeistert! Denn das

heißt: keine Ketten, keine Fesseln, keine Verwicklungen; keine Auseinandersetzungen und keine Langeweile. Statt dessen ein Geschenk, das wirklich von Herzen kommt: *Ich bin nicht hier, weil ich mich dazu verpflichtet fühle oder weil du mich eingefangen hast, sondern weil ich lieber bei dir sein möchte als irgendwo anders.«*

In dem Segel flimmerten helle Lichter.

»Du wirst feststellen, daß ich dein zuverlässigster Freund bin«, sagte ich.

»Mein zuverlässigster?«

»Ja. Da ich meine eigene Freiheit so sehr schätze, respektiere ich auch deine. Ich bin äußerst sensibel. Wenn ich dich jemals berühre, ohne daß du es willst, oder irgend etwas anderes tue, was dir nicht lieb ist, brauchst du nur ganz leise ›Nein‹ zu flüstern. Ich verabscheue Eindringlinge, die in den Privatbereich anderer Menschen einbrechen. Solltest du jemals auch nur die leiseste Andeutung machen, daß ich selbst ein solcher Eindringling bin, werde ich schon verschwunden sein, ehe du sie noch ausgesprochen hast.«

Sie rollte sich auf die Seite, legte den Kopf auf den Arm und öffnete die Augen. »Das klingt nicht wie ein Heiratsantrag, Richard.«

»Es ist auch keiner.«

»Danke.«

»Bekommst du eigentlich viele Heiratsanträge?« fragte ich sie.

»Schon ein paar sind mir zuviel«, erklärte sie. »Eine Ehe hat mir gereicht. Ja – sogar diese eine war überflüssig. Manche Menschen macht die Ehe glücklich, mich nicht.«

Ich erzählte ihr ein wenig von meiner eigenen Ehe: von glücklichen Jahren, denen schwere, düstere gefolgt waren. Ich hatte aus der Ehe genau die gleiche Lehre gezogen wie Donna; genau wie sie würde ich niemals so dumm sein, wieder zu heiraten.

Ich ließ meinen Blick prüfend über die spiegelglatte Oberfläche des Golfs von Mexiko schweifen, um festzustellen, ob irgendwo eine Brise aufkam. Doch das Meer lag regungslos vor mir.

Wir ließen uns noch eine Stunde lang von der Strömung treiben; dann kam Wind auf, und unser Boot schoß mit geblähten Segeln voran. Als wir wieder an Land kamen, waren wir bereits gute Bekannte, umarmten uns zum Abschied und versicherten einander, daß wir uns gelegentlich einmal wiedersehen würden.

So war es mit allen Frauen, die in mein Leben traten: Der eine Partner respektierte das Privatleben und die völlige Unabhängigkeit des anderen. Diese Freundschaften waren sanfte Bündnisse gegen die Einsamkeit, kühle, von der Vernunft diktierte Liebesaffären ohne Liebe.

Einige meiner Freundinnen waren noch nie verheiratet gewesen, die meisten jedoch waren bereits wieder geschieden. Manche hatten auch unglückliche Beziehungen hinter sich, waren von gewalttätigen Männern geschlagen und geängstigt oder durch starke seelische Belastungen in endlose Depressionen getrieben worden. Für sie war die Liebe ein tragisches Mißverständnis. Liebe war nur noch ein Wort – seine Bedeutung war von einem besitzergreifenden Ehemann oder einem im Gefängnis gelandeten Liebhaber in Stücke geschlagen worden.

Wenn ich in Gedanken meine Vergangenheit zurückverfolgt hätte, wäre ich vielleicht auf ein Rätsel gestoßen: Das Wort »Liebe« funktioniert nicht mehr. Aber wie steht es mit dem Sinn dieses Wortes, Richard – gibt es ihn noch?

Ich hätte keine Antwort auf diese Frage gewußt.

Eintönig plätscherten die Monate an mir vorbei. Nach und nach verlor ich das Interesse an der Liebe – an der Frage, was Liebe ist und was nicht – und damit auch den Ansporn, nach meiner unauffindbaren Seelengefährtin zu suchen. Allmählich trat an die Stelle ihres Idealbildes eine ganz andere Idee – eine Idee, die ebenso vernünftig und lückenlos logisch war wie jene, von denen meine geschäftlichen Angelegenheiten jetzt abhingen.

Wenn die perfekte Partnerin stets all unseren Bedürfnissen entsprechen soll und wir unter anderem auch das Bedürfnis nach Abwechslung haben – *dann kann es die eine perfekte Partnerin gar nicht geben!*

Dann kann man seine einzige, wahre Seelengefährtin nur in vielen verschiedenen Menschen finden. Meine perfekte Frau besteht aus dem spontanen Einfallsreichtum und Intellekt dieser Freundin, der atemberaubenden Schönheit jener Geliebten und dem waghalsigen Abenteuergeist einer dritten. Und sollte gerade einmal keine dieser drei Frauen verfügbar sein, so wohnt der Funke der Seelengefährtin auch noch in vielen anderen Frauenkörpern an vielen anderen Orten. Vollkommenheit ist nicht gleichbedeutend mit Unerreichbarkeit.

Richard, diese Idee ist grotesk! Das wird niemals gutgehen! Wenn meine innere Stimme mir eine solche Warnung zugerufen hätte – und sie tat es –, hätte ich sie rasch zum Schweigen gebracht.

Erkläre mir, warum diese Vorstellung falsch sein soll, hätte ich gesagt, zeige mir, was dabei schiefgehen könnte. Und zwar ohne die Worte *Liebe, Ehe* und *Verpflichtung* zu verwenden. Nur zu – versuche mich zu überzeugen, obwohl ich dich gefesselt und geknebelt habe und lauter schreien kann als du, wie ich mein Leben einzurichten gedenke!

Natürlich siegte mein Plan, die perfekte Frau in vielen verschiedenen Frauen zu finden, bei diesem Wettkampf mühelos.

Ein nahezu unbegrenzter Geldvorrat. So viele Flugzeuge, wie ich mir nur wünschen konnte. Die perfekte Frau mein Eigentum. Das ist das Glück!

11

Es gibt keinen Irrtum. Alle Ereignisse, die wir herbeiführen, sind notwendig – so unangenehm sie auch sein mögen. Wir brauchen sie, um zu lernen, was wir lernen müssen. Keiner unserer Schritte ist überflüssig; jeder bringt uns den Zielen näher, die wir uns ausgesucht haben.

Ich lag auf dem Fußboden, halb versunken in einem dicken, zimtfarbenen Teppich, und dachte nach. Nein; die vergangenen drei Jahre waren kein Irrtum gewesen. Ich hatte jedes einzelne sorgfältig geplant; Millionen von Entscheidungen waren dazu erforderlich gewesen. Das Ergebnis: Flugzeuge, Zeitschrifteninterviews, Boote, Reisen, Filme, Personal, das meine Geschäfte erledigte, Vorträge, Fernsehauftritte, Buchmanuskripte. Tagsüber Kunstflugveranstaltungen in meinem neuen kleinen Düsenflugzeug; nachts Gespräche und Berührungen mit vielen Frauen, die alle reizend waren. Nur *sie* war nicht dabei.

Mittlerweile war ich überzeugt davon, daß es sie nicht gab; und doch verfolgte sie mich immer noch.

War sie ebenso sicher, daß ich nicht existierte? Störte mein Geist ihre Überzeugungen? Lag in diesem Augenblick irgendwo auf irgendeinem Plüschteppich eine Frau? Und hatte sie auch einen Hangar mit fünf Flugzeugen unter ihrem Haus, drei weitere Flugzeuge draußen auf dem Rasen und ein am Ufer festgebundenes Wasserflugzeug?

Ich bezweifelte es. Aber vielleicht gab es eine, die wie ich inmitten von Zeitungsberichten und Fernsehaufnahmen allein war? Die sich einsam fühlte, obwohl sie von Liebhabern, Geld, zu Angestellten gewordenen Freunden, Agenten, Rechtsanwälten, Managern und Buchhaltern umgeben war? Das war durchaus möglich.

Vielleicht hatte ihr Teppich eine andere Farbe als meiner. Aber alles andere ... Möglicherweise war sie mein Spiegelbild, fand wie ich ihren perfekten Mann in fünfzig verschiedenen Männern und ging doch immer noch allein durch die Welt.

Ich mußte über mich selbst lachen. Wie schwer der alte Mythos der »einen großen Liebe« totzukriegen war!

Vom Rasen her war das Startgeräusch eines Flugzeugmotors zu hören. Das war wohl Roger, der die Twin Cessna warmlaufen ließ. Ein Lader an der rechten Seite war undicht gewesen. Nachträglich montierte Lader sind immer ein Problem, auch wenn der Motor an und für sich gut ist, dachte ich.

Auf der Rapide und dem Motorsegler sammelte sich bereits eine Staubschicht an. Vielleicht sollte ich die Rapide verkaufen, da ich ohnehin nicht oft genug mit ihr fliege. Eigentlich tue ich das mit keiner meiner Maschinen oft genug. Einmal mit der einen, dann wieder mit der anderen. Sie sind mir fremd – wie alles andere in meinem jetzigen Leben. Was versuche ich im Augenblick eigentlich zu lernen? Daß wir mit der Zeit zum Eigentum unserer Maschinen werden, wenn wir zu viele besitzen?

Nein, dachte ich; die Lehre lautet: Wenn du sehr viel Geld erhältst, so ist das, als reiche dir jemand mit der Schneide nach vorn ein gläsernes Schwert. Du solltest sehr, sehr vorsichtig damit umgehen, während du dir den Kopf darüber zerbrichst, wozu es eigentlich da ist.

Der andere Motor der Twin wurde angelassen. Beim Check des Flugzeugs am Boden war wohl alles in Ordnung gewesen, und daher hatte Roger anscheinend beschlossen, es nun auch noch in der Luft zu überprüfen.

Was kann ich aus meiner jetzigen Situation noch lernen? fragte ich mich. Daß ich meinen plötzlichen Ruhm nicht ganz so unverändert überstanden habe, wie ich anfangs geglaubt hatte. Früher hätte ich es nie für möglich gehalten, daß sich irgend jemand auf die Dauer dafür interessieren könnte, was ich denke oder sage, wie ich aussehe, wo ich wohne und was ich mit meiner Zeit und meinem Geld anfange. Ich hätte mir auch nicht träumen lassen, daß das Interesse der Öffentlichkeit eine solche Auswirkung auf mich haben, daß es mich in mein Schneckenhaus zurücktreiben würde.

Menschen, die einmal vor der Kamera gestanden oder ein Buch geschrieben haben, dachte ich, dürfen keine Fehler mehr machen.

Ob sie sich dessen bewußt sind oder nicht – sie geben Beispiele für den Rest der Menschheit ab, sind zu Vorbildern geworden. Das Leben des einen besteht nur aus Wundern – und der andere ist nicht mehr als ein hin- und hergeworfenes Wrack. Die eine sieht ihrem Mißgeschick oder ihrer Begabung mit ruhiger Weisheit ins Auge – und eine andere wieder bekommt Schreikrämpfe, springt in den Tod oder lacht.

Täglich stellt die Welt berühmte Persönlichkeiten auf die Probe, und wir sehen diesem Schauspiel fasziniert zu und können uns gar nicht wieder davon abwenden, denn die Prüfungen, die unsere Vorbilder zu bestehen haben, sind die gleichen, denen wir alle ins Auge sehen müssen: Sie lieben sich, heiraten, lernen Neues hinzu; sie geben auf, stehen vor dem Ruin und fangen wieder von vorn an. Und alles erfolgt im gleißenden Licht der Öffentlichkeit.

Nur eine Prüfung, die sie zu bestehen haben, bleibt den anderen Menschen erspart: die der Berühmtheit. Und doch beobachten wir sie auch im Hinblick darauf, wie sie diese Situation meistern. Wer weiß ... Eines Tages stehen wir vielleicht selbst im Rampenlicht, und Vorbilder können niemals etwas schaden.

Was ist nur aus dem einfachen Flugzeugpiloten geworden, der auf den Feldern des Mittelwestens zu Hause war? fragte ich mich. Hat er sich wirklich so rasch in einen extravaganten, verwöhnten Playboy verwandelt?

Ich stand auf und ging durch mein leeres Haus zur Küche, wo ich lediglich eine Schüssel mit Corn-flakes entdeckte, die allmählich weich wurden. Dann begab ich mich wieder zurück zu meinem Eames-Sessel vor dem großen Fenster und schaute auf den Lake Theresa hinaus.

Ich – und ein Playboy? Lächerlich! Innerlich hatte ich mich nicht verändert – oder jedenfalls kaum.

Eine Piper Cub von der nebenan gelegenen Flugschule übte Starts und Landungen auf der spiegelglatten Wasseroberfläche.

Die Scheinwerferlichter haben dich gelehrt, wie man sich versteckt, wie man sich mit Mauern umgibt, dachte ich. Jeder Mensch trägt irgendwo in seinem Innern eiserne Panzer und Stachelreihen, die dem Gegenüber sagen: Bis hierher und nicht weiter.

Extravertierten berühmten Menschen dagegen macht es Spaß, erkannt zu werden. Sie stören die Kameras nicht, die sich auf jeden richten, der eine einflußreiche Position innehat. Und die Fotografen und Reporter sind zum Teil recht nett. Ich kann ebensolange liebenswürdig zu ihnen sein wie sie zu mir – und wenn es sein muß, sogar noch zwei Minuten länger.

Die Mauer jedenfalls, die ich in Florida um mich herum errichtet hatte, war sehr hoch. Die meisten Menschen, die mich von irgendeiner Talk-Show, irgendeinem Titelbild oder einem flüchtig überflogenen Zeitungsbericht her kannten, ahnten nicht, wie froh ich über jede Art von Respekt gegenüber meinem Privatleben war.

Die Briefe, die ich erhielt, überraschten mich; ich freute mich über die Lesergemeinde, die einen Sinn in jenen seltsamen Ideen sah, die ich liebte. Sie setzte sich aus vielen wissensdurstigen, lernwilligen Menschen aller Rassen, Altersstufen und Nationen zusammen und war viel größer, als ich es mir vorgestellt hatte!

Neben den wunderbaren Briefen erhielt ich auch ein paar seltsame: Schreiben Sie doch mal ein Buch über die folgende Idee von mir... Helfen Sie mir bitte, einen Verleger für meinen Roman zu finden... Schick mir Geld – oder du sollst in der Hölle schmoren.

Für meine »Gemeinde« empfand ich ein glückliches Gefühl der Wärme und Vertrautheit. Ich beantwortete all ihre Briefe mit Postkarten. Doch zur Abschirmung gegen jene Leser, die mich mit weniger erfreulichen Zuschriften traktierten, armierte ich meine Schutzmauer mit einer weiteren Tonne Eisen und schweißte oben noch Dolche an.

Meine ungestörte Privatsphäre war mir wichtiger, als ich gedacht hatte. Hatte ich mich vorher nicht gekannt, oder war ich dabei, mich zu verändern? Ganz egal – wenn man nicht mit einem Schutzengel aus Blei zum Lebensmittelladen gehen will, bleibt man lieber allein zu Haus – so wie ich an jenem Tag, in jenem Monat, in jenen Jahren... Nun saß ich hier in meinem großen Haus, mit neun Flugzeugen und uralten Entscheidungen, die ich nie wieder treffen würde. Ist das der sogenannte *Erfolg*?

Ich sah vom Fußboden auf und betrachtete die Fotos an der Wand. Es waren Bilder von Flugzeugen, die ich geliebt hatte. Nicht eine einzige Fotografie eines Menschen. Was war mit mir geschehen? Den Menschen, der ich früher gewesen war, hatte ich gemocht. Mochte ich mich immer noch?

Ich stieg die Treppe hinunter zu meiner Flugzeughalle, schob den für die Flugveranstaltungen bestimmten Doppeldecker hinaus und rutschte ins Cockpit. In diesem Flugzeug hatte ich Kathy kennengelernt.

Schultergurt – Sitzgurte – Gemischeinstellung – Benzinpumpe AN – Zündung AN. Wir waren so gute Freunde, Kathy und ich, doch jetzt drängte sie auf Heirat, als ob ich ihr niemals erklärt hätte, was für Übel die Ehe mit sich bringt; als ob ich ihr niemals bewiesen hätte, daß ich nur ein Teil ihres »perfekten Mannes« zu sein vermag.

»Achtung – Propeller!« rief ich aus Gewohnheit, obwohl niemand in der Nähe war, und drückte auf den Anlasser.

Eine halbe Minute nach dem Start flog ich eine Rolle rückwärts und stieg dann mit einer Geschwindigkeit von zweitausend Fuß pro Minute. Der Wind pfiff mir um den Helm und die Schutzbrille. Wie ich das liebte! Zuerst eine ganz langsame Rolle. Himmel frei? Fertig? Los!

Das grüne, flache Land Floridas: Zu meiner Rechten erhoben sich Seen und Sümpfe, majestätisch und rießengroß, drehten sich um meinen Kopf und versanken dann zu meiner Linken wieder.

Jetzt standen die Tragflächen wieder waagrecht zum Erdboden. Dann drehte sich die Erde erneut mit plötzlichen, ruckhaften Bewegungen um mich – sechzehnmal. Ich brachte die Maschine in die Senkrechte zu einem überzogenen Flug, drückte das linke Seitenruder und ging im Sturzflug senkrecht nach unten. In den Spanndrähten zwischen den Tragflächen heulte der Wind. Ich schob den Steuerknüppel nach vorn und flog mit einer Geschwindigkeit von hundertsechzig Meilen die Stunde erneut in der Rückenlage, warf den Kopf zurück und schaute nach oben zur Erde. Dann riß ich den Steuerknüppel plötzlich ganz nach hinten und trat fest auf das rechte Seitenruder. Der Doppeldecker bäumte sich auf, überzog die rechten Tragflächen und wirbelte zweimal herum: eine himmelsgrüne, erdblaue Doppeldrehung.

Im Sturzflug näherte ich mich bis auf eine Höhe von hundert Fuß dem Sumpf, über dem ich immer trainierte, und wiederholte dann die ganzen Figuren noch einmal in der niedrigen Höhe, in der ich normalerweise meine Kunstflüge vorführte, für die Alligatoren.

Die Fliegerei vermag viele Gedanken zu klären – doch mein Herz blieb einsam.

12

Wir hatten schon minutenlang kein Wort mehr miteinander gewechselt.

Ruhig saß Leslie Parrish auf ihrer Seite des Schachbretts mir gegenüber. Wir befanden uns mitten in einer ausgeglichen, spannenden Partie. Neun Züge lang war es in dem Zimmer ganz still, und nur ab und zu war das leise Geräusch einer vom Schachbrett abgehobenen und wieder aufgesetzten Figur oder ein gelegentliches »Hm« oder »Oh« zu vernehmen, wenn sich auf dem Schachbrett plötzlich neue Möglichkeiten oder Wege eröffneten oder wieder verbaut wurden.

Schachspieler skizzieren mit ihrer Spielweise ein Porträt von sich selbst. Miß Parrish verzichtete auf Finten und den Aufbau von Fallen und spielte sehr umsichtig und zielstrebig.

Ich beobachtete sie durch meine ineinander verschlungenen Finger und lächelte, obwohl sie mir gerade einen Läufer geschlagen hatte und mit ihrem nächsten Zug meinen Springer in eine bedrohliche Position bringen konnte.

Es war nun schon Jahre her, daß ich dieses Gesicht zum erstenmal gesehen hatte. Unsere erste flüchtige Begegnung war auf die wichtigste Weise erfolgt, die zwei Menschen zueinanderführen kann: durch Zufall.

»Nach oben?« rief sie und rannte quer durch die Vorhalle auf den Fahrstuhl zu.

»Ja.« Ich hielt die Tür auf und wartete, bis sie drin war. »In den wievielten Stock müssen Sie?«

»In den dritten, bitte«, antwortete sie. Dorthin mußte ich auch.

Nach einer kurzen Pause schloß sich die Tür mit einem leisen, dumpfen Geräusch.

Blaugraue Augen schauten dankend in meine Richtung. Ich erwiderte den Blick weniger als eine Viertelsekunde lang, um ihr zu sagen, daß es mir ein Vergnügen gewesen war, auf sie zu warten. Dann sah ich höflich beiseite. Verdammte Höflichkeit, dachte ich. Was für ein reizendes Gesicht! Hatte ich sie nicht schon in Filmen gesehen? Oder im Fernsehen? Ich wagte nicht zu fragen.

Schweigend fuhren wir nach oben. Sie reichte mir bis zur Schulter; unter ihrer zimtfarbenen Kappe ringelte sich goldblondes Haar hervor. Sie war nicht wie ein Filmstar gekleidet: ein verblichenes Arbeitshemd; darüber ein Mantel, der aus Marinerestbeständen stammte; Bluejeans und Lederstiefel. Was für ein schönes Gesicht!

Sie ist sicher an den Außenaufnahmen für den Film beteiligt, dachte ich. Ob sie wohl zum Technikerteam gehört?

Wie schön wäre es, sie kennenzulernen. Aber sie ist so weit weg . . . Ist es nicht interessant, Richard, wie unendlich weit sie von dir entfernt ist? Zwischen euch liegt nur eine Armlänge, und doch gibt es keine Möglichkeit, diese Kluft zu überbrücken und einander »hallo« zu sagen.

Warum können Menschen, die einander noch nie begegnet sind, sich nicht einfach ansprechen? Man müßte eine Möglichkeit der Kontaktaufnahme erfinden. Etwa: »Ich finde Sie bezaubernd und wüßte gern, wer Sie sind.« Und dann müßte es auch noch ein Kodewort geben, das

»Nein, danke« bedeutet – für den Fall, daß der Zauber nicht auf Gegenseitigkeit beruht.

Doch eine Welt, in der so etwas möglich ist, war noch nicht erschaffen worden. Unsere gemeinsame halbe Minute in dem Fahrstuhl verstrich, ohne daß wir ein Wort miteinander gewechselt hätten. Mit einem leisen Rumpler öffnete sich die Tür wieder.

»Danke«, sagte sie. Fast im Laufschritt eilte sie den Korridor entlang zu ihrem Zimmer, öffnete die Tür, trat ein, schloß die Tür wieder hinter sich und ließ mich allein.

Warum mußte das so kommen? fragte ich mich, als ich mein eigenes Zimmer betrat, das nur zwei Türen von ihrem entfernt lag.

Sie hatte momentan den Vorteil auf ihrer Seite, aber die Partie war noch nicht entschieden. Natürlich! dachte ich. Sb5! Springer bedroht Bauer und Turm.

Ich machte den Zug, sah ihr dabei wieder in die Augen und erfreute mich an ihrer Schönheit, die durch meinen Gegenangriff seltsam unberührt blieb.

Ein Jahr nach unserer Begegnung im Fahrstuhl verklagte ich den Regisseur des Films, weil er ohne meine Zustimmung Veränderungen am Drehbuch vorgenommen hatte. Obwohl das Gericht entschied, daß der Film von nun an nicht mehr unter meinem Namen laufen dürfe und daß der Regisseur einige der gravierendsten Veränderungen wieder rückgängig machen müsse, konnte ich es mir nicht verkneifen, Möbel zu zerschlagen, während ich die Angelegenheit mit ihm besprach. Daher mußte ein Vermittler hinzugezogen werden.

Diese Vermittlerrolle übernahm die Schauspielerin Leslie Parrish – jene Frau, mit der ich damals von der Vorhalle bis zum dritten Stock gefahren war.

Als ich mit ihr sprach, schmolz mein Zorn dahin. Sie war ruhig und die Vernunft selbst – ich hatte sofort Vertrauen zu ihr, und von da an zerbarst kein Stuhl mehr an der Wand.

Nun wollte Hollywood mein neues Buch verfilmen. Ich schwor, daß ich die Geschichte lieber eigenhändig verbrennen würde, als mitanzusehen, wie sie auf der Leinwand ruiniert wurde. Aber wenn der Film doch zustande kommen sollte – war es dann nicht am besten, eine eigene Filmgesellschaft zu gründen und ihn von ihr drehen zu lassen? Leslie war der einzige Mensch in Hollywood, zu dem ich Vertrauen hatte; also flog ich nach Los Angeles, um noch einmal mit ihr zu sprechen.

Auf dem Beistelltisch ihres Büros stand ein Schachbrett.

Schachbretter in Büros sind meistens bloße Extravaganzen ohne Funktion – Phantasiegebilde, bei denen die Dame wie ein Läufer oder der Läufer wie ein Bauer aussieht, die Figuren willkürlich verteilt sind und auf falschen Feldern stehen. Dieses Schachbrett jedoch war ein hölzernes Staunton-Turnierbrett, fünfunddreißig Zentimeter lang, mit einem neun Zentimeter großen König. Das weiße Eckfeld befand sich zur Rechten des Spielers, wie es sich gehört, und die Springer zeigten nach vorn.

»Hätten Sie Zeit für eine kleine Partie?« fragte ich sie, als unsere Besprechung zu Ende war. Ich war zwar nicht gerade der beste Schachspieler, aber auch nicht der schlechteste. Ich spielte bereits seit meinem siebten Lebensjahr und setzte mich stets mit einer etwas arroganten Zuversicht ans Schachbrett.

Sie warf einen Blick auf die Uhr. »Einverstanden«, sagte sie.

Ich war vollkommen verblüfft, als die das Spiel gewann. Doch die Art, in der sie gewann – das Muster ihrer Gedanken auf dem Schachbrett – bezauberte und versöhnte mich.

Bei unserer nächsten Begegnung vereinbarten wir, maximal drei Partien zu spielen. Wer zwei davon gewann, war logischerweise der Sieger.

Im darauffolgenden Monat gründeten wir eine Gesellschaft. Leslie machte sich daran, herauszufinden, wie man meinen Film unter größtmöglicher Vermeidung aller denkbaren Pannen realisieren konnte. Unser Gewinnmodus beim Schach war mittlerweile bei sechs Siegen aus elf Partien angelangt.

Danach brauchten wir keine Besprechungen mehr, um einander zu sehen. Ich kletterte in meine Neuerwerbung – einen ehemaligen Schulungs-Jet der Air Force – und düste von Florida nach Los Angeles, um mit Leslie einen Tag über dem Schachbrett zu verbringen.

Nach und nach verloren unsere Schachpartien ihren turnierähnlichen Charakter. Mittlerweile waren während des Spiels sogar schon Gespräche, Kekse und Milch erlaubt.

Mit den Worten: »Richard, du Biest!« kommentierte Leslie stirnrunzelnd meinen letzten Zug.

»Stimmt«, entgegnete ich.

Eine seltsam alchimistische Note prägte, auf Gegenseitigkeit, unsere Beziehung zueinander. Ich war sicher, daß es in ihrem Leben viele Männer und viele Liebesaffären gab; und sie nahm das gleiche von mir an. Und damit begnügten wir uns; keiner spionierte dem anderen nach. Wir respektierten unsere Privatsphären grenzenlos.

Eines Tages sagte sie mitten in einer Schachpartie: »Heute abend läuft in der Akademie ein Film, den ich mir ansehen möchte. Der Regisseur käme unter Umständen für unseren Film in Frage. Hättest du Lust, mitzukommen?«

»O ja, gern«, erwiderte ich etwas geistesabwesend, da ich vollauf damit beschäftigt war, mich gegen ihre Attacke auf meinen König zu wappnen.

Ich war noch nie im Kino der Academy of Motion Picture Arts and Sciences gewesen und war von der glanzvollen Aufmachung wie erschlagen, als wir an dem Gebäude vorbeifuhren. Dann sah ich mir mit Leslie die Premiere des neuen, mit großen Stars besetzten Filmes an. Es war schon sonderbar: Ganz plötzlich gehörte der simple Flieger, der ich war, in Hollywood mit dazu – und das alles wegen eines Buches und einer Freundin, die mich bei meinem Lieblingsspiel meistens besiegte.

Als wir im Anschluß an die Filmaufführung auf dem Santa Monica Boulevard durch die Dämmerung in Richtung Osten fuhren, kam mir plötzlich eine Inspiration.

»Leslie, würdest du gern ...« Ich brach ab.

Mein Schweigen spannte sie so sehr auf die Folter, daß sie nachfragte: »Na, was denn?«

»Leslie, hättest du noch Lust auf einen *Eisbecher mit heißem Fondant*?«

Sie schrak zurück. »Auf *was*?«

»Einen Eisbecher – mit – heißem – Fondant. Und wie wäre es mit ein paar Schachpartien?«

»Was für eine sündhafte Idee!« sagte sie. »Das mit dem heißen Fondant, meine ich. Ist dir noch nicht aufgefallen, daß ich mich nur von Körnern, Rohkost und Joghurt ernähre, höchstens ganz selten mal beim Schach einen Keks knabbere?«

»Mhm, stimmt. Verrat mir aber trotzdem, wie lange es her ist, daß du zum letztenmal einen Eisbecher gegessen hast? Wenn es letzte Woche war, mußt du es zugeben.«

»Letzte Woche? Letztes *Jahr*! Sehe ich etwa so aus, als äße ich ständig Eis? Schau mich an!«

Ich tat es. Es war das erstemal, daß ich ihren Körper bewußt wahrnahm. Ich lehnte mich in meinem Sitz zurück und zwinkerte verblüfft mit den Augen, als ich entdeckte, was selbst der begriffsstutzigste Mann auf Anhieb erkannt hätte: daß hier eine außergewöhnlich attraktive Frau neben mir saß; daß der Gedanke, der dieses herrliche Gesicht geschaffen hatte, einen ebenso wunderbaren Körper zustande gebracht hatte.

Während all der Monate unserer Bekanntschaft war Leslie für mich nur ein reizender, körperloser Kobold gewesen, ein Geist voll tanzender Herausforderung, ein wandelndes Lexikon, das mir alle erdenklichen Informationen über Filmproduktion, klassische Musik, Politik und Ballett geben konnte.

»Na – was meinst du?« fragte sie.

»Schön!! Das heißt – nein . . .«, stammelte ich und errötete.

Leslie sah mich an und schenkte mir ein rasches Lächeln, um mir zu versichern, daß unsere Freundschaft nicht in Gefahr war. Sie wußte, daß ich sie zum erstenmal als Frau bewußt zur Kenntnis genommen hatte, und es machte ihr nichts aus.

Ohne darüber zu sprechen, ohne ihr auch nur ein Wort davon zu sagen, verbannte ich den Gedanken an ihren Körper aus meinem Gehirn. Für romantische Liebesaffären hatte ich meine perfekte Frau. Leslie Parrish sollte für mich genau das bleiben, was sie war – eine gute Freundin und Geschäftspartnerin.

13

»Es ist kein Weltuntergang«, erklärte Stan ruhig, noch ehe ich mich auf der anderen Seite seines Schreibtischs niedergelassen hatte. »Man könnte es eher als einen kleinen Rückschlag bezeichnen. Die West-Coast-Warenbörse ist gestern zusammengebrochen. Sie hat Konkurs angemeldet. Du hast ein bißchen Geld verloren.«

Mein Finanzverwalter war wie immer ruhig und gelassen. Er untertrieb . . . wie üblich. Ich preßte die Lippen aufeinander. »Wie wenig haben wir verloren, Stan?«

»Ungefähr sechshunderttausend Dollar«, antwortete er, »etwas über fünfhundertneunzigtausend.«

»Endgültig?«

»Nun ja, es könnte sein, daß du eines Tages vom Konkursgericht ein paar Cents pro Dollar zurückbekommst«, meinte er. »An deiner Stelle würde ich das Geld abschreiben.«

Ich schluckte. »Ein Glück, daß unsere Investitionen gut verteilt sind. Wie sieht's denn in Chicago aus?«

»Dort hast du auch ein paar Rückschläge erlitten. Aber das ist sicher alles nur vorübergehend. Du machst gerade die längste Verlustserie durch, die ich je zu verzeichnen hatte. Es kann nicht immer so weitergehen; doch im Augenblick steht es nicht zum besten. Dein Vermögensstand ist jetzt um etwa achthunderttausend Dollar gesunken.«

Das war ja mehr Geld, als ich hatte! Wie konnte ich mehr verlieren, als ich besaß? Sicherlich meinte er es nur theoretisch. Es konnte nur ein Verlust auf dem Papier sein. Man kann doch nicht mehr Geld verlieren, als man hat!

»Es ist nicht so schlimm, wie es klingt«, tröstete er mich. »Bei einem Verlust von einer Million Dollar zahlt man so gut wie gar keine Steuern; und du liegst da sogar noch drüber. Also wirst du in diesem Jahr keinen Cent Einkommensteuer zahlen müssen. Trotzdem – wenn ich die Wahl gehabt hätte, hätte ich es vorgezogen, die Steuern zu zahlen und das Geld nicht zu verlieren.«

Ich empfand weder Angst noch Verzweiflung; es war mir, als sei ich versehentlich in eine Situationskomödie hineingestolpert und bräuchte mich nur rasch genug in meinem Stuhl herumzudrehen, um anstelle von Stans Bürowänden Fernsehkameras und ein Studiopublikum vor mir zu sehen.

Unbekannter Schriftsteller verdient ein Millionenvermögen und verliert es über Nacht wieder. Ist das wirklich dein Leben und nicht nur ein abgedroschenes Klischee? fragte ich mich, während Stan mir die Katastrophen erläuterte.

Leute mit einem Millioneneinkommen sind für mich immer »jemand anders« gewesen. Ich wiederum war stets ich selbst. Ich war in erster Linie Pilot und betätigte mich als Schriftsteller – immer nur unter dem Zwang einer Idee, die nicht in Vergessenheit geraten durfte, die ich ganz einfach niederschreiben *mußte,* weil sie so schön war . . . Was fangen Menschen wie ich mit über hundert Dollar auf dem Bankkonto an? Mehr als hundert Dollar auf einmal braucht man doch ohnehin nie!

»Da du nun schon einmal hier bist, kann ich dir ebensogut auch noch etwas anderes erzählen«, fuhr Stan gelassen fort. »Es geht um die Investition, die du durch Tamara getätigt hast

– das hoch verzinste, von der Regierung unterstützte Auslandsdarlehen. Tamaras Klient ist mit dem Geld verschwunden. Es waren zwar nur fünfzigtausend Dollar, aber du solltest trotzdem darüber informiert sein.«

Ich konnte es nicht glauben. »Aber er war doch ein Freund von ihr, Stan, und sie hatte Vertrauen zu ihm. Und er ist verschwunden?«

»Es heißt, eine Nachsendeadresse habe er nicht hinterlassen.« Stan blickte mir prüfend ins Gesicht. »Traust du Tamara?«

Du meine Güte. Bitte nicht auch noch *dieses* Klischee! Hübsche Frau erleichtert reichen Idioten um fünfzigtausend Dollar?

»Stan, willst du damit etwa sagen, daß *Tamara* etwas mit...«

»Möglicherweise. Die Unterschrift auf der Rückseite des Schecks sieht mir nach ihrer Handschrift aus. Ein anderer Name – aber die gleiche Schrift.«

»Das ist doch nicht dein Ernst.«

Er schloß eine Aktenschublade auf, kramte einen Umschlag hervor und reichte mir einen entwerteten Scheck. Auf seiner Rückseite stand: *SeaKay Limited, i. A. Wendy Smythe.* Hohe, schwungvolle Großbuchstaben, elegante Schlaufen an den Ypsilons. Wenn ich diesen Namenszug auf einem Briefumschlag gesehen hätte, hätte ich darauf geschworen, daß es sich um eine Nachricht von Tamara handelte.

»So hätte auch jeder andere unterzeichnen können«, meinte ich und reichte ihm den Scheck zurück.

Stan sagte nichts mehr. Er war überzeugt davon, daß Tamara das Geld hatte. Doch das war meine Angelegenheit; es würde keine Untersuchung stattfinden, wenn ich nicht darum bat. Ich würde nie darum bitten und Tamara gegenüber niemals ein Wort über diese Angelegenheit verlieren. Und ich würde ihr nie wieder trauen.

»Du hast schon noch etwas Geld«, beruhigte Stan mich. »Und natürlich jeden Monat neue Einkünfte. Nach einer so langen Pechsträhne muß die Marktlage sich ganz einfach ändern. Du könntest dein restliches Vermögen zum Beispiel in ausländischer Währung anlegen. Ich habe so ein Gefühl, daß der Dollar in allernächster Zeit fallen und die Deutsche Mark steigen wird. Dadurch könntest du deine Verluste über Nacht wieder hereinholen.«

»All das ist mir zu hoch«, wehrte ich ab. »Tu', was du für das beste hältst, Stan.« Ich stand auf und nahm meine Fliegerjacke von der Armlehne des Sofas.

»Eines Tages werden wir auf unser heutiges Gespräch zurückblicken und sagen: ›Das war unser Tiefpunkt‹«, erklärte ich ihm. »Von jetzt an kann alles nur noch besser werden, nicht wahr?«

Es schien, als habe er meine Worte gar nicht gehört. Plötzlich sagte er: »Ich wollte dir noch etwas sagen. Es fällt mir nicht leicht, darüber zu sprechen. Kennst du das Sprichwort: ›Macht verdirbt den Menschen; und unumschränkte Macht verdirbt ihn unumschränkt‹? Nun ... das stimmt. Ich fürchte, es könnte auch für mich gelten.«

Ich wußte nicht, was er damit meinte, und hatte Angst zu fragen. Sein Gesicht war ruhig und teilnahmslos. Ich konnte nicht an seiner Ehrlichkeit zweifeln. Mit seinem Ausspruch »Es könnte auch für mich gelten« meinte er sicherlich nur, daß er vielleicht irgendwann einmal versehentlich einen Betrag zuviel auf sein Spesenkonto gesetzt hatte. Natürlich hatte er seinen Fehler sofort berichtigt; aber er fühlte sich trotzdem schuldig und verpflichtet, es mir zu sagen. Und wenn er es mir jetzt eingestand, hatte er ja ganz offensichtlich nicht vor, solche Irrtümer häufiger zu begehen.

»Ist schon in Ordnung, Stan. Das Entscheidende ist, welche Richtung wir von nun an einschlagen.«

»Stimmt«, sagte er.

Ich schlug mir den Zwischenfall aus dem Kopf. Mein restliches Geld wurde von Stan verwaltet – und von anderen, die er kannte und für vertrauenswürdig hielt. Für ihre Dienste wurden sie gut bezahlt. Würden solche Leute all diese komplizierten Geldangelegenheiten einfach fallenlassen? Natürlich nicht – vor allem nicht jetzt, wo so vieles schiefging. Rückschläge müssen wir alle hinnehmen; aber Stan und seine Leute waren schließlich findige Köpfe und würden schon bald die Probleme wieder im Griff haben.

14

»Jet One Five Five X-ray«, sagte ich ins Mikrofon herunter, *»is out of flight-level three five zero for two seven zero, requesting lower.«*

Ich schaute über meine Sauerstoffmaske hinweg auf die sieben Meilen unter mir in der Nachmittagssonne liegende Wüste Südkaliforniens und prüfte mit einer langsamen Rolle, ob der Himmel unter mir frei war.

Eigentlich flog ich nach Westen, um einen eintägigen Vortrag an einer Universität in Los Angeles zu halten. Ich war jedoch froh, schon ein paar Tage früher kommen zu können.

»Roger Five Five X«, meldete die Flugleitstelle Los Angeles Center. *»Cleared to two five zero.«*

Ich konnte es kaum noch erwarten, Leslie wieder zu sehen.

»And Five Five X, you're cleared to one six thousand.«

Ich bestätigte, daß ich die Durchsage gehört hatte, trimmte das Flugzeug so, daß seine Nase noch tiefer nach unten zeigte, und erhöhte meine Geschwindigkeit. Der Zeiger des Höhenmessers wirbelte nach unten.

»Jet Five Five X-ray is through flight-level one eight zero«, gab ich durch.

»Roger. Squawk VFR, good day.«

Als ich an die Tür ihres Hauses am Rande von Beverly Hills klopfte, trug ich die Abdrücke der Sauerstoffmaske noch auf dem Gesicht. Innen erdröhnte ein Symphonienorchester auf ihrer Stereoanlage; die schwere Haustür bebte. Als ich klingelte, wurde die Musik leiser. Und dann stand sie vor mir: Augen voll Meer und Sonne, die mir ein freudiges »Hallo« zufunkelten. Keine Berührung, nicht einmal ein Händedruck – und keiner von uns beiden empfand dies als seltsam.

»Ich habe eine Überraschung für dich«, kündigte sie an und lächelte bei dem Gedanken daran vor sich hin.

»Leslie«, erklärte ich ihr, »ich hasse Überraschungen. Es tut mir leid, daß ich dir das nie gesagt habe. Ich hasse Überraschungen mehr als alles andere auf der Welt und verabscheue Geschenke. Alles, was ich haben will, kaufe ich mir selbst. Was ich nicht habe, will ich auch nicht. Wenn du mir also etwas schenkst«, versuchte ich freundlich und endgültig klarzumachen, »gibst du mir damit automatisch etwas, was ich nicht brauche. Es ist doch sicherlich kein Problem für dich, es wieder zurückzugeben?«

Sie ging in die Küche. Ihr Haar warf funkelnde Lichter auf ihre Schultern und ihren Rücken. Ihr alter Kater schlenderte herbei und schnitt ihr den Weg ab; er war felsenfest davon überzeugt, daß es bereits Zeit zum Abendessen sei. »Es ist noch nicht soweit«, erklärte Leslie ihm mit sanfter Stimme. »Es dauert noch, bis es Abendessen für mein kleines Kuscheltier gibt.«

»Es wundert mich, daß du dir das, was ich für dich habe, noch *nicht* selbst gekauft hast«, rief sie mir über die Schulter hinweg zu und lächelte, um mir zu zeigen, daß ich sie nicht verletzt hatte. »Du brauchst es wirklich; aber wenn du es nicht haben willst, kannst du es ja wegwerfen. Hier.«

Das Geschenk war unverpackt. Es handelte sich um eine große, einfache Schüssel, deren Boden ein aufgemaltes Schweinchen zierte.

»Leslie! Wenn ich *das* irgendwo gesehen hätte, hätte ich es mir selbstverständlich sofort gekauft! Es ist überwältigend! – Was soll es denn überhaupt sein?«

»Ich wußte, daß es dir gefallen würde! Es ist genau die richtige Eßschüssel für einen Vielfraß wie dich. Den passenden Löffel dazu habe ich dir auch gekauft!« Und schon hielt ich einen Stahllöffel für fünfundachtzig Cents in der Hand, in dessen Stiel ebenfalls das Bildnis eines namenlosen Schweinchens eingeprägt war. »Und wenn du ins Gefrierfach schaust ...«

Ich öffnete ihren Kühlschrank. Im Gefrierfach befanden sich eine riesige Packung Eis und ein Gefäß mit der Aufschrift FONDANT. Beide Behälter waren mit rotem Band und Schleife verziert. Kalter Dunst wehte sacht aus dem Gefrierfach und senkte sich geräuschlos und im Zeitlupentempo auf den Fußboden herab.

»Leslie!«

»Ja, mein kleiner Vielfraß?«

»Du ... Ich ... Hältst du mich etwa für einen ...«

Sie lachte – ebenso über sich selbst und ihren verrückten Einfall wie über mein Gesicht, dem deutlich anzusehen war, daß die Räder meines Gehirns sich jetzt drehten und drehten und doch nicht vorwärtskamen, weil sie – im wahrsten Sinne des Wortes – auf Eis geraten waren.

Nicht das Geschenk verschlug mir die Sprache, sondern Leslies Unberechenbarkeit: Sie, die sich nur von Körnern und kargen Salaten ernährte, ließ sich Süßes in verschwenderischer Menge liefern, nur um sich an meiner Fassungslosigkeit zu ergötzen.

Ich zerrte die Rieseneisbox aus dem Gefrierfach, stellte sie auf die Küchenanrichte und zog den Deckel herunter. »Ich hoffe, du hast dir auch einen Löffel geholt«, sagte ich streng und schob meinen Schweinchen-Löffel in den sahnigen Schokoladenschnee. »Du hast etwas Unvorstellbares getan. Aber nun läßt sich die Tat nicht mehr ungeschehen machen. Uns bleibt nichts anderes übrig, als uns des Beweismaterials zu entledigen. Komm'. Iß.«

Sie öffnete die Küchenschublade und kramte einen winzigen Löffel hervor. »Möchte mein kleiner Vielfraß sein heißes Fondant denn nicht allein essen? Mag er kein heißes Fondant mehr?«

»Er ist verrückt danach. Aber vom heutigen Tag an wird uns beiden schon beim Anblick der bloßen Aufschrift ›Heißes Fondant‹ übel werden.«

Kein Mensch tut jemals etwas, was nicht charakteristisch für ihn ist, dachte ich, während ich die Fondantmasse in eine Pfanne löffelte, um sie zu erhitzen. Könnte es nicht sein, daß Leslies charakteristischstes Merkmal die Unberechenbarkeit ist? Und ich hatte schon fast geglaubt, sie zu kennen. Wie dumm von mir!

Ich drehte mich um. Sie sah mich mit dem Löffel in der Hand lächelnd an. »Kannst du wirklich auf dem Wasser wandeln?« fragte sie. »So, wie du es in dem Buch zusammen mit Donald Shimoda getan hast?«

»Natürlich. Du kannst es auch. Ich habe es in diesem Raum-Zeit-Kontinuum allerdings noch nicht allein getan. Oder besser gesagt: in meiner jetzigen Vorstellung vom Raum-Zeit-Kontinuum. Du siehst – die Sache wird kompliziert. Aber ich bin dabei, sie zu klären.«

Ich rührte das Fondant um. »Hast du eigentlich schon einmal deinen Körper verlassen?«

Sie zuckte bei meiner Frage nicht mit der Wimper und bat mich auch nicht um eine Erläuterung. »Zweimal«, erwiderte sie. »Einmal, als ich in Mexiko war. Und einmal im Tal des Todes, als ich nachts auf einem Gipfel unter den Sternen stand. Ich lehnte mich zurück, um nach oben zu schauen, und fiel plötzlich in die Sterne hinein ...« Sie hatte auf einmal Tränen in den Augen.

Ich sprach ganz ruhig zu ihr. »Und als du in den Sternen warst... Erinnerst du dich noch daran, wie leicht es war, wie natürlich, einfach und richtig? Empfandest du die Befreiung von deinem Körper wie eine Heimkehr?«

»Ja.«

»Auf dem Wasser zu wandeln ist das gleiche. Es ist eine Kraft, über die wir verfügen – oder vielmehr ein Nebenprodukt dieser Kraft. Es ist leicht und natürlich. Wir müssen uns sehr bemühen und immer wieder ermahnen, von dieser Kraft *keinen* Gebrauch zu machen. Denn sonst werden die Beschränkungen des Erdenlebens, die wir uns aus guten Gründen auferlegt haben, disharmonisch und unzuverlässig, und wir werden von den Dingen abgelenkt, die wir eigentlich hier lernen sollen. Das Problem ist nur: Wenn wir uns ständig einreden, daß wir von unseren wirklichen Kräften keinen Gebrauch machen *wollen,* gelingt uns diese Autosuggestion mit der Zeit so gut, daß wir bald glauben, es gar nicht zu *können.* Als ich mit Shimoda dort draußen war, stellte ich gar keine Fragen. Doch als er dann nicht mehr da war, hörte ich auf zu üben. Ich nehme an, wenn man eine kleine Kostprobe von diesem Erlebnis bekommen hat, kann man lange davon zehren.«

»Genau wie von heißem Fondant!«

Ich sah sie scharf an. Machte sie sich etwa über mich lustig?

Die Schokolademasse begann in der Pfanne zu brodeln und Blasen zu bilden. »Nein. Die Erinnerung an heißes Fondant hält viel länger vor als die Erinnerung an grundlegende geistige Realitäten. Heißes Fondant ist JETZT UND HIER! Und es bedroht unsere bequeme Weltanschauung nicht. Hast du Appetit auf etwas heißes Fondant?«

»Ich möchte nur ein ganz kleines bißchen«, sagte sie.

Wir brauchten so lange für unseren Nachtisch, daß wir zu spät zum Kino kamen und uns für die Karten in einer zwei Häuserblocks langen Schlange anstellen mußten. Der Wind kam vom Meer her, und daher war es eine recht kühle Nacht.

Ich legte den Arm um Leslie, damit sie nicht fror. »Danke«, sagte sie, »ich hatte nicht damit gerechnet, daß wir so lange draußen stehen würden. Ist dir kalt?«

»Nein«, erwiderte ich, »überhaupt nicht.«

Wir unterhielten uns über den Film, auf den wir warteten. Meistens sprach sie, und ich hörte zu: worauf man achten mußte und wie man feststellen konnte, an welchen Stellen in einem Film Geld verschwendet oder eingespart worden ist. Sie haßte Geldverschwendung.

Schließlich begannen wir uns auch über andere Dinge zu unterhalten.

»Wie fühlt man sich eigentlich als Schauspielerin, Leslie? Das hat mich schon immer interessiert.«

»Aha – jetzt kommt das Thema ›große Filmschauspielerin‹!« Sie lachte. »Interessiert es dich wirklich?«

»Ja. Ich kann mir beim besten Willen nicht vorstellen, wie das Leben einer Filmschauspielerin aussieht.«

»Das kommt darauf an. Manchmal – wenn man ein gutes Drehbuch hat und mit guten Leuten zusammenarbeitet, die etwas wirklich Lohnendes schaffen wollen – ist es wunderbar. Aber das kommt selten vor. Der Rest ist nichts anderes als Arbeit. Und der größte Teil dieser Arbeit trägt nicht gerade zur Bereicherung der Menschheit bei, fürchte ich.« Sie sah mich fragend an. »Weißt du denn nicht selbst, wie es ist? Warst du noch nie bei Dreharbeiten dabei?«

»Nur im Freien, bei Außenaufnahmen. In einem Tonfilmstudio war ich noch nie.«

»Hättest du Lust, bei meinen nächsten Aufnahmen zuzuschauen?«

»O ja, gern! Danke!«

Von ihr kannst du vieles erfahren, dachte ich. Was hat sie aus dem Ruhm gelernt – hat er sie verändert oder verletzt; hat er sie auch dazu gebracht, Mauern um sich her zu errichten? Sie hat eine so zuversichtliche, positive Lebenseinstellung, die magisch anziehend wirkt. Sie hat schon auf Gipfeln gestanden, die du bisher erst aus der Ferne betrachten konntest; sie hat Lichter gesehen und kennt Geheimnisse, die dir stets verborgen geblieben sind.

»Aber du hast meine Frage noch nicht beantwortet«, beharrte ich. »Von den Filmen einmal ganz abgesehen – was für ein Leben führt man als Schauspielerin? Wie fühlt man sich?«

Sie schaute zu mir empor – im ersten Augenblick wachsam, dann vertrauensvoll.

»Am Anfang ist es aufregend. Du denkst, du seist anders als die anderen Menschen, hättest etwas Besonderes zu bieten – und das ist vielleicht sogar wahr. Doch dann erinnerst du dich daran, daß du letzten Endes immer noch derselbe Mensch bist wie früher. Die einzige Veränderung besteht darin, daß du jetzt plötzlich überall abgebildet wirst und daß Artikel darüber geschrieben werden, wer du bist, was du gesagt hast und was du als nächstes vorhast. Und natürlich bleiben die Leute stehen, um dich anzusehen. Du bist prominent. Genauer gesagt: eine Rarität. Und du sagst dir: Eigentlich verdiene ich all diese Aufmerksamkeit gar nicht!«

Sie dachte eingehend nach. »Du selbst bedeutest den Leuten, die dich zu einer Berühmtheit machen, gar nichts. Ihnen ist etwas ganz anderes wichtig: *das, was du für sie symbolisierst.«*

Wenn ein Gespräch für uns wichtig wird, durchfährt uns eine kleine Welle der Erregung: Wir spüren neue, rasch wachsende Kräfte in uns. Hör' gut zu, Richard – sie hat recht!

»Die Leute glauben zu wissen, was du bist: Glamour, Sex, Geld, Macht, Liebe. Vielleicht ist das nur ein Traum irgendeines Presseagenten, der mit deiner eigentlichen Persönlichkeit gar nichts zu tun hat. Ja, vielleicht gefällt dir diese Vorstellung gar nicht. Aber das verkörperst du nun einmal für die Leute; dafür halten sie dich. Und sie bestürmen dich von allen Seiten, weil sie annehmen, daß sie all diese Dinge auch erhalten werden, wenn sie mit dir in Berührung kommen. Es ist ein beängstigendes Gefühl; und deshalb umgibst du dich mit Mauern, mit dicken Glaswänden, während du versuchst, nachzudenken und wieder zu Atem zu kommen. Du kennst dich selbst genau und weißt, wer du bist; doch die Leute dort draußen sehen etwas ganz anderes in dir. Du hast die Wahl: Entweder du verwandelst dich in das Bild, das die Menschen von dir haben, und gibst damit deine wahre Persönlichkeit preis. Oder du bleibst du selbst, spielst die Rolle nur – und kommst dir dabei verlogen vor. – Die dritte Möglichkeit besteht darin, die Karriere aufzugeben. Ich habe mir überlegt: Wenn es etwas so Wunderbares ist, Filmstar zu sein – warum gibt es dann unter den Prominenten so viele Alkoholiker und Drogensüchtige, so viele Scheidungen und Selbstmorde?« Sie sah mich an; ihr Gesicht war jetzt ganz schutzlos und preisgegeben. »Und ich bin zu dem Schluß gekommen, daß es sich nicht lohnt. Ich habe die Schauspielerkarriere weitgehend aufgegeben.«

Sie war so offen zu mir – ich hätte sie am liebsten hochgehoben und umarmt.

»Nun zu dir. Du bist der ›berühmte Schriftsteller‹«, sagte sie. »Empfindest du die Berühmtheit ebenso wie ich? Verstehst du, was ich meine?«

»Sogar sehr gut. Ich muß noch viel darüber lernen. Haben dir die Zeitungsreporter eigentlich auch schon mal Dinge in den Mund gelegt, die du nie gesagt hast?«

Sie lachte. »Nicht nur Dinge, die ich nie gesagt habe, sondern auch solche, die ich nie gedacht, nie geglaubt und nicht einmal im Traum erwogen hätte. Stell' dir vor, eine Zeitung veröffentlicht einen mit Zitaten gespickten Artikel über dich, der Wort für Wort erfunden ist! Alles reine Erfindung! Du hast den Reporter noch nie im Leben gesehen! Er hat dich nicht einmal angerufen! Und dann findest du dich plötzlich schwarz auf weiß in der Zeitung wieder . . . In einer solchen Situation betet man darum, daß die Leser nicht alles glauben mögen, was in der Zeitung steht.«

»Ich bin zwar noch ein Neuling auf diesem Gebiet, aber ich habe eine Theorie.«

»Was für eine denn?« fragte sie.

Ich erläuterte sie ihr. Berühmte Menschen, so sagte ich, sind Vorbilder. Die anderen Menschen beobachten sie, während die Welt sie Prüfungen unterzieht. Allerdings klangen meine Erklärungen nicht so klar und einleuchtend wie das, was Leslie gesagt hatte.

Sie hob den Kopf zu mir empor und lächelte. Mir fiel auf, daß ihre Augen nach Sonnenuntergang die Farbe wechselten: Jetzt schimmerten sie wie Meer und Mondlicht.

»Das mit den Vorbildern ist keine schlechte Theorie«, stimmte sie zu. »Aber schließlich sind wir doch alle Beispiele, nicht wahr? Verkörpert nicht jeder von uns seine Gedanken und seine bisherigen Entscheidungen?«

»Das ist richtig. Aber ich kenne ja nicht alle Menschen; sie können mir also auch nichts bedeuten, wenn ich sie nicht persönlich kennengelernt, etwas über sie gelesen oder sie schon einmal auf der Leinwand gesehen habe. Vor einiger Zeit lief eine Sendung im Fernsehen... Sie handelte von einem Wissenschaftler, der Nachforschungen darüber angestellt hat, wie der Klang der Violine zustande kommt. Ich fragte mich: Was hat die Welt davon? Millionen von Menschen hungern – wozu brauchen wir Untersuchungen über die Violine? – Doch dann dachte ich: Nein. Das stimmt nicht ganz. Die Welt braucht Vorbilder – Menschen, die ein interessantes Leben führen, Neues hinzulernen, die Musik unserer Zeit verändern. Was fangen jene Leute mit ihrem Leben an, die nicht mit Armut, Verbrechen oder Krieg geschlagen sind? Auch das ist wichtig. Wir müssen Leute kennenlernen, die Entscheidungen getroffen haben, die auch uns möglich sind. Erst durch solche Vorbilder werden wir zu menschlichen Wesen. Wenn es sie nicht gäbe, hätten wir zwar vielleicht Nahrungsmittel in Hülle und Fülle – aber was weiter? Wir lieben unsere Vorbilder, unsere Modelle! Bist du nicht auch dieser Meinung?«

»Das mag stimmen«, gab Leslie zu. »Aber das Wort *Modell* gefällt mir nicht.«

»Warum nicht?« fragte ich und wußte die Antwort sofort. »Warst du denn einmal Modell?«

»Ja. In New York«, sagte sie, als handle es sich um ein schmachvolles Geheimnis.

»Und was ist daran so schlimm? Ein Modell ist ein öffentliches Beispiel besonderer Schönheit!«

»Das ist es ja gerade. Es ist schwer, solchen Anforderungen gerecht zu werden. Es jagt der ›großen Schauspielerin‹ Angst ein.«

»Warum? Wovor fürchtet sie sich denn?«

»Sie wurde Schauspielerin, weil alle im Studio sie so hübsch fanden. Und seither hat sie Angst, die Welt könnte eines Tages herausfinden, daß sie gar nicht so hübsch ist und es auch nie war. Modell zu sein war schon schlimm genug. Aber wenn du sie nun auch noch als ›öffentliches Beispiel der Schönheit‹ bezeichnest, machst du alles noch viel schlimmer.«

»Aber Leslie, du *bist* schön!« Ich errötete. »Ich meine – es besteht überhaupt kein Zweifel daran, daß du... daß du... äußerst attraktiv bist...«

»Danke; aber was du sagst, spielt gar keine Rolle. Ganz gleichgültig, was du der ›großen Filmschauspielerin‹ erzählst – in ihren Augen ist die Schönheit ein Bild, das jemand anders für sie geschaffen hat. Und sie ist eine Gefangene dieses Bildes. Sie meint, sie müsse ständig bühnenreif geschminkt sein – selbst wenn sie nur in den Lebensmittelladen geht. Denn wenn sie sich einmal nicht schminkt, erkennt sie garantiert irgend jemand und erzählt nachher seinen Freunden: ›Du solltest Leslie Parrish einmal von nahem sehen! Sie ist längst nicht so hübsch, wie immer behauptet wird!‹ Und dann sind sie von der ›großen Filmschauspielerin‹ enttäuscht.« Sie lächelte wieder, diesmal ein wenig traurig. »Alle Hollywood-Schauspielerinnen – alle schönen Frauen, die ich kenne – geben nur vor, schön zu sein. Sie haben Angst, daß die Welt früher oder später die Wahrheit über sie herausfinden könnte. Ich auch.«

Ich schüttelte den Kopf. »Verrückt. Du bist vollkommen verrückt.«

»Die Welt ist verrückt, wenn es um Schönheit geht.«

»Ich finde dich schön.«

»Ich finde dich verrückt.«

Wir lachten beide; aber sie meinte es ernst.

»Stimmt es eigentlich«, fragte ich sie, »daß schöne Frauen immer ein tragisches Leben führen?« Zu diesem Schluß war ich angesichts meiner vielgestaltigen »perfekten Frau« gekommen. Das Leben meiner vielen schönen Freundinnen war vielleicht nicht direkt tragisch gewesen, dafür aber schwierig, und wenig erstrebenswert.

Sie dachte über meine Frage nach. »Wenn sie sich mit ihrer Schönheit *identifizieren«,* meinte sie dann, »führen sie ein inhaltsloses, hohles Leben – und sind selbst daran schuld. Denn wenn alles vom Aussehen abhängt, verirrt man sich in seinem eigenen Spiegelbild und findet nie zu sich selbst.«

»Du scheinst zu dir selbst gefunden zu haben.«

»Was auch immer ich entdeckt habe – es beruht nicht auf meiner Schönheit.«

»Erzähl' mir davon.«

Sie begann. Ich hörte ihr zuerst erschrocken, dann erstaunt zu. Leslie hatte ihr wahres Ich nicht auf der Leinwand, sondern in der Friedensbewegung gefunden, in der Schule für Rhetorik, die sie ins Leben gerufen hatte und leitete. Die echte Leslie Parrish hielt Reden, beteiligte sich an politischen Kampagnen und kämpfte gegen eine amerikanische Regierung, die unbedingt den Krieg wollte.

Während ich Jagdflugzeuge der Luftwaffe geflogen hatte, hatte sie an der Westküste Friedensmärsche organisiert!

Da sie es gewagt hatte, die Institution »Krieg« zu bekämpfen, wurde sie von den Hütern des Gesetzes mit Tränengas und Gummiknüppeln traktiert und von rechtsradikalen Banden zusammengeschlagen. Sie gab trotzdem nicht auf, organisierte immer größere Friedensversammlungen, brachte immer umfangreichere finanzielle Mittel auf.

Sie war in den Wahlkampfkomitees von Kongreßabgeordneten, Senatoren und des neuen Bürgermeisters von Los Angeles aktiv gewesen. Sie hatte als Delegierte Versammlungen im Weißen Haus beigewohnt.

Außerdem war sie Mitbegründerin von »KVST-TV« gewesen – einem Fernsehsender in Los Angeles, der sich besonders für die unterdrückten Minderheiten der Stadt einsetzte. Als der Sender in Schwierigkeiten geriet, bis über beide Ohren in Schulden steckte und keine Nachsicht mehr von seinen Gläubigern zu erwarten hatte, übernahm sie das Amt der Präsidentin. Manchmal bezahlte sie die Rechnungen des Senders von ihren Filmgagen. Er überstand die Krise und begann sogar zu florieren. Die Leute schauten sich die Sendungen an, und überall in den Vereinigten Staaten erschienen Berichte über dieses lobenswerte Experiment. Doch mit dem Erfolg kam auch der Machtkampf. Leslie wurde als Rassistin und Kapitalistin verschrien und von den »armen Unterdrückten« entlassen. An dem Tag, an dem sie ging, stellte der KVST seine Sendetätigkeit ein und nahm sie nie wieder auf. Sie erzählte mir, daß es sie immer noch schmerze, den leeren Bildschirm auf Kanal 68 zu sehen.

Die Filmschauspielerin Leslie Parrish hatte genügend Geld, um der wahren Leslie Parrish den Weg zu ebnen. In ihrer leidenschaftlichen Entschlossenheit, die Welt zu verändern und jedes begangene Unrecht wiedergutzumachen, ging sie allein zu nächtlichen politischen Versammlungen in Stadtteilen, die ich nicht einmal am hellichten Tag zu überfliegen wagte. Sie stellte sich für die Landarbeiter in Streikpostenketten, nahm um ihretwillen an Demonstrationsmärschen teil und bemühte sich, Geld für sie aufzutreiben. Sie, die Anhängerin des gewaltlosen Widerstandes, hatte sich mitten in einige der brutalsten Schlachten des modernen Amerika gestürzt.

Andererseits weigerte sie sich, in Nacktszenen mitzuspielen. »Ich würde ja auch nicht am Sonntagnachmittag nackt mit meinen Bekannten im Wohnzimmer herumsitzen. Warum sollte ich es dann mit lauter Fremden in einer Filmszene tun? Gegen Bezahlung etwas so Unnatürliches zu tun, wäre in meinen Augen Prostitution.«

Als es dann bald gar keine Filmrolle mehr ohne Nacktszene gab, gab sie ihre Filmkarriere auf und wandte sich dem Fernsehen zu.

Fassungslos hörte ich ihr zu. Das unschuldige Reh, das ich auf einer Wiese berührt hatte, war in den Flammenstürmen der Hölle aufgewachsen!

»Einmal fand in Torrance ein Friedensmarsch statt«, erzählte sie. »Es war schon alles geplant; wir hatten die erforderlichen Genehmigungen. Ein paar Tage vor dem Marsch wurden wir gewarnt: Die verrückten Rechtsradikalen wollten einen unserer Anführer erschießen, wenn wir es wagten, den Marsch durchzuführen. Es war aber schon zu spät, um ihn abzusagen, da schon zu viele Leute zu unserem Versammlungsort unterwegs waren. Wir konnten sie unmöglich alle in letzter Minute erreichen. Und nur ein paar Friedenskämpfer gegen diese Horde von Verrückten antreten zu lassen, wäre doch Mord gewesen! Also benachrichtigten wir telefonisch die Zeitungen und Fernsehsender: Kommt her und seht euch an, wie wir in Torrance umgebracht werden! Dann marschierten wir los. Den Mann, den zu erschießen sie angedroht hatten, hakten wir unter. Wir umringten ihn von allen Seiten und marschierten. Sie hätten uns alle umbringen müssen, um ihn zu erwischen.«

»Und ... Haben sie auf euch geschossen?«

»Nein. Uns vor der Kamera zu erschießen, stand wohl nicht auf ihrem Programm.« Sie seufzte in der Erinnerung. »Das waren schlimme Zeiten ...«

Ich wußte nicht, was ich sagen sollte. In diesem Augenblick – inmitten einer Menschenschlange vor einem Kino – hielt ich eine Seltenheit im Arm: einen Menschen, den ich rückhaltlos bewunderte.

Die Erkenntnis unserer Gegensätzlichkeit verschlug mir die Sprache. Ich hatte mich stets gern in meine Privatsphäre zurückgezogen. Wenn andere in Kriegen oder Protestkampagnen gegen den Krieg kämpfen und sterben wollen – so hatte ich beschlossen – ist das ihre freie Entscheidung. Die einzige Welt jedoch, die *mir* etwas bedeutet, ist die Welt des Individuums – jene Welt, die ein jeder sich selbst schafft. Ich würde eher versuchen, den Lauf der Geschichte zu verändern, als in die Politik zu gehen. Niemals würde ich jemanden dazu überreden wollen, Briefe zu schreiben, zu wählen, zu marschieren oder irgend etwas anderes zu tun, was er nicht bereits von sich aus tun möchte.

Leslie war so ganz anders als ich – warum hatte ich soviel Ehrfurcht und Respekt vor ihr?

»Du hast gerade einen sehr wichtigen Gedanken«, stellte sie fest und runzelte – der Wichtigkeit des Augenblicks angemessen – die Stirn.

»Stimmt. Du hast vollkommen recht.« In diesem Augenblick kannte ich sie so gut und hatte sie so gern, daß ich ihr meinen Gedanken verriet: »Ich dachte eben: Gerade weil wir uns so sehr voneinander unterscheiden, bist du die beste Freundin, die ich habe.«

»Oh?«

»Wir haben zwar ein paar kleine Gemeinsamkeiten – unsere

Vorliebe für Schach und unseren Plan, den Film zu drehen –, doch abgesehen davon sind wir grundverschieden. Deshalb fühle ich mich von dir nicht bedroht wie von anderen Frauen. Sie machen sich manchmal Hoffnungen, ich würde sie vielleicht heiraten. Aber eine Ehe hat mir gereicht. Nie wieder.«

Die Schlange bewegte sich langsam vorwärts. Wir würden spätestens in zwanzig Minuten im Kino sein.

»Mir geht es ebenso«, sagte sie lachend. »Ich möchte dich nicht bedrohen – aber das ist eine weitere Gemeinsamkeit zwischen uns! Auch ich habe eine Scheidung hinter mir; sie liegt schon lange zurück. Vor meiner Ehe hatte ich kaum Männer kennengelernt. Um das nachzuholen, ging ich nach meiner Scheidung fast jeden Abend mit einem anderen Mann aus! Es ist unmöglich, auf diese Weise jemanden richtig kennenzulernen, findest du nicht auch?«

Nun, man lernt sich zumindest ein bißchen kennen, dachte ich. Aber ich hörte mir lieber erst einmal an, was sie dazu meinte.

»Ich bin mit einigen der intelligentesten, bestaussehenden, imponierendsten, reichsten Männer der Welt ausgegangen«, erzählte sie. »Ich möchte nicht den Eindruck erwecken, als könne mich nichts glücklich machen – weder das Filmgeschäft mit seinem Glanz und Ruhm noch diese phantastischen Männer –, aber sie haben mich *wirklich* nicht glücklich gemacht! Die meisten fahren in einem Wagen vor, der größer ist als dein Haus. Sie tragen die ›richtige‹ Kleidung und gehen mit dir in das ›richtige‹ Restaurant, in dem auch schon all die anderen ›richtigen‹ Leute gewesen sind; du wirst fotografiert, und all das erscheint auf den ersten Blick so glanzvoll, unterhaltsam und erstrebenswert ... Aber ich dachte mir insgeheim immer: Ich würde lieber in ein *gutes* Restaurant gehen als in das ›richtige‹. Ich möchte mich nicht nach der neuesten Mode kleiden, sondern anziehen, was mir gefällt. Und vor allem würde ich mich viel lieber in aller Ruhe mit jemandem unterhalten oder einen Waldspaziergang machen. – Wir müssen in einer Währung bezahlt werden, die einen Sinn für uns hat«, sagte sie, »sonst machen uns alle Erfolge der Welt nicht glücklich. Stell' dir vor, jemand fordert dich dazu auf, die Straße zu überqueren, und verspricht dir dafür eine Million ›Scrunchies‹. Wenn das Wort ›Scrunchy‹ für dich keine Bedeutung hat – würdest du dann über die Straße gehen? Und selbst wenn sie dir hundert Millionen ›Scrunchies‹ versprächen – was hättest du schon davon? – Dieses Gefühl hatte ich bei den meisten Dingen, die in Hollywood zählen – mir war, als werde ich mit einer ›Scrunchy‹-Währung abgespeist. Ich besaß all die ›richtigen‹ Dinge und fühlte mich doch irgendwie unausgefüllt; sie bedeuteten mir einfach nichts. Was ist ein ›Scrunchy‹ wert? fragte ich mich. Und ständig verfolgte mich die Angst, wenn ich weiterhin mit all diesen Männern ausging, würde ich eines Tages das große Los ziehen, das Millionen von ›Scrunchies‹ wert ist.«

»Was meinst du damit?«

»Nun ja – ich würde den ›richtigen Mann‹ heiraten, für den Rest meines Lebens die ›richtigen‹ Kleider tragen und auf den ›richtigen‹ Parties – seinen Parties – die Gastgeberin der ›richtigen‹ Leute spielen. Er wäre meine Siegestrophäe und ich seine. Und bald würden wir uns darüber beklagen, daß unsere Ehe keinen Sinn mehr habe, daß wir einander nicht so nahestünden, wie wir eigentlich sollten – als hätte es in unserer Ehe jemals Sinn oder Gemeinsamkeit gegeben. Zwei Dinge, die mir sehr viel wert sind – Vertrautheit zwischen Menschen und die Fähigkeit zur Freude – schienen außer mir niemandem in Hollywood etwas zu bedeuten. Ich fühlte mich wie ein Eindringling in einem fremden Land und beschloß, lieber keinen der ›Eingeborenen‹ zu heiraten. Also gab ich die abendlichen Verabredungen auf. Und im Augenblick ...« Sie machte eine kleine Pause. »Möchtest du ein Geheimnis hören? Im Augenblick bin ich viel lieber mit meinem Freund Richard zusammen, als ein Rendezvous mit irgendeinem anderen Mann zu haben!«

Ich drückte sie für diesen Satz – einen Moment nur – an mich. Es war eine scheue Liebkosung.

So etwas wie Leslie hatte es in meinem Leben noch nie gegeben: eine schöne Schwester, zu der ich Vertrauen hatte und die ich bewunderte, mit der ich Abend für Abend über dem Schachbrett, aber keine Minute im Bett verbrachte.

Ich erzählte ihr von meiner ›perfekten Frau‹ und erwähnte lobend, wie hervorragend dieser Plan funktionierte. Ich spürte, daß sie nicht meiner Meinung war, aber sie hörte mir trotzdem interessiert zu. Ehe sie antworten konnte, hatte die Menschenschlange sich in das Kinogebäude hineingeschoben.

Als wir aus der Kälte der Nacht in die Vorhalle des Kinos kamen, nahm ich meinen Arm von ihrer Taille und berührte sie nicht wieder.

Der Film, den wir an jenem Abend sahen, gefiel uns so gut, daß wir ihn uns bis Ende des Jahres noch elfmal ansahen. In ihm kam ein großes, pelziges, blauäugiges Lebewesen von einem anderen Planten vor; es war Kopilot eines zerschmetterten Raumschiffs. Das Wesen wurde als ›Wookie‹ bezeichnet. Wir schlossen es auf Anhieb so sehr ins Herz, als seien wir selbst Wookies und sähen unser Idol auf der Leinwand.

Als ich das nächstemal nach Los Angeles flog, holte Leslie mich vom Flughafen ab. Kaum war ich aus dem Cockpit gestiegen, reichte sie mir eine Schachtel mit Band und Schleife.

»Ich weiß, daß du Geschenke haßt«, sagte sie, »deshalb habe ich dir eines gekauft.«

»Ich schenke dir doch auch nie etwas«, knurrte ich sie an, ohne jedoch ernstlich böse zu sein. »Gerade das ist mein Geschenk für dich: daß ich dir niemals etwas schenke. Also – warum hast du . . .«

»Mach' es auf«, sagte sie.

»Na gut – aber nur noch dieses eine Mal. Wehe, wenn . . .«

»Mach' es auf«, drängte sie ungeduldig.

Es war eine ›Wookie‹-Maske aus Latex und Tierfell-Imitat:

eine bis zum Hals reichende Überziehkappe mit Gucklöchern für die Augen und teilweise entblößten Zähnen. Sie hatte täuschende Ähnlichkeit mit unserem Filmhelden. »Leslie!« rief ich. Ich war hingerissen.

»Jetzt kannst du alle deine Freundinnen mit deinem weichen Pelzgesicht kitzeln. – Zieh' sie über.«

»Das ist doch wohl nicht dein Ernst. Ich soll hier auf dem Flughafen in aller Öffentlichkeit...?«

»Ach bitte, zieh' sie über! Mir zuliebe.«

Ich war so bezaubert von Leslie, daß mein Widerstand dahinschmolz. Um ihr eine Freude zu machen, zog ich die Maske über und brüllte sogar ein- oder zweimal so, wie ›Wookie‹ es in dem Film getan hatte. Leslie lachte, bis ihr die Tränen über das Gesicht liefen. Auch ich mußte hinter meiner Maske lachen.

»Komm, Wookie«, sagte sie schließlich, wischte sich die Tränen aus dem Gesicht und faßte impulsiv nach meiner Hand. »Sonst kommen wir zu spät.«

Wie versprochen, fuhr sie mit mir vom Flughafen aus zu den MGM-Studios, wo sie die Dreharbeiten für einen Fernsehfilm abschließen mußte. Nach einer Weile fiel mir auf, daß die Leute erschrocken in unser Auto hereinstarrten, und ich nahm die Maske ab.

Da ich noch nie in einem Tonfilmstudio gewesen war, erschien mir alles unendlich kompliziert. Überall herrschte Hektik und Betriebsamkeit, und es wimmelte von Kabeln, Stativen, Mikrofongalgen, Kameras, Kamerawagen, Schienen und Leitern. Die Decke war so dicht mit riesigen, schweren Scheinwerfern bestückt, daß ich mich wunderte, daß sie nicht herunterkam.

Leslie trat in einem äußerst spärlichen Goldlamékleid aus ihrer Garderobe und schwebte quer über den Kabelwirrwarr auf mich zu, als sei er nur ein Teppichmuster. »Kannst du von dem Platz aus alles gut sehen?«

»Klar.« Ich wand mich vor Verlegenheit, als ich sah, wie die Bühnenarbeiter Leslie anstarrten, doch sie schien es gar nicht zu bemerken. Ich war nervös und befangen und fühlte mich fehl am Platz wie ein Präriepferd in einem tropischen Regenwald; sie dagegen war hier zu Hause. Mir kam es so vor, als müsse die Temperatur im nächsten Augenblick den Siedepunkt erreichen, doch Leslie wirkte kühl und frisch und strahlend.

»Wie schaffst du das nur? Wie kannst du inmitten dieser Hektik und all der Zuschauer spielen? Irgendwie dachte ich bisher immer, die Schauspielerei sei etwas Privates, und man müsse dabei ungestört sein . . .«

»VORSICHT!« Zwei Männer trugen hastig einen Baum auf die Bühne, und wenn Leslie nicht meine Schulter berührt hätte, um mir zu bedeuten, ich solle aus dem Weg gehen, wäre ich wahrscheinlich von den Zweigen gestreift worden.

Leslie blickte erst mich und dann das Chaos um uns her an – oder zumindest das, was ich dafür hielt. »Wir werden entsetzlich lange warten müssen, bis die Spezialeffekte vorbereitet sind«, meinte sie. »Ich hoffe, es wird dir nicht langweilig werden.«

»Langweilig? Ich finde es faszinierend! Und du bist kühl und gelassen wie immer – bist du denn gar kein bißchen nervös; hast du keine Angst, du könntest etwas falsch machen?«

Ein Elektriker, der über uns auf einem Laufsteg stand, schaute auf Leslie herab und rief quer durch das Studio: »Ich habe heute einen herrlichen Ausblick auf die Berge, George! Atemberaubend! – Oh, hallo, Miß Parrish, wie geht's?«

Sie schaute hoch und drückte das Oberteil ihres Goldlamékleides fester an ihre Brust. »Los, macht weiter«, schimpfte sie. »Habt ihr denn nichts anderes zu tun?«

Der Mann zwinkerte mir zu. »Das sind die kleinen Freuden eines Bühnenarbeiters!«

Leslie setzte ihre Erklärungen fort, ohne auch nur die Stirn zu runzeln. »Der Produzent ist nervös. Wir sind anderthalb

Tage in Verzug geraten. Vielleicht bleiben wir heute abend noch lange da, um die verlorene Zeit durch Überstunden wieder hereinzuholen. Wenn du müde werden solltest und ich gerade mitten in einer Aufnahme bin, geh' einfach zurück ins Hotel. Ich rufe dich dann an, sobald ich fertig bin, falls es nicht zu spät sein sollte.«

»Ich glaube nicht, daß ich müde werde. – Wenn du dir deinen Text noch einmal ansehen willst, sag' es mir ruhig. Dann halte ich den Mund.«

»Kein Problem«, wehrte sie lächelnd ab und warf einen Blick zum Szenenaufbau hinüber. »Jetzt sollte ich anfangen. Viel Spaß.«

Ein Mann neben der Kamera rief: »Erstes Team! Auf die Plätze, bitte!«

Warum hatte sie nicht die geringste Angst davor, ihren Text zu vergessen? Bei mir war es schon ein außergewöhnlicher Glücksfall, wenn ich mich noch an die Sätze erinnerte, die ich selbst geschrieben hatte, ohne immer wieder nachlesen zu müssen! Warum war sie nicht nervös, obwohl sie so vieles im Kopf behalten mußte?

Dann begannen die Dreharbeiten. Eine Szene, eine zweite . . . und noch eine. Ich kam mir vor wie ihr guter Geist, als ich dort saß und Leslie dabei zusah, wie sie in ihrer Rolle agierte. Mir war, als beobachte ich einen Freund, der gleichzeitig ein Fremder für mich war. Ich empfand eine neugierige, herzliche Besorgnis – dort stand meine eigene Schwester im Mittelpunkt der Scheinwerfer und Kameras!

Ändert es deine Gefühle für sie, sie dort im Scheinwerferlicht zu sehen? fragte ich mich. Ja. Es verleiht unserer Freundschaft einen zusätzlichen Zauber.

Ich hätte Leslie nicht weniger gemocht, wenn sie keine Schauspielerin gewesen wäre; aber daß sie es war, machte sie mir um so sympathischer. Es hatte mir schon immer gefallen, wenn ich Menschen kennenlernte, die etwas konnten, was ich nicht konnte. Es war ein elektrisierendes Gefühl. Daß Leslie auch zu diesen Menschen gehörte, erfüllte mich mit Freude.

»Darf ich einmal telefonieren?« bat ich sie, als ich am nächsten Tag in ihr Büro kam. »Ich möchte den Schriftstellerverband anrufen...«

»Fünf fünf null eintausend«, murmelte sie geistesabwesend und schob mir den Telefonapparat zu, während sie einen Finanzierungsvorschlag aus New York studierte.

»Was ist das?«

Sie sah auf. »Die Telefonnummer des Schriftstellerverbandes.«

»Du weißt die Nummer auswendig?«

»Mhm.«

»Wie kommt das?«

»Ich kenne viele Nummern auswendig.« Sie wandte sich wieder dem Vorschlag zu.

»Was meinst du damit: ›Ich kenne viele Nummern auswendig‹?«

»Damit meine ich schlicht und einfach, daß ich viele Nummern auswendig kenne«, antwortete sie liebenswürdig.

»Und wenn ich nun zum Beispiel... das Paramount-Studio anrufen wollte?« stellte ich sie argwöhnisch auf die Probe.

»Vier sechs drei null einhundert.«

Ich warf ihr einen erstaunten Seitenblick zu. »Oder ein gutes Restaurant?«

»Das Magic Pan ist hervorragend. Es hat Räumlichkeiten, die Nichtrauchern vorbehalten sind. Zwei sieben vier fünf zwei zwei zwei.«

Ich griff nach einem Telefonbuch und schlug die genannte Nummer nach.

»Der Verband der Filmschauspieler?« prüfte ich sie weiter.

»Acht sieben sechs drei null drei null.«

Sie hatte recht.

Allmählich begann ich zu begreifen. »Du hast doch nicht etwa ... Leslie, das Drehbuch, das du auswendig kanntest ... Du hast doch nicht etwa ein fotografisches Gedächtnis? Kannst du das ganze Telefonbuch auswendig?«

»Nein, und mit fotografischem Gedächtnis hat das auch nichts zu tun«, sagte sie. »Ich sehe die Nummern nicht vor mir; sie fallen mir nur ein. Meine Hände erinnern sich an sie. Frag' mich einmal nach einer Nummer und beobachte dabei meine Hände.«

Ich öffnete das dicke Buch wieder und blätterte darin herum. »Das Bürgermeisteramt von Los Angeles?«

»Zwei drei drei eins vier fünf fünf.«

Die Finger ihrer rechten Hand bewegten sich, als tippe sie die Nummer auf einem Tastentelefon.

»Der Schauspieler Dennis Weaver?«

»Einer der reizendsten Menschen von Hollywood. Seine Privatnummer?«

»Ja.«

»Das geht nicht ... Ich habe ihm versprochen, sie nie zu verraten. Wie wäre es mit The Good Life – dem Reformhaus seiner Frau?«

»Gut.«

»Neun acht sechs acht sieben fünf null.«

Ich schlug die Nummer im Telefonbuch nach; natürlich hatte Leslie wieder recht. »Leslie, mir graut vor dir!«

»Du brauchst keine Angst zu haben, Wookie. Es ist gar nichts Beängstigendes – nur etwas Seltsames, das mit mir geschieht. Automatisch. Als ich noch klein war, lernte ich Melodien und alle Autonummern unserer Stadt auswendig. Als ich dann nach Hollywood kam, Drehbücher, Tanzfiguren, Telefonnummern, Terminpläne, Gespräche ... alles. Die Nummer deines hübschen gelben Düsenflugzeugs lautet N Eins Fünf Fünf X, die Nummer deines Hotels zwei sieben acht drei drei vier vier; du wohnst in Zimmer zweihundertachtzehn. Als wir gestern abend das Studio verließen, batest du mich: ›Erinnere mich daran, dir von meiner Schwester zu erzählen, die im Showgeschäft arbeitet.‹ Daraufhin fragte ich: ›Warum kann ich dich denn nicht jetzt gleich daran erinnern?‹, und du antwortest: ›Du hast recht. Warum eigentlich nicht ... Ich möchte dir wirklich gern von ihr erzählen.‹ – ›Kenne ich sie?‹ fragte ich ...« Sie unterbrach ihre Erinnerungen und lachte über meine Fassungslosigkeit. »Du schaust mich an, als sei ich ein Ungeheuer, Richard.«

»Das bist du ja auch. Aber ich mag dich trotzdem.«

»Ich dich auch«, sagte sie und bei ihrem Lächeln wurde mir warm ums Herz.

Am Spätnachmittag arbeitete ich an einem Drehbuch für das Fernsehen. Ich schrieb die letzten paar Seiten noch einmal um und fertigte auf Leslies Schreibmaschine rasch eine Reinschrift an, während sie in den Garten ging, um sich um ihre Blumen zu kümmern. Selbst in dieser Hinsicht waren wir völlig verschieden. Blumen sind etwas sehr Hübsches, zugegeben – aber soviel Zeit in sie zu investieren, sie ständig zu gießen, zu düngen, abzubrausen und was Pflanzen sonst noch alles brauchen ... Nein, Lebewesen, die von mir abhängig sind, könnte ich nicht gebrauchen. Aus mir würde nie ein Gärtner werden.

Zwischen den Pflanzen in ihrem Büro hingen Regale voller Bücher, deren Titel einige Seiten von Leslies schillerndem Wesen erahnen ließen. Und über ihrem Schreibtisch pinnten an einer Wand Zettel mit Zitaten und Gedanken, die ihr wichtig waren:

»Unser Vaterland, ob recht oder unrecht. WENN IM RECHT, ES DORT ZU HALTEN; WENN IM UNRECHT, ES RECHT ZU SETZEN. – Carl Schurz.«

»Rauchen auf der ganzen Welt verboten.«

»Hedonismus macht keinen Spaß.«

»Ich zittere um mein Land, wenn ich an die Gerechtigkeit Gottes denke. – Thomas Jefferson.«

»Stell' dir vor, es ist Krieg, und keiner geht hin!«

Das letzte Zitat stammte von ihr selbst. Sie hatte es als Aufkleber drucken lassen. Dann hatte die Friedensbewegung das Motto aufgegriffen, und es war so rasch um die ganze Welt gegangen, als sei es durch das Fernsehen verbreitet worden.

Zwischen den Absätzen meines Drehbuchs sah ich immer wieder auf und betrachtete nachdenklich ihre Zitatensammlung. Aus dem Garten drang das Knirschen eines Spatens, das Klappern einer Schere, dann das Scharren einer Harke . . . Und mit jedem dieser Geräusche kannte ich sie besser. Das Wasser rauschte leise durch den Schlauch und löschte sanft den Durst ihrer Blumenfamilie. Sie kannte und liebte jede einzelne Blüte . . .

Sie ist so ganz anders, anders, anders, dachte ich, während ich den letzten Absatz beendete. Aber trotz all der Unterschiede, die zwischen uns bestanden, hatte ich niemals eine so gute Freundin gehabt wie sie.

Ich stand auf, reckte mich, schlenderte in die Küche und dann durch die Seitentür hinaus in den Garten. Leslie wässerte gerade die Blumenbeete und kehrte mir dabei den Rücken zu. Das lange Haar hatte sie zu einem Pferdeschwanz zusammengebunden. Ich näherte mich ihr ganz leise. Sie sang ihrem Kater gerade ein leises Lied vor.

»Mein süßes Kätzchen, ich hab' dich gern,
Mein Kuscheltier, mein kleiner Stern,
Und gehst du fort, bleib' nicht lang fern . . .«

Dem Kater gefiel das Lied ganz offensichtlich; ich jedoch wollte diese sehr private Szene nicht als heimlicher Beobachter miterleben. Deshalb machte ich mich bemerkbar. Ich sprach sie an, als sei ich gerade erst gekommen: »Wie geht's deinen Blumen?«

Sie wirbelte herum, den Gartenschlauch noch in der Hand, die blauen Augen weit aufgerissen vor Schreck über die Entdeckung, daß sie nicht allein in ihrem Garten war. Das Schlauchende zeigte genau auf meine Brust, und ich wurde klitschnaß.

Leslie war starr vor Schreck, zum einen wohl wegen meines überraschenden Erscheinens und zum anderen wegen des Anblicks, den ich, völlig durchweicht, bot. Ich stand regungslos da. Es erschien mir unpassend, schreiend davonzulaufen, und überdies hoffte ich, daß sie sich bald dazu entschließen würde, den Schlauch auf irgend etwas anderes zu richten, und nicht ausgerechnet auf einen meiner besseren Anzüge.

Ich sehe die Szene noch heute deutlich vor mir: die Sonne, den Garten, Leslies ungeheuer erstaunten Blick auf diesen Eisbären, der in ihr Blumenbeet eingedrungen war und gegen den sie keine andere Waffe hatte als einen Gartenschlauch ... Wenn man einen Eisbären lange genug begießt, dachte sie wohl, dreht er sich irgendwann um und sucht das Weite.

Ich fühlte mich gar nicht wie ein Eisbär, obwohl das Wasser wirklich eiskalt war. Ich sah Leslies Entsetzen über das, was sie mir antat. Allmählich war ihr klargeworden, daß sie keinen Eisbären, sondern einen Freund, Geschäftspartner und Gast vor sich hatte. Obwohl der Schreck sie immer noch lähmte, bekam sie schließlich wieder Gewalt über ihre Hand, die den Schlauch hielt, und lenkte den Wasserstrahl langsam in eine andere Richtung.

»Leslie!« sagte ich in das leise tröpfelnde Schweigen hinein. »Ich bin es doch bloß ...«

Da lachte sie plötzlich Tränen, und in ihren Augen spiegelte sich die inständige Bitte um Verzeihung. Lachend und schluchzend zugleich fiel sie mir um den Hals, wobei das Wasser mit einem leisen Gluckern aus meinen Saccotaschen entwich.

Dieser Augenblick war hundert Wasserbäder wert.

15

»Heute hat Kathy aus Florida angerufen«, sagte Leslie, während sie ihre Schachfiguren für das nächste Spiel aufstellte. »Ist sie etwa eifersüchtig?«

»Unmöglich«, widersprach ich. »Eifersucht hat in dem Abkommen, das ich mit Frauen treffe, keinen Platz.«

Verärgert runzelte ich die Stirn: Obwohl ich schon seit so vielen Jahren Schach spiele, muß ich immer noch vor mich hinmurmeln: »Schwarze Dame – schwarzes Feld«, um meine Figuren richtig aufstellen zu können.

»Sie wollte wissen, ob du in Los Angeles eine besondere Freundin hast, weil du in letzter Zeit so oft herkommst.«

»Das ist doch nicht dein Ernst.«

»Doch – Ehrenwort.«

»Und was hast du ihr gesagt?«

»Sie brauche sich keine Sorgen zu machen. Ich habe ihr erzählt, daß du hier mit keiner einzigen Frau ausgehst, sondern deine ganze Zeit mit mir verbringst. Das schien sie ein wenig zu beruhigen. Aber vielleicht solltest du dein Anti-Eifersuchtsabkommen sicherheitshalber noch einmal mit ihr durchsprechen?«

Leslie verließ den Schachtisch für einen Augenblick und ging zu ihrer Stereoanlage. »Ich kann dir die Erste von Brahms mit Ozawa, Ormandy oder Zubin Mehta bieten. Welche Einspielung möchtest du denn hören?«

»Jene, die dich am meisten vom Schachspielen ablenkt«, erwiderte ich unschuldig.

Nach kurzem Überlegen entschied sie sich für die Aufnahme mit Zubin Mehta.

»Die Erste von Brahms lenkt mich nicht ab, sondern inspiriert mich«, bemerkte sie.

Die Partie dauerte nun schon eine halbe Stunde und schien auf ein Remis hinauszulaufen.

Ich schloß eine Minute lang die Augen, während Leslie nachdenklich über dem Schachbrett brütete. Als ich die Augen wieder öffnete, kam mir plötzlich ein merkwürdiger Gedanke. Er traf mich mit solcher Gewalt, daß ich wie vor den Kopf geschlagen war.

Vor mir sah ich einen Tisch und ein Fenster, durch das viele Farben ins Zimmer drangen, und dahinter die flimmernde Abenddämmerung von Los Angeles. Langsam verblaßte der letzte Junitag über dem Meer. Und von diesem funkelnden Farbenspiel hob sich Leslies Profil ab: Gedankenverloren und regungslos wie ein verängstigtes Reh saß sie über dem Schachbrett, dessen Farben in den Schatten des herannahenden Abends an zerschmolzenen Honig und Sahne erinnerten. Ein warmes, zartes Bild, dachte ich. Wo kommt es her? Wer ist dafür verantwortlich?

Hastig stellte ich den in mein Gedächtnis dringenden Worten Fallen, warf ein aus Tinte und Notizbuch geknüpftes Netz über meine Idee, ehe sie sich wieder in nichts auflösen konnte.

Hin und wieder, schrieb ich, *bereitet es uns Vergnügen, die Augen zu schließen und im Dunkeln vor uns hinzusagen: »Ich bin ein Zauberer; und wenn ich jetzt die Augen öffne, werde ich eine Welt vor mir sehen, die ich selbst geschaffen habe, für die ich – ganz allein ich – verantwortlich bin.« Langsam – wie Vor-*

hänge vor einer Bühne – öffnen sich unsere Lider wieder; und tatsächlich: Vor uns liegt unsere Welt, genau wie wir sie uns aufgebaut haben.

Ich schrieb diese Sätze sehr hastig im trüben Licht der Abenddämmerung nieder. Dann schloß ich die Augen und ließ sie noch einmal prüfend an mir vorüberziehen: *Ich bin ein Zauberer*...

Langsam öffnete ich die Augen wieder.

Leslie Parrish saß mit aufgestützten Ellbogen und halb in den Händen verborgenem Gesicht vor mir; ihre Augen waren groß und dunkel und blickten direkt in meine.

»Was hat Wookie geschrieben?« fragte sie.

Ich las es ihr vor. »Durch diese kleine Zeremonie im Dunkeln«, erklärte ich ihr, »können wir uns immer wieder ins Gedächtnis rufen, daß wir es sind, die unser Leben bestimmen.«

Sie versuchte es ebenfalls. *»Ich bin eine Zauberin . . .«* Als sie die Augen wieder öffnete, lächelte sie. »Ist dir das gerade eben eingefallen?«

Ich nickte.

»Also habe ich dich erschaffen?« fragte sie.

Ich nickte wieder. »Bist du nicht dieser Meinung? Den Richard, den du kennst, hast du selbst zum Leben erweckt. Kein anderer Mensch auf der Welt kennt den Richard, den *du* siehst, der ein Teil deines Lebens ist. Und kein anderer Mensch kennt die Leslie, die ein Teil meines Lebens ist.«

»Das ist eine sehr schöne Idee. Würdest du mir noch ein paar deiner Notizen vorlesen – oder dringe ich damit zu tief in dein Privatleben ein?«

Ich schaltete das Licht an. »Es freut mich, daß du verstehst, daß diese Notizen einen sehr persönlichen Charakter haben . . .« Ich sagte es leichthin; doch es stimmte. Sie, die meine Privatsphäre so sehr respektierte, wollte, daß ich ihr meine Notizen vorlas – und ich war dazu bereit. Wußte sie, daß damit ein weiteres Band des Vertrauens zwischen uns geschaffen war? Ich hatte den Eindruck, daß Leslie dies sehr genau wußte.

»Hier stehen nur ein paar Buchtitel«, erläuterte ich.

»Wenn die Federn fliegen – oder: *Vogelbeobachter deckt landesweiten Skandal auf, Das Innenleben der Enten* und *Tao Jones: Die Zen-Methode, große Gewinne an der Börse zu erzielen.«*

Auf der Rückseite stand nur eine Einkaufsliste; deshalb blätterte ich noch eine Seite weiter.

»Eines steht fest: Wenn wir in den Spiegel schauen, sehen wir nicht unser wahres Ich. Das war nach unserem Gespräch über Spiegel, erinnerst du dich noch?

Wenn wir auf unser Leben zurückblicken, erkennen wir, daß es wie im Fluge vergangen ist. Die Zeit ist nichts Bleibendes, und unser Leben ist sehr kurz! Es gibt eine Brücke über die Zeit... Wo? Wo? Wo? Du siehst, daß all diese Gedanken noch gar nicht richtig zu Ende geführt sind...

Die beste Art, für einen schönen Augenblick zu bezahlen, ist, ihn zu genießen.

Warum sollten wir nicht üben, so zu leben, als seien wir äußerst intelligent? Wie würden wir uns verhalten, wenn wir bereits auf einer höheren geistigen Entwicklungsstufe stünden?

Was kann ich von Menschen lernen, die für Mode, Rauschgift und Parties leben? Was erwarte ich von ihnen – Erleuchtung? Verständnis? Das stammt auch aus einem der Gespräche, die wir miteinander führten, als wir vor dem Kino Schlange standen.«

Inzwischen war ich auf der ersten Seite der Aufzeichnungen für diesen Monat angelangt. *»Wie können wir die Wale retten? Ganz einfach – INDEM WIR SIE KAUFEN! Wenn man die Wale kaufte und zu amerikanischen – oder französischen, australischen, japanischen – Staatsbürgern machte, würde kein Land der Welt mehr wagen, ihnen ein Haar zu krümmen.«*

Ich blickte auf und sah Leslie über das Notizbuch hinweg ins Gesicht. »Das wär's bisher für diesen Monat.«

»Wale – kaufen?« Sie schaute mich fragend an.

»Ich habe diese Idee noch nicht in allen Einzelheiten durchdacht. Jeder Wal müßte eine Fahne seines Landes bei sich tragen – sozusagen als riesigen Ausweis. Natürlich wasserundurchlässig. Und das Geld, das für die Staatsbürgerschaft bezahlt wird, würde an einen großen Walfonds oder so etwas Ähnliches weitergeleitet werden. Vielleicht ginge es...«

»Und was fängst du hinterher mit ihnen an?«

»Oh... sie dürften sich aufhalten, wo sie wollten. Dürften kleine Wale in die Welt setzen und großziehen...«

Sie lachte. »Ich meine – was fängst du mit deinen Notizen an?«

»Ach so. Am Ende eines jeden Monats lese ich sie durch, um festzustellen, was sie mir sagen wollen. Ein paar von ihnen landen vielleicht in einem Buch oder einer Geschichte – aber nur vielleicht. Solche Notizen führen eine sehr unsichere Existenz.«

»Und die Notizen, die wir eben gelesen haben – sagen sie dir irgend etwas?«

»Ich weiß es noch nicht. Einige von ihnen sagen: Ich bin nicht so sicher, daß dieser Planet wirklich unsere Heimat ist. Hast du auch manchmal das Gefühl, nur als Urlauber auf der Erde zu sein? Kommt es dir auch hin und wieder ganz plötzlich – mitten auf der Straße – so vor, als sei alles um dich her nur eine sich bewegende Ansichtskarte? Und auf der Rückseite der Karte steht: *So leben die Menschen hier – in Kästen, die den ›Regen‹ und den ›Schnee‹ von ihnen fernhalten und an den Seiten Löcher haben, damit man hinaussehen kann. Sie bewegen sich in noch kleineren Kästen fort, die mit verschiedenen Farben bemalt sind und an den Ecken Räder haben. Sie brauchen diese Kastenkultur, weil sie sich einbilden, in einem Kasten eingeschlossen zu sein, den sie als ›Körper‹ bezeichnen: Arme, Beine und Finger, mit denen sie Bleistifte und Werkzeuge bewegen können. Sie haben verschiedene Sprachen, weil ihnen die Fähigkeit der Kommunikation verlorengegangen ist, und Augen, weil sie das Sehen verlernt haben. Komischer kleiner Planet! Ich wünschte, du wärst hier. Ich bin bald wieder zu Hause.* Ist dir das schon einmal passiert?«

»Ja – ab und zu, allerdings nicht ganz so, wie du es eben beschrieben hast«, meinte sie.

»Soll ich dir irgend etwas aus der Küche holen – vielleicht einen Keks?«

»Nein, danke.«

Ich ging in die Küche, fand die Keksdose, holte zwei Teller aus dem Schrank und erbaute für jeden von uns einen schiefen Turm aus Schokoladenkeksen. »Milch?«

»Nein, danke.«

Ich brachte die Kekse und die Milch an den Tisch.

»Die Notizen rufen mir Dinge ins Gedächtnis, die ich sonst vergessen würde. Sie helfen mir dabei, mich daran zu erinnern, was es bedeutet, Urlauber auf der Erde zu sein. Sie erinnern mich auch daran, was für seltsame Sitten hier herrschen – und wie gern ich die Erde habe. In solchen Augenblicken kann ich mich beinahe wieder an den Ort erinnern, von dem ich komme. Es gibt einen Magneten, der mich von hier fortzieht. Er zieht mich an den Zaun, der die Grenzen dieser Welt markiert. Ich habe das seltsame Gefühl, daß unsere ursprüngliche Heimat auf der anderen Seite dieses Zauns liegt.«

Leslie stellte mir einige Fragen zu dieser Idee; aber sie wußte auch Antworten, auf die ich bisher nicht gekommen war. Auch sie kannte eine »Welt-wie-sie-sein-sollte«; und ich wettete, daß diese Welt so war wie die unsere, daß ihre Dimensionen parallel zu unserer verliefen – nur daß es in ihr natürlich keinen Krieg gab. Wir vertieften uns so sehr in unser Gedankenspiel, daß wir die Zeit vergaßen.

Ich nahm mir einen Schokoladenkeks. Leslie lehnte sich mit

einem seltsamen kleinen Lächeln in ihrem Stuhl zurück. Meine Aufzeichnungen – diese Ideen, die mir selbst merkwürdig vorkamen – schienen sie tatsächlich zu interessieren.

»Haben wir eigentlich schon einmal über deinen Schriftstellerberuf gesprochen?« fragte sie.

»Nein.«

»Ich würde zu gern etwas darüber erfahren. Ich wette, du hast schön früh damit angefangen.«

Wie uncharakteristisch für mich, dachte ich. Ich möchte, daß sie mich kennenlernt, daß sie weiß, wer ich bin!

»Ja«, stimmte ich zu. »Schon als kleiner Junge war ich von allen Seiten von Büchern umgeben. Als ich krabbeln lernte, sah ich die Bücher, die auf der Höhe meiner Nase in den Regalen standen. Als ich stehen konnte, erkannte ich, daß die Bücherwände noch viel höher waren: Bücher, so weit mein Auge reichte. Werke in allen Sprachen: deutsche, lateinische, hebräische, englische, spanische. Mein Vater war Pfarrer; er wuchs in Wisconsin auf und sprach bis zu seinem sechsten Lebensjahr nur Deutsch. Dann lernte er Englisch und begann sich mit den Sprachen der Bibel zu beschäftigen, die er heute noch beherrscht. Und so kam es, daß Vater mir auf deutsch Geschichten vorlas und Satz für Satz übersetzte; und meine Mutter plauderte schon auf spanisch auf mich ein, als ich noch kein Wort davon verstand. So wurde ich von allen Seiten mit Wörtern verschiedener Sprachen überschüttet. Es war herrlich! – Es machte mir Spaß, aufs Geratewohl zu Büchern zu greifen, sie aufzuschlagen, um zu sehen, wie sie anfingen. So wie wir unser Leben selbst erschaffen und gestalten, so erschaffen die Schriftsteller Bücher. Ein Schriftsteller kann jede beliebige Person zu jedem beliebigen Zweck auf jedes beliebige Ereignis hinführen und damit jede beliebige Aussage machen. Mich interessierte: Was fängt dieser oder jener Schriftsteller mit einer leeren Seite eins an? Welchen Schwankungen sind meine Aufmerksamkeit und meine Stimmung unterworfen, während ich seine Bücher lese? Und wie stehen die verschiedenen Autoren zu mir? Lieben sie mich, verachten sie mich, oder bin ich ihnen völlig gleichgültig? Manche Schriftsteller, stellte ich fest, wirken einschläfernd wie Chloroform; andere wieder sind würzig wie Nelken und Ingwer. – Dann kam ich auf das Gymnasium. Ich lernte die englische Grammatik hassen; sie langweilte mich so sehr, daß ich während einer fünfzigminütigen Unterrichtsstunde mindestens siebzigmal gähnte und mir beim Hinausgehen Ohrfeigen versetzen mußte, um aufzuwachen. In meinem letzten Schuljahr an der Woodrow Wilson High School in Long Beach belegte ich einen Kurs in ›Dichterischem Schreiben‹, um der Tortur der englischen Literatur zu entgehen. Ich erinnere mich noch genau ... Er fand in der sechsten Stunde in Raum vierhundertzehn statt. Der Lehrer, der diesen Kurs abhielt, war der Footballtrainer John Gartner. Aber er war nicht nur Trainer, sondern auch Schriftsteller! Er schrieb Geschichten und Artikel für Magazine und Jugendbücher; zum Beispiel *Rock Taylor, der Footballtrainer* und *Rock Taylor, der Baseballtrainer*. Er war ein Bär von einem Mann, ungefähr eins fünfundneunzig, und hatte Hände so groß wie Pranken. Er war energisch, gerecht und lustig. Manchmal wurde er böse; aber wir wußten, daß er seine Arbeit und uns liebte.«

Plötzlich stand mir eine Träne im Auge, die ich rasch fortwischte. Merkwürdig, an den alten John Gartner hatte ich schon so lange nicht mehr gedacht ... Er war schon seit zehn Jahren tot, und jetzt hatte ich plötzlich dieses seltsame Gefühl im Hals. Ich erzählte hastig weiter und hoffte, daß Leslie meine plötzliche Gefühlsaufwallung entgangen war.

»›Also, Jungs‹, sagte er am ersten Tag zu uns. ›Ich weiß genau, daß ihr hier seid, damit ihr keinen Kurs in Englischer Literatur belegen müßt.‹ Die Klasse blickte schuldbewußt in eine andere Richtung und ließ ein peinlich berührtes Murmeln hören. ›Eins will ich euch sagen‹, fuhr er fort, ›es gibt nur eine

Möglichkeit, in diesem Kurs eine Eins zu bekommen: Zeigt mir einen Scheck, aus dem hervorgeht, daß ihr in diesem Halbjahr selbst etwas geschrieben und verkauft habt.‹ Natürlich brachen wir in Jammern und Wehklagen aus: ›Aber, Mr. Gartner, das ist nicht fair! Wie können Sie von uns erwarten, daß wir als Schüler... Das ist nicht FAIR, Mr. Gartner!‹ Er brachte uns mit einem knurrenden Laut zum Schweigen: ›Was wollt ihr eigentlich? An der Note Zwei ist doch nichts auszusetzen. Zwei bedeutet: besser als der Durchschnitt. Und man kann durchaus besser sein als der Durchschnitt, ohne einen seiner schriftstellerischen Ergüsse verkauft zu haben. Die Note Eins dagegen bedeutet: überragend. Und wenn es euch tatsächlich gelingt, etwas von dem zu verkaufen, was ihr geschrieben habt, dann muß es überragend sein, und ihr habt eine Eins verdient. Seid ihr nicht auch dieser Meinung?«

Ich nahm den vorletzten Keks von meinem Teller. »Wenn ich dir mehr erzähle, als du wissen möchtest, dann sag' es mir ganz ehrlich«, sagte ich zu Leslie.

»Fahr ruhig weiter fort, solange ich dich nicht bitte aufzuhören, ja?«

»Gut. – Zensuren waren mir damals sehr wichtig.«

Sie lächelte in der Erinnerung an die gefürchteten Schulzeugnisse.

»Ich schrieb also sehr viel und schickte etliche Artikel und Geschichten an Zeitungen und Zeitschriften. Kurz vor Halbjahresende sandte ich eine Geschichte für die Sonntagsbeilage des *Long Beach Press-Telegram* ein. Sie handelte von einem Hobby-Astronomen-Club und hieß: *Sie kennen den Mann im Mond!* Du kannst dir meinen Schrecken vorstellen, als ich ein paar Tage später aus der Schule kam, wie immer den Mülleimer hereintrug und den Hund fütterte, und meine Mutter mir plötzlich einen Brief vom *Press-Telegram* reichte! Mir gefror das Blut in den Adern! Zitternd öffnete ich den Brief, las ihn Wort für Wort schluckend durch und begann dann noch einmal von vorn. *Sie hatten meine Geschichte gekauft!* Es lag ein Scheck über fünfundzwanzig Dollar bei. Ich konnte in jener Nacht nicht schlafen, konnte es nicht erwarten, wieder in die Schule zu gehen. Endlich war es soweit, und endlich war auch die sechste Stunde herangerückt. Ich knallte ihm den Scheck mit dramatischer Geste auf den Schreibtisch. ›Da haben Sie Ihren Scheck, Mr. Gartner!‹ Sein Gesicht erhellte sich, und er drückte mir die Hand so fest, daß ich sie hinterher eine Stunde lang nicht bewegen konnte. Dann verkündete er der Klasse, Dick Bach habe eine Geschichte verkauft. Ich fühlte mich wie ein König. Und ich bekam meine Eins in Dichterischem Schreiben, ohne mich noch weiter dafür anstrengen zu müssen. Damals dachte ich, das sei alles – nun hätte ich es geschafft.«

Ich dachte über jenes Ereignis nach – lag es zwanzig Jahre zurück oder nur einen Tag? Was geschieht in unserem Gedächtnis mit der Zeit?

»Aber es war noch nicht alles«, meinte Leslie.

»Nein. Es war nicht alles. Ich hatte es noch lange nicht geschafft. John Gartner zeigte uns, was es heißt, Schriftsteller zu sein. Er arbeitete damals gerade an einem Roman über Lehrer. *Der Ruf des Septembers* hieß er. Ob er ihn wohl noch zu Ende schreiben konnte, ehe er starb . . .?« Wieder spürte ich ein seltsam würgendes Gefühl im Hals. Ich hielt es für das beste, die Geschichte so rasch wie möglich zu Ende zu erzählen und das Thema zu wechseln.

»Jede Woche brachte er ein Kapitel seines Buches mit, las es uns vor und fragte uns, was wir daran verbessern würden. Es war sein erster Roman für Erwachsene. Es kam eine Liebesgeschichte darin vor; und wenn er die entsprechenden Szenen vorlas, wurde er knallrot im Gesicht. Manchmal begann er mitten in einem Satz, der ihm ein bißchen zu wahr und zu empfindungsreich für einen Footballtrainer und seine Klasse erschien, zu lachen und den Kopf zu schütteln. Frauengestalten zu schildern, fiel ihm entsetzlich schwer. Immer wenn sein

Roman sich zu weit vom Sport und der freien Natur fortbewegte, merkte man es seinem Stil sofort an; wenn er über Frauen schrieb, bewegte er sich auf sehr dünnem Eis und war jeden Augenblick in Gefahr, einzubrechen. Und dann kritisierten wir ihn schadenfroh: ›Mr. Gartner, die Dame erscheint uns nicht ganz so wirklich und greifbar wie Rock Taylor. Können Sie sie uns nicht *zeigen,* statt von ihr zu *erzählen?*‹ Und er brüllte vor Lachen, betupfte sich die Stirn mit seinem Taschentuch und gab uns recht. Denn John hämmerte uns stets ein: ›ERZÄHLT mir eure Geschichte nicht – ZEIGT sie mir! BEGEBENHEITEN! BEISPIELE!‹ Und dabei pflegte er bekräftigend mit der Faust auf den Tisch zu schlagen.«

»Du hast ihn sehr geliebt, nicht wahr?«

Ich wischte mir mit einer heftigen Bewegung eine weitere Träne aus dem Gesicht. »Ach ja ... Er war ein guter Lehrer, kleine Wookie.«

»Wenn du ihn geliebt hast – warum findest du es so schlimm, es zuzugeben?« beharrte sie.

»Ich habe es noch nie von dieser Seite betrachtet. – Ja – ich habe ihn geliebt. Ich liebe ihn immer noch!«

Und dann kniete ich plötzlich vor ihr, hatte meine Arme um ihre Beine geschlungen und den Kopf in ihren Schoß gelegt und schluchzte um einen Lehrer, von dessen Tod ich vor Jahren auf Umwegen erfahren hatte, ohne auch nur mit der Wimper zu zucken.

Sie streichelte meinen Kopf. »Schon gut«, sagte sie leise. »Schon gut. Er wäre bestimmt sehr stolz auf dich und deine Bücher, und er liebte dich sicher auch.«

Was für ein seltsames Gefühl, dachte ich. So ist es also, wenn man weint! Es war schon so lange her, daß ich meinen Gefühlen zum letztenmal freien Lauf gelassen hatte, statt die Zähne zusammenzubeißen und mich mit einer stählernen Rüstung gegen den Schmerz zu panzern. Wann hatte ich das letztemal geweint? Ich konnte mich nicht mehr daran erinnern. – Dann fiel es mir wieder ein: An dem Tag, an dem meine Mutter gestorben war – einen Monat, bevor ich Flugschüler wurde und mir bei der Pilotenausbildung der Luftwaffe die Sporen verdiente. Vom ersten Tag meines Militärdienstes an hatte ich mich intensiv darin geübt, meine Gefühle unter Kontrolle zu halten: ›Von jetzt an werden Sie vor allen Faltern und Fliegen salutieren, Mr. Bach. Warum werden Sie vor allen Faltern und Fliegen salutieren? Sie werden vor allen Faltern und Fliegen salutieren, weil diese Tiere bereits fliegen können und Sie noch nicht. Dort drüben an der Fensterscheibe sitzt ein Falter. RECHTS UM, Mr. Bach! Vor-wärrrrrrrts: Marsch! HALT! Falter ansehen: ANSEHEN! Hand heben: SALUTIEREN! Hören Sie auf zu grinsen, Mr. Bach. Trampeln Sie auf dem Grinsen herum, töten Sie es, TÖTEN SIE ES! Und nun heben Sie es auf, tragen Sie es hinaus und begraben Sie es. Glauben Sie, dieses Ausbildungsprogramm sei zu Ihrem Vergnügen da? *Wer hat die Kontrolle über Ihre Gefühle, Mr. Bach?‹«*

Darum drehte sich mein ganzes Training, darauf kam es an: Wer hat die Kontrolle?

Wer hat die Kontrolle? Ich! Ich, der vernünftige, logisch denkende Mensch, der nüchtern die Sachlage überprüft, abwägt, urteilt und schließlich entscheidet, wie er zu handeln und wer er zu sein hat. Nie hatte mein rationales Ich auf den emotionalen Teil meiner Persönlichkeit Rücksicht genommen oder ihm gar die Führung überlassen – zumindest bis zum heutigen Abend, an dem ich einen kleinen Abschnitt meiner Vergangenheit mit meiner besten Freundin teilte, die für mich fast wie eine Schwester war.

»Verzeih' mir, Leslie.« Ich richtete mich wieder auf und wischte mir die Tränen aus dem Gesicht. »Ich kann mir selbst nicht erklären, was in mich gefahren ist. So etwas habe ich noch nie getan. Es tut mir sehr leid.«

»Was hast du noch nie getan? Dir noch niemals den Tod eines Menschen zu Herzen genommen oder noch nie geweint?«

»Noch nie geweint. Jedenfalls schon sehr lange nicht mehr.«

»Armer Richard... Vielleicht solltest du das öfters tun.«

»Nein, danke. Ich glaube nicht, daß ich mit mir zufrieden wäre, wenn ich es zu oft täte.«

»Findest du es schlimm, wenn ein Mann weint?«

Ich ließ mich wieder auf meinem Stuhl nieder. »Andere Männer können meinetwegen weinen, falls ihnen danach zumute ist. Aber ich halte es nicht für richtig, wenn ich es tue.«

»Oh«, sagte sie. Ich spürte, daß sie über meine Worte nachdachte und sich ein Urteil über mich bildete. Welcher Mensch könnte einen anderen verurteilen, weil er das Bedürfnis hat, seine Gefühle unter Kontrolle zu halten? fragte ich mich. Vielleicht eine liebende Frau, die viel mehr über Gefühle und deren Ausdruck weiß als ich.

Leslie schwieg eine Minute lang, ohne ein Urteil abzugeben, und fragte dann: »Und was geschah anschließend?«

»Oh... Nach meinem ersten und einzigen vergeudeten Jahr an der Universität brach ich mein Studium ab. Ich belegte einen Kurs im Bogenschießen und lernte dabei meinen zukünftigen Fluglehrer Bob Keech kennen. Das Studium war Zeitverschwendung gewesen; doch der Flugunterricht veränderte mein ganzes Leben. Allerdings hörte ich mit dem Schreiben auf, nachdem ich die High School verlassen hatte, und fing erst nach meiner Ausbildung bei der Air Force wieder damit an. Dann heiratete ich und stellte fest, daß ich es in keiner Stellung lange aushalten konnte – ganz egal, welcher Art die Arbeit war. Ich wurde jedesmal schon nach kurzer Zeit verrückt vor Langeweile und kündigte. Ich wäre lieber verhungert, als mit dem morgendlichen und abendlichen Klicken der Stechuhr zu leben. Und eines Tages begriff ich, was John Gartner uns damals beigebracht hatte: Das Gefühl, wie es ist, wenn man eine Geschichte verkauft hat! Erst Jahre nach seinem Tod drang seine Botschaft zu mir vor. ›Wenn es dir als Gymnasiast gelungen ist, eine Geschichte zu verkaufen, warum solltest du als Erwachsener nicht in der Lage sein, weitere zu verkaufen?‹ fragte ich mich.«

Neugierig beobachtete ich mich selbst. Ich hatte noch mit keinem Menschen so gesprochen.

»Und dann begann ich Absagen zu sammeln. Ich verkaufte zwar eine oder zwei meiner Geschichten, aber die anderen kamen alle zurück, und dem ›großen Schriftsteller‹ stand bald das Wasser bis zum Hals. Um nicht zu verhungern, suchte ich mir irgendeinen Job – trug Briefe aus, bastelte Schmuck, fertigte Zeichnungen und Beschreibungen technischer Geräte an. Jeden dieser Jobs behielt ich so lange, bis ich ihn nicht mehr ertragen konnte. Dann begann ich wieder zu schreiben, verkaufte wieder ein paar Geschichten, erhielt wieder Absagen, bis mir das Wasser bis zum Hals stand, suchte mir einen neuen Job ... Das wiederholte sich etliche Male. Doch jedesmal stieg mir das Wasser ein wenig langsamer an den Hals, und schließlich reichte das, was mir das Schreiben einbrachte, so gerade zum Überleben aus. Allmählich ging es immer weiter bergauf. Und so wurde ich Schriftsteller.«

Auf Leslies Teller befand sich noch der ganze Keksstapel, auf meinem hingegen lagen nur noch Krümel. Ich befeuchtete die Spitze meines rechten Zeigefingers mit der Zunge, tippte die Krümel an und aß sie ordentlich der Reihe nach auf. Kommentarlos legte Leslie ihre Kekse auf meinen Teller hinüber und behielt nur einen einzigen für sich.

»Ich hatte mir immer ein abenteuerliches Leben gewünscht«, erklärte ich ihr. »Es dauerte lange, bis ich erkannte, daß nur ich selbst mein Leben abenteuerlich gestalten konnte. Also tat ich all die Dinge, die ich tun wollte, und schrieb Bücher und Geschichten darüber, die ich an Zeitschriften schickte.«

Leslie betrachtete mich eingehend, als sei sie mir vor tausend Jahren schon einmal begegnet und versuche nun, sich zu erinnern.

Plötzlich bekam ich ein schlechtes Gewissen. »Da sitze ich

nun, erzähle dir mein ganzes Leben und kann kein Ende finden«, sagte ich. »Was hast du nur mit mir angestellt? Ich hatte dir gesagt, ich sei eher ein Zuhörer als ein Redner; und nun wirst du mir nicht glauben.«

»Wir sind beide Zuhörer«, sagte sie, »und beide Redner.«

»Wir sollten lieber unsere Schachpartie beenden«, schlug ich vor. »Du bist am Zug.«

Leslie ließ den entscheidenden Zug aus, und ich war darüber begeistert und traurig zugleich. Wenigstens würde sie nun meine wunderbare Falle zuschnappen sehen. Ob wir etwas lernen, dachte ich, hängt schließlich nicht davon ab, ob wir ein Spiel verlieren oder nicht, sondern wie wir es verlieren, wie diese Niederlage uns verändert und was für neue Erkenntnisse wir aus ihr ziehen, um sie dann wieder auf andere Spiele anzuwenden. In gewisser Weise – so merkwürdig es auch klingen mag – ist die Niederlage ein Sieg.

Dennoch war ein Teil meines Wesens traurig darüber, daß Leslie den rettenden Ausweg nicht gefunden hatte. Beim nächsten Zug schlug meine Dame ihren Springer, obwohl er gedeckt war. Nun würde sie mir mit dem Bauern die Dame wegnehmen, die ich opfern mußte, um siegen zu können. Nur zu, nimm dir die Dame, du kleiner Teufel, und freue dich an ihr, solange du noch Gelegenheit dazu hast ...

Doch ihr Bauer verschmähte meine Dame. Statt dessen eilte ihr Läufer leichtfüßig von einer Ecke des Schachbretts zur anderen, und ihre nachtblauen Augen blickten in meine und beobachteten meine Reaktion.

»Schachmatt«, flüsterte sie.

Ungläubig und völlig am Boden zerstört betrachtete ich meine Niederlage und untersuchte, wie sie zustande gekommen war. Dann griff ich nach meinem Notizbuch und schrieb eine halbe Seite voll.

»Was hast du denn da geschrieben?«

»Einen schönen neuen Gedanken.« Ich las ihn ihr vor: *»Ob*

wir etwas lernen, hängt nicht davon ab, ob wir ein Spiel verlieren oder nicht, sondern wie wir es verlieren, wie diese Niederlage uns verändert und was für neue Erkenntisse wir aus ihr ziehen, um sie dann wieder auf andere Spiele anzuwenden. In gewisser Weise – so merkwürdig es auch klingen mag – ist die Niederlage ein Sieg.«

Leslie saß graziös auf der Couch, hatte die Schuhe ausgezogen und die Füße behaglich hochgelegt. Ich ließ mich auf dem gegenüberliegenden Sessel nieder, zog die Schuhe nicht aus und legte meine Füße – vorsichtig, um keine Spuren auf der Glasplatte zu hinterlassen – auf den Kaffeetisch.

Leslie Räuberlatein beizubringen war, als beobachte man einen Wasserskischüler, der bereits seine erste Fahrt übersteht, ohne ins Wasser zu fallen. Ich hatte als Kind Tage gebraucht, um es zu lernen, und die Algebra darüber vernachlässigt. Leslie konnte es auf Anhieb, sobald ich sie in die Grundregeln eingeweiht hatte.

»Nahalafa«, sagte ich, *»verherlerferstehsthehstlehstfehst duhulufu, washaslasfas ichhichlichfich sahalafa gehelefe?«*

»Nahalafa türhürlürfür lichhichlichfich!« erwiderte sie. *»Washaslasfas heißtleißtfeißt ›Kuscheltier‹ aufhauflauffauf Räuhäuläufäu berherlerfer lahalafa teinheinleinfein?«*

»›Kuhulufu schelhellelfel tierhierlierfier‹, nahalafa türhürlürfür lichhichlichfich!«

Wie rasch sie lernte! Was für ein Vergnügen es war, das schillernde Spiel ihres Geistes zu beobachten! Es gab nur drei Möglichkeiten, mit ihr Schritt zu halten: Man mußte sich mit irgend etwas beschäftigt haben, was ihr vollkommen unbekannt war, völlig neue Kommunikationsregeln erfinden – oder sich weitgehend auf pure Intuition verlassen. Ich versuchte es an jenem Abend mit letzterem.

»Ich brauche mich nur im Zimmer umzusehen, um zu wissen, daß Mrs. Parrish schon lange Klavier spielt. Ich sehe es zum Beispiel an den Noten dort drüben – den Beethovensonaten auf dem vergilbten Papier mit den alten Bleistifteinzeichnungen. Laß mich raten – spielst du schon seit deiner Schulzeit Klavier?«

Sie schüttelte den Kopf. »Schon viel länger. Als kleines Mädchen fertigte ich mir eine Tastatur aus Papier an, auf der ich üben konnte, weil wir kein Geld für ein Klavier hatten. Und meine Mutter sagt, ich sei schon vorher – schon ehe ich laufen konnte – zu dem allerersten Klavier hingekrabbelt, das ich sah, und hätte darauf zu spielen versucht. Und von jenem Augenblick hätte ich nach nichts anderem mehr verlangt als nach Musik. Doch es dauerte lange, bis mir dieser Wunsch erfüllt wurde. Meine Eltern ließen sich scheiden; meine Mutter wurde krank; und mein Bruder und ich wanderten eine Zeitlang von Pflegeheim zu Pflegeheim.«

Ich preßte die Lippen aufeinander. Was für eine trostlose Kindheit, dachte ich. Wie mochte sie sich auf Leslie ausgewirkt haben?

»Als ich elf Jahre alt war, wurde meine Mutter aus dem Krankenhaus entlassen, und wir zogen in die Ruinen eines Hauses, das aussah, als hätte es bereits den Unabhängigkeitskrieg erlebt und überdauert: hohe, dicke, im Zerfall begriffene Steinmauern, Ratten, Löcher in den Fußböden und ein mit Brettern zugedeckter Kamin. Wir mieteten es für zwölf Dollar im Monat, und Mutter versuchte es einzurichten. Eines Tages erfuhr sie, daß jemand ein altes Klavier verkaufen wollte, und erwarb es für mich! Es kostete sie ein Vermögen – vierzig Dollar. Aber es veränderte meine Welt; sie war nie wieder so wie früher.«

Vorsichtig tastete ich mich in einer anderen Richtung vor. »Erinnerst du dich noch an das frühere Leben, in dem du bereits Klavier gespielt hattest?«

»Nein«, sagte sie. »Ich weiß nicht so recht, ob ich an frühere Leben glaube. Aber eines ist seltsam: Musikstücke, die in oder vor Beethovens Zeit entstanden sind – also bis zu den ersten

Jahrzehnten des neunzehnten Jahrhunderts – fallen mir leicht. Es ist, als hätte ich sie schon einmal gekannt und nur wieder verlernt. Ich kann sie beinahe auf den ersten Blick spielen. Beethoven, Schubert oder Mozart sind für mich wie alte Freunde, die ich nach langer Zeit wiedertreffe. Chopin oder Liszt dagegen nicht ... Ihre Musik ist für mich neu.«

»Und wie steht's mit Johann Sebastian? Er gehört ja auch zu den frühen Komponisten; Anfang des achtzehnten Jahrhunderts ...«

»Nein. Mit ihm muß ich mich ebenfalls intensiv befassen, ehe ich ihn spielen kann.«

»Jemand, der Anfang des neunzehnten Jahrhunderts Klavier spielte«, fragte ich sie, »hätte Bach doch kennen müssen, nicht wahr?«

Sie schüttelte den Kopf. »Nein. Seine Musik war untergegangen, vergessen – bis ungefähr 1840. Dann entdeckte Schumann seine Notenhandschriften und veröffentliche sie. Um 1810 oder 1820 wußte niemand etwas von Bach.«

Das Haar in meinem Nacken stellte sich unmerklich auf.

»Würdest du denn nicht gern herausfinden, ob du damals gelebt hast? Ich habe in einem Buch gelesen, daß es eine Methode gibt, mit deren Hilfe man sich an frühere Leben zu erinnern vermag; sie besteht in einfacher Vorstellungskraft. Möchtest du sie ausprobieren?«

»Vielleicht irgendwann einmal ...«

Warum widerstrebt ihr dieser Gedanke? fragte ich mich. Wie kann ein so intelligenter Mensch wie sie daran zweifeln, daß unsere Existenz mehr ist als ein bloßes Blitzlicht in der Ewigkeit?

Kurz danach – irgendwann nach elf Uhr – warf ich einen Blick auf meine Armbanduhr. Es war vier Uhr morgens.

»Leslie! Weißt du, wie spät es ist?«

Sie biß sich auf die Lippen und schaute einen Augenblick zur Decke. »Neun?«

16

Es wird nicht gerade ein Vergnügen sein, um sieben Uhr aufzustehen und nach Florida zu fliegen, dachte ich, als sie mich wieder an meinem Hotel absetzte und in die Dunkelheit davonfuhr. Normalerweise blieb ich nicht länger als bis zehn Uhr auf; diese Gewohnheit stammte noch aus der Zeit meiner Flugveranstaltungen. Damals hatte ich mich stets eine Stunde nach Sonnenuntergang unter den Tragflächen meines Flugzeuges zusammengerollt. Es wird all meine Energie erfordern, um sieben Uhr, nach nur zwei Stunden Schlaf, aufzustehen und dreitausend Meilen zu fliegen.

Aber ich hatte ihr so viel zu erzählen gehabt, so viel von ihr erfahren wollen!

Ich werde nicht daran sterben, wenn ich ein bißchen Schlaf versäume, dachte ich. Mit wem sonst kannst du dich bis vier Uhr morgens unterhalten – obwohl der letzte Keks schon längst vom Teller verschwunden ist –, ohne die geringste Müdigkeit zu verspüren? Mit wem – außer mit Leslie? fragte ich mich.

Ich schlief ein, ohne eine Antwort auf diese Frage gefunden zu haben.

17

»Leslie, entschuldige, daß ich so früh anrufe. Bist du schon wach?« Meine Armbanduhr zeigte kurz nach acht.

»Jetzt ja. Wie geht es dir, Wookie?«

»Hast du heute Zeit? Wir haben uns gestern abend nicht lange genug unterhalten, und ich dachte mir, wenn dein Terminplan es erlaubt, könnten wir heute mittag zusammen essen gehen. Und heute abend vielleicht auch?«

Am anderen Ende der Leitung herrschte Schweigen. Ich spürte sofort, daß ich aufdringlich war. Ich hätte nicht anrufen sollen, dachte ich.

»Du hast doch gesagt, du wollest heute nach Florida zurückfliegen.«

»Ich habe es mir anders überlegt. Ich fliege erst morgen.«

»Oh, Richard, es tut mir leid . . . Ich bin zum Mittagessen mit Ida verabredet, und heute nachmittag habe ich eine Besprechung. Und beim Abendessen noch eine. Es tut mir leid; ich wäre gern mit dir zusammen, aber ich dachte, du seist schon fort.«

Das wird mich lehren, dachte ich, in Zukunft nicht mehr stillschweigend vorauszusetzen, daß sie Zeit für mich hat. Wie kam ich nur auf den Gedanken, sie könnte nichts anderes vorhaben, als dazusitzen und sich mit mir zu unterhalten? Ich fühlte mich plötzlich einsam.

»Macht nichts«, sagte ich. »Es ist ohnehin besser, wenn ich mich gleich auf den Weg mache. Aber darf ich dir noch sagen, wie sehr ich unseren gestrigen Abend genossen habe? Ich könnte mich mit dir unterhalten, bis vom letzten Keks der Welt nur noch Krümel übrig sind. Weißt du das? Wenn nicht, dann habe ich es dir hiermit gesagt.«

»Mir geht es genauso. Aber all die Kekse, mit denen mein kleiner Vielfraß mich füttert... Ich werde eine Woche lang hungern müssen, sonst erkennst du mich beim nächstenmal nicht wieder, weil ich so dick geworden bin! Warum kannst du dich nicht mit Samen und Sellerie anfreunden?«

»Das nächstemal bringe ich Selleriesamen mit.«

»Vergiß es nicht.«

»Schlaf' weiter. Es tut mir leid, daß ich dich geweckt habe. Danke für den gestrigen Abend.«

»Ich danke dir auch«, sagte sie. »Tschüs.«

Ich legte auf und begann meine Kleidertasche zu packen. War es eigentlich nicht schon zu spät, um Los Angeles noch zu verlassen und bis zum Einbruch der Dunkelheit eine so weite Strecke nach Osten zurückzulegen?

Nachtflüge in der T-33 behagten mir nicht sonderlich. Ein *flameout* des Triebwerks, wie er immer mal vorkommen kann, oder eine Notlandung in einer schweren, schnellen Maschine sind tagsüber schon problematisch genug, aber wenn draußen stockfinstere Nacht herrscht, kann man einer solchen Situation absolut keine angenehmen Seiten mehr abgewinnen.

Wenn ich kurz vor Mittag startete, würde ich frühestens um fünf Uhr Ortszeit in Austin, Texas, und frühestens um halb zehn oder zehn in Florida sein. War es um zehn Uhr noch hell? Nein.

Aber was machte das schon? Bis jetzt war die T immer zuverlässig gewesen... Ein kleines, unauffindbares Leck im

Hydrauliksystem war das einzige Problem, das ich bisher noch nicht beseitigen konnte. Aber selbst wenn ich die ganze Druckflüssigkeit verlöre, wäre das noch keine Katastrophe. Die Querruder etwa würden sich dadurch zwar noch schwer bewegen lassen, aber ich hätte die Maschine immer noch unter Kontrolle.

Als ich mit dem Packen fertig war und in Gedanken bereits die Flugroute durchging, hatte ich eine seltsame Vorahnung. Ich konnte die Landung in Florida nicht vor meinem geistigen Auge sehen. Was könnte denn schiefgehen? fragte ich mich. Wetterprobleme? Ich habe mir geschworen, nie wieder ein Gewitter zu durchfliegen – also würde ich das wahrscheinlich auch nicht tun. Oder ein Versagen des elektrischen Systems?

Das könnte höchst problematisch werden. Das hieße unter anderem, ohne alle Funk- und Navigationsgeräte auskommen zu müssen; und . . . und . . . und. Doch warum sollte dies eintreten? Die T-33 war schließlich keine Mustang. Also – worüber mache ich mir Sorgen?

Ich setzte mich auf die Bettkante, schloß die Augen, entspannte mich und stellte mir im Geist das Flugzeug vor, sah es vor meinen Augen dahinschweben. Das klappte – doch Bilder von meiner abendlichen Landung in Florida blieben aus.

Natürlich! Ich würde ja gar nicht bis Florida fliegen, sondern vor Einbruch der Dunkelheit irgendwo anders landen!

Trotzdem. Ich konnte mir auch nicht vor Augen führen, wie ich mich nachmittags auf irgendeinem anderen Flughafen von meiner T-33 entfernte. Es sollte doch eigentlich sehr leicht sein, diese Szene vor dir zu sehen, dachte ich. Du landest auf irgendeinem Flughafen und stellst das Triebwerk deines Flugzeugs ab . . .

Ich konnte es mir nicht vorstellen.

Und wie steht es mit dem Endanflug? Die Kurve; die

Landebahn; das Fahrwerk ist bereits ausgefahren; drei kleine Signale zeigen an, daß es eingerastet ist – das kannst du dir doch sicherlich vorstellen?

Nichts.

Zum Teufel, dachte ich. Heute versagen nicht meine elektrischen Energien, sondern meine übersinnlichen!

Ich griff nach dem Telefonhörer und rief bei der Wetterwarte an. Die Dame teilte mir mit, daß das Wetter bis New Mexico schön sein werde; dann würde ich auf eine Kaltluftfront mit Gewittern in einer Höhe bis zu 39 000 Fuß stoßen. Die Gewitterwolkenobergrenze könntest du mit Müh und Not in einer Höhe von 41 000 Fuß überfliegen, überlegte ich mir.

Warum bloß konnte ich mir meine sichere Landung nicht vorstellen?

Ich führte noch ein Telefongespräch.

»Ted? Hallo, hier ist Richard. Ich komme in etwa einer Stunde – würdest du bitte die T aus dem Hangar rollen und dafür sorgen, daß sie vollgetankt ist? Sauerstoff und Öl sind in Ordnung. Die Maschine könnte außerdem noch einen Schuß Hydraulik-Flüssigkeit vertragen.«

Ich breitete Karten auf meinem Bett aus, notierte mir die Navigationsfrequenzen, Flugrouten und -höhen meines bevorstehenden Fluges und berechnete Flugzeit und Treibstoffverbrauch. Die in der Gewitterzone erforderlichen 41 000 Fuß würde die T schon bringen.

Ich nahm meine Karten und mein Gepäck, verließ das Hotel und fuhr mit einem Taxi zum Flughafen.

Nachdem ich mein Gepäck im Flugzeug verstaut und die Waffenraumtüren zweifach verschlossen und gesichert hatte, kletterte ich die Leiter zum Cockpit hinauf, nahm meinen Helm aus seiner Tasche und hängte ihn an das Kabinendach. In zwanzig Minuten würden die Maschine und ich uns in einer Höhe von vier Meilen bereits der Grenze Arizonas nähern – eigentlich kaum zu fassen, dachte ich.

»RICHARD!« brüllte Ted von der Tür seines Büros herüber. »TELEFON! WILLST DU AN DEN APPARAT GEHEN?«

»NEIN, SAG', ICH SEI SCHON WEG!« Aber dann fragte ich neugierdehalber doch: »WER IST ES DENN?«

Ted erkundigte sich. »LESLIE PARRISH!« schrie er zurück.

»SAG' IHR, ICH KÄME GLEICH!«

Als Leslie mich vom Flughafen abholte, wurde die T-33 bereits wieder in die Flugzeughalle zurückgerollt, wo sie noch eine weitere Nacht zubringen sollte.

Also deshalb konntest du dir deine Landung nicht vorstellen, dachte ich.

Ich hievte mein Gepäck in den Kofferraum ihres Wagens und nahm dann auf dem Beifahrersitz Platz. »Hallo, du kleinste aller Wookies!« begrüßte ich sie. »Schön, dich wiederzusehen! Wie kommt es, daß dein Terminplan sich geändert hat?«

Leslie fuhr einen sandfarbenen Luxuswagen mit flauschigen Samtbezügen. Nach dem Film mit dem Wookie hatten wir dem Auto einen neuen Namen gegeben: »Bantha« – nach einem riesigen, flauschigen Sandlebewesen, das in dem Film vorkam. Unser Bantha rollte sanft an und entführte uns in einen Strom anderer bunter Banthas, die in hundert verschiedene Richtungen auseinanderstrebten.

»Ich dachte, in Anbetracht der wenigen Zeit, die wir füreinander haben, könnte ich meine Termine vielleicht ein wenig verschieben. Ich muß zwar ein paar Sachen von der Akademie abholen, aber danach bin ich frei. Wo möchtest du mit mir zu Mittag essen?«

»Egal, wo. Wie wär's mit dem Magic Pan?«

»Um die Zeit werden wir dort mindestens eine Stunde warten müssen, bis wir einen Platz bekommen«, gab Leslie zu bedenken.

»Wieviel Zeit haben wir?«

»Wieviel hast du mit mir vor?« fragte sie zurück. »Abendessen? Kino? Schach? Gespräche?«

»Oh, du bist ein Schatz! Hast du meinetwegen alle deine heutigen Termine abgesagt? Du weißt gar nicht, wieviel mir das bedeutet.«

»Es bedeutet, daß ich lieber mit einem Wookie zusammen bin, der mich auf meinem Planeten besucht, als mit irgend jemand anderem. Aber bitte – kein heißes Fondant, keine Kekse und auch nichts anderes, was meiner schlanken Linie gefährlich werden könnte! Du kannst meinetwegen essen, was du willst; aber ich halte jetzt wieder Diät, um für meine Sünden zu büßen!«

Unterwegs erzählte ich ihr von dem seltsamen Erlebnis des heutigen Morgens, von meinen außersinnlichen Flugzeug- und Flugroutenüberprüfungen, die sich seltsamerweise schon oft als außergewöhnlich zuverlässig erwiesen hatten.

Sie hörte mir – wie immer, wenn ich von Experimenten mit dem Übersinnlichen berichtete – höflich zu. Hinter ihrer Höflichkeit spürte ich jedoch den Versuch, Erklärungen für Ereignisse und Interessen zu finden, über die sie früher nicht nachzudenken gewagt hatte. Sie hörte mir zu wie einem freundlichen Leif Erikson, der mit Schnappschüssen aus einem Land zurückkehrte, das sie zwar vom Hörensagen kannte, aber niemals selbst erkundet hatte.

Wir parkten in der Nähe der Büros der Filmakademie. »Es dauert nicht lange«, sagte sie. »Willst du mitkommen oder im Auto warten?«

»Ich warte. Laß' dir ruhig Zeit.«

Ich beobachtete aus der Ferne, wie sie in dem von der Mittagssonne beschienenen Passantenstrom verschwand. Sie war unauffällig gekleidet – eine weiße Sommerbluse über einem weißen Rock –, und doch: Wie viele Köpfe von Männern sich nach ihr umdrehten! Das honig-weizenblonde Haarflatterte ihr locker und glänzend um die Schultern, als sie hastig und etwas unachtsam die Straße überquerte. Sie bedankte sich mit einem Winken bei dem Autofahrer, der ihretwegen auf die Bremse gestiegen war.

Was für eine bezaubernde Frau, dachte ich. Schade, daß wir einander nicht ähnlicher sind.

Sie verschwand in dem Gebäude, und ich räkelte mich auf dem Sitz und gähnte. Eigentlich, dachte ich, könntest du die Warterei nutzen, um deinen versäumten Nachtschlaf nachzuholen.

Das erforderte eine etwa fünfminütige autohypnotische Entspannung. Ich schloß die Augen und atmete tief durch. *Mein Körper ist vollkommen entspannt: jetzt.* Noch ein Atemzug. *Mein Geist ist vollkommen entspannt: jetzt.* Noch einer. *Ich befinde mich in tiefem Schlaf: jetzt. Ich werde in dem Augenblick aufwachen, in dem Leslie zurückkommt, und mich so erfrischt fühlen wie nach einem achtstündigen normalen, festen Schlaf.*

Mein Geist tauchte schlagartig ins Dunkel; die Straßengeräusche um mich her verhallten. Ich war im tiefen, schwarzen Teer der Unbewußtheit gefangen; die Zeit kam zum Stillstand.

Dann sah ich plötzlich inmitten der kohlschwarzen Finsternis

!!Licht!!

Als falle ein Stern auf mich herab, der zehnmal heller strahlte als die Sonne. Angesichts dieser plötzlichen Lichtexplosion verging mir Hören und Sehen.

Kein Schatten keine Farbe keine Hitze kein Geblendetsein kein Körper kein Himmel keine Erde kein Raum keine Zeit keine Gegenstände keine Menschen keine Worte nur

Licht!

Betäubt schwebte ich inmitten dieses herrlichen Glanzes und wußte: Dieses ungeheure, unendliche Strahlen, das mein einstiges Ich mit solcher Plötzlichkeit und Gewaltsamkeit durchströmt, ist kein Licht. Nein. Das Licht ist nur ein Symbol und steht für etwas viel Strahlenderes – es steht für *Liebe!* Eine so intensive Liebe... Die Vorstellung, die wir mit dem Wort »intensiv« verbinden, ist nur ein nichtssagender Gedankenfetzen im Vergleich zu der Unermeßlichkeit der Liebe, in deren Abgrund ich jetzt versank.

ICH BIN!
DU BIST!
UND LIEBE – IST DAS EINZIGE – WAS ZÄHLT!

Ein explosionsartiges Gefühl der Freude durchfuhr mich, zerriß mich Atom für Atom; ich ging in Flammen auf wie ein Streichholz, das in die Sonne gefallen ist. Freude, intensiv bis zur Unerträglichkeit... Ich halte es nicht mehr aus! keuchte ich. Keinen Augenblick länger! Bitte nicht!

In dem Augenblick, in dem ich diese Bitte hervorstieß, zog die Liebe sich zurück und verblaßte in der Nacht des mittäglichen Beverly Hills – einer stecknadelkopfgroßen Stadt auf der nördlichen Hemisphäre des dritten Planeten eines kleinen Sterns einer unbedeutenden Milchstraße eines ebenso unbedeutenden Universums, das an einer winzigen Kurve eines nur in der Vorstellung existierenden Raum-Zeit-Kontinuums liegt. Ich war eine mikroskopisch kleine, unendlich große Lebensform, die versehentlich hinter die Kulissen ihres Theaters gestolpert war, den Bruchteil einer Sekunde lang ihrer eigenen Realität ins Auge sah und sich vor Schreck beinahe in nichts auflöste...

Mit klopfendem Herzen und tränenüberströmtem Gesicht erwachte ich im Bantha.

»AI!!« rief ich laut. *»AI-ai-ai!«*

Liebe! So intensiv! Wenn sie grün wäre, wäre sie von einem so übernatürlichen Grün, daß selbst das Prinzip der Farbe Grün es sich nicht vorstellen könnte... Es war, als stehe man auf einer riesigen Kugel, die der Sonne glich, aber es war nicht die Sonne, es hatte kein Ende, keine Horizonte, es war so strahlend UND BLENDETE DOCH NICHT, ich schaute mit geöffneten Augen in das strahlendste ... und hatte doch keine Augen ICH KONNTE DIE FREUDE Dieser *Liebe* NICHT ERTRAGEN ... Es war, als hätte ich inmitten einer dunklen Höhle meine letzte Kerze fallen lassen, und eine Freundin sei gekommen und habe eine Wasserstoffbombe in Brand gesteckt, damit ich besser sehen könne.

Angesichts dieses Lichts ist diese Welt ... ist die Vorstellung von Leben und Tod ... ganz einfach – bedeutungslos.

Ich saß blinzelnd im Auto und schnappte nach Luft. Mein Gott! Ich mußte zehn Minuten lang üben, um wieder atmen zu lernen. Was ... Warum ... Ai!

Dann blitzten auf der gegenüberliegenden Straßenseite weizenblondes Haar und ein Lächeln auf, Köpfe wandten sich bewundernd um, und einen Augenblick später öffnete Leslie die Autotür, legte einen Stapel mit Umschlägen auf den Sitz und glitt hinter das Steuer. »Tut mir leid, daß es so lange gedauert hat, Wook, aber es war soviel Betrieb.«

»Leslie, ich muß dir etwas erzählen. Es ist gerade etwas geschehen ... Das Überwältigendste, das mir je ...«

Sie wandte sich mir erschrocken zu. »Richard, ist alles in Ordnung? Geht es dir gut?«

»Doch, doch«, beruhigte ich sie. »Sehr gut sogar.«

Ich suchte nach Worten. »Nachdem du weggegangen warst, saß ich hier, schloß die Augen und sah ... Licht; aber es war kein Licht. Es war heller als Licht, blendete aber nicht, tat nicht weh. Es war LIEBE – nicht das heuchlerische, zerstörte Wort ›Liebe‹, sondern Liebe, die IST! – anders als jede Liebe, die ich mir bisher vorzustellen vermochte. *UND LIEBE – IST DAS EINZIGE – WAS ZÄHLT!* Worte – aber es waren keine Worte, nicht einmal Vorstellungen. Ist dir schon jemals so etwas ... Weißt du, was ich meine?«

»Ja«, sagte sie. Und nach einem langen Augenblick des

Erinnerns fuhr sie fort: »Oben in den Sternen – damals, als ich meinen Körper verließ. Es war ein Gefühl des Einsseins mit dem Leben, mit einem Universum von unvorstellbarer Schönheit; eine so überwältigende Liebe, daß ich vor Freude weinte!«

»Aber warum ist das passiert? Ich wollte nur einen kurzen Hypnoseschlaf halten, wie ich es schon hundertmal getan habe! Doch diesesmal – oh! Kannst du dir eine Freude vorstellen, die so intensiv ist, daß du sie nicht zu ertragen vermagst; daß du darum bittest, sie möge aufhören?«

»Ich weiß«, sagte sie. »Ich weiß . . .«

Wir saßen eine Weile wortlos nebeneinander. Dann ließ sie den Bantha an, und wir verloren uns im Straßenverkehr.

Wir kosteten die Zeit, die wir miteinander verbringen durften, aus wie ein Fest.

18

Abgesehen von den Schachpartien war unsere Freundschaft ohne jede Aktivität. Wir bestiegen keine Berge, befuhren keine Flüsse, beteiligten uns nicht an Revolutionen, setzten unser Leben nicht aufs Spiel. Wir flogen nicht einmal. Unser einziges gemeinsames Abenteuer bestand darin, uns nach dem Mittagessen in den Straßenverkehr des La Cienega Boulevards zu stürzen. Warum war ich so verzaubert von ihr?

»Ist dir eigentlich auch schon aufgefallen«, fragte ich sie, als sie nach Westen auf die Melrose abbog, um nach Hause zu fahren, »daß unsere Freundschaft so völlig . . . ohne Aktivität ist?«

»Ohne Aktivität?« Sie sah mich so erschrocken an, als hätte ich sie berührt. »Ach, du . . . Manchmal ist es dir wirklich nicht leicht anzumerken, daß du nur Spaß machst. Ohne Aktivität . . .!«

»Aber ich meine es ernst! Sollten wir nicht gemeinsam Skilanglauftouren unternehmen, auf Hawaii surfen oder irgend etwas anderes tun, was Energie und Tatkraft erfordert? Unsere größte Anstrengung besteht darin, Schachfiguren zu bewegen. Das ist nur eine Feststellung . . . Ich hatte noch nie so eine Freundin wie dich. Sind wir nicht furchtbar intellektuell; reden wir nicht zuviel?«

»Richard«, sagte sie, *»bitte* nichts anderes als Schach und Gespräche! Ich möchte keine Parties geben oder mit Geld um mich werfen – auch wenn das die Lieblingsbeschäftigung der Menschen in dieser Stadt ist.«

Sie bog erst in eine Seitenstraße und dann in die Auffahrt zu ihrem Haus ein und stellte den Motor ab.

»Entschuldige mich einen Augenblick, Leslie. Ich laufe nur schnell nach Hause, um alle meine Dollars zu verbrennen. Ich bin in einer Minute wieder zurück...«

Sie lächelte. »Du brauchst sie nicht zu verbrennen. Es ist nichts dagegen einzuwenden, daß du Geld hast. Das Entscheidende für eine Frau ist einzig und allein, ob du sie damit zu kaufen versuchst. Hüte dich davor, das jemals zu versuchen.«

»Zu spät«, sagte ich. »Ich habe es schon getan – und zwar mehr als einmal.«

Leslie wandte sich mir zu und lehnte sich gegen die Autotür. Sie machte keinerlei Anstalten, auszusteigen.

»Du? – Warum überrascht mich das eigentlich so? Irgendwie kann ich es mir nicht vorstellen... Erzähl' mir davon. Waren unter den Frauen, die du gekauft hast, auch ein paar tolle dabei?«

»Nicht ich habe sie gekauft, sondern mein Geld. Es hat etwas Beängstigendes, es mitanzusehen – festzustellen, daß das tatsächlich mir passiert und nicht nur in irgendeinem Film vorkommt; daß es keine Fiktion ist, sondern unmittelbare Realität. Es ist, als sei ich der überzählige Mann in einem Dreiecksverhältnis, der versucht, sich zwischen eine Frau und sein eigenes Geld zu drängen. Es ist immer noch etwas Ungewohntes für mich, eine Menge Geld zur Verfügung zu haben. Und wenn mir nun eine sehr nette junge Dame über den Weg läuft, die ziemlich pleite ist und ihre Miete eigentlich schon längst hätte bezahlen müssen – soll ich ihr dann sagen: ›Ich helfe dir nicht. Von mir bekommst du keinen Penny‹?«

Ich brauchte dringend eine Antwort auf diese Frage. Denn

meine »perfekte Frau« bestand momentan teilweise aus drei gutaussehenden Freundinnen, die sich nur mit Mühe über Wasser halten konnten.

»Tu, was du für richtig hältst«, meinte Leslie. »Aber bilde dir nicht ein, daß irgend jemand dich lieben wird, weil du seine Miete bezahlst oder seinen Lebensunterhalt bestreitest. Die sicherste Methode, nicht geliebt zu werden, besteht darin, einen anderen Menschen finanziell von sich abhängig werden zu lassen. Ich weiß, wovon ich rede!«

Ich nickte. Woher wußte Leslie das? Hatte sie Freunde, die auf ihr Geld aus waren?

»Mit Liebe hat das auch nichts zu tun«, sagte ich. »Keine dieser Frauen liebt mich. Wir genießen einander nur – wie zufriedene Schmarotzer.«

»Grrr.«

»Wie bitte?«

»›Zufriedene Schmarotzer‹ – da sehe ich Ungeziefer vor mir.«

»Tut mir leid, aber ich weiß das Problem noch nicht zu lösen.«

»Verschweige den Frauen in Zukunft doch ganz einfach, daß du Geld hast«, riet sie mir.

»Das funktioniert nicht, weil ich furchtbar schlecht lügen kann. Ich brauche nur nach meinem Notizbuch zu greifen, und schon flattern ein paar von diesen lästigen Hundertdollarscheinen auf den Tisch, und meine Begleiterin ruft dann erstaunt: ›Nanu – du hast doch gesagt, du seist Sozialhilfeempfänger!‹ Was soll ich machen?«

»Vielleicht steckst du wirklich in einer etwas verfahrenen Situation. Aber sei vorsichtig: Diese Stadt wimmelt wie keine andere von Anschauungsbeispielen, die verdeutlichen, auf wie viele verschiedene Arten man Schiffbruch erleiden kann, wenn man nicht mit Geld umzugehen weiß!« Leslie öffnete die Autotür. »Wie wäre es mit einem schönen Salat, oder hat mein kleiner Vielfraß etwa schon wieder Appetit auf heißes Fondant?«

»Der Vielfraß mag momentan kein heißes Fondant mehr.«

Als wir im Haus waren, legte Leslie eine Beethovensonate auf und bereitete eine große Schüssel griechischen Salat mit Schafskäse zu, die wir uns schmecken ließen. Hinterher spielten wir Schach, und im Nu war unsere Zeit um.

»Wahrscheinlich beschäftige ich mich in Gedanken schon zu sehr mit meinem morgigen Abflug in aller Herrgottsfrühe«, sagte ich. »Ich kann sonst gar nicht verstehen, warum ich sonst drei von vier Partien verloren haben sollte.«

»Du spielst genauso gut wie immer«, erklärte Leslie, ohne mit der Wimper zu zucken, »bloß ich werde von Mal zu Mal besser. Der elfte Juli wird dir daher als jener letzte Tag im Gedächtnis bleiben, an dem du eine Schachpartie gegen Leslie Parrish gewonnen hast!«

»Lach' nur, du kleine Hexe – bis dir das Lachen vergeht. Wenn du dich das nächstemal mit meinem überdurchschnittlichen Geist mißt, wird er das Buch *Alle Schachtricks dieser Welt* auswendig können, und all diese Tricks werden dir auf dem Schachbrett das Leben sauer machen.« Ich seufzte, ohne es zu wissen. »Ich glaube, ich sollte mich jetzt auf den Weg machen. Wird meine Bantha-Fahrerin so nett sein, mich ins Hotel zu bringen?«

»Aber ja«, sagte sie, ohne aber Anstalten zu machen, aufzustehen.

Um mich bei ihr für den Tag zu bedanken, griff ich nach ihrer Hand und hielt sie leicht und warm in meiner.

Wir blickten einander lange an, ohne ein Wort zu sagen, ohne zu bemerken, daß die Zeit zum Stillstand gekommen war. Die Stille sprach aus, was wir bislang nicht einmal in Gedanken formuliert hatten.

Dann hielten wir uns plötzlich in den Armen und küßten uns zärtlich.

Dadurch, daß ich mich in Leslie Parrish verliebte, ging ich der einzigen Schwester in meinem Leben verlustig. Aber daran dachte ich damals nicht im entferntesten.

19

Als ich am nächsten Morgen erwachte, schimmerte das Sonnenlicht golden durch ihr Haar, das über unsere Kopfkissen floß. Sie lächelte mich an.

»Guten Morgen, Wookie«, sagte sie und war so warm und so nah bei mir, daß ich ihre Worte kaum wahrnahm. »Hast du gut geschlafen?«

»Mhm«, murmelte ich. »O ja! Danke, ich habe sehr gut geschlafen. Und ich hatte einen wunderbaren Traum: Gestern abend wolltest du mich ins Hotel bringen. Und ich mußte dir vorher ganz einfach noch einen kleinen Kuß geben; einen winzig kleinen Kuß . . . Und dann . . . Und dann hast du . . . Und dann habe ich . . . Was für ein schöner Traum!«

Dieses eine Mal – dieses gepriesene eine Mal – war die Frau, die neben mir im Bett lag, keine Fremde. Zum erstenmal in meinem Leben gehörte diese Frau genau dorthin, wo sie war, und ich auch.

Ich berührte ihr Gesicht. »In der nächsten Minute wirst du dich in Luft auflösen, nicht wahr? Oder der Wecker wird klingeln; oder das Telefon – und wenn ich den Hörer abnehme, werde ich deine Stimme hören, die mich fragt, ob ich gut geschlafen habe. Bitte ruf' noch nicht an. Ich möchte gern noch ein bißchen weiterträumen . . .«

Mit leiser Stimme ahmte sie das Klingeln des Telefons nach. Dann warf sie die Bettdecke zurück und hielt einen imaginären Telefonhörer an ihr Ohr. Der Anblick des Sonnenlichts auf ihrem Lächeln und ihren nackten Schultern und Brüsten ließ mich mit einem Schlag hellwach werden. »Hallo, Richard? Wie hast du heute nacht geschlafen? Hm?« Sie hatte sich in diesem Augenblick in eine unschuldige Verführerin verwandelt, rein und gesund – ein sternenklarer Geist in dem Körper einer Sexgöttin. Es verblüffte mich, welch intime Atmosphäre sie mit jeder ihrer Bewegungen, jedem ihrer Sätze, ja selbst dem Funkeln ihrer Augen herzustellen vermochte.

Das Leben mit einer Schauspielerin! Ich hatte mir nie träumen lassen, wie verwirrend viele Leslies plötzlich im Körper dieser einen Frau zum Leben erwachen konnten; wie viele Leslies auf der Bühne dieser einen Person im Scheinwerferlicht erglänzen würden; wie viele Leslies ich berühren und kennenlernen konnte.

»Du bist ... so ...« Ich geriet ins Stocken und suchte nach Worten. »Warum hast du mir nie gesagt, wie schön du bist?«

Der Telefonhörer in ihrer Hand löste sich in nichts auf, und die Unschuldige wandte sich mir mit spöttischem Lächeln zu. »Du schienst dich nie sonderlich dafür zu interessieren.«

»Es wird dich vielleicht überraschen, aber du solltest dich lieber daran gewöhnen, denn ich bin nun einmal ein Wortschmied und kann nicht umhin, hin und wieder mit Poesie um mich zu werfen; es liegt in meiner Natur, ich kann nicht anders: *Ich finde dich hinreißend!*«

Leslie nickte langsam und feierlich mit dem Kopf. »Das ist nett von dir, Wortschmied. Danke schön. Ich finde dich auch hinreißend.« Den Bruchteil einer Sekunde später kam ihr ein verführerischer Gedanke. »Und jetzt wollen wir dasselbe noch einmal ohne Worte sagen, damit wir es nicht verlernen.«

Soll ich jetzt schon vor Glück sterben, überlegte ich mir, oder lieber noch eine Weile hierbleiben?

Ich entschied mich fürs Hierbleiben. Nahezu wortlos schwebte ich am Rande eines Freudentodes.

Du hättest in all deinen Phantasien keine so perfekte Frau erfinden können, dachte ich, und jetzt siehst du sie leibhaftig und wirklich vor dir, verborgen hinter der Maske deiner langjährigen Bekannten, Geschäftspartnerin und besten Freundin Miss Leslie Parrish! Mich überkam ein leises Gefühl der Verwunderung, das jedoch durch den Anblick der von der Sonne beschienen Leslie sofort wieder hinweggefegt wurde.

Licht und Berührungen, sanfte Schatten und leises Flüstern; der-Morgen-wurde-Nachmittag-wurde-Abend; wir hatten einander wiedergefunden, nachdem wir ein Leben lang voneinander getrennt gewesen waren. Zum Abendessen gab es Haferflocken. Und endlich konnten wir uns wieder mit Worten untereinander verständigen.

Wie viele Worte, wieviel Zeit braucht man, um zu erzählen, wer man ist? Und zu erklären, warum? Auf jeden Fall mehr Zeit, als uns bis drei Uhr morgens oder bis zum Sonnenaufgang zur Verfügung stand. Die Kulissen der Zeit verblaßten. Draußen wechselten Licht und Dunkel, Regen und Trockenheit; die Uhren zeigten »zehn Uhr«, und wir wußten nicht, ob sie zehn Uhr abends oder zehn Uhr morgens meinten und welcher Tag der wievielten Woche eigentlich war. Wenn wir erwachten, war es für uns Morgen, selbst wenn die Sterne auf die dunkle, schweigende Stadt herabfunkelten; und wenn wir uns in den Armen hielten, war es Mitternacht, und der Berufsverkehr und die Mittagszeit von Los Angeles waren nur ein Traum.

›Eine Seelengefährtin kann es nicht geben‹, hatte ich in den Jahren gelernt, seit ich die Fleet in Geld verwandelt und mein von Schutzmauern umgebenes Reich gebaut hatte. Jedenfalls nicht für Menschen, die mit zehn verschiedenen Geschwindigkeiten in zehn verschiedene Richtungen gleichzeitig hasten. Und erst recht nicht für lebenshungrige Vielfraße. War es möglich, daß ich etwas Falsches gelernt hatte?

Eines Morgens gegen Mitternacht kehrte ich mit einem Tablett voller Apfelschnitze, Käsescheiben und Kräcker in ihr Schlafzimmer zurück.

»Oh!« rief sie, setzte sich auf, blinzelte sich den Schlaf aus den Augen und strich sich das Haar glatt, so daß es nur ein klein wenig zerzaust über ihre nackten Schultern fiel. »Du bist ein Schatz! Wie aufmerksam von dir!«

»Ich wäre gern noch aufmerksamer gewesen, aber in deiner Küche gibt es weder Buttermilch noch Kartoffeln für einen Kartoffelkuchen.«

»Kartoffelkuchen!« rief sie erstaunt. »Den hat meine Mutter immer gebacken, als ich noch klein war! Und ich dachte schon, ich sei der einzige Mensch auf der Welt, der sich noch an diesen Kuchen erinnert. Weißt du, wie man ihn bäckt?«

»Das Rezept stammt noch von Großmutter Bach und ist in diesem außergewöhnlichen Gehirn« – ich tippte mir an die Stirn – »sicher verwahrt. Du bist der erste Mensch seit zwanzig Jahren, der mit dem Wort ›Kartoffelkuchen‹ etwas verbindet! Wir sollten eine Liste aller Dinge aufstellen, die wir gemeinsam ...« Ich schüttelte ein paar Kissen auf und setzte mich so hin, daß ich Leslie deutlich sehen konnte. Wie ich ihre Schönheit liebe! dachte ich.

Sie bemerkte, daß ich ihren Körper ansah, und setzte sich einen Augenblick lang absichtlich kerzengerade im Bett auf, um zu sehen, wie ich den Atem anhielt. Dann zog sie sich das Bettlaken bis zum Kinn.

»Würdest du auf meine Annonce antworten?« fragte sie, plötzlich schüchtern.

»Ja. Um was für eine Annonce handelt es sich denn?«

»Eine Kleinanzeige.« Sie legte sich eine dünne Käsescheibe auf die Hälfte eines Kräckers. »Weißt du, was darin stehen wird?«

»Nein. Sag' es mir.«

»Gesucht: hundertprozentiger Mann. Muß geistreich und

amüsant sein und die Fähigkeit zu einer sehr vertrauten Beziehung und intensiver Freude besitzen. Möchte meine Liebe zu Musik und Natur und ein friedliches, ruhiges, von Freude erfülltes Leben mit ihm teilen. Raucher, Alkoholiker oder Drogenabhängige zwecklos. Muß mit Begeisterung Neues hinzulernen und den Wunsch haben, sich ständig weiterzuentwikkeln. Gutaussehend; groß; schlank; zarte, schöngeformte Hände; sensibel; gütig; liebevoll. So zärtlich und sexy wie möglich.«

»Was für eine Annonce! Natürlich antworte ich darauf!«

»Ich bin noch nicht fertig«, unterbrach sie mich. *»Muß ausgeglichen, ehrlich und vertrauenswürdig sein und eine positive, konstruktive Lebenseinstellung haben. Sollte sich sehr für religiöse Fragen interessieren, aber keiner der organisierten Religionen angehören. Muß Katzen lieben.«*

»Das paßt ja alles haargenau auf mich! Ich liebe sogar deinen Kater, obgleich ich befürchte, daß diese Zuneigung nicht auf Gegenseitigkeit beruht.«

»Du mußt ihm Zeit lassen«, meinte sie. »Er wird eine Zeitlang ein bißchen eifersüchtig sein.«

»Aha! Damit hast du es verraten.«

»Was habe ich verraten?« fragte sie, ließ das Bettlaken fallen, lehnte sich nach vorn und rückte die Kissen zurecht.

Schon bei dieser einfachen Bewegung überlief es mich heiß und kalt. Solange sie nur regungslos dalag, konnte ich die Sinnlichkeit ihres Anblicks gerade noch ertragen. Doch sobald sie sich rührte und ich die sanften, schimmernden Linien und Kurven ihres Körpers *in Bewegung* sah, konnte ich keinen klaren Gedanken mehr fassen, und mein Gehirn verwandelte sich in einen seligen Trümmerhaufen.

»Hm...?« fragte ich geistesabwesend, ohne sie aus den Augen zu lassen.

»Du Tier. Ich habe dich gefragt: ›Was habe ich gerade verraten?‹«

»Solange du dich nicht vom Fleck rührst, können wir ein kultiviertes Gespräch miteinander führen. Doch ich muß dir gestehen, daß du mich in unbekleidetem Zustand bereits aus dem Gleichgewicht bringst, wenn du nur die Kissen zurechtrückst.«

Meine Bemerkung tat mir sofort wieder leid, denn nun zog Leslie das Bettlaken hoch, um ihre Brüste zu bedecken, hielt es mit den Armen fest und schaute mich über ihren Kräcker hinweg sittsam an.

»Oh. – Ach ja«, nahm ich den verlorenen Faden wieder auf. »Mit deiner Bemerkung, dein Kater werde eine Zeitlang eifersüchtig sein, hast du verraten, daß ich deiner Ansicht nach den Anforderungen deiner Annonce entspreche.«

»Ich *wollte* es verraten«, sagte sie. »Ich freue mich, daß du den Wink begriffen hast.«

»Hast du denn keine Angst, ich könnte dich ausnutzen, wenn ich das weiß?«

Sie ließ das Bettlaken zwei Zentimeter tiefer sinken und zog eine Augenbraue in die Höhe. »Würdest du mich denn gern ausnutzen?«

Unter Aufbietung all meiner Konzentration streckte ich die Hand aus und schob das weiße Laken wieder nach oben.

»Mir fiel auf, daß es im Begriff war, herunterzurutschen, verehrte Dame, und da ich mich gern noch eine Minute mit Ihnen unterhalten würde, hielt ich es für besser, dafür zu sorgen, daß es nicht noch tiefer sinkt.«

»Wie nett von dir.«

»Glaubst du eigentlich an Schutzengel?« fragte ich sie.

»Du meinst, Schutzengel, die über uns wachen, uns beschützen und leiten? Manchmal.«

»Dann verrate mir eines: Warum sollte ein Schutzengel sich um unser Liebesleben kümmern? Was könnte ihn dazu veranlassen, unsere Liebesaffären zu lenken?«

»Diese Frage ist leicht zu beantworten«, meinte sie. »Für

einen Schutzengel ist die Liebe das Allerwichtigste auf der Welt. Ihm ist unser Liebesleben wichtiger als alle anderen Leben, die wir führen! Worum sollten Engel sich kümmern, wenn nicht um die Liebe?«

Natürlich, dachte ich. Ich hatte meine Frage halb im Scherz gestellt, aber Leslie hatte recht!

»Hältst du es für möglich«, fuhr ich fort, »daß Schutzengel menschliche Gestalt annehmen, einander alle paar Existenzen begegnen und zu Liebespaaren werden können?«

Sie biß in ihren Kräcker und dachte über meine Frage nach. »Ja«, meinte sie dann. Und nach einer Weile fügte sie hinzu: »Ob ein Schutzengel wohl auf meine Annonce antworten würde?«

»Ja. Ganz bestimmt. Alle männlichen Schutzengel in den Vereinigten Staaten würden auf diese Annonce antworten, wenn sie wüßten, daß du sie aufgegeben hast.«

»Ich brauche nur einen.« Sie zögerte wieder einen Augenblick. »Hast du eigentlich auch eine Annonce aufgesetzt?«

Ich nickte und war selbst über meine Antwort überrascht: »Ich schreibe schon seit Jahren an ihr. *Gesucht: hundertprozentig weiblicher Schutzengel – in menschlicher Gestalt, bitte. Unabhängigkeitsliebend und abenteuerlustig. Überdurchschnittliche Weisheit Voraussetzung. Sollte in der Lage sein, in vielen verschiedenen Kommunikationsformen die Initiative zu ergreifen und auf kreative Weise zu reagieren. Muß Räuberlatein sprechen.«*

»Ist das alles?«

»Nein«, sagte ich. *»Bitte nur Zuschriften von Engeln mit wunderschönen Augen, atemberaubender Figur und langem goldenem Haar. Intelligenz und Neugier, Lernbegierde und Lernfähigkeit Voraussetzung. Berufserfahrung in etlichen kreativen Tätigkeiten und Geschäftsbranchen sowie im Topmanagement bevorzugt. Muß furchtlos und zu allen Risiken bereit sein. Dauerhaftes Glück garantiert.«*

Sie hörte aufmerksam zu. »Ist der Teil mit der atemberaubenden Figur und dem langen goldenen Haar nicht ein wenig zu weltlich für einen Engel?«

»Warum sollte es keinen Schutzengel mit atemberaubender Figur und langem Haar geben? Wäre er deshalb weniger engelhaft, weniger vollkommen in den Augen des Sterblichen, den er zu beschützen hat – weniger geeignet für seine Aufgabe?«

Warum eigentlich nicht? dachte ich und sehnte mich nach meinem Notizbuch. Warum können Schutzengel nicht so sein? Warum sollte es keinen von Engeln bevölkerten Planeten geben, und warum sollten diese Engel sich das Leben nicht gegenseitig mit Abenteuern und Geheimnissen erhellen? Was spricht dagegen, daß wenigstens hin und wieder ein paar Schutzengel den Weg zueinander finden?

»Also nehmen wir die Gestalt an, die unser Schützling am schönsten findet?« fragte sie. »Wenn die Lehrmeisterin hübsch ist, schenkt man ihr Aufmerksamkeit?«

»Richtig!« stimmte ich zu. »Eine Sekunde ...«

Ich fand mein Notizbuch auf dem Fußboden neben dem Bett, schrieb auf, was sie gerade gesagt hatte, und setzte einen Gedankenstrich und ein L – die Abkürzung für Leslie – dahinter. »Ist dir schon einmal aufgefallen, wie sehr sich das Aussehen eines Menschen in unseren Augen verändert, wenn wir ihn eine Zeitlang kennen?«

»O ja. Der bestaussehende Mann der Welt wird nach einer gewissen Zeit unscheinbar wie Puffmais, wenn er nichts zu sagen hat. Und der unscheinbarste Mann der Welt erscheint mir schon nach zwei Minuten so schön, daß ich ihm am liebsten um den Hals fallen würde, wenn er über Dinge spricht, die ihm wirklich etwas bedeuten, und erklärt, warum sie das tun.«

Ich war neugierig. »Bist du schon mit vielen unscheinbaren Männern ausgegangen?«

»Nein.«

»Warum nicht, wenn du sie nach einer gewissen Zeit attraktiv findest?«

»Sie sahen immer nur die ›große Filmschauspielerin‹ – leinwandreif geschminkt und nervös auf ihren nächsten Auftritt wartend. Und daher dachten sie, ich hätte nur Augen für gutaussehende Männer. Sie fragten mich selten, ob ich mit ihnen ausgehen wolle.«

Die armen Idioten, dachte ich. *Sie fragten sie selten.* Weil wir der Oberfläche glauben; weil wir vergessen, daß die Oberfläche nicht unser wahres Wesen ist. Wenn wir einem weiblichen Engel begegnen, der uns mit sprühendem Geist blendet, erscheint sein Gesicht uns noch schöner. Und dann verrät er uns eines Tages: ›Ach, übrigens ... Ich habe auch noch einen Körper ...‹

Ich schrieb es in mein Notizbuch.

»Eines Tages«, kündigte Leslie an und stellte das Frühstückstablett auf den Nachttisch, »werde ich dich bitten, mir noch mehr von deinen Notizen vorzulesen.« Bei ihrer Bewegung glitt das Bettlaken wieder herunter. Sie hob die Arme und räkelte sich wollüstig.

»Aber jetzt noch nicht«, fügte sie hinzu und rückte näher an mich heran. »Heute stelle ich dir keine Quizfragen mehr.«

Ich hatte nichts dagegen einzuwenden, da ich nun ohnehin keines klaren Gedankens mehr fähig war.

20

In meinen Ohren war das keine Musik, sondern eine sägende, knarrende Disharmonie. Kaum hatte Leslie sich von den Knöpfen ihrer Stereoanlage abgewandt, überfiel ich sie mit Anklagen und Beschwerden.

»Das ist doch keine Musik!«

»WIE BITTE?« fragte sie, versunken den Klängen lauschend.

»ICH HABE GESAGT, DAS IST KEINE MUSIK!«

»BARTÓK!«

»WAS?« fragte ich.

»BÉLA BARTÓK!«

»KÖNNTEST DU ES LEISER STELLEN? LESLIE?«

»KONZERT FÜR ORCHESTER!«

»KÖNNTEST DU ES NICHT EIN KLEINES BISSCHEN LEISER STELLEN – ODER VIEL LEISER?«

Sie verstand meine Worte zwar nicht, begriff aber, was ich meinte, und drehte die Lautstärke herunter.

»Danke«, sagte ich. »Wookie, ist das . . . hältst du das allen Ernstes für Musik?«

Wenn ich sie genau betrachtet und nicht nur Augen für die reizende Gestalt gehabt hätte, die in diesem Augenblick in einem geblümten Bademantel vor mir stand – das Haar zum Trocknen unter einen Handtuchturban gesteckt –, hätte ich in ihren Augen einen Ausdruck der Enttäuschung sehen können.

»Gefällt dir Bartók nicht?« fragte sie.

»Du liebst Musik und hast dich dein Leben lang mit ihr beschäftigt. Daher frage ich mich, wie du diese Disharmonie, diese täuschend an Rattengequietsch erinnernden Dissonanzen als Musik bezeichnen kannst.«

»Armer Richard«, sagte sie, »glücklicher Richard! Du mußt noch so viel über Musik lernen! Es gibt noch so viele schöne Symphonien, Sonaten und Konzerte, die du noch nicht kennst!« Leslie neigte den Kopf leicht zur Seite.

»Vielleicht kommt Bartók auch noch ein bißchen zu früh für dich. Aber ich verspreche dir: Eines Tages wirst du das Konzert, das wir gerade gehört haben, als grandioses Kunstwerk bezeichnen!«

Sie wählte ein anderes Tonband. »Wie wäre es mit etwas Bach... Möchtest du gern die Musik deines Urgroßvaters hören?«

»Du wirst mich jetzt vermutlich mit dem Kopf zuerst aus dem Haus werfen«, erklärte ich ihr, »aber trotzdem muß ich dir gestehen, daß ich mir Bach höchstens eine halbe Stunde lang anhören kann, denn spätestens dann schweifen meine Gedanken ab, und ich langweile mich ein wenig.«

»Du langweilst dich bei Bach? Dann weißt du nicht, wie man ihn richtig hört, du Armer; du hast es ja nie gelernt!« Sie hantierte an ihrer Anlage, und die Musik, die erklang, erkannte ich sofort: unverkennbar Großpapa auf irgendeiner monströsen Orgel.

»Richard, setz' dich mal bitte hierher, genau in die Mitte, zwischen die Lautsprecherboxen. Wegen des Klangerlebnisses, verstehst du?«

Ich kam mir vor wie in einem Musik-Kindergarten, aber ich fand es herrlich, bei ihr zu sein, ganz nah neben ihr zu sitzen.

»Schon allein wegen ihrer Komplexität müßtest du diese Musik eigentlich unwiderstehlich finden. Also – die meisten Menschen hören Musik gewissermaßen linear; sie folgen der Melodie. Man kann sein Augenmerk jedoch auch auf die *Struktur* der Musik richten; hast du das schon einmal getan?«

»Auf die Struktur?« fragte ich. »Nein.«

»Die frühe Musik war völlig linear«, erklärte sie, über einen Erdrutsch aus Orgelnoten gebeugt, »einfache, aneinandergereihte Melodien. Dein Großvater dagegen verwendete komplexe Themen mit komplizierten Rhythmen und verwob sie miteinander, so daß kunstvoll verschlungene Strukturen entstanden, die auch vertikal einen Sinn ergaben – *Harmonie!* Manche Harmonien Bachs sind ebenso dissonant wie die Bartóks, und doch konnte er sie sich ungestraft erlauben – und das hundert Jahre, bevor irgend jemand auch nur an Dissonanzen dachte!«

Sie schaltete die Stereoanlage aus und setzte sich ans Klavier. Unter ihren Händen erklang noch einmal der letzte Akkord, der aus den Lautsprechern gedrungen war.

»Hörst du? Hier hast du ein Motiv . . .« Sie spielte es. »Hier ist noch eins . . . und noch eins. Und nun achte darauf, wie er seine Musik aufbaut. Ich beginne mit der rechten Hand Thema A zu spielen. Vier Takte später setzt A erneut ein; diesmal spiele ich es mit der linken Hand – hörst du? Und jetzt laufen sie nebeneinander her, bis . . . Thema B einsetzt. A ist ihm im Augenblick untergeordnet. Jetzt beginnt A wieder – rechte Hand. Und nun . . . C!«

Sie spielte mir die Themen erst einzeln vor und setzte sie anschließend zusammen. Erst langsam, dann immer schneller. Ich konnte ihr kaum folgen. Was für sie einfache Addition war, war für mich höhere Mathematik. Wenn ich die Augen schloß und die Stirn zwischen meinen Händen zusammendrückte, konnte ich ihre Ausführungen beinahe – aber auch nur beinahe – verstehen.

Sie begann noch einmal von vorn, erklärte mir alles Schritt für Schritt. Und während sie spielte, erglühte in einem Konzertsaal in meinem Innern, der mein Leben lang stockfinster gewesen war, allmählich ein Licht.

Sie hatte recht! Mehrere verschiedene Themen waren ineinander verschlungen, tanzten nebeneinander her, als habe Johann Sebastian zum Privatvergnügen aller Menschen, die die Oberfläche zu durchschauen gelernt haben, Geheimnisse in seiner Musik verschlossen!

»Was für eine Freude es ist, von dir zu lernen!« rief ich – aufgeregt, weil ich verstand, was sie mir erklärte. »Jetzt höre ich es! Es ist tatsächlich da!«

Leslie war ebenso glücklich wie ich; sie vergaß, sich anzuziehen oder sich das Haar zu bürsten. Statt dessen zog sie Noten hervor, die ganz hinten auf dem Notenbrett ihre Klaviers lagen. Auf der Titelseite stand *Johann Sebastian Bach* – und dann folgte ein wahres Gewitter von Noten, Bögen und Punkten, Kreuzen und b's, Ligaturen und Trillern und unvermittelten Befehlen in italienischer Sprache. Schon ganz am Anfang, noch ehe die Pianistin ihr Fahrwerk einziehen und sich in dieses Unwetter stürzen konnte, flog ihr ein *con brio* an den Kopf – was ich dahingehend interpretierte, daß sie entweder »mit Heiterkeit« oder »mit kühler Gelassenheit« oder (wie seltsam!) »mit Käse« zu spielen hatte.

Es war ehrfurchtgebietend. Meine Freundin, mit der ich erst vor kurzem einem Reich warmer Bettlaken und wollüstiger Schatten entstiegen war, mit der ich in den verschiedensten Sprachen plaudern konnte – auf englisch mit Leichtigkeit, auf spanisch mit Gelächter, auf deutsch und französisch mit vielen verblüfften Pausen und experimentellen Neuschöpfungen –, diese Freundin verwendete nun ganz plötzlich eine neue, äußerst komplizierte Sprache, die ich zum erstenmal hörte.

Die Musik sprang aus dem Klavier hervor wie Wasser aus einem Felsen, den ein Prophet berührt hat; umströmte und umplätscherte uns, während Leslies Finger – verzweigten Blitzen gleich – mit Zauberkraft über die Tastatur hüpften, sich ausstreckten und wieder krümmten, erstarrten, dahinschmolzen, dahinflatterten.

Es war das erstemal, daß sie für mich spielte. Vorher hatte sie stets behauptet, sie sei aus der Übung und außerdem zu befangen, um auch nur den Klavierdeckel berühren zu können, solange ich mich im Zimmer befand. Doch inzwischen war etwas zwischen uns geschehen ... War sie jetzt unbefangener, weil wir ein Verhältnis miteinander hatten, oder war es die Lehrerin in ihr, die so verzweifelt entschlossen war, ihrem tauben Schüler zu helfen, daß nichts sie vom Spielen abbringen konnte?

Ihre Augen verfolgten jeden einzelnen Regentropfen dieses auf Papier gebannten Orkans. Sie hatte vergessen, daß sie einen Körper besaß; nur ihre Hände waren noch übrig, ihre Finger, die sich so rasch über die Tasten bewegten, daß sie nur noch undeutlich zu erkennen waren. Sie hatte sich in einen Geist verwandelt, der sein Lied im Herzen eines Mannes entdeckte, der vor zweihundert Jahren gestorben war und nun kraft ihres Wunsches nach lebendiger Musik strahlend wieder zum Leben erwachte.

»Leslie! Mein Gott! Wer bist du?«

Sie wandte mir ihren Kopf nur ein klein wenig zu und schenkte mir ein halbes Lächeln. Ihre Augen, ihr Geist und ihre Hände waren immer noch mit der aufwärtsstürmenden Musik beschäftigt.

Dann sah sie mich an; die Musik hörte schlagartig auf, nur im Inneren des Klaviers vibrierten noch ein paar Saiten mit harfenähnlichem Klang.

»Und so weiter, und so weiter«, sagte sie. Die Musik schimmerte noch in ihren Augen, in ihrem Lächeln. »Erkennst du jetzt, was Bach mit seiner Musik geschaffen hat? Hast du es gehört?«

»Ein klein wenig ist es mir klargeworden«, erwiderte ich. »Aber – Leslie! Ich glaubte dich zu kennen! Und nun bin ich vollkommen überwältigt! Diese Musik ist . . . ist . . . du bist . . .«

»Ich bin völlig aus der Übung«, wehrte sie ab, »meine Hände gehorchen mir nicht mehr so wie früher . . .«

»Nein, Leslie. Sei still. Hör' mir zu. Was ich gerade gehört habe, ist reinster – hör' zu! – reinster Glanz. Glanz, den du den Wolken und Sonnenaufgängen entführt und zu Licht destilliert hast. Weißt du überhaupt, wie wunderschön das ist, was du auf dem Klavier zuwege bringst?«

»Schön wär's! Wußtest du eigentlich, daß ich früher Pianistin werden wollte?«

»Das zu wissen, ist längst nicht so beeindruckend, wie dich spielen zu hören. Du hast bisher noch nie für mich gespielt! Du schenkst mir damit einen ganz neuen . . . Himmel!«

Sie runzelte die Stirn. »DANN LANGWEILE DICH IN ZUKUNFT GEFÄLLIGST NICHT MEHR, WENN DU DIE MUSIK DEINES GROSSVATERS HÖRST!«

»Nie wieder«, versprach ich demütig.

»Natürlich nie wieder«, bekräftigte Leslie. »Dein Geist ist dem seinen so ähnlich; du mußt ihn ganz einfach verstehen. Zu jeder Sprache gibt es einen Schlüssel – auch zu der deines Großvaters. Langweilen! Daß ich nicht lache!«

Nachdem sie mir Ehrfurcht vor meinem Großvater eingejagt hatte, akzeptierte sie mein Versprechen, mich zu bessern, und ging hinaus, um sich die Haare zu bürsten.

21

Sie wandte sich von ihrer Schreibmachine ab und lächelte mir zu. Ich hatte mich mit einer Tasse heißer Schokolade und einem Drehbuchentwurf auf der Couch ihres Büros niedergelassen.

»Du brauchst den Kakao nicht auf einmal herunterzukippen, Richard. Du kannst ihn auch in kleinen Schlucken trinken. Dann hast du länger etwas davon.«

Auf ihrem Schreibtisch herrschte eine penible Ordnung. Ihre Akten hatte sie ordentlich abgeheftet; jede Büroklammer lag genau dort, wo sie hingehörte. Leslie trug gutsitzende beigefarbene Hosen zu einer Chiffon-Bluse, unter der sie einen ebenso hauchdünnen, von duftigem weißem Blütenmuster umrandeten Büstenhalter anhatte. Ihr Haar war gebürstetes Gold. So verführerisch sollte Ordentlichkeit immer aussehen! dachte ich.

»Die meisten Leute, Leslie, pflegen heiße Schokolade zu trinken. Du dagegen schließt Freundschaft mit ihr! In der Zeit, die du brauchst, um dich mit einer einzigen Tasse heißen Kakaos vertraut zu machen, könnte ich so viel davon trinken, daß ich ihn bis an mein Lebensende hassen würde!«

»Würdest du denn nicht lieber ein Getränk zu dir nehmen, das dir bereits vertraut geworden ist«, gab sie zu bedenken,

»statt irgend etwas herunterzukippen, was du noch gar nicht richtig kennst?«

Sie hatte zu allem ein vertrautes Verhältnis: zu ihrem Kakao, ihrer Musik, ihrem Garten, ihrem Auto, ihrem Haus, ihrer Arbeit. Mich verband mit den Dingen, die ich kannte, nur ein Netz seidener Fäden; sie dagegen hing mit geflochtenen Silberdrähten an den ihren. Alles, was sich in ihrer Nähe befand, schätzte und achtete sie.

Ihre Kostüme und Kleider hingen nach Farben und Farbnuancen sortiert im Wandschrank, und über jedes hatte sie einen durchsichtigen Plastikschonbezug gestreift. Darunter standen die jeweils passenden Schuhe, und auf dem Bord darüber lagen die passenden Hüte.

Die Bücher in ihren Regalen waren nach Themenbereichen geordnet, ihre Schallplattensammlung nach der alphabetischen Reihenfolge der Komponisten.

Wenn eine unglückliche, ungeschickte Spinne in den Ausguß fiel, ließ sie alles stehen und liegen und eilte zu deren Rettung herbei. Rasch ließ sie eine aus einem Papierhandtuch gebastelte »Spinnenleiter« in den Ausguß herab; und wenn das Tier sich an diesem Rettungsanker festklammerte, wurde es hochgezogen und liebevoll in den Garten gesetzt, und es bekam auch noch beruhigende Worte und sanfte Ermahnungen mit auf seinen künftigen Spinnenweg: »Ein Ausguß ist kein sicherer Spielplatz für eine Spinne!«

Ich war ganz anders als sie. Ordnung beispielsweise hatte für mich nur einen untergeordneten Stellenwert. Und natürlich war auch ich der Meinung, daß man Spinnen aus Ausgüssen retten müsse; aber ich hielt es für überflüssig, sie anschließend auch noch zu verhätscheln. Meine Spinnen konnten sich glücklich schätzen, wenn ich sie irgendwo draußen auf der Veranda fallenließ.

Dinge sind vergänglich, sie verschwinden im Handumdrehen – ein Wind verweht sie, und schon sind sie fort. Leslies

Silberdrähte . . . Wenn man so sehr an Dingen und Menschen hängt und sie dann verschwinden – verschwindet damit nicht auch ein Teil unserer selbst?

»Es ist viel besser, seine Liebe an Gedanken zu hängen, die ewig Bestand haben, als an Dinge, die man vielleicht schon morgen wieder verliert«, erklärte ich Leslie, als sie mit mir zum Music Center fuhr. »Meinst du nicht auch?«

Leslie fuhr eine Spur schneller als erlaubt.

Sie nickte. »Musik hat ewig Bestand«, sagte sie.

Wie einen vor dem Hungertod geretteten Kater päppelte sie mich mit der Crème de la crème der klassischen Musik auf und war nicht von der Überzeugung abzubringen, daß ich für diesen Kunstgenuß das richtige Gehör und die erforderlichen Voraussetzungen mitbrächte.

Sie drückte auf einen Knopf ihres Autoradios, und schon umflossen uns Violinenklänge – irgendeine muntere Melodie. Jetzt kommt wahrscheinlich wieder ein Quiz, dachte ich. Ich liebte ihre Quizfragen.

»Barock, klassisch oder modern?« fragte sie und brauste weiter in Richtung Stadtzentrum.

Ich lauschte der Musik mit Intuition und einem geschulten Ohr, das ich früher nicht gehabt hatte. Für ein barockes Werk hatte die Musik eine zu komplexe Struktur, für ein klassisches war sie nicht geordnet und formal genug, für ein modernes zu wenig verschlungen. Romantisch, lyrisch, leicht . . .

»Neoklassizismus«, riet ich. »Hört sich nach einem bekannten Komponisten an; aber in diesem Stück zeigt er sich von der verspielten Seite. Ich würde sagen, es wurde – so um 1923 herum komponiert?«

Ich war überzeugt davon, daß Leslie Epoche, Datum, Komponist, Werk, Musikrichtung, Orchester und ersten Geiger genau kannte. Sie brauchte ein Musikstück nur ein einziges Mal zu hören, und schon kannte sie es auswendig; sie sang bei jeder

der tausend Aufnahmen mit, die sich in ihrer Musiksammlung befanden. Selbst bei Strawinsky, der mir unberechenbar wie ein wildes Rodeopferd erschien, summte sie fast unbewußt mit.

»Gut geraten«, lobte sie mich. »Stimmt beinahe! Und der Komponist?«

»Auf alle Fälle kein Deutscher.« Die Musik war nicht schwer genug, um von einem deutschen Komponisten zu stammen. Sie war spielerisch – also konnte der Komponist auch kein Russe sein. Und sie schmeckte auch nicht französisch, fühlte sich nicht italienisch an, sah nicht englisch aus ... noch hatte sie die Farben der österreichischen Musik; es war nicht genügend Gold darin. Es war Musik, die tanzte.

»Vielleicht war der Komponist Pole? Die Musik klingt mir so, als sei sie auf den Feldern östlich von Warschau geschrieben worden.«

»Guter Versuch! Doch diese Musik hat ihren Ursprung noch ein bißchen weiter östlich. Der Komponist war Russe.« Ich spürte, daß sie zufrieden mit mir war.

Der Bantha verlangsamte sein Tempo kein einziges Mal; die grünen Ampeln schienen Leslie treu ergeben zu sein.

»Russe? Aber wo bleibt die Sehnsucht? Wo bleibt das Pathos? Russe! Du meine Güte!«

»Du solltest nicht so rasch mit Verallgemeinerungen bei der Hand sein, Wookie«, ermahnte sie mich. »Du hast bisher nur noch keine russische Musik gehört, die Glück ausdrückte. Du hast recht. Dieser Komponist ist verspielt.«

»Wer ist es denn?«

»Prokofjew.«

»Sieh mal einer an!« sagte ich.

»Dieser verdammte Idiot!« Bremsen quietschten, der Bantha schwenkte heftig von seiner Fahrspur ab und wich um Haaresbreite dem plötzlich wie ein schwarzer Blitz auftauchenden Lastwagen aus. »Hast du dieses Arschloch gesehen?

Fährt bei Rot über die Ampel! Er hätte uns beinahe umgebracht ... Was, zum Teufel, ist in den gefahren?«

Blitzschnell wie ein Rennfahrer hatte sie reagiert, um dem Laster auszuweichen, der mittlerweile schon ein ganzes Stück von uns entfernt den Crenshaw Boulevard entlangfuhr. Mich bestürzte weniger der Laster als ihre Ausdrucksweise.

Sie sah mich – immer noch stirnrunzelnd – an und bemerkte meinen fassungslosen Gesichtsausdruck. Verblüfft schaute sie mir noch einmal ins Gesicht und bemühte sich vergeblich, ein Lächeln zu unterdrücken:

»Richard! Du bist ja ganz schockiert! Sind etwa der *verdammte Idiot* und das *Arschloch* und der *Teufel* daran schuld?« Es kostete sie ungeheure Anstrengung, ihre Heiterkeit zu unterdrücken. »Mein armer kleiner Junge! Ich habe deine zarten Ohren mit Flüchen beleidigt! Es tut mir leid!«

Ich war teils zornig, teils belustigt über mich selbst.

»Lache nur, Leslie Parrish; genieße diesen Augenblick, denn es wird das letztemal sein, daß ich wegen *verdammt* und *zum Teufel* schockiert bin!«

In meinem Munde klangen diese Worte seltsam und unbeholfen. Es war, als spreche ein Antialkoholiker das Wort *Martini* oder ein Nichtraucher das Wort *Zigarette* oder *Joint* aus oder bediene sich irgendeines anderen Süchtigen-Jargons. Jeder Begriff, den wir sonst nie benutzen, klingt unbeholfen, wenn wir ihn zum erstenmal verwenden. Selbst *Flugzeugrumpf* klingt im Munde eines Mannes, der keine Flugzeuge mag, eigenartig. Doch schließlich ist ein Wort nur ein Wort – nichts weiter als eine Schallwelle in der Luft –, und es ist nicht einzusehen, warum ich nicht in der Lage sein sollte, jedes beliebige Wort auszusprechen, ohne dabei ein schlechtes Gewissen zu haben.

Ein paar Sekunden lang sagte ich gar nichts. Leslie blinzelte mich aus den Augenwinkeln schelmisch an.

Wie übt man das Fluchen? Ich versuchte es anhand der

immer noch ertönenden Prokofjew-Melodie. Leise summte ich vor mich hin: »Oh... verdammt, zum Teufel, verdammt-verdammt-zum-Teeeeuuuuufel/verdammt-zum-Teufel-oh-verdammt-zum-Teufel, VERDAMMT ZUM TEEEEUUUUU-FEL / Oh, verdammt-zum-Teufel-zum-Teufel-verdammt-verdammt-oh-zum-Teufel, oh... verdammmmmmmmmt; oh... verdammmmmmmmmmt... ZUM TEUFEL!«

Als sie hörte, was ich sang – und mit welch ernster Entschlossenheit ich es sang –, sank sie vornüber ans Steuerrad und wollte sich vor Lachen schier ausschütten.

»Zum Teufel, lach' nur, Wookie, wenn es dir solchen verdammten Spaß macht«, knurrte ich. »Ich werde das verdammte Fluchen schon noch lernen! In Dreiteufelsnamen! Wie heißt denn dieses verfluchte Musikstück?«

»Oh, Richard«, keuchte sie und wischte sich die Lachtränen aus den Augen. »Es ist *Romeo und Julia*...«

Ich sang trotzdem weiter, und tatsächlich – nach ein paar Strophen verloren die Worte jede Bedeutung. Noch ein paar Verse, und ich würde fluchen können wie die schlimmsten Gassenjungen! Mir würden sogar noch viel üblere Schimpfworte einfallen als ihnen! Warum war ich nicht schon vor dreißig Jahren auf den Gedanken gekommen, das Fluchen zu üben?

Mit Mühe brachte Leslie mich dazu, meinen neuerworbenen Sprachschatz nicht auch noch im Konzertsaal anzuwenden.

Erst als wir – nach einem in der ersten Reihe genossenen Tschaikowskij- und Samuel-Barber-Abend (Zubin Mehta hatte Itzhak Perlman und das Los Angeles Philharmonic Orchestra dirigiert) – wieder im Auto saßen, hatte ich Gelegenheit, meinen Empfindungen Ausdruck zu verleihen.

»Das war eine verdammt umwerfende, höllisch gute Musik! Fandest du sie nicht auch göttlich... ich meine, verflucht gut?«

Sie hob die Augen flehentlich zum Himmel. »Was habe ich nur getan?« seufzte sie. »Was für ein Ungeheuer habe ich erschaffen?«

»Was, zum Teufel, du auch immer erschaffen hast«, beruhigte ich sie, »du hast es verdammt fein gemacht!«

Da wir schließlich immer noch Geschäftspartner waren, bestanden wir darauf, in diesen Wochen unseres Zusammenseins auch ein wenig Arbeit zu erledigen. Wir beschlossen, uns einen Film anzusehen, der im Hinblick auf die geplante Verfilmung meines Buches aufschlußreich war, und gingen schon rechtzeitig aus dem Haus, um uns für die Nachmittagsvorführung anzustellen. Während wir warteten, seufzte und summte der Verkehr auf der Straße neben uns; doch für uns existierte er gar nicht. Es war, als umgebe uns ein Zaubernebel, der alle außerhalb liegenden Dinge geisterhaft erscheinen ließ. Wir befanden uns auf unserem eigenen Planeten, zu dem kein anderer Mensch Zugang hatte, und unterhielten uns miteinander.

Anfangs bemerkte ich die Frau, die nicht weit von uns entfernt jenseits der Nebelwand stand, gar nicht. Doch plötzlich faßte sie einen Entschluß, der mich erschreckte: Sie kam direkt auf Leslie zu, berührte ihre Schulter, zerstörte unsere Welt.

»Sie sind doch Leslie Parrish!«

Schlagartig verwandelte sich das strahlende Lächeln meiner Freundin. Es war zwar immer noch ein Lächeln, wirkte aber plötzlich eingefroren; innerlich hatte Leslie sich mißtrauisch zurückgezogen.

»Entschuldigen Sie, daß ich Sie anspreche; aber ich habe Sie in *The Big Valley, Wild Wild West* und *Star Trek* gesehen und ... Ich bin so begeistert von Ihrer schauspielerischen Leistung und finde Sie so schön ...« Sie war aufrichtig und schüchtern. Die Mauern, die das Mißtrauen errichtet hatte, wurden allmählich dünner.

»Oh – vielen Dank!« sagte Leslie.

»Könnten Sie ... Wenn es Ihnen nicht zuviel Mühe macht ...

Würde es Ihnen etwas ausmachen, mir ein Autogramm für meine Tochter Corrie zu geben? Sie würde es mir nie verzeihen, wenn sie wüßte, daß ich Sie ganz aus der Nähe gesehen und trotzdem nicht um ein Autogramm gebeten habe...« Sie kramte in ihrer Handtasche nach einem Stück Papier. »Irgendwo muß doch hier ein Zettel drinstecken...«

Ich bot mein Notizbuch an. Leslie nickte mir dankend zu und nahm es. »Wir haben schon etwas gefunden«, sagte sie zu der Frau.

Sie schrieb einen Gruß an Corrie in mein Notizbuch, riß die Seite heraus und reichte sie ihr.

»Vielen Dank für das Autogramm. Corrie wird darüber vor Freude bestimmt außer sich sein.«

»Umarmen Sie sie in meinem Namen.«

Als die Frau wieder an ihren Platz in der Schlange zurückgekehrt war, herrschte einen Augenblick lang Schweigen zwischen uns.

»Sag' jetzt kein Wort«, knurrte Leslie mich schließlich an.

»Es war rührend«, sagte ich, »wirklich! Ich meine es ernst.«

Allmählich legte sich ihr Zorn. »Diese Frau war wenigstens lieb und aufrichtig. Bei den anderen, die mich fragen: ›Sind Sie nicht irgendeine bekannte Persönlichkeit?‹, sage ich einfach nein und versuche vorbeizugehen. Aber sie halten mich fest: ›Doch, Sie sind eine Prominente, ich kenne Sie von irgendwoher – wer sind Sie? Was haben Sie getan?‹ Und dann wollen sie, daß man seine Verdienste aufzählt...« Sie schüttelte verwirrt den Kopf. »Was soll man in einer solchen Situation tun? Beim Umgang mit unsensiblen Menschen darf man nicht sensibel sein. Oder?«

»Interessant. Ich habe dieses Problem nicht.«

»Wirklich nicht, Wookie? Ist denn in deine Privatsphäre noch niemals ein unhöflicher Mensch eingedrungen?«

»Nicht persönlich, Schriftsteller erhalten von unsensiblen Leuten allerhöchstens Bittschriften und Manuskripte. Doch solche Einsendungen machen nur etwa ein Prozent der Post aus, vielleicht sogar noch weniger. Die anderen Briefe machen Freude.«

Ich ärgerte mich darüber, daß die Schlange vor dem Kino sich so rasch vorwärtsbewegte. Nun hatten wir nur noch eine knappe Stunde Zeit, um Neues aneinander zu entdecken; dann mußten wir an die Arbeit gehen, uns in den Kinosaal setzen und uns einen Film anschauen. Sie hat mir so viel zu geben, dachte ich, als ich im Dunkeln ihre Hand hielt und unsere Schultern einander berührten, wir haben einander mehr zu sagen als je zuvor!

22

Wieder lag der See vor mir, und unter meinen Fenstern breitete sich die funkelnde, glitzernde Landschaft Floridas aus. Wasserflugzeuge bewegten sich durch die Luft oder glitten über die Wasseroberfläche: Libellen, in deren Flügeln sich das Sonnenlicht spiegelte. Hier hat sich nichts verändert, dachte ich und legte meine Kleidertasche auf die Couch.

Doch da nahm ich aus den Augenwinkeln eine Bewegung wahr. Ich fuhr herum – und sah mein anderes Ich, das ich in der Zwischenzeit völlig vergessen hatte, in der Tür stehen: gerüstet, verteidigungsbereit und im Augenblick ziemlich empört. Es war, als käme ich von einem Wiesenspaziergang nach Hause – Gänseblümchen im Haar, die Krümel der Apfelschnitze und Zuckerstückchen, mit denen ich die Rehe gefüttert hatte, noch in der Tasche – und würde in der Haustür von einem gepanzerten Krieger erwartet, der mir eisig entgegenblickte.

»Du kommst sieben Wochen zu spät!« hielt er mir vor. »Und du hast mir nicht gesagt, wo du die ganze Zeit warst. Was ich dir zu sagen habe, wird dir weh tun; aber ich hätte dir den Kummer ersparen können, wenn du auf mich gehört hättest. Richard, du bist jetzt lange genug mit Leslie Parrish zusammengewesen. Hast du denn alles vergessen, was du gelernt hast? Siehst du keine Gefahr? Diese Frau stellt eine Bedrohung für deine ganze Lebensweise dar!« Der stählerne Kettenpanzerumhang geriet in Bewegung; die Rüstung knarrte.

»Sie ist eine schöne Frau«, wandte ich ein, wußte jedoch sofort, daß er den Sinn meiner Worte nicht verstehen und mich lediglich daran erinnern würde, daß es in meinem Leben viele schöne Frauen gab.

Schweigen. Dann wieder ein Knarren. »Wo ist dein Schild? Ich nehme an, du hast ihn verloren. Was für ein Glück, daß du überhaupt lebend zurückgekommen bist!«

»Wir sind miteinander ins Gespräch gekommen«, begann ich mich zu verteidigen.

»Idiot. Glaubst du, wir tragen unsere Rüstungen zum Vergnügen?« Seine Augen hinter dem Helm blickten mich finster an. Ein gepanzerter Finger zeichnete Kerben und Dellen in dem Metall nach. »Jede dieser Spuren ist durch Absichten einer Frau entstanden. Die Ehe hätte dich beinahe zerstört, doch durch ein Wunder bist du entkommen. Und wenn du deine Rüstung nicht hättest, hättest du inzwischen schon zehn lebensgefährliche Verwundungen durch Freundschaften davongetragen, die sich zunächst zu Verpflichtungen entwikkelten und dann in Unterdrückung ausarteten. Nimm dich in acht! *Ein* Wunder hast du verdient. Aber mit *Dutzenden* solltest du lieber nicht rechnen.«

»Ich *habe* meine Rüstung getragen«, knurrte ich ihn an. »Aber erwartest du . . . daß ich sie die ganze Zeit trage? Jede Minute? Man muß auch Zeit für die Gänseblümchen haben. Und Leslie ist etwas Besonderes.«

»Leslie *war* etwas Besonderes. Jede Frau ist etwas Besonderes – einen Tag lang, Richard. Doch das Besondere wird rasch zum Alltäglichen, man beginnt sich zu langweilen, verliert seinen Respekt vor der Frau – und seine Freiheit. Und was bleibt dir noch, wenn du deine Freiheit verloren hast?«

Mein gerüsteter Ritter war von wuchtiger Gestalt und ungeheuer stark; und doch war er im Kampf flinker und behender als eine Katze.

»Du hast *mich* als deinen engsten Freund erschaffen, Richard. Und du hast mir keine Schönheit, kein charmantes Lachen, keine Wärme und keinen biegsamen, geschmeidigen Körper verliehen. Du hast mich erschaffen, um dich vor Liebesbeziehungen zu schützen, die ihren Glanz verloren haben und abstoßend geworden sind, und um dein Überleben als freie Seele zu gewährleisten. Doch ich kann dich nur retten, wenn du tust, was ich dir sage. Kannst du mir ein einziges glücklich verheiratetes Paar zeigen? Nur eins? Gibt es unter all deinen verheirateten Freunden einen, der nicht glücklicher wäre, wenn er sich sofort scheiden ließe und nur noch ein freundschaftliches Verhältnis mit seiner Frau hätte?«

»Keinen einzigen«, mußte ich zugeben.

»Das Geheimnis meiner Stärke«, erklärte er mir, »besteht darin, daß ich nicht lüge. Ich werde bei dir bleiben und dich leiten und beschützen, bis du meine Argumente entkräften kannst, bis du in der Lage bist, mir zu beweisen, daß die Tatsachen, die ich dir vor Augen halte, bloße Erfindungen sind. Heute erscheint Leslie dir schön. Gestern gab es andere Frauen, die du schön fandest. Jede dieser Frauen hätte dich zerstört, wenn du sie geheiratet hättest. Es gibt zwar eine vollkommene Frau für dich – doch sie wohnt in vielen verschiedenen Frauenkörpern . . .«

»Ich weiß, ich weiß.«

»Na also. Du weißt es. Solltest du auf der Welt jemals eine einzige Frau finden, die dir mehr geben kann als viele verschiedene Frauen, so werde ich verschwinden.«

Ich konnte ihn nicht leiden, aber er hatte recht. Er hatte mich vor Angriffen gerettet, die meine augenblickliche Identität zerstört hätten. Ich mochte seine Arroganz nicht, doch sie entsprang seiner Gewißheit. Seine Anwesenheit in meinem Zimmer ließ mich frösteln, doch wenn ich ihn bat, mich allein zu lassen, war ich künftig jeder enttäuschenden Entdeckung, daß *auch diese* Frau wieder nicht meine Seelengefährtin war, hilflos ausgeliefert.

So weit ich zurückdenken konnte, war Freiheit für mich stets gleichbedeutend mit Glück gewesen. Ein paar Selbstschutzmaßnahmen waren nur ein geringer Preis für dieses Glück.

Natürlich, dachte ich, hat Leslie auch ein solches stählernes zweites Ich, das sie bewacht ... In ihrem Leben hatte es viel mehr Männer gegeben, die geplant hatten, sie einzufangen und zu heiraten. Wenn sie ohne Rüstung gelebt hätte, wäre sie heute verheiratet und hätte keine Chance gehabt, unsere beglückende Liebesbeziehung zu erleben. Auch ihr Glück beruhte auf ihrer Freiheit.

Wie wir die verheirateten Männer und Frauen mißbilligten, die uns manchmal für ihre außerehelichen Abenteuer ins Auge faßten! Ganz egal, woran du glaubst – handle stets nach deiner Überzeugung. Wenn du an die Ehe glaubst, verwirkliche sie und sei aufrichtig dabei. Wenn du nicht an sie glaubst, laß' dich so schnell wie möglich scheiden.

Ich schenkte Leslie viel von meiner Freiheit. Entwickelte unsere Beziehung sich bereits zu einer Ehe?

»Es tut mir leid«, sagte ich zu meinem Freund in der Rüstung. »Ich werde in Zukunft daran denken.«

Er warf mir noch einen langen, finsteren Blick zu und verschwand dann.

Ich beantwortete eine Stunde lang Briefe und arbeitete an einem Zeitschriftenartikel, für den ich mir Zeit lassen konnte, da ich ihn nicht zu einem bestimmten Termin abzuliefern brauchte. Dann überkam mich die alte Ruhelosigkeit, und ich ging die Treppe hinunter in meine Flugzeughalle.

Als ich in das große Kellergewölbe hinabstieg, überkam mich die leise Ahnung, daß irgend etwas nicht in Ordnung sei ... Sie hing wie ein leichter, kaum wahrnehmbarer Dunst über den Flugzeugen.

Den kleinen BD-5-Jet mußte ich unbedingt wieder fliegen, denn an ihm hingen bereits erste Spinnweben.

Du selbst hast auch schon Spinnweben angesetzt, dachte ich. Es ist immer unklug, ein Flugzeug zu lange nicht zu fliegen, aus der Übung zu kommen. Diese kleine Düsenmaschine war anspruchsvoll – das einzige Flugzeug, das ich je geflogen hatte, bei dem der Start gefährlicher war als die Landung.

Die Maschine rollte aus der Flugzeughalle – langsam und lustlos wie ein Heiße-Würstchen-Stand auf Rädern. Vielleicht nicht eben lustlos, dachte ich. Nur mißmutig. Ich wäre auch mißmutig, wenn man mich wochenlang allein ließe und Spinnen in meinem Fahrwerk nisteten.

Ich entfernte die Abdeckplane von dem Kabinendach und führte die vor dem Flug üblichen Checks durch. Auf den Tragflächen lag Staub.

Ich sollte jemanden anstellen, der meine Flugzeuge abstaubt, dachte ich und schnaubte gleich darauf angewidert bei diesem Gedanken. Was für ein fauler Geck war ich geworden – jemanden zum Flugzeugabstauben anzustellen!

Früher hatte ich ein vertrautes Verhältnis zu einem einzigen Flugzeug gehabt. Inzwischen stand ein blecherner Harem in meiner Flugzeughalle, und ich war der Scheich, der hin und wieder zu Besuch kam. Die Twin Cessna, die Widgeon, die Meyers, die Moth, die Rapide, die Lake-Amphibian, die Pitts Special ... Einmal im Monat – wenn nicht noch seltener – ließ ich ihre Motoren an. Nur im Bordbuch der T-33 befand sich eine neuere Eintragung, die von meinem Rückflug aus Kalifornien stammte.

Vorsicht, Richard, dachte ich. Eine längere Trennung von dem Flugzeug, das man normalerweise fliegt, ist nicht gerade die beste Voraussetzung für ein langes Leben.

Ich schlüpfte ins Cockpit der kleinen Düsenmaschine und blickte unverwandt auf eine Instrumentierung, die mir mit der Zeit fremd geworden war.

Früher verbrachte ich jeden Tag mit meiner Fleet, rutschte auf den Knien im Cockpit herum, um den Boden vom Heu zu befreien, säuberte den Motor und beschmierte meine Ärmel dabei über und über mit Öl, stellte die Ventile ein und zog die Zylinderbefestigungsschrauben an. Doch seit einiger Zeit stand ich mit meinen vielen Maschinen ebensowenig auf vertrautem Fuß wie mit meinen vielen Frauen: Es war ein freundliches, aber kein intimes Verhältnis zu allen.

Was würde Leslie, die alle Dinge schätzt und achtet, davon halten? fragte ich mich. Hatten wir beide denn auch kein vertrautes Verhältnis miteinander? Warum ist sie nicht hier?

»Vorsicht am Triebwerk!« warnte ich aus alter Gewohnheit und drückte den Anlasserschalter.

Das ist die Macht der Routine. Wenn uns ein Flugzeug einmal vertraut gewesen ist, wissen unsere Hände und Augen selbst dann noch, wie man es in Gang setzt, wenn unser Gehirn es bereits vergessen hat. Hätte nun jemand am Cockpit gestanden und mich nach Bedienungshinweisen gefragt, so hätte ich ihm keine Antwort darauf geben können... Erst nachdem meine Hände die erforderlichen Handgriffe ausgeführt hatten, wäre ich in der Lage gewesen, sie zu erläutern.

Der herbe Duft verbrannten Kerosins drang ins Cockpit... und mit ihm die Erinnerung an tausend frühere Flüge. Kontinuität. Dieser Tag ist Teil eines Lebens, das ich zum größten Teil im Flugzeug zugebracht habe.

Weißt du, daß *Fliegen* noch eine andere Bedeutung hat, Richard? Es bedeutet: *Entfliehen. Davonlaufen.* Wovor fliehst du im Augenblick?

Ich rollte zur Startbahn und sah, daß am Flughafenzaun einige Autos Schaulustiger anhielten. Es gab nicht viel für sie zu sehen. Die Düsenmaschine war so klein, daß sie schon außer

Sichtweite sein würde, ehe sie noch das andere Ende der Startbahn erreicht hatte.

Denk' daran: Der Start ist kritisch. Bewege den Steuerknüppel nur ganz leicht, Richard, federleicht. Beschleunige auf fünfundachtzig Knoten und laß dann die Maschine praktisch von selbst abheben. Wenn du sie hoch*zwingst,* bist du ein toter Mann.

Ich brachte die Nase des Flugzeugs in die Richtung der weißen Startbahnmittellinie, schloß und verriegelte das Kabinendach und gab Vollgas. Die kleine Maschine kroch vorwärts und beschleunigte ungefähr so schnell wie ein indischer Ochsenkarren. Als ich die Hälfte der Startbahn hinter mir hatte, bewegte sie sich ein wenig schneller, war aber immer noch nicht zum Leben erwacht... 60 Knoten reichten bei weitem nicht aus, um abzuheben. Als ich schließlich mit einer Geschwindigkeit von 85 Knoten dahinrollte, lag der größte Teil der Startbahn hinter mir.

Ein paar Sekunden später war meine Maschine in der Luft – sie war recht schwerfällig und flog mit knapper Not nur über die Bäume hinweg.

Ich zog das Fahrwerk ein.

Knapp unter mir flitzten bemooste Äste vorbei. Die Fluggeschwindigkeit stieg auf 100 Knoten, 120 Knoten, 150 Knoten; endlich wachte die Maschine auf, und ich begann mich im Cockpit zu entspannen. Die BD-5 brauchte nur ausreichende Fluggeschwindigkeit und einen freien Himmel – dann war es ein Vergnügen, sie zu fliegen.

Wie wichtig das Fliegen für mich war! Es stand für all die Dinge, die ich liebte. Das Fliegen scheint Zauberei zu sein, und doch ist es eine Fertigkeit, die man erlernen und trainieren kann. Es gibt Prinzipien, die man kennen, und Gesetze, die man befolgen muß – Vorschriften, die, so seltsam es auch klingen mag, zur Freiheit führen. Das Fliegen hat so viel Ähnlichkeit mit der Musik! Leslie wäre begeistert davon.

Im Norden – von den Luftstraßen entfernt – türmten sich Haufenwolken; bald würde es ein Gewitter geben. Nach zehn Minuten glitt ich bereits auf den weichen Kuppeln der Wolkenobergrenze dahin, stieg noch höher in die dünne Luft empor. Zwei Meilen unter mir lag die Wildnis.

Als ich ein kleiner Junge war, versteckte ich mich immer zwischen hohen Gräsern und beobachtete die Wolken. Und ich sah im Geiste mein anderes Ich vor mir, das hoch oben auf so einem Wolkenrand saß, dem im Gras liegenden Jungen mit einer Fahne zuwinkte und schrie: HALLO, DICKIE!, obwohl er den Gruß aus dieser Höhe gar nicht hören konnte. Dem kleinen Jungen standen Tränen in den Augen; er sehnte sich so sehr danach, wenigstens ein einziges Mal eine Minute lang auf einer Wolke zu leben.

Bei diesem Gedanken drehte sich die Maschine, stieg ein wenig und schoß dann zu der Wolkenobergrenze hinunter wie ein Skispringer in Richtung Schanzentisch. Sie tauchte ihre Tragflächen kurz in den dichten Dunst ein; dann zog ich sie wieder hoch und flog eine Rolle. Tatsächlich – wir zogen eine allmählich blasser werdende, spiralenförmige Wolkenfahne hinter uns her. *Hallo, Dickie,* dachte ich – lauter, als ich es hätte schreien können – und sandte über die Zeit hinweg eine Botschaft an den kleinen Jungen, der vor dreißig Jahren in dem hohen Gras gelegen hatte: Bewahre dir deine Begeisterung für den Himmel, mein Junge, und ich verspreche dir: Das, was du liebst, wird irgendeinen Weg finden, um dich vom Erdboden emporzuwirbeln – und hoch oben wirst du die freudigen, erschreckenden Antworten auf alle Fragen finden, die du überhaupt nur stellen kannst.

Die Wolkenlandschaft um mich her verwandelte sich von Sekunde zu Sekunde.

Hatte der kleine Junge meinen Gruß gehört?

Konnte ich mich selbst daran erinnern, das Versprechen gehört zu haben, das ich dem im Grase liegenden Kind aus einer anderen Zeit gerade eben gegeben habe? Vielleicht. Ich vermochte mich zwar nicht mehr an die Worte zu erinnern, aber dafür an meine todsichere Gewißheit, eines Tages auch zu fliegen.

Im Sturzflug ging ich nach unten. Was für ein Gedanke! Was geschähe, wenn wir tatsächlich über die Zeit hinweg miteinander sprechen könnten; wenn der heutige Richard den damaligen Dickie ermutigen dürfte; wenn wir einander zwar nicht mit Worten, aber mit tief im Unterbewußten liegenden Erinnerungen an bevorstehende Abenteuer berühren könnten? Wenn wir die Möglichkeit hätten, über eine Art telepathisches Funkgerät hinweg Wünsche zu übermitteln und Intuitionen zu hören?

Wieviel könnten wir lernen, wenn wir auch nur eine Stunde oder zwanzig Minuten mit dem Menschen verbringen dürften, zu dem wir uns später einmal entwickeln werden!

Ganz sacht nur berührte ich den Steuerknüppel, und das kleine Flugzeug ging aus dem Sturzflug allmählich wieder in die Horizontallage über. Wenn die Fluggeschwindigkeit die rote Warnlinie erreicht hat, darf man das Flugzeug nicht mit plötzlichen, abrupten Handgriffen manövrieren – sonst verwandelt es sich mitten im Fluge in eine Wolke einzelner Teile, die sich im Wind zerstreuen und in die Sümpfe flattern.

Die niedrigeren Wolken schossen an mir vorbei wie friedliche Flakfeuer; unten blitzte eine einsame Straße auf, verschwand wieder.

Was für ein faszinierendes Experiment wäre das, all den anderen Richards »hallo« sagen zu können, die nach mir noch fliegen würden, und eine Möglichkeit zu finden, ihnen zuzuhören! All die alternativen Ichs in alternativen Zukunftswelten, die andere Entscheidungen getroffen hatten als ich – die sich an Straßenecken nach rechts gewandt hatten, an denen ich nach links gegangen war –, was hätten sie mir zu sagen? War ihr Leben besser als meines oder nicht? Wie würden sie es verändern, wenn sie damals schon gewußt hätten, was sie heute wußten? Doch selbst dann, dachte ich, erführest du noch nichts über deine Identitäten in anderen Existenzen, die weit in der Zukunft oder in der Vergangenheit lagen. Wenn wir alle jetzt existieren, warum können wir dann nicht miteinander sprechen?

Inzwischen war der Flughafen in Sicht; das kleine Düsenflugzeug hatte mir verziehen, daß ich es vernachlässigt hatte, und wir waren wieder Freunde. Ich fand es schwerer, mir selbst zu verzeihen; doch das ist in der Regel immer so.

Die BD-5 war ebenso leicht zu landen wie schwierig zu starten. Sanft setzte sie zum Endanflug an, berührte mit ihren winzigen Rädern den Boden und rollte langsam und geradlinig bis zum letzten Taxiway und von dort aus, nach einer sauberen, formschönen Wendung, weiter zum Hangar. Ich stellte das Triebwerk ab; die Turbinenräder drehten sich immer langsamer und kamen schließlich zum Stillstand.

Ich tätschelte die Maschine am Kabinendachbogen und bedankte mich bei ihr für den Flug, wie es jeder Pilot tut, der schon länger fliegt, als er verdient zu haben glaubt.

Die anderen Flugzeuge sahen uns neidisch zu. Sie wollten auch fliegen; sie hatten es dringend nötig, wieder einmal geflogen zu werden.

Konnte ich auch in die Zukunft meiner Flugzeuge sehen? Wenn ich das damals geübt und über die Zukunft meiner Widge Bescheid gewußt hätte, wäre ich nicht so traurig gewesen. Denn sie sollte später zu einem Fernsehstar werden und in jeder Folge einer äußerst beliebten Fernsehserie zu sehen sein; sollte zu einer schönen Insel fliegen, auf dem Wasser landen, glitzernd ins Dock rollen und bildhübsch aussehen. Doch ohne die Gegenwart – ohne die staubige Existenz in der Flugzeughalle, die sie jetzt durchlitt, nachdem sie ein paar hundert Stunden lang mit mir geflogen war – konnte sie diese Zukunft nicht erleben.

Und auch vor mir lag eine Zukunft, die nicht zur Wirklichkeit werden konnte, ohne daß ich zuerst diese freie, einsame Gegenwart durchlebte.

In Gedanken versunken stieg ich die Treppe zum Haus hinauf. Ich grübelte über die Möglichkeit nach, mit den anderen Aspekten meiner Identität in Kontakt zu treten – mit den ehemaligen und den zukünftigen Richards, mit den Ichs anderer Existenzen, anderer Planeten, anderer hypnotischer Raum-Zeit-Kontinuen.

Hätte irgendeines dieser anderen Ichs nach einer Seelengefährtin gesucht? Und hätte es sie gefunden?

Die Intuition – jenes zukünftige/vergangene immerwährende Ich – flüsterte mir in jenem Augenblick auf der Treppe die Antwort zu: Ja.

23

Ich öffnete den Kühlschrank, entnahm ihm eine Suppenkonserve und ein paar Nudeln und zauberte mir binnen einer Minute ein schmackhaftes italienisches Mittagessen. Vielleicht war es nicht ganz typisch italienisch. Aber wenigstens war es heiß und genau die richtige nahrhafte Grundlage für die Nachforschungen, die ich nun vorhatte.

Schau dich einmal um, Richard. Entspricht das, was du siehst, dem Leben, das du dir wünschst?

Es ist furchtbar einsam hier, dachte ich, füllte die Suppe in einen Topf, stellte sie auf den Herd und vergaß die Platte anzustellen. Du vermißt Leslie.

Sofort war das Rasseln einer Rüstung zu hören. Ich seufzte.

Mach' dir keine Sorgen, dachte ich, und gib dir keine Mühe: Ich weiß, was du sagen willst. Und ich kann deine logischen Argumente nicht widerlegen. Zweisamkeit ist gleichbedeutend mit Langeweile und Zerstörung. Vermutlich vermisse ich gar nicht Leslie, sondern das, was sie im Augenblick für mich verkörpert.

Der Krieger verschwand wieder.

An seine Stelle trat eine andere Idee, ein ganz gütiger,

freundlicher Gedanke: *Das Gegenteil von Einsamkeit ist nicht Zweisamkeit, Richard. Es ist Vertrautheit.*

Von diesem Satz blieb mir einzig und allein das Wort »Vertrautheit« im Gedächtnis haften. Es stieg in mir auf wie eine silberne Blase, die sich vom Grunde eines dunklen Meeres gelöst hat.

Das ist es!

Das ist genau das, was ich vermisse!

Meine vielgestaltige, perfekte Frau ist ebenso warm und anheimelnd wie das Eis in meinem Gefrierfach. Sie ist Kommunikation ohne Zuneigung, Sex ohne Liebe, Freundschaft ohne Bindung.

Sie kann niemals verletzen oder verletzt werden; ebensowenig kann sie lieben oder Liebe empfangen. Es ist unmöglich, ein *vertrautes* Verhältnis mit ihr zu haben. Und Vertrautheit ... könnte sie mir ebenso wichtig sein wie meine Freiheit? Habe ich deshalb sieben Wochen mit Leslie verbracht, während mir bei jeder anderen Frau schon drei Tage zuviel waren?

Ich ließ die kalte Suppe auf der Herdplatte stehen, setzte mich in einen Sessel, stützte das Kinn auf meine emporgezogenen Knie und blickte aus dem Fenster über den See hinweg. Die Haufenwolken hatten sich mittlerweile zu dicken Gewitterwolken aufgetürmt, die die Sonne verdeckten. Im sommerlichen Florida kann man seine Uhr nach den Gewittern stellen.

Zwanzig Minuten später starrte ich in eine Regenwand, die ich jedoch kaum wahrnahm.

Heute war es mir auf irgendeine Weise gelungen, mit Dickie – meiner eigenen frühesten Vergangenheit – zu sprechen; irgendwie hatte ich es geschafft, ihm eine Botschaft zukommen zu lassen. Wie könnte ich mit dem Richard der Zukunft in Kontakt treten? Was wußte er über das Gefühl der Vertrautheit? Hat er es gelernt, zu lieben?

Sicherlich sind die anderen Aspekte unserer Identität unsere engsten Freunde ... Denn wer könnte uns näherstehen als wir selbst in anderer Gestalt, wir selbst in verschiedenen geistigen Entwicklungsstadien? Wenn alle meine Identitäten um einen im Zentrum liegenden goldenen Faden gesponnen sind – welcher Teil meiner Persönlichkeit ist dann dieser goldene Faden? Welcher verbindet mich mit all den anderen Ichs?

Ich wurde immer schwerer, sank tiefer in meinen Sessel hinein und erhob mich gleichzeitig über ihn. Was für ein seltsames Gefühl, dachte ich. Kämpfe nicht dagegen an; rühre dich nicht; denke nicht nach. Überlasse dich ganz diesem Gefühl; es soll dich hintragen, wohin es will. Es wäre eine so große Hilfe für mich, wenn ich meinen späteren Ichs begegnen könnte ...

Von einer Brücke aus ruhigem, silbernen Licht stieg ich hinab in eine riesige Arena. Halbkreise leerer Sitze umgaben mich. Zu der in der Mitte gelegenen Bühne führten menschenleere Gänge, die wie die Speichen eines Rades angeordnet waren. Nicht direkt auf der Bühne, doch in ihrer Nähe saß eine einsame Gestalt, die das Kinn auf die Knie gestützt hatte. Es war ein Mann. Ich mußte wohl irgendein Geräusch verursacht haben, denn er sah plötzlich auf, lächelte, löste sich aus seiner verschlungenen Haltung und winkte mir grüßend zu.

»Du bist nicht nur pünktlich«, stellte er fest, »du kommst sogar zu früh!«

Ich konnte sein Gesicht nicht genau erkennen, doch er war ungefähr so groß wie ich, und seine Kleidung erinnerte an einen Motorschlittenanzug: Er trug einen schwarzen Nylonoverall, der quer über die Brust und längs der Ärmel hellgelbe und orangefarbene Streifen hatte. Die Taschen waren mit Reißverschlüssen versehen; ebenso die Lederstiefel. Seine Kleidung kam mir vertraut vor.

»Allerdings«, erwiderte ich so beiläufig wie möglich. »Es wird wohl noch eine Weile dauern, bis die Vorstellung beginnt.« An was für einem Ort befand ich mich?

Er lachte. »Die Vorstellung hat *bereits angefangen. Gerade eben ist das Fahrwerk eingezogen worden. Macht es dir etwas aus, wenn wir woanders hingehen?«*

»Einverstanden«, stimmte ich zu.

Auf dem Rasen des Parks außerhalb der Arena stand ein spinnenähnlicher kleiner Hochdecker, der vollgetankt kaum einhundert Kilo wiegen mochte. Seine durchgehende Tragfläche war mit orange-farbenem Nylon bespannt und hatte an jedem Ende ein großes glänzendes Seitenruder; auf Aluminiumrohren vor den Sitzen befanden sich ebensolche Entenflugzeug-Höhenruder. Hinten war ein kleiner Druckschraubenmotor angebracht. Ich kannte viele Flugzeugtypen; doch eine solche Maschine hatte ich noch nie gesehen.

Der Mann trug keinen Motorschlitten-, sondern einen Fliegeranzug in den Farben seines Flugzeuges.

»Du kannst dich auf die linke Seite setzen, wenn du willst.« Wie höflich er war, wie vertrauensvoll – er bot mir den Pilotensitz an!

»Ich setze mich lieber auf den rechten Platz«, sagte ich und quetschte mich auf den Passagiersitz. Ich paßte gerade hinein, denn alles an dem Flugzeug war klein.

»Die Seite ist egal. Man kann es von beiden Seiten aus steuern. Die Steuerung ist wie bei jedem anderen Flugzeug; aber wie du siehst, hat diese Maschine keine Seitenruderpedale. Man macht alles mit dem Steuerknüppel. Dieses Entenflugzeug hat ein empfindliches Höhenruder. Betätige es so, als sei es ebenso empfindlich wie der Hebel für die Rotorblattverstellung bei einem Hubschrauber, dann kommst du heil runter.«

Er rief »Achtung – Propeller!«, zog einmal an einem über ihm befindlichen Griff, und schon lief der Motor – leise wie ein elektrischer Ventilator. Er wandte sich mir zu. »Fertig?«

»Los«, erwiderte ich.

Er schob einen Gashebel nach vorn, der noch kleiner war als der meiner winzigen Düsenmaschine, und die Maschine schoß davon. Das Motorengeräusch war nicht lauter als das einer leichten, aufkommenden Brise. Nach fünfzehn Metern befanden wir uns bereits in der Luft. Die Maschine neigte sich nach hinten und stieg. Der Erdboden unter uns sank immer tiefer – ein großer, grüner Fußboden, von dem wir uns losgelöst hatten. Im Nu hatten wir eine Höhe von tausend Fuß erreicht. Der Mann neben mir schob mit leichter Berührung den Steuerknüppel nach vorn und nahm ein wenig Gas weg, bis der Ventilator hinter uns sich nur noch ganz leise im Wind drehte. Er nahm die Hände von der Steuerung und gab mir mit einer Geste zu verstehen, daß ich die Maschine nun übernehmen könne. »Bitte.«

»Danke.«

Es war, als flöge ich mit einem Fallschirm – nur mit dem einen Unterschied, daß wir nicht vom Himmel herunterfielen. Dem Wind nach zu urteilen, bewegten wir uns mit einer Geschwindigkeit von etwa dreißig Meilen pro Stunde voran, und das in einer entzückenden kleinen Maschine, die eher einem Gartenstuhl für acht Dollar denn einem Flugzeug glich. Das Cockpit hatte weder Wände noch einen Fußboden; es war so offen und luftig, daß ein Doppeldekker im Vergleich dazu wie eine geschlossene Grabkammer wirkte. Mein Nebenmann hatte mich nicht zu Unrecht gewarnt: Die Maschine war tatsächlich äußerst sensibel, reagierte auf die leiseste Berührung.

»Kann man den Motor abstellen? Können wir mit diesem Ding auch gleiten wie mit einem richtigen Segelflugzeug?«

»Natürlich.« Er berührte einen Schalter am Gashebel, und der Motor ging aus. Geräuschlos segelten wir dahin; offensichtlich befanden wir uns in einem aufsteigenden

Luftstrom... Jedenfalls konnte ich keinen meßbaren Höhenverlust feststellen.

»Was für ein perfektes kleines Flugzeug! Es ist wunderbar! Wo kann ich mir eine solche Maschine kaufen?«

Er warf mir einen seltsamen Blick zu. »Hast du es denn noch immer nicht erraten, Richard?«

»Nein.«

»Weißt du, wer ich bin?«

»Ich kann es mir denken.« Mich beschlich ein leises Gefühl der Angst.

»Durchschreite doch einmal die Mauer zwischen dem, was du weißt, und dem, was du auszusprechen wagst. Nur so zum Spaß«, forderte er mich auf. »Und dann sag' mir, wem diese Maschine gehört und wer im Augenblick dein Kopilot ist.«

Ich neigte den Steuerknüppel nach rechts, und das Flugzeug legte sich sanft in die Kurve und flog auf eine Haufenwolke zu. Bei abgeschaltetem Motor suchte ich instinktiv nach Auftrieb, obgleich die federleichte Maschine nicht an Höhe verlor.

»Wenn ich raten soll, würde ich sagen, daß dieses Flugzeug irgendwann einmal mir gehören wird und daß du mein künftiges Ich bist.« Ich wagte ihn nicht anzusehen.

»Nicht schlecht«, meinte er. »Ich vermute dasselbe.«

»Du vermutest? Weißt du es denn nicht?«

»Wenn man zuviel darüber nachdenkt, wird es kompliziert. Ich bin eine deiner Zukunftsmöglichkeiten, und du bist eine meiner Vergangenheiten. Ich nehme an, du bist jener Richard Bach, der im Geld schwimmt, nicht wahr? Der gefeierte neue Autor? Du bist im stolzen Besitz von neun Flugzeugen und hast dir eine unwiderlegbare Theorie über die perfekte Frau zurechtgelegt – stimmt's? Du bist ihr bedingungslos treu und ergeben, und doch läßt sie dich kalt?«

Wir gerieten mit der rechten Tragfläche in einen thermischen Aufwind, und ich legte mich scharf in die Kurve und steuerte das Flugzeug hinein.

»Sachte«, ermahnte er mich. »Sie hat ohnehin einen so kleinen Kurvenradius – schon eine minimale Querneigung reicht aus, um im Auftrieb zu bleiben.«

»In Ordnung.« Dieses wunderbare Flugzeug würde eines Tages mir gehören! Und ich würde mich in diesen Mann verwandeln. Er wußte sicher vieles ...

»Ich habe ein paar Fragen an dich«, wandte ich mich an ihn. »Wie weit in der Zukunft befindest du dich? Zwanzig Jahre?«

»Eher fünf. Aber sie kommen mir vor wie fünfzig. Ich könnte dir die Erfahrungen von neunundvierzig Jahren ersparen, wenn du auf mich hören würdest. Das ist der Unterschied zwischen uns beiden. Ich kenne die Antworten, die du suchst – aber es besteht nicht die geringste Chance, daß du auf mich hören wirst, ehe du nicht selbst von der großen Dampfwalze ›Erfahrung‹ überrollt und plattgedrückt worden bist.«

Allmählich bekam ich es mit der Angst zu tun. »Du meinst, ich fürchte mich vor dem, was du mir sagen wirst, und du bist sicher, daß ich nicht darauf hören werde?«

»Möchtest du es denn hören?«

»Zu wem könnte ich mehr Vertrauen haben als zu dir? Natürlich werde ich dir zuhören!«

»Zuhören – vielleicht; danach handeln – nein. Es ist zu dieser Begegnung zwischen uns gekommen, weil wir beide neugierig aufeinander waren, aber ich bezweifle, daß du meine Hilfe annehmen wirst.«

»Doch – ganz bestimmt!«

»Nein«, widersprach er. »Es ist wie mit diesem Flugzeug. In der Zeit, in der du im Augenblick lebst, hat es noch keinen Namen, denn es ist noch nicht erfunden worden.

Sobald es erfunden ist, wird es die Bezeichnung Ultraleichtflugzeug tragen – und es wird die gesamte Sportfliegerei revolutionieren. Doch du wirst diese Maschine nicht fertig kaufen oder irgend jemanden anstellen, der sie für dich bastelt, Richard. Du wirst sie selbst zusammenbauen: Stück um Stück. Und genau das gilt auch für die Antworten, die du suchst. Du kannst sie nicht ›fertig kaufen‹ – ja, du würdest sie nicht einmal akzeptieren, wenn ich sie dir umsonst gäbe, wenn ich sie dir Wort für Wort verriete.«

Ich wußte, daß er unrecht hatte. »Du hast vergessen, wie rasch ich lerne«, wandte ich ein. »Stell' mich doch auf die Probe – gib mir eine Antwort und warte ab, was ich damit anfange!«

Er bedeutete mir mit einem leichten Schlag auf den Steuerknüppel, daß er unseren Vogel nun wieder für eine Weile fliegen wollte. Wir waren in dem thermischen Aufwind tausend Fuß gestiegen und befanden uns nun fast schon an der Wolkenuntergrenze. Unter uns glitten Felder, Wiesen, Wälder, Hügel, Flüsse und Kalkboden davon – eine samtene, sanft dahinströmende Landschaft. Keine Straßen. Das leise Flüstern einer ganz leichten Brise begleitete uns, während wir immer höher stiegen.

Mit dem gelassenen Lächeln eines Spielers, der blufft, fragte er: »Du möchtest deine Seelengefährtin finden?«

»Ja! Schon seit ich denken kann – das weißt du doch!«

»Deine Rüstung«, warnte er mich, »schirmt dich zwar gegen jede Frau ab, die dich zerstören würde. Doch wenn du sie nicht fallenläßt, wird sie dich auch vor der einzigen Frau beschützen, die dich lieben und vor dem geistigen und seelischen Verkümmern bewahren kann – der einzigen, die dich aus deinem selbstgebauten Schutzwall zu retten vermag. Es gibt eine perfekte Frau für dich. Sie ist

einzigartig und nicht in mehreren Ausfertigungen vorhanden. Die Antwort, die du suchst, lautet: Gib deine Freiheit und Unabhängigkeit auf und heirate Leslie.«

Es war ein Glück, daß er vor dieser Mitteilung das Steuer übernommen hatte.

»Du meinst ... WAS?« Der Gedanke brachte mich dem Ersticken nahe. »Du ... du meinst ... HEIRATEN? Unmöglich ... Weißt du denn nicht, was ich von der Ehe halte? Weißt du nicht, was ich in meinen Vorträgen immer predige? Daß – abgesehen vom Krieg und der organisierten Religion – die Ehe das meiste Unglück ... Meinst du etwa, ich glaube nicht an das, was ich sage? Ich soll meine FREIHEIT aufgeben? Meine UNABHÄNGIGKEIT? Du behauptest allen Ernstes, die Antwort, die ich suche, sei die EHE? Bist du von allen guten Geistern ...«

Er lachte. Ich sah keinen Grund zur Heiterkeit. Wütend blickte ich zum Horizont.

»Du hast wirklich große Angst – nicht wahr?« sagte er. »Aber das ist *die Antwort. Und wenn du auf deine innere Gewißheit hören würdest und nicht auf deine Ängste ...«*

»Ich glaube dir nicht.«

»Vielleicht hast du recht«, meinte er. »Ich bin nicht deine einzig mögliche Zukunft – nur die wahrscheinlichste. Ich halte es auch für ziemlich wahrscheinlich, daß meine Frau Leslie eines Tages dir gehören wird. Sie schläft gerade – in meiner Zeit –, ebenso wie deine Freundin Leslie in deiner Zeit, einen Kontinent von dir entfernt, jetzt schläft. Alles, was du von deinen vielen Frauen gelernt hat, trägt zu dem Geschenk bei, das diese eine Frau für dich bedeutet, verstehst du das nicht? Willst du noch mehr Antworten hören?«

»Wenn das, was du mir eben gesagt hast, ein Vorgeschmack deiner ›Antworten‹ ist«, wehrte ich ab, »bin ich nicht sicher, ob ich Verlangen nach einer Fortsetzung habe.

Ich soll meine Freiheit aufgeben? Tut mir leid, mein Herr – Sie haben keine Ahnung, wer ich bin. Auf solche Antworten kann ich verzichten. Bitte!«

»Keine Sorge. Du wirst diesen Flug vergessen; er wird dir erst zu einem viel späteren Zeitpunkt wieder einfallen.«

»Du unterschätzt mich«, widersprach ich. »Ich habe ein eisernes Gedächtnis.«

»Alter Freund«, sagte er ruhig, »ich kenne dich so gut. Wirst du es niemals leid, mir zu widersprechen?«

»Ich bin es schon leid«, sagte ich. »Aber wenn ich nicht so leben kann, wie ich will, ohne zu widersprechen – dann tue ich es eben.«

Er lachte und ließ unser Flugzeug vom Gipfel der Thermik herabgleiten. Mit abgestelltem Motor schwebten wir langsam über das Land – unsere Maschine glich eher einem Ballon als einem Flugzeug. Ich hatte kein Interesse mehr an seinen Antworten; sie bedrohten, erschreckten und ärgerten mich. Doch das Ultraleichtflugzeug prägte ich mir in allen Einzelheiten ein, um es später, wenn nötig, auch aus dem Nichts aufbauen zu können.

Mein Begleiter fand einen absinkenden Luftstrom und glitt in Kreisen daran hinab – ebenso, wie wir in dem Auftrieb emporgestiegen waren. Nun würde unsere Begegnung bald vorüber sein.

»Also gut«, gab ich nach. »Wirf mir noch ein paar Antworten an den Kopf.«

»Lieber nicht«, sagte er. »Ich wollte dich warnen – aber nun glaube ich, ich sollte es lieber lassen.«

»Bitte. Es tut mir leid, daß ich widersprochen habe. Denke daran, wer ich bin.«

Er zögerte lange Zeit, entschloß sich aber dann doch, meine Bitte zu erfüllen.

»Mit Leslie wirst du glücklicher sein als je zuvor in deinem Leben«, prophezeite er. »Und das ist auch gut so,

Richard, denn alles andere wird schiefgehen. Die Regierung wird hinter euch her sein und eine Unsumme von Steuern verlangen – Steuern für ein Vermögen, das deine Manager verloren haben. Du wirst nicht mehr schreiben können, da das Finanzamt selbst die Worte beschlagnahmen würde, die du zu Papier bringst. Du wirst völlig ruiniert sein – bankrott. Und du wirst alle deine Flugzeuge verlieren ... dein Haus ... dein Geld ... alles. Jahrelang wirst du an die Erde gefesselt sein und nicht mehr fliegen können. Und das wird das Beste sein, was dir je passiert ist – was dir je passieren wird, meine ich«, korrigierte er sich.

Verzagt hörte ich ihm zu, und mein Mund wurde plötzlich trocken. »Ist das etwa eine Antwort?«

»Nein. Aber daraus wird sich eine Antwort ergeben.«

Er brach ab und sah hinunter. Wir befanden uns über einer auf dem Gipfel eines Hügels gelegenen Wiese. Am Rande dieser Wiese wartete eine Frau. Sie winkte, als sie unser Flugzeug sah, und beobachtete uns.

»Möchtest du das Flugzeug landen?« Er machte Miene, mir die Steuerung zu überlassen.

»Das Feld ist ein bißchen zu klein; ich möchte lieber keine Maschine dort landen, die ich zum erstenmal fliege«, wehrte ich ab. »Übernimm du es lieber.«

Er zog im Segelflug einen großen Kreis um den Hügel. Als wir die letzten vor der Wiese stehenden Bäume überflogen, richtete er die Nase des Flugzeugs jäh nach unten, schoß im Sturzflug bis kurz vor die Spitzen der Grashalme und zog die Nase dann sanft wieder nach oben. Statt zu steigen, schwebte das kleine Flugzeug eine Sekunde lang über dem Boden, setzte dann auf und rollte an der Seite einer Leslie aus, die noch atemberaubender aussah als jene, die ich in Kalifornien verlassen hatte.

»Hallo, ihr zwei«, begrüßte sie uns. »Ich habe mir gedacht, daß ich euch und das Flugzeug hier finden

würde.« Sie lehnte sich zu dem anderen Richard hinüber, küßte ihn und zerzauste ihm liebevoll das Haar. »Bist du gerade dabei, ihm sein Schicksal vorauszusagen?«

»Ja – ich habe ihm gesagt, welches Schicksal er verlieren und welches er dafür gewinnen wird«, antwortete er. »Du siehst so reizend aus, Liebling. Er wird dich für eine Vision halten!«

Ihr Haar war länger, als ich es in Erinnerung hatte, und ihr Gesicht hatte einen sanfteren Ausdruck. Sie trug eine zitronengelbe, hochgeschlossene Bluse, die züchtig gewirkt hätte, wenn sie nicht so durchsichtig gewesen wäre. Dazu bequeme lange Hosen aus weißem Segeltuch, die keinen Saum hatten, bis zum Gras hinunterreichten und nur ihre Zehenspitzen freigaben. In diesem Augenblick wäre mir beinahe das Herz stehengeblieben – und fast wären die Mauern, die ich um mich errichtet hatte, erschüttert worden. Wenn es dir bestimmt ist, dein Leben auf dieser Erde mit einer einzigen Frau zu verbringen, dachte ich, dann soll sie es sein.

»Danke«, sagte sie. »Ich habe mich für diesen Anlaß auch extra fein gemacht. Wir haben nicht oft Gelegenheit, unsere Vorfahren zu treffen – jedenfalls nicht mitten im Leben.« Sie legte den Arm um ihn, als er aus dem Flugzeug stieg, wandte sich dann mir zu und lächelte. »Wie geht es dir, Richard?«

»Gut«, sagte ich, »abgesehen davon, daß ich äußerst neidisch bin.«

»Das brauchst du nicht zu sein«, beruhigte sie mich. »Das Flugzeug wird eines Tages dir gehören.«

»Ich mißgönne deinem Mann nicht sein Flugzeug«, erklärte ich, »sondern seine Frau.«

Sie errötete. »Aber du haßt doch die Ehe! Ehe bedeutet ›Langeweile, Stillstand, unvermeidlicher Verlust des Respekts vor dem Partner‹!«

»Vielleicht ist er nicht unvermeidlich«, lenkte ich ein.

»Das klingt ermutigend. Glaubst du, daß du deine Meinung über die Ehe eines Tages ändern könntest?«

»Dein Mann behauptet: ja. Allerdings kann ich mir nicht vorstellen, wie das geschehen sollte. Nur, wenn ich dich ansehe, kommen mir leise Zweifel an meiner künftigen Ehelosigkeit.«

»Nach dem heutigen Tag wird es lange keine so erfreulichen Anblicke mehr für dich geben«, sagte der zukünftige Richard. »Und diese Begegnung wirst du auch vergessen. Du mußt lernen, deinen eigenen Weg zu finden – einerlei, ob du dabei glücklich oder unglücklich wirst.«

Sie blickte zu ihm empor. »Einerlei, ob reicher oder ärmer.«

Er schenkte ihr ein kaum merkliches Lächeln. »Bis der Tod uns einander noch näher bringt.« Ich spürte den sanften Spott in ihren Worten und liebte sie beide.

Dann sagte der andere Richard zu mir: »Unsere Zeit ist abgelaufen. Das war die Antwort, die du vergessen wirst. Du kannst das Flugzeug fliegen, wenn du willst. Wir müssen uns jetzt beeilen, ins Land der Wachenden zurückzukehren – in eine Zukunft, die deiner Gegenwart noch fern und doch sehr nah ist. Ich bin gerade dabei, das neue Buch zu schreiben; und wenn ich Glück habe und mich noch erinnere, werde ich morgen früh als erstes diesen Traum aufschreiben.«

Er streckte die Hand langsam nach Leslies Gesicht aus, als wolle er sie berühren, und verschwand dann.

Die Frau seufzte; sie war traurig darüber, daß die Zeit abgelaufen war. »Er ist jetzt wach; und in einer Minute werde ich es auch sein.«

Sie schwebte einen Schritt auf mich zu; und zu meiner Überraschung gab sie mir einen zarten Kuß.

»Armer Richard – du wirst es nicht leicht haben«, sagte

sie, »und sie auch nicht – die Leslie, die ich einmal war. Euch stehen schwere Zeiten bevor! Aber hab' keine Angst. Wenn du einen Zauber erleben willst, laß deine Rüstung fallen. Zauberei ist viel stärker als Stahl!«

Ihre Augen hatten die Farbe der Abenddämmerung. Sie wußte so viel!

Immer noch lächelnd, verschwand sie. Ich blieb mit dem Ultraleichtflugzeug allein auf der Wiese zurück. Aber ich flog nicht mehr damit. Ich stand im Gras und erinnerte mich noch einmal an alles, was geschehen war, brannte es in mein Gedächtnis ein – ihr Gesicht, ihre Worte –, bis alles um mich her zerschmolz.

Als ich erwachte, blickte ich in ein nachtschwarzes, regentropfenbesprenkeltes Fenster. Auf der anderen Seite des Sees zeichnete sich eine sanft geschwungene Linie beleuchteter Häuser ab. Ich streckte meine Beine wieder aus, setzte mich im Dunkeln auf und versuchte mir den Traum ins Gedächtnis zurückzurufen. Neben meinem Sessel lagen Notizblock und Füller.

Flugtraum. Prähistorisches fliegendes Tier – hübsch – irgendwie mit bunten Federn geschmückt. Und es setzte mich direkt vor der schönsten Frau ab, die ich je gesehen habe. Eines der Worte, die sie sagte, war: »Zauber.« Das allerschönste Gesicht...

Zauber. Ich wußte, daß sie noch mehr gesagt hatte, doch ich konnte mich nicht mehr daran erinnern. Das Gefühl, das in mir nachhallte, war Liebe. Diese Frau war kein Traum. Sie existierte wirklich; ich hatte sie bereits berührt! Nur mit Sonnenlicht bekleidet. Dennoch kein Traum. Eine lebendige Frau – und ich kann sie nicht finden!

Wo bist du?

In einem Anfall von Enttäuschung warf ich den Notizblock ans Fenster. Er prallte von der Scheibe ab, Seiten fielen heraus, flatterten durch die Luft, flogen gegen meine Instrumentenlandungskarten für Südkalifornien und blieben dort liegen.

»Verdammt noch mal! Wo bist du JETZT? IN DIESEM AUGENBLICK?«

24

Als es passierte befand ich mich gerade in Madrid und stammelte mich mit mehr Mut als Spanischkenntnissen durch eine Publicity-Rundreise für die spanische Ausgabe meines Buches. Ich gab Interviews in einem Spanisch, das meine Gastgeber beim Fernsehen und die Zeitungsreporter zum Lächeln brachte. Warum nicht? Ich fand es auch immer bezaubernd, wenn ein Spanier, Deutscher, Franzose, Japaner oder Russe, der die Vereinigten Staaten besuchte, auf Dolmetscher verzichtete und seine Interviews auf englisch gab. Die Satzstellung ist zwar ein wenig merkwürdig, die Ausdrucksweise etwas eigenwilliger als die eines Muttersprachlers – aber es macht solchen Spaß, diesen Leuten bei ihrem sprachlichen Seiltanz zuzuhören, zu sehen, wieviel Mühe sie sich geben, sich mit uns zu verständigen!

»Die Ereignisse und Ideen, über die Sie schreiben, Señor Bach – glauben Sie an sie? Halten Sie sie für zutreffend?« Die Kamera summte leise, während ich die Frage im Geist ins Englische übersetzte.

»Keine Schriftsteller auf die ganze Welt«, antwortete ich stockend in meinem schnellsten Spanisch, »kann schreiben eine Buch mit Ideen, an die er nicht glauben. Wir können schreiben ehrlich nur das, woran wir glauben ehrlich! Ich kann nicht so gut... wie sagt sich auf spanisch *beweisen?*... Ich kann nicht so gut diese Ideen leben, wie ich gern möchte. Aber ich lerne jeden Tag besser!«

Sprachen sind wie große, flauschige Kissen, die die Völker voneinander trennen – die Kommunikation wird in ihnen erstickt und nahezu unmöglich gemacht. Und wenn wir versuchen, uns in der Grammatik einer fremden Sprache auszudrücken, haben wir sofort den Mund voller Federn. Aber es lohnt sich. Was für ein Vergnügen, eine Idee langsam in – wenn auch kindliche – Worte einer fremden Sprache zu fassen und über den Abgrund hinwegzusenden, der uns von anderssprachigen Völkern trennt!

Spät abends klingelte in meinem Hotelzimmer das Telefon. Ich sagte unwillkürlich »hallo«, statt mich auf das entsprechende spanische Begrüßungswort zu besinnen.

Aus weiter, weiter Ferne drang eine matte, kaum hörbare Stimme an mein Ohr. »Hallo, Wookie, ich bin's...«

»Was für eine schöne Überraschung! Lieb von dir, daß du anrufst.«

»Ich fürchte, ich *mußte* dich anrufen... Wir haben hier ein paar schreckliche Probleme...«

»Was denn für Probleme?« Ich konnte mir kein Problem vorstellen, das schwerwiegend genug war, um Leslie dazu zu veranlassen, um Mitternacht in Madrid anzurufen.

»Weißt du denn nicht, was das Bundesfinanzamt vorhat? Hat es dir keiner gesagt? Hat dein Finanzverwalter etwa nichts von der Angelegenheit erwähnt?«

»Nein. Nichts. Was will denn das Finanzamt von mir?«

»Es erwartet, daß du spätestens bis Montag eine Million Dollar bezahlst, denn sonst wird alles gepfändet, was du besitzt!«

Das war so ungeheuerlich, daß es unmöglich wahr sein konnte.

»Sonst beschlagnahmt es alles?« wiederholte ich ungläubig. »Spätestens bis Montag? Warum Montag?«

»Das Finanzamt hat schon vor drei Monaten per Einschreiben eine Benachrichtigung geschickt. Aber Stan hat dir nichts davon gesagt. Er meint wohl, du hättest etwas gegen schlechte Nachrichten . . .«

Ich wußte, daß das kein Scherz war – sonst hätte ihre Stimme nicht so traurig geklungen. Wozu hatte ich diese Fachleute angestellt? Um mein Vermögen vom Finanzamt beschlagnahmen zu lassen, brauchte ich keine Experten. Das hätte ich notfalls auch allein geschafft.

»Kann ich dir helfen, Richard?« fragte sie.

»Ich weiß es nicht.«

»Ich unternehme alles, was du nur willst«, bot sie mir an. »Es muß doch irgendeine Möglichkeit für mich geben, dir zu helfen. Vielleicht sollte ich zu einem Rechtsanwalt gehen.«

»Das ist eine gute Idee. Ruf' meinen Anwalt in Los Angeles an und frage ihn, ob es in seiner Kanzlei jemanden gibt, der sich in Steuerangelegenheiten auskennt. Unvorstellbar – eine Million Dollar an Steuern? Und dabei habe ich in Wirklichkeit eine Million Dollar *verloren* und werde daher gar keine Steuern zahlen müssen! Wahrscheinlich ist da irgend etwas verkehrt gelaufen oder mißverstanden worden. Sobald ich wiederkomme, werde ich höheren Orts vorstellig werden und nachprüfen, was passiert ist, und dann wird sich die ganze Angelegenheit regeln.«

»In Ordnung«, meinte sie, doch ihre Stimme klang skeptisch. »Ich werde auf jeden Fall deinen Anwalt anrufen und dann weitere Schritte unternehmen. Komm' schnell nach Hause – so bald du kannst.« Ich merkte ihrer Stimme an, daß sie ängstlich und nervös war.

»Ich muß noch zwei Tage hierbleiben. Mach' dir um Gottes willen keine Sorgen. Wir werden die Sache schon in Ordnung bringen. Bis bald!«

»Mach' du dir auch keine Sorgen«, sagte sie. »Ich bin sicher, daß ich irgend etwas für dich tun kann...«

Wie seltsam, dachte ich, als ich wieder unter meiner Bettdecke lag, Leslie nimmt sich die Angelegenheit so zu Herzen, als mache es ihr etwas aus...

Ich machte mir Gedanken über die Manager, die ich angestellt hatte. Wenn das, was ich heute abend erfahren hatte, stimmte, dann hatten sie allesamt versagt. Ich wette, Leslie hat mehr Geschäftssinn in ihrem Haarband als wir alle miteinander zusammen in unseren Köpfen.

Jedenfalls hatte ich mir mit meinem Vertrauen keine Vertrauenswürdigkeit erkauft. Und auch mit hohen Gehältern, Titeln, verantwortungsvollen Aufgaben und dicken Spesenkonten nicht. Und plötzlich wurde mir klar, daß meine Leute mit ihrem Versagen nicht sich selbst, sondern mich ruinierten.

Ay, Richard, *qué tonto! Estoy un burro, estoy un burro estúpido!*

Wie interessant, dachte ich. Du bist noch nicht einmal zwei Wochen in Spanien, und schon denkst du auf spanisch!

25

Auf ihrem Schreibtisch lag eine Aktenmappe mit der Aufschrift *Richard*. In der Annahme, der Inhalt der Mappe sei für mich bestimmt, öffnete ich sie und begann zu lesen.

Als der Tag voranrückte,
Wurde das friedliche, leuchtende
Blau der Morgendämmerung
Immer intensiver,
Wie unser Glück . . .
Blau . . . blauer . . . am blauesten . . .
Weiße Wolken der Wonne,
Überströmende Freude . . .

Bis der Sonnenuntergang
Uns in zartes Rosa hüllte
Und wir
In einem purpurnen, leidenschaftlicher
Lebewohl
Miteinander verschmolzen,
Weltseele und kosmische Seele,
Überströmende Schönheit.

Dann kam die Nacht.
Ein winzig kleiner Mond
Neben mir im Dunkeln
Lachte . . .
Ich lachte zurück
Und dachte:

Auf der anderen Seite der Welt
Erfüllt deinen Himmel
Dasselbe goldene Gelächter.
Und ich hoffte, daß du
Mit deinen blitzenden blauen Augen
Den Mond siehst,
Das Lachen hörst,

So daß wir drei
Vereint sind in unserer Freude,
Irgendwie –
Jeder in seinem Raum,
Gemeinsam getrennt,
Über jede Entfernung hinweg;
Entfernung bedeutungslos . . .

Und in einer Welt
Voller Lächeln
Schlief ich ein.

Ich las das Gedicht noch einmal – und dann noch ein drittesmal, diesmal ganz langsam.

»Kleine Wookie«, rief ich. »Wer hat das Gedicht mit dem kleinen Mond geschrieben, der neben dir im Dunkeln lacht? Das Gedicht in der Aktenmappe auf deinem Schreibtisch. Hast du es geschrieben?«

Ihre Antwort kam aus dem Wohnzimmer, wo sie sich mit

Bergen aus Investitionsgeschäftsformularen, Prärien aus Kontoblättern und ganzen Flüssen entwerteter Schecks umgeben hatte – eine Siedlerin in einem feindlichen Land, die sich hinter Papier-Planwagen verschanzt hatte.

Es war ihr gelungen, die Pfändung all meiner Habseligkeiten durch das Finanzamt vorläufig zu verhindern. Nun ordnete sie in fieberhafter Eile alle Unterlagen, damit die Verhandlungen beginnen konnten.

»Wie bitte?« fragte sie zurück. »Ja. Ich habe es geschrieben. Oh – bitte, lies es nicht!«

»Zu spät«, sagte ich – aber so leise, daß sie es nicht hören konnte.

Manchmal fragen wir uns, ob wir unsere engste Freundin jemals kennenlernen können, ob wir jemals erfahren werden, was sie wirklich denkt und fühlt. Und dann stellen wir fest, daß sie ihre innersten Empfindungen heimlich auf einem Blatt Papier niedergeschrieben hat. Da stehen sie – klar und durchsichtig wie eine Bergquelle.

Ich las das Gedicht noch einmal. Es war mit dem Datum des Tages gekennzeichnet, an dem ich nach Spanien abgereist war; und nun, am Tag nach meiner Rückkehr, erfuhr ich, was sie damals empfunden hatte. Sie hatte es nur diesem Blatt Papier mitgeteilt. Was für eine Dichterin sie war! Zart und furchtlos zugleich gab sie ihre geheimsten Empfindungen preis. Schriftstellerische Werke rühren mich stets, wenn sie Vertrauliches, Persönliches mitteilen; ebenso das Fliegen, Filme, Gespräche, scheinbar zufällige Berührungen.

Außer ihr war ich noch keiner Frau begegnet, bei der ich mich so kindisch zu geben wagte, wie ich mich manchmal fühlte – so albern, wissend, erotisch, vertraut und intim. Ich war nahe daran, mich für verliebt zu halten – wenn das Wort »Liebe« nicht durch Besitzgier und Heuchelei entstellt und verstümmelt gewesen wäre; wenn es tatsächlich die Bedeutung gehabt hätte, die es meiner Ansicht nach haben sollte!

Noch einmal las ich ihre Worte. »Das ist ein schönes Gedicht, Leslie«, sagte ich und dachte dabei: Das klingt so nichtssagend und herablassend. Ob sie weiß, daß ich es wirklich ehrlich meine?

Ihre Stimme aus dem Wohnzimmer klang wie ein Peitschenschlag. »Verdammt noch mal, Richard! Ich habe dich gebeten, es nicht zu lesen! Es ist etwas *Persönliches*! Wenn ich will, daß du es liest, werde ich es dich wissen lassen! Würdest du jetzt *bitte* die Freundlichkeit haben, aus dem Büro zu kommen und mir zu helfen?«

Das Gedicht zersprang in meinem Gedächtnis in tausend Stücke wie eine aus kürzester Entfernung getroffene Tontaube. Blitzartig flammte der Zorn in mir auf. Was bildest du dir ein, mich anzuschreien! NIEMAND, der mich auch nur ein einziges Mal anschreit, sieht mich jemals wieder! Wenn du mich nicht willst, kann ich ja gehen! Lebewohl... Lebewohl... Lebewohl... LEBEWOHL!

Doch dieser Zorn hielt nur zwei Sekunden lang an. Dann verspürte ich eine rasende Wut auf mich selbst. Ich, dem das Recht auf ein unbehelligtes Eigenleben wichtiger war als jedem anderen, hatte ihr persönliches, vertrauliches Gedicht gelesen! Ich war in den Bereich ihrer heimlichen dichterischen Äußerungen eingebrochen – was würde ich empfinden, wenn sie mir das angetan hätte! Was ich getan hatte, war unverzeihlich. Sie hätte jedes Recht gehabt, mich deswegen für immer aus ihrem Haus zu weisen; und diese Vorstellung war mir verhaßt, denn von all den Menschen, mit denen ich jemals in Berührung gekommen war, stand sie mir am nächsten...

Ich biß die Zähne aufeinander und ging wortlos ins Wohnzimmer.

»Es tut mir sehr leid«, sagte ich. »Ich muß mich bei dir entschuldigen. Das war unverzeihlich, und ich werde es nie wieder tun. Das verspreche ich dir.« Mein Zorn kühlte ab wie geschmolzenes Blei, das man in Eismasse fallen läßt. Der

Eindruck, den ihr Gedicht auf mich gemacht hatte, war verflogen; es war in meiner Erinnerung zu Staub zerfallen.

»Interessiert dich das hier gar nicht?« Sie war ärgerlich und verzweifelt. »Die Anwälte können dir erst helfen, wenn sie Material in die Hand bekommen, mit dem sie arbeiten können; und dieses... Durcheinander!... bezeichnest du als deine Unterlagen!«

Sie wühlte in den Papieren und sortierte sie auf verschiedene Stapel. »Hast du Kopien deiner Steuererklärungen? Weißt du überhaupt, wo deine Steuererklärungen sind?«

Ich hatte keine Ahnung. Wenn ich außer dem Krieg, den organisierten Religionen und der Ehe noch etwas verabscheute, so war es der Papierkram, der meine finanziellen Angelegenheiten betraf. Der Anblick einer Steuererklärung hatte auf mich dieselbe Wirkung wie eine Begegnung mit der Medusa: Ich erstarrte vor Entsetzen sofort zu Stein. Ich wußte mit solchen Papieren nichts anzufangen.

»Sie müssen hier irgendwo sein«, sagte ich lahm. »Ich werde mich nach ihnen umsehen.«

Sie blickte auf das Klemmbrett, das auf ihrem Schoß lag, überprüfte eine Liste und hob den Bleistift. »Wie hoch war dein Einkommen letztes Jahr?«

»Keine Ahnung.«

»Ich brauche nur einen ungefähren Betrag. Plus/minus zehntausend Dollar.«

»Ich weiß es nicht!«

»Richard! Das mußt du doch wissen! Plus/minus fünfzigtausend Dollar? Hunderttausend Dollar?«

»Wirklich, Leslie – tut mir leid!«

Sie legte den Bleistift beiseite und sah mich an, als sei ich ein prähistorischer Fund aus irgendeinem Morast der Polargegend. »War es mehr oder weniger als eine Million Dollar?« fragte sie dann betont langsam und deutlich. »Wenn du im letzten Jahr weniger als eine Million Dollar verdient hast, dann sag': ›Weniger als eine Million Dollar.‹ Wenn du mehr als eine Million Dollar verdient hast, sag': ›Mehr als eine Million Dollar.‹« Sie war so geduldig, als spreche sie mit einem dummen Kind.

»Vielleicht war es mehr als eine Million«, antwortete ich, »vielleicht auch weniger – und vielleicht waren es zwei.«

Nun war sie mit ihrer Geduld am Ende. *»Richard! Bitte! Das ist kein Spiel! Siehst du denn nicht, daß ich versuche, dir zu helfen?«*

»SIEHST DU DENN NICHT, DASS ICH ES *NICHT WEISS*? ICH HABE NICHT DIE GERINGSTE AHNUNG, WIEVIEL GELD ICH VERDIENT HABE, UND ES IST MIR AUCH EGAL! ICH HABE ... DAS HEISST, ICH HATTE LEUTE, DENEN ICH ALL DIESES ZEUG ANVERTRAUTE; ICH HASSE ES, MICH DARUM ZU KÜMMERN – *ICH WEISS NICHT, WIE MAN DAS MACHT!«* Es klang wie eine Szene aus einem Drehbuch. »Ich habe keine Ahnung.«

Nachdenklich berührte sie mit dem Radiergummi ihren Mundwinkel, sah mich an und sagte nach langem Schweigen: »Du weißt es also wirklich nicht?«

»Nein.« Ich war mißmutig, fühlte mich mißverstanden und allein.

»Ich glaube dir«, sagte sie sanft. »Aber – wie ist es möglich, daß du nicht einmal weißt, ob es mehr oder weniger als *eine Million Dollar* war?«

Als sie mein Gesicht sah, winkte sie sofort ab, als wolle sie das, was sie gerade gesagt hatte, wieder auslöschen. »Schon gut, schon gut! Du weißt es eben nicht.«

Mit ungeschickten Fingern durchwühlte ich die Schachteln mit meinen Papieren. Wie zuwider mir diese Tätigkeit war! Papiere, Papiere ... Zahlen in Handschriften oder Schreibmaschinentypen, die ich nicht kannte – und doch hatten sie angeblich etwas mit mir zu tun. Investitionen, Waren, Makler,

Steuern, Bankkonten... »Hier sind die Steuersachen!« rief ich. »Eine ganze Aktenmappe mit Steuerpapieren!«

»Das hast du fein gemacht!« lobte sie mich wie einen Cockerspaniel, der ein verloren geglaubtes Armband wieder ausgegraben hat.

»Wau!« sagte ich. Sie antwortete nicht, sondern überflog die Überschriften der Steuererklärungen, prüfte die Eintragungen.

Es wurde still im Wohnzimmer. Ich gähnte mit geschlossenem Mund – ein Kunststück, das ich im Englischunterricht an der High-School gelernt hatte. War es unumgänglich, daß ich es lernte, mit diesem Papierkram umzugehen – obwohl ich ihn haßte und noch tödlicher fand als Grammatik? Warum? Ich hatte diese Angelegenheiten ja nicht ignoriert, sondern Leute angestellt, die sich mit ihnen befassen sollten! Warum sollte ich mich durch dieses Durcheinander hindurchquälen und nach Steuerformularen suchen, obwohl ich meine Angestellten für diese Arbeit bezahlt hatte – warum mußte Leslie eingreifen und die Aufgabe von sechs hochbezahlten Arbeitskräften übernehmen? Das ist nicht fair! dachte ich.

Wenn jemand einen Bestseller schreibt, ein wunderschönes Lied singt oder in einem großartigen Film mitspielt, sollte man ihm – zusammen mit seinen Schecks, seiner Fanpost und seinen Geldscheinbündeln – ein schweres, graues Handbuch überreichen. Und in der Einleitung sollte stehen:

> Ganz gleich, wie du es angestellt hast, dieses viele Geld zu verdienen – herzlichen Glückwunsch! Es sieht zwar so aus, als gehöre das Geld dir, und du meinst bestimmt, es sei deine rechtmäßige Belohnung für das Geschenk, das du der Gesellschaft gemacht hast. Dennoch wird dir davon zu guter Letzt nur etwa ein Zehntel übrig bleiben – UND AUCH DAS NUR, WENN DU DICH IN DEM DAZUGEHÖRIGEN PAPIERKRIEG AUSKENNST!

Der übrige Rest geht an Agenten, Finanzämter, Berufsverbände und all die Angestellten, die du brauchst, um deine finanziellen Angelegenheiten zu regeln. Es spielt dabei keine Rolle, daß du keine Ahnung hast, wo du die entsprechenden Angestellten finden und wem du trauen kannst. Es ist auch nicht wichtig, ob du all die Leute und Institutionen kennst, denen du Geld schuldest – Hauptsache, du zahlst.

Bitte beginne auf Seite eins und lies ohne Unterbrechung bis Seite 923. Und vergiß nicht, jede Zeile auswendig zu lernen. Wenn du damit fertig bist, kannst du in ein Restaurant gehen und ein steuerlich absetzbares Abendessen zur dir nehmen – vorausgesetzt, daß du einen Geschäftsfreund mitnimmst, beim Essen mit ihm über geschäftliche Angelegenheiten sprichst, die Rechnung aufhebst und notierst, mit wem du gegessen hast. Wenn du das versäumst, kostet dich das Essen doppelt soviel.

Wenn du von nun an genau nach den hier dargelegten Regeln lebst, werden wir, die Regierung, dir vielleicht erlauben, noch ein wenig länger zu existieren. Wenn nicht, so lasse alle Hoffnung fahren.

Doch man bekommt nicht einmal eine Broschüre. Jeder Komponist, der die Menschheit mit einem schönen Lied verzaubert, muß gleichzeitig ein fähiger Buchhalter sein, genaue Aufzeichnungen über seine Einnahmen und Ausgaben, über Soll und Haben führen und darauf achten, welche Beträge er den Stadt-, Bundes- und Staatsbehörden schuldet. Wenn unter den Künstlern zufällig einige sind, die sich für diese Aufgaben nicht eignen oder nicht mit einem ordnungsliebenden Geist und Sinn für sorgfältige Aufzeichnungen gesegnet sind, holt die Regierung ihren Stern rasch vom Firmament herunter und steckt sie ins Gefängnis.

Und dort müssen sie ihre ganze Begabung darauf verwenden zu lernen, wie man sich in einer Zelle benimmt – auch wenn es noch so langweilig ist. Sie müssen Jahre in erdrückender Dunkelheit zubringen. Erst dann darf ihr Stern wieder leuchten – falls noch ein Funke von ihm übrig ist.

Was für eine Energieverschwendung! Wie viele neue Filme, Bücher oder Lieder könnten in den Stunden, Monaten, Jahren entstehen, die man in diesen plüschmöblierten Rattenlöchern vergeudet – in Büros von Anwälten, Buchhaltern und Beratern, die man bezahlt, weil man verzweifelt Hilfe braucht...

Ruhe bewahren, Richard. Du wirfst nun einen Blick in deine Zukunft. Und sie sieht so aus: Wenn du dich entschließt, in diesem Land zu bleiben, mußt du dich eingehend mit deinen finanziellen Angelegenheiten befassen, genau über alles Buch führen – und diese Verpflichtung wird sich wie eine würgende Kette um deinen Hals legen. Wenn du versuchst, ihr mit einem jähen Satz zu entkommen, oder gegen sie kämpfst, wirst du ersticken. Also: Immer mit der Ruhe; geh' langsam, Schritt für Schritt voran; stimme jeder Behörde, jedem Bevollmächtigten zu, lächle liebenswürdig... Dann wird man dir vielleicht erlauben, zu atmen, ohne dich an dieser Kette zu erhängen.

Aber meine *Freiheit!* begehrte ich auf und gab ein halb ersticktes Keuchen von mir. Was für ein grausames Halsband!

Meine Freiheit beschränkte sich auf die Wahl zwischen der Flucht in ein anderes Land und der langsamen, sorgfältigen Entwirrung jenes Scherbenhaufens, vor dem ich stand. Der frühere Richard hatte einige unbesonnene Entscheidungen getroffen und dumme Fehler gemacht, für die der jetzige Richard bezahlen mußte.

Ich beobachtete Leslie, die sich in die Steuererklärungen vertiefte und seitenweise Notizen für die Rechtsanwälte machte.

Der jetzige Richard, dachte ich, tut nicht das Geringste. Leslie tut es – obwohl sie für das Geschehene weiß Gott nicht verantwortlich ist. Leslie hatte keine Gelegenheit, all die schnellen Flugzeuge zu fliegen; sie hatte nicht einmal die Chance, diese Katastrophe zu verhindern. Sie kann nur noch die Scherben zusammenfegen, so gut es geht. Das hat man davon, wenn man sich mit Richard Bach anfreundet!

Und dann wird der auch noch wütend auf sie, wenn sie es wagt, ihn anzuschreien, weil er ein Gedicht liest, in dem sie ihre geheimsten Empfindungen offenbart!

Richard, dachte ich, ist dir eigentlich schon einmal der Gedanke gekommen, daß du ein verdammtes, verachtenswertes Arschloch sein könntest?

Zum erstenmal in meinem Leben zog ich diese Möglichkeit ernsthaft in Betracht.

26

Vielleicht war sie ein wenig ruhiger als sonst; aber das bemerkte ich nicht.

»Für mich ist es unvorstellbar, daß du kein eigenes Flugzeug besitzt, Leslie. Damit ist man in einer halben Stunde bei einer Besprechung in San Diego!« Ich überprüfte den Ölstand des Motors der Meyers 200, in der ich diesmal herübergekommen war, um sie zu besuchen, und sah nach, ob die Kraftstoffstutzenverschlüsse fest angezogen und die Deckel darüber geschlossen und verriegelt waren. Leslie stand neben der linken Tragfläche im warmen Sonnenlicht; ihre Stimme war kaum lauter als ein Flüstern, als sie mir antwortete. Sie trug einen sandfarbenen Hosenanzug, der wahrscheinlich nach Maß angefertigt worden war – so gut saß er. Und doch sah man, daß ihr in der Nähe meines Geschäftsflugzeuges unbehaglich zumute war.

»Wie bitte, Wook?« fragte ich nach. »Ich habe dich nicht verstanden.«

Sie räusperte sich. »Ich habe gesagt, daß es mir bisher recht gut gelungen ist, ohne eigenes Flugzeug auszukommen.«

Ich verstaute ihre Aktentasche im hinteren Teil des Cockpits, rutschte auf den linken Sitz, half ihr auf den rechten und schloß die Tür von innen.

Leslie blickte ungefähr ebenso verwirrt auf die zahlreichen Instrumente, Schalter und Knöpfe wie ich an dem Tag im MGM-Studio den Szenenaufbau betrachtet hatte. Vielleicht nicht ganz so ehrfürchtig – doch man sah ihr an, daß sie noch nicht oft im Cockpit eines Flugzeugs gesessen hatte.

»ACHTUNG – PROPELLER!« rief ich, und sie sah mich mit großen Augen an, die fragten: Stimmt irgend etwas nicht?

»Es ist alles in Ordnung«, beruhigte ich sie. »Wir wissen zwar, daß sich niemand in der Nähe der Maschine befindet – aber trotzdem schreien wir Achtung – Propeller! oder so etwas Ähnliches. Auf diese Weise erfahren alle in Hörweite stehenden Leute, daß wir jetzt den Motor anlassen, und gehen aus dem Weg. Ein alter Fliegerbrauch.«

Sie nickte zustimmend. »Nett.«

Haupttrennschalter an – reiches Gemisch – Drosselklappe schwach öffnen – Benzinpumpe an – Zündschalter an – Anlaßknopf herunterdrücken.

Der Propeller begann sich zu drehen; der Motor sprang sofort an.

Überall auf dem Instrumentenbrett waren Zeiger in Bewegung: Schmierstoffdruckanzeiger, Vakuummeter, Ampèremeter, Spannungsmesser, Kursanzeiger, künstlicher Horizont, Navigationsanzeiger. Lichter leuchteten auf und zeigten die Funkfrequenzen an; aus den Lautsprechern drangen Stimmen. Für mich war es eine Szene, die sich seit Beendigung meiner Schulzeit schon Zehntausende von Malen in verschiedenen Flugzeugen abgespielt hatte, und sie gefiel mir immer noch ebensogut wie früher.

Ich erhielt die Startinformationen vom Tower und wechselte ein paar Scherzworte mit dem Bodenkontrollpersonal – schließlich, so betonte ich, sei meine Maschine eine Meyers und keine winzige Navion –; dann löste ich die Bremsen, und wir rollten über den Taxiway zur Startbahn.

»Von eurem Funksprechverkehr verstehe ich kein Wort«,

stellte sie fest. Sie hatte ihr Haar straff zurückgekämmt und unter eine beigefarbene Baskenmütze gesteckt. Ich fühlte mich wie der Pilot einer Fluggesellschaft, deren hübsche Präsidentin sich zum erstenmal an Bord seiner Maschine befindet.

»Die Fliegersprache besteht aus einer Art Code«, erklärte ich ihr. »Wir verstehen ihn, weil wir schon von vornherein genau wissen, worum es sich dreht: Flugzeugkennummern, Startbahnnummern, Startfolge der Maschinen, Winde und so weiter. Wenn ich etwas sagen würde, was die Fluglotsen nicht erwarten – beispielsweise: ›Hier spricht Meyers Drei Neun Mike. Wir essen gerade Käse-Sandwiches; bitte haltet die Mayonnaise!‹ – Käme vom Tower die Rückfrage: ›Was? Wie bitte? Bitte wiederholen!‹ Das Wort ›Käse-Sandwich‹ hat in der Fliegersprache keine Bedeutung.«

Ein großer Teil des Hörens, dachte ich, besteht darin, daß wir auf das achten, was wir erwarten, und den Rest einfach ausschalten. Leslie war darin geübt, Musik zu hören, und bei mir war es eben das Fliegerkauderwelsch.

Verhielt es sich mit dem Sehen ebenso? Filtern wir bestimmte Anblicke einfach aus unserem Gesichtskreis heraus – beispielsweise die Aura eines Menschen, Ufos und Geister? Eliminieren wir bestimmte Geschmacksnuancen; schrauben wir unser sinnliches Wahrnehmungsvermögen so weit herunter, daß wir von der physischen Welt nur das wahrnehmen, was wir erwarten – daß wir in ihr kein Wunder sehen? Wie würden unsere Tage aussehen, wenn wir die Welt in Infrarot oder Ultraviolett wahrnehmen oder uns darin üben könnten, noch unausgeformte Zukunftswelten, nachklingende vergangene Welten und die Aura eines Menschen zu sehen?

Angespannt lauschte Leslie dem Funkgerät und versuchte die immer wieder plötzlich hervorbrechenden Wortfolgen der Leute vom Tower zu enträtseln. Das Spektrum der stillen Abenteuer, die du mit ihr erlebst, erweitert sich ständig, fuhr es mir durch den Kopf.

Jeder andere hätte in ihr in diesem Augenblick nur die gepflegte, hübsche Geschäftsfrau gesehen, die sich auf der Reise zu einer Besprechung über Filmproduktionsfinanzierung, Kosten, die höher oder niedriger sind als veranschlagt, Drehpläne und -orte befand. Und doch – wenn ich die Augen ein wenig zusammenkniff, konnte ich die Leslie sehen, die sie vor einer Stunde gewesen war: nach der Dusche, nur mit dem warmen Luftstrom ihrer zwei Föne bekleidet. Sie hatte mir zugeblinzelt, als ich an ihrer Tür vorbeiging, und gelacht, als ich mit dem Kopf gegen die Wand rannte.

Wie schade, dachte ich. Warum führen solche vergnüglichen Augenblicke früher oder später immer dazu, daß man einander als selbstverständlich hinnimmt? Warum stehen am Ende immer stirnrunzelnde Auseinandersetzungen und das Trümmerfeld der Ehe – ganz gleich, ob man wirklich verheiratet war oder nicht?

Ich drückte meine am Steuerrad befindliche Mikrofontaste. *»Meyers Two Three Niner Mike's, ready to go on Two-One.«*

»Three Nine Mike you are cleared for takeoff.«

»Mike, Roger«, sagte ich. Ich griff über die Präsidentin der Fluggesellschaft hinweg nach ihrer Tür, um zu überprüfen, ob sie auch wirklich verriegelt war.

»Fertig?« fragte ich Leslie.

»Ja«, sagte sie und blickte geradeaus.

Das Schnurren unserer Meyers verwandelte sich jäh in eine 300-PS-Schallwand. Wir wurden in unsere Sitze zurückgedrückt, als das Flugzeug die Startbahn entlangbrauste. Ein paar Sekunden später waren der Asphalt und die aufgemalten Linien der Startbahn nur noch undeutlich zu erkennen; Santa Monica sank immer tiefer.

»Jetzt fahre ich die Räder ein«, erklärte ich Leslie. »Schau mal, nun kannst du sehen, wie die Landeklappen in die

Tragflächen zurückgezogen werden. Jetzt kommen wir wieder auf Steigflugleistung, und es wird ein bißchen leiser hier drin ...« Ich nahm etwas Gas weg und veränderte den Propelleranstellwinkel.

Auf dem Armaturenbrett leuchteten drei Lichter auf, die signalisierten, daß das Fahrwerk eingezogen und eingerastet war.

Ich schob den Fahrwerkhebel in Neutralstellung, um die Hydraulikpumpe abzuschalten. Wir stiegen jetzt etwas weniger als tausend Fuß pro Minute.

Unter uns bewegte sich die Küstenlinie; am Strand lagen Hunderte von Menschen. Wir flogen eine große Kurve über dem Flughafen und gingen dann auf unseren ersten Kurs nach San Diego. Er führte uns über den Internationalen Flughafen von Los Angeles hinweg, und Leslie zeigte erschrocken auf eine weit gestreute Linie von Verkehrsflugzeugen, die sich im Endanflug befanden.

»Sind wir in ihrer Bahn?«

»Nein«, sagte ich. »Über dem Flughafen befindet sich ein Luftkorridor, wir sind jetzt genau darin. Direkt über den Start- und Landebahnen sind wir am sichersten, denn all die großen Verkehrsflugzeuge kommen von der einen Seite herein, um zu landen, und fliegen dann auf der anderen Seite wieder ab. Siehst du? Die Fluglotsen bezeichnen dieses System als ›Perlenkette‹. Nachts, wenn die Flugzeuge ihre Lichter an haben, ist es eine Diamantenkette.«

Ich nahm die Antriebsleistung auf Reisegeschwindigkeit zurück, und der Motor wurde noch leiser. Leslie blickte mich stets fragend an, wenn ich in dem Flugzeug irgendeine Veränderung vornahm, und ich erläuterte ihr alles.

»Jetzt sind wir in den Horizontalflug übergegangen. Siehst du, wie der Geschwindigkeitszeiger sich bewegt? Er wird im Laufe des Fluges in etwa diese Stellung erreichen und ungefähr einhundertneunzig Meilen pro Stunde anzeigen. Und hier kannst du unsere Flughöhe ablesen. Der kleine Zeiger zeigt die Tausender, der große die Hunderter. In welcher Höhe befinden wir uns im Augenblick?«

»Dreitausend . . . fünfhundert Fuß?«

»Sag' es mir noch einmal – ohne das Fragezeichen in deiner Stimme.«

Sie lehnte sich zu mir herüber, um den Höhenmesser genau erkennen zu können. »Dreitausendfünfhundert.«

»Richtig!«

Eine Cessna 182 flog in der Schneise auf uns zu; sie befand sich tausend Fuß über uns. »Siehst du? Sie fliegt in einer Höhe von viertausendfünfhundert Fuß in die entgegengesetzte Richtung. Es gibt bestimmte Vorschriften, die verhindern, daß wir einander zu nahe kommen. Trotzdem – zeig' mir ruhig jedes Flugzeug, das du entdeckst, selbst wenn du ganz sicher bist, daß ich es auch gesehen habe. Es ist wichtig, daß wir ständig die Augen offenhalten – sehen und gesehen werden. Wir haben Positionslichter am Schwanz der Maschine und unten am Flugzeug, damit die Piloten der anderen Flugzeuge uns besser erkennen können.«

Sie nickte und hielt Ausschau nach anderen Flugzeugen. Die Luft war ruhig, und wenn das Summen des Motors nicht gewesen wäre, hätte man meinen können, wir flögen in einer Raumkapsel langsam am Planeten Erde vorbei. Ich griff nach unten und verstellte den Trimmknopf. Je größer unsere Geschwindigkeit war, desto mehr mußte ich die Nase des Flugzeug nach unten trimmen, da es sonst steigen würde.

»Würdest du die Maschine gern einmal fliegen?«

Sie rückte von mir ab, als wolle ich ihr im nächsten Augenblick das Steuer überlassen. »Nein, danke, Wookie. Ich weiß nicht, wie man das macht.«

»Die Maschine fliegt ganz von allein. Der Pilot zeigt ihr nur die Richtung. Ganz, ganz sacht. Leg' deine Hand nach vorn auf das Steuerrad. Ganz leicht. Nur einen Daumen und zwei

Finger. Ja – so ist es richtig. Ich verspreche dir, daß ich dich kein Unheil anrichten lasse.«

Sie legte ihre Finger so zaghaft auf das Steuerrad, als sei es eine Stahlfalle, die im nächsten Augenblick ihre Hand zermalmen werde.

»Du brauchst nur die rechte Seite des Steuerrades ganz leicht herunterzudrücken.«

Sie blickte mich an; ihr Gesicht war ein einziges Fragezeichen.

»Mach' schon. Glaub' mir – das gefällt dem Flugzeug! Drück' die rechte Seite ein wenig herunter.«

Das Steuerrad drehte sich unter ihrer Berührung einen Zentimeter; und natürlich nahm die Meyers ebenfalls eine leichte Querneigung nach rechts ein und begann sich in die Kurve zu legen. Leslie hielt den Atem an.

»Nun drück' die linke Seite des Steuerrades herunter.« Sie tat es mit einem Gesicht, als führe sie ein physikalisches Experiment mit völlig unvorhersehbarem Ergebnis durch. Die Tragflächen gingen wieder in die Horizontalstellung über, und sie lächelte mir zu – entzückt darüber, daß sie das Flugzeug und unser Leben gerettet hatte.

»Nun versuch' das Steuerrad leicht zurückzuziehen . . .«

Als der Flughafen von San Diego am Horizont erschien, hatte sie bereits erfolgreich ihre erste Flugstunde hinter sich gebracht. Sie zeigte mir Flugzeuge, die fünfzehn Meilen entfernt und bloße Staubteilchen am Horizont waren. Ihre Augen waren nicht nur schön, sondern auch sehr gut; es war mir ein Vergnügen, sie beim Fliegen an meiner Seite zu haben.

»Hättest du nicht Lust, fliegen zu lernen? Du wärst eine gute Pilotin. Du gehst sanft mit dem Flugzeug um. Die meisten Leute, die zum erstenmal fliegen, umklammern das Steuerrad viel zu fest, auch wenn man sie dazu ermahnt, es nur ganz leicht in der Hand zu halten. Und dann fängt das arme Flugzeug an zu rucken und zu schlingern . . . Wenn ich ein Flugzeug wäre, hätte ich dich gern als Pilotin.«

Sie warf mir einen Seitenblick zu und wandte ihre Aufmerksamkeit dann wieder der Suche nach anderen Flugzeugen zu, während wir uns schräg nach unten neigten und auf San Diego zuflogen.

Als wir am Abend wieder in Los Angeles waren – unser Rückflug war ebenso ruhig verlaufen wie der Hinflug –, brach sie erschöpft auf dem Bett zusammen.

»Ich muß dir ein Geheimnis verraten, Wookie«, sagte sie.

»Schieß' los.«

»Ich habe schreckliche Angst vor dem Fliegen. Wenn mir vor dem heutigen Tag jemand einen Revolver an die Stirn gehalten und gesagt hätte: ›Entweder Sie steigen in dieses kleine Flugzeug ein, oder ich drücke ab!‹, hätte ich ihn aufgefordert abzudrücken. Ich kann noch gar nicht glauben, daß ich heute tatsächlich geflogen bin. Ich hatte eine Todesangst davor – und trotzdem habe ich es getan!«

Was? dachte ich enttäuscht.

»Todesangst? Warum hast du mir nichts davon gesagt? Dann hätten wir mit dem Bantha fahren können . . .« Ich konnte es immer noch nicht glauben. Eine Frau, die mir so viel bedeutet, *hat Angst vor Flugzeugen?*

»Aber dann hättest du mich gehaßt«, wandte sie ein.

»Unsinn. Ich hätte dich für eine dumme Gans gehalten – aber gehaßt hätte ich dich deswegen doch nicht. Es gibt viele Menschen, die nicht gern fliegen.«

»Ich fliege nicht nur ungern«, korrigierte sie mich. *»Ich kann das Fliegen nicht ausstehen!* Nicht einmal in einem großen Flugzeug, einem Linien-Jet. Ich fliege nur, wenn es absolut unumgänglich ist – und dann auch nur in dem größtmöglichen Flugzeug. Ich steige ein, setze mich auf meinen Platz, umklammere die Armlehnen und versuche, nicht zu weinen.«

Ich umarmte sie sanft. »Armes kleines Mädchen! Und du

hast mir kein Wort davon gesagt. Wahrscheinlich hattest du im Geist schon dein Testament gemacht, als du in die Meyers einstiegst?«

Sie nickte an meiner Schulter.

»Was für ein tapferes, tapferes Mädchen du bist!«

Sie nickte noch heftiger.

»Aber jetzt ist ja alles vorüber! All deine Angst ist verflogen; und von nun an werden wir überall hinfliegen. Du wirst fliegen lernen und dir auch ein kleines Flugzeug anschaffen . . .«

Bei den Worten »von nun an werden wir überall hinfliegen« hörte das Nicken an meiner Schulter schlagartig auf. Leslie löste sich aus meiner Umarmung und blickte mich mit großen Augen und zitterndem Kinn gequält an. Im nächsten Augenblick wollten wir uns vor Lachen schier ausschütten.

»Wirklich, Richard! Ich meine es ernst! Es gibt nichts auf der Welt, wovor ich so große Angst habe wie vor dem Fliegen! Jetzt weißt du, was ich für meinen Freund Richard empfinde . . .«

Ich ging ihr voran in die Küche, öffnete das Gefrierfach und häufte Eis und Fondant auf die Anrichte.

»Das muß gefeiert werden«, sagte ich, um die Verwirrung zu überspielen, die ihre Worte in mir angerichtet hatten: ›Jetzt weißt du, was ich für meinen Freund Richard empfinde . . .‹ Eine solche Flugangst zu überwinden, dachte ich, erfordert ein Vertrauen und eine Zuneigung, die ebenso stark sind wie Liebe – und Liebe führt unweigerlich zur Katastrophe.

Jedesmal wenn eine Frau behauptete, mich zu lieben, war das Ende unserer Freundschaft nahe. Würde ich meine schöne Freundin Leslie in dem feurigen Sturm eifersüchtiger Besitzgier verlieren? Sie hatte mir noch nie gesagt, daß sie mich liebte, und auch ich würde ihr nie eine Liebeserklärung machen – selbst wenn wir noch tausend Jahre zusammenbleiben sollten.

In meinen Vorträgen hatte ich schon unzählige Male die Warnung ausgesprochen: »Sobald Ihnen jemand ein Liebesgeständnis macht – seien Sie auf der Hut!« Und meine Zuhörer konnten die Wahrheit meiner Worte leicht nachprüfen, konnten sie in ihrer eigenen Umgebung, in ihrem eigenen Leben erkennen: Eltern, die ihre Kinder verprügelten und dabei lauthals schrien, wie sehr sie sie liebten; liebende Ehepaare, die einander mit Worten, mit messerscharfen Argumenten ermordeten. Alle Menschen, die zu lieben behaupteten, setzten ihre Partner dennoch ständig herab, behandelten sie voller Nichtachtung. Möge die Welt von solcher Liebe erlöst werden. Warum hat man das verheißungsvolle Wort »Liebe« am Baum der Heuchelei gekreuzigt, ihm die Dornenkronen der Verpflichtungen aufgesetzt und es unter Konventionen erstickt? Von »Gott« einmal abgesehen, ist »Liebe« in jeder Sprache das entstellteste Wort. Die höchste Empfindung, die zwei Menschen einander schenken können, ist Freundschaft; und die Liebe ist der Tod der Freundschaft.

Sicherlich hatte Leslie es nicht so gemeint. »Jetzt weißt du, was ich für dich empfinde« drückt Vertrauen und Achtung aus – die höchsten Gipfel, die Freunde gemeinsam erklimmen können. Es konnte nicht sein, daß sie »Liebe« gemeint hatte. Bitte nicht! Ich würde sie so ungern verlieren!

27

Die Sterne, dachte ich, sind ewige, beständige Freunde. Ein paar Sternbilder, die ich schon als zwölfjähriger Junge gekannt habe, die sichtbaren Planeten und einige Sterne sind heute noch meine Freunde, als sei seit unserer ersten Begegnung keine Nacht vergangen.

Im Kielwasser meines Segelbootes kräuselten sich leuchtende, sanfte Grüntöne inmitten der tintenschwarzen Mitternacht; winzige, glänzende Strudel blitzten für einen Augenblick auf und verschwanden dann wieder im Dunkel.

Ich segelte allein an der Westküste Floridas entlang, befand mich südlich von Sanibel und wollte die Keys erreichen. Ich richtete mein Boot einen Strich nach Steuerbord aus, um das Sternbild Rabe fest an meinen Mast zu binden – ein Sternensegel. Doch es war zu klein; ich würde damit nicht viel schneller segeln können.

Es wehte eine sanfte, schwarze Brise in westsüdwestlicher Richtung.

Ob im Wasser wohl Haie waren? Und dann fragte ich mich unwillkürlich, ob ich es wirklich so schlimm fände, über Bord zu fallen? Was mochte das wohl für ein Gefühl sein, zu ertrinken? Die Menschen, die davor in letzter Sekunde gerettet worden sind, behaupten, es sei gar nicht so schlimm und nach einer Weile verspüre man ein Gefühl des Friedens. Es gibt viele Menschen, die schon einmal beinahe tot waren und wieder ins Leben zurückgeholt wurden. Sie sagen, der Tod sei der schönste Augenblick im Leben, und sie hätten keine Angst mehr vor dem Sterben.

Das schöne an dem Neuneinhalb-Meter-Boot war, daß ich noch allein segeln konnte und dafür keine Crew brauchte.

Allein allein allein. So vieles im Leben tut man im Alleingang. Leslie hat recht. Sie behauptet, ich hielte sie auf Distanz.

»Ich halte alle Menschen auf Distanz, Wook! Es liegt nicht an dir ... Ich lasse *niemanden* zu nah an mich heran. Ich möchte mich niemals an jemanden hängen.«

»Warum nicht?« Ihre Stimme hatte ärgerlich geklungen. Das kam in der letzten Zeit immer häufiger vor. Ohne jede Vorwarnung entgleisten unsere Gespräche, und Leslie wurde wegen der geringsten Kleinigkeit wütend auf mich. »Was ist denn so schrecklich daran, an einem anderen Menschen zu hängen?«

Ich könnte zuviel Hoffnung in eine einzige Person investieren und dann alles verlieren, antwortete ich ihr in Gedanken. Ich glaubte sie zwar zu kennen. Aber möglicherweise würde ich eines Tages feststellen, daß sie ganz anders war, als ich gedacht hatte. Und dann würde ich den Entwurf, den ich von ihr hatte, ändern müssen, und nach einer Weile würde ich vielleicht zu dem Schluß kommen, daß es unmöglich ist, irgendeinen Menschen durch und durch zu kennen – außer sich selbst, und selbst das ist eine ziemlich unsichere Sache. Schließlich konnte ich nichts anderes tun, als darauf zu bauen, daß die Menschen, die ich kannte, sich selbst treu blieben – und wenn sie hin und wieder explodierten und nur noch fremde, wütende Überreste von ihnen übrigblieben, war es am besten, einen

Schritt zurückzutreten. Schließlich wollte ich bei der Explosion nicht auch noch zerrissen werden. War das denn nicht einleuchtend?

»Die Antwort ist ganz einfach. Wenn ich an jemandem hänge, bin ich nicht so unabhängig, wie ich es gern sein möchte«, erwiderte ich ihr.

Sie neigte den Kopf ein wenig zur Seite und blickte mich aufmerksam an. »Ist das die beste Wahrheit, die du kennst?«

Manchmal, dachte ich, ist es wirklich ungemütlich, eine Gedankenleserin zur besten Freundin zu haben. »Vielleicht sollte ich für eine Zeitlang verschwinden.«

»Richtig«, sagte sie. »Lauf' nur davon! Das macht ohnehin schon keinen Unterschied mehr. Du bist ja sogar weit fort, wenn du hier bist. Ich vermisse dich. Ich vermisse dich, obwohl du hier neben mir sitzt!«

»Ich weiß nicht, wie ich das ändern soll, Leslie. Ich glaube, es ist Zeit für mich. Ich muß ohnehin mein Boot nach Key West bringen. Ich sollte zurück nach Florida fliegen und wieder einmal nach dem Rechten sehen.«

Sie runzelte die Stirn. »Du hast gesagt, du könntest nie länger als drei Tage bei einer einzigen Frau bleiben – sonst würdest du vor Langeweile wahnsinnig werden. Aber wir beide waren monatelang zusammen und weinten, wenn wir uns trennen mußten! Wir waren glücklicher als jemals zuvor – beide! Was ist denn passiert – was hat sich verändert?«

Der Rabe verließ seinen Platz am Mast; mit einer leichten Drehung des Steuerrades nach Backbord holte ich ihn wieder zurück. Aber wenn ich ihn die ganze Nacht dort festhalte, dachte ich, werde ich im Morgengrauen irgendwo vor der Küste Yucatáns liegen, statt mich auf Kurs nach Key West zu befinden. Wenn man sich bei der Navigation stets an ein und demselben Stern orientiert, zu keiner Veränderung bereit ist, kommt man nicht nur vom Kurs ab, sondern verirrt sich ganz und gar.

Verdammter Rabe – stehst du etwa auf ihrer Seite? Ich habe dieses ausgezeichnete System, diesen hervorragenden Plan bezüglich meiner perfekten Frau so sorgfältig ausgearbeitet, und es funktionierte auch alles wunderbar – bis Leslie anfing, daran herumzupfuschen und Fragen zu stellen, über die ich nicht einmal nachzudenken wagte.

Natürlich möchte ich dich gern lieben – aber wie kann ich wissen, wie du dich verhalten würdest, wenn ich es täte? Ich habe es immer wieder beobachtet; meine Meinung hat sich stets bestätigt: Begeisterung, Respekt, Romantik, Leidenschaft und die Freude an einer neuen Entdeckung verwandeln sich in abgestandenes, gelangweiltes Wissen; der Partner wird zum selbstverständlichen Besitz; an die Stelle des Meeres, auf dem funkelnde Sonnenstrahlen tanzen, tritt ein Sumpf. Und in diesem Sumpf stecken zwei Menschen, die einander überdrüssig geworden sind. Ich habe mir geschworen, daß mir das nicht noch einmal passieren wird. Nie wieder.

Was für ein Gefühl wäre es wohl, jetzt über Bord zu gehen? Dann wäre ich nur noch ein phosphorgrüner Spritzer im Ozean; das Boot triebe noch eine Sekunde lang groß über mir, wäre in der nächsten Sekunde außer Reichweite und in der übernächsten bereits im Dunkel verschwunden. Und die in seinem Kielwasser funkelnden Lichter der Positionslampe würden immer blasser werden und schließlich ganz erlöschen.

Was für ein Gefühl es wäre? Du würdest vermutlich zur Küste zurückschwimmen – und damit hätte es sich. Du bist schließlich nur knapp zehn Meilen von der Küste entfernt.

Aber wenn du nun hundert Meilen von der Küste entfernt wärst? Was für ein Gefühl wäre es dann?

Eines Tages, Richard, dachte ich, wirst du es vielleicht lernen, deine albernen Gedanken unter Kontrolle zu halten.

Du kommst mir vor wie der kleine Junge, der den auf der Wiese gelandeten Flieger fragte:

»Was würden Sie tun, wenn der Motor ausfiele?«

»Ganz einfach – ich würde im Gleitflug herunterkommen und landen, junger Freund! Mit dieser Maschine kann man gut gleiten, und dazu braucht man keinen Motor.«

»Aber was täten Sie, wenn die Flügel abfielen?«

»Dann müßte ich eben mit dem Fallschirm abspringen.«

»Ja – aber wenn der Fallschirm sich nicht öffnen würde?«

»Dann würde ich versuchen, in einen Heuhaufen zu fallen.«

»Und wenn überall nur Felsen wären?«

Kinder können Geier sein. Ich war auch so – und bin es immer noch – ›Aber wenn du nun hundert Meilen von der Küste entfernt wärst?‹ Das Kind in mir würde am liebsten sofort davonstürmen und herauszufinden versuchen, was jenseits des Todes liegt. Der Zeitpunkt dafür würde bald heranrücken. Meine Aufgabe hier auf der Erde war so gut wie erfüllt, meine Bücher geschrieben. Aber vielleicht gab es diesseits des Todes doch noch ein oder zwei Dinge zu lernen.

Zum Beispiel, wie man eine Frau liebt. Erinnerst du dich noch an den Tag, an dem du die Flugveranstaltungen auf dem Lande aufgabst, um deine wahre Liebe, deine Seelengefährtin zu finden, Richard – deine endgültige Freundin über eine Million verschiedener Existenzen hinweg?

Es kam mir vor, als sei das schon eine Ewigkeit her. Wie groß war die Chance, daß alles, was ich seitdem über die Liebe gelernt habe, falsch war – daß es auf der Welt *doch* eine einzige Frau für mich gab?

Der Wind wurde stärker, und mein Boot neigte sich in

Richtung Steuerbord. Ich ließ den Raben davonfliegen und steuerte auf Key West zu, wobei ich mich genau nach meinem Kompaß richtete.

Wie kommt es, daß so viele Piloten gleichzeitig auch einen Hang zu Booten haben? Flugzeuge verfügen über Freiheit im Raum, Segelboote über Freiheit in der Zeit. Uns lockt nicht das Fortbewegungsmittel selbst, sondern die ungehinderte Freiheit, die es verkörpert. Wir mögen nicht das große Flugzeug, sondern die Geschwindigkeit und Energie, die sich aus der Steuerung seines Fluges ergibt. Wie lieben nicht die Ketsch mit Gaffeltakelung, sondern den Wind, das Abenteuer, die Arbeit und Unverfälschtheit, die Meer und Himmel uns abverlangen. Wir sind von allen äußeren Zwängen losgelöst; wenn wir wollten, könnten wir jahrelang ununterbrochen in einem Boot über das Meer segeln.

Boote haben die Zeit gepachtet. Ein Flugzeug kann man höchstens ein paar Stunden lang fliegen; noch länger durchzuhalten ist ein Kunststück. Man sollte ein Flugzeug erfinden, das sich ebenso frei in der Zeit bewegen kann wie ein Boot.

All meine anderen Freundinnen ließen mir meine Freiheit; warum nicht Leslie? Sie kritisierten mich nicht, weil ich Distanz hielt, warum tut Leslie es? Weiß sie es denn nicht, daß selbst die Höflichkeit schwindet, wenn man zu lange zusammen ist? Die Menschen sind zu Fremden höflicher als zu ihren eigenen Ehepartnern! Ehepaare sind wie zwei aneinandergebundene hungrige Hunde, die einander jeden Bissen streitig machen. Selbst wir, Leslie – *selbst wir!* Du hast mich angeschrien! Ich bin nicht in dein Leben getreten, um dich zornig zu machen. Wenn du mich nicht so magst, wie ich bin, sag' einfach »nein«, und ich gehe! Wenn man zu lange zusammen ist, besteht die Beziehung nur noch aus Ketten, Verpflichtungen und Verantwortlichkeiten. Keine Begeisterung mehr, kein Abenteuer mehr . . . Nein, danke!

Nachdem ich stundenlang durch die Nacht gefahren war, sah

ich südlich am Horizont den ersten Lichtschimmer. Es war nicht die Morgendämmerung, sondern die Lichter von Key West, die hoch oben am Himmel von einer Nebelbank zurückgeworfen wurden.

Eigentlich dauert das Segeln viel zu lange, dachte ich. Wenn man seine Meinung ändert, wenn es einem dort, wo man sich gerade aufhält, nicht mehr gefällt, kann man sich mit einem Flugzeug rasch behelfen – es bringt einen binnen kurzem weit weg. Wenn man dagegen in einem Segelboot seine Meinung ändert, kann man nichts tun – nicht einmal landen und aussteigen! Man kann keinen Gleitflug machen und auch nicht steigen. In einem Boot befindet man sich immer auf derselben Höhe. Keine Veränderung. Langweilig. Veränderung ist Abenteuer – ganz gleich, ob es sich um Segelboote oder Frauen handelt. Was gibt es außer der Veränderung schon für Abenteuer?

Leslie und ich haben uns auf bestimmte Regeln geeinigt, denen unsere Freundschaft unterworfen sein soll: völlige Gleichberechtigung, Freiheit, Höflichkeit, Achtung; keiner von uns beiden darf den anderen als selbstverständliches Eigentum betrachten. Ein Vertrag, bei dem es keine Ausnahmen gibt. Wenn sie mit diesen Regeln nicht mehr einverstanden ist, sollte sie es mir sagen. Diese ganze Beziehung wird mir allmählich zu ernst.

Natürlich wird sie mich fragen: Haben in deinem Leben denn nur Regeln Platz, Richard?

Ich wollte, ich könnte einfach »ja« sagen und sie stehenlassen.

Ich wollte, ich könnte jetzt mir ihr darüber sprechen.

Ich wollte, Segelboote wären schneller. Wenn sie doch nur fliegen könnten!

Diese Welt ist wirklich unzulänglich. Wir können Leute auf den Mond schicken, aber wir können keine fliegenden Segelboote bauen.

28

»Bist du fertig, Wookie?« fragte sie.

Du verbringst schon wieder zuviel Zeit mit ihr, dachte ich, entschieden zuviel. Sie ist so gut organisiert wie ein Mikrochip, und alles, was sie anfaßt, geht seinen geordneten, geradlinigen, übersichtlichen Gang. Ihre Schönheit blendet dich nach wie vor; sie ist humorvoll, herzlich, liebevoll. Aber eine deiner Regeln besagt: Du wirst dich selbst zerstören, wenn du zuviel Zeit mit einer einzigen Frau verbringst. Und das tust du mit ihr.

»Bist du fertig?« fragte sie noch einmal. Sie trug einen bernsteinfarbenen Anzug, der am Hals mit einem Kragen aus goldener Seide abschloß; ihr Haar hatte sie mit Nadeln nach hinten gesteckt.

»Natürlich«, sagte ich.

Merkwürdig. Sie tat die Arbeit all der Angestellten, die ich hinausgeworfen hatte.

Stan war ruhig geblieben bis zum Schluß. Er hatte mir versichert, wie leid es ihm täte, daß wir so viel Geld verloren hätten. Aber das könne eben manchmal passieren, wenn der Markt sich gegen einen wende.

Stans mit den Steuerangelegenheiten betrauter Anwalt hatte sich wortreich für die Versäumnis der vom Finanzamt gesetzten

Frist entschuldigt. Seinen Einspruch habe er nur zwei Wochen zu spät eingereicht, und die Weigerung der Steuerbehörde, ihn zu berücksichtigen, sei einfach nicht fair gewesen! Wenn ihm das nicht unterlaufen wäre, hätte er dem Finanzamt natürlich beweisen können, daß ich ihm keinen Cent schuldete.

Harry, der Manager meiner geschäftlichen Angelegenheiten, hatte gelächelt: Es sei wirklich schade, daß das Finanzamt mir solche Probleme bereite; ihm sei diese ganze Angelegenheit ebenso zuwider wie mir, und er habe sein Bestes getan, um sie so lange wie möglich von mir fernzuhalten. Übrigens – er wäre dankbar für eine Entlassungsabfindung in Höhe eines Monatgehalts...

Wenn Leslie nicht gewesen wäre, hätte ich die Staaten vermutlich verlassen und mich in die Antarktis oder nach Botzwezoland zurückgezogen – so sehr widerten mich Geld, Steuern, Konten und Hauptbücher mittlerweile an. Ich verspürte den unwiderstehlichen Drang, jedes mit Zahlen bedruckte Papier in winzig kleine Stücke zu reißen.

»Lebewohl«, sagte sie, als ich ins Auto stieg.

»Lebewohl???« Ich blickte sie verständnislos an.

»Du bist schon wieder weit weg, Richard. Lebewohl.«

»Tut mir leid«, sagte ich. »Meinst du, ich sollte die antarktische Staatsbürgerschaft beantragen?«

»Noch nicht«, meinte sie. »Nach dieser Besprechung – vielleicht. Es sei denn, du kannst eine Million Dollar plus Zinsen zahlen.«

»Ich komme einfach nicht darüber hinweg! Wie können meine Steuerschulden so hoch sein?«

»Vielleicht wären sie in Wirklichkeit gar nicht so hoch«, meinte Leslie, »aber die Einspruchsfrist ist versäumt worden; jetzt ist es zu spät, um den Beweis zu erbringen. Verdammt noch mal, das regt mich auf! Wenn ich doch nur schon mit dir befreundet gewesen wäre, bevor es zu spät war. Sie hätten es dir wenigstens rechtzeitig mitteilen müssen!«

»In gewisser Weise wußte ich es, Wook«, sagte ich. »Ich glaube, ein Teil meiner Persönlichkeit *wollte,* daß mein ganzes ›Reich‹ wieder vom Erdboden verschwindet. Es funktionierte nicht – es machte mich nicht glücklich.«

»Ich wundere mich darüber, daß du das weißt.«

Richard! dachte ich. Du weißt nichts dergleichen! Natürlich hat es dich glücklich gemacht! Du hattest doch all die vielen Flugzeuge ... du hast sie immer noch! Und deine perfekte Frau? Natürlich warst du glücklich dabei!

Was für eine Lüge. Das ›Reich‹ war von vornherein ein Trümmerhaufen gewesen – mit Geldscheinen beklebt wie mit einer von Stümpern an die Wand gekleisterten Tapete. Und von all diesen Stümpern war ich selbst der schlimmste gewesen. Ich hatte eine Kostprobe von dem Leben in diesem ›Reich‹ erhalten – es war Schaum, Schlagsahne, mit dem süßen Arsen der Vernachlässigung gewürzt. Nun begann das Gift zu wirken.

»Es hätte nicht so zu sein brauchen«, sagte sie. »Es wäre viel besser gewesen, wenn du niemanden angestellt hättest. Wenn du ganz einfach der alte Richard Bach geblieben wärst.«

»Der blieb ich. Ich hatte zwar mehr Spielzeug als früher; aber ich war nach wie vor ich selbst. Und der alte Richard Bach hatte von Buchführung eben keine Ahnung.«

»Hm«, murmelte sie.

Wir ließen uns am Schreibtisch John Marquarts nieder. Marquart war der Anwalt, den Leslie während meines Spanienaufenthalts zu Rate gezogen hatte. Dampfende Tassen mit heißem Kakao wurden hereingebracht, als wisse die Sekretärin, daß diese Besprechung lange dauern würde. Leslie öffnete ihren Aktenkoffer und breitete die Listen mit ihren Notizen auf dem Tisch aus: doch der Anwalt wandte sich an mich.

»Sie haben einen Kapitalverlust gegen das normale Einkommen aufgerechnet«, sagte er. »Das ist – kurz gesagt – das Problem, nicht wahr?«

»Ich glaube, das Problem besteht darin, daß ich auf einen Finanzscharlatan hereingefallen bin, der noch weniger über Geld weiß als ich – und ich weiß weniger als nichts«, erklärte ich ihm. »Das Geld, das er für mich anlegte, existierte nicht nur auf dem Papier, es war echtes Geld; aber es löste sich auf dem Markt – puff – in nichts auf. Und für ›puff‹ ist auf den Steuerformularen kein Feld vorgesehen. Ich glaube, das ist das Problem – kurz gesagt, um die Wahrheit zu sagen –, ich habe keine Ahnung, was der Kerl gegeneinander aufgerechnet hat.«

Irgendwie hatte ich gehofft, Sie würden mir Antworten geben, statt Fragen zu stellen, Mr. Marquart. Schließlich bezahle ich Sie, und Sie sollten eigentlich auf Angelegenheiten dieser Art spezialisiert sein...

Marquart griff nach seiner Kaffeetasse, als hoffe er, sie könne ihn vor einem tobenden Klienten beschützen. Besorgt betrachtete er mich über den Rand der Tasse hinweg.

In diesem Augenblick griff Leslie ein. Im Geist hörte ich, wie sie mich ermahnte, mich hinzusetzen und ruhig zu sein.

»Wenn ich die Angelegenheit richtig verstanden habe«, erklärte sie, »ist das Unglück bereits geschehen und nicht wieder rückgängig zu machen. Richards Anwalt für Steuerangelegenheiten – der Anwalt, den sein Finanzmanager für ihn engagiert hat, – hat nicht rechtzeitig auf das Schreiben des Finanzamtes reagiert. Dadurch hat die Regierung ein Versäumnisurteil gegen Richard erwirkt. Jetzt verlangt sie eine Million Dollar. Aber Richard hat keine Million Dollar flüssig, um seine Schulden zu bezahlen. Die Frage lautet also: Können wir uns mit der Regierung auf Teilzahlungen einigen? Kann Richard einen Pauschalbetrag anzahlen und versprechen, den Rest seiner Schulden später zu begleichen, sobald er sein Vermögen aufgelöst hat? Wird man ihm Zeit lassen?«

Der Anwalt wandte sich ihr mit offensichtlicher Erleichterung zu. »Ich sehe keinen Grund, warum das nicht möglich sein sollte. Das wird in solchen Fällen recht häufig praktiziert; man nennt es ›Vergleichsvorschlag‹. Haben Sie die Zahlen mitgebracht, um die ich Sie gebeten hatte?«

Ich beobachtete Leslie und staunte; sie schien sich in einem Anwaltsbüro wie zu Hause zu fühlen.

Sie legte mit Überschriften versehene Listen auf seinen Schreibtisch. »Hier ist ›Derzeit verfügbares Geld‹; diese Liste zeigt die aufzulösenden Vermögenswerte – und das hier ist die ›Schätzung des Einkommens für die nächsten fünf Jahre‹«, erklärte sie. »Aus den Zahlen geht hervor, daß er den Gesamtbetrag im Laufe von zwei – höchstens drei – Jahren bezahlen kann.«

Bald waren die beiden in die Analyse meiner Probleme vertieft, als sei ich gar nicht im Zimmer. Ich war tatsächlich nicht da ... Ich fühlte mich wie eine in einem Tresorraum eingesperrte Mücke – ich wußte nicht, wie ich der lastenden Langweiligkeit all dieser Pfandrechte, Vermögenswerte, Vermögensauflösungen und Zahlungspläne entrinnen sollte. Draußen schien die Sonne. Wir hätten spazierengehen können ...

»Ich würde die Zahlungen an Ihrer Stelle lieber über die nächsten fünf Jahre verteilen statt über die nächsten drei«, sagte Marquart gerade, »für den Fall, daß das Einkommen doch nicht ganz so hoch ausfallen wird, wie Sie annehmen. Wenn er die Schulden eher bezahlen kann, um so besser; aber bei seinem Einkommen wird seine laufende steuerliche Belastung sehr hoch sein, und wir wollen schließlich sichergehen, daß sich nicht noch weitere Probleme für ihn ergeben.«

Leslie nickte, und die beiden sprachen weiter miteinander, arbeiteten die Einzelheiten ihres Planes aus.

»Unser Angebot ist gut«, meinte der Anwalt abschließend. »Ich bin sicher, daß die Steuerbehörde es akzeptieren wird.«

Als wir wieder gingen, war die Katastrophe abgewendet. Schließlich hatte es mich damals nur einen Telefonanruf gekostet, festzustellen, daß ich eine Million Dollar auf dem Konto hatte; also würde es gewiß nicht schwierig sein, eine solch bescheidene Summe aufzubringen, wenn man mir fünf Jahre Zeit ließ. Ich würde das Haus in Florida und alle meine Flugzeuge verkaufen – alle bis auf eines oder zwei –; ich würde den Film produzieren lassen . . . Kein Problem.

Und jetzt hatte ich ja Leslie und einen Steuerexperten in Los Angeles, die dafür sorgen würden, daß alles in geordneten Bahnen verlief.

Ein Sturm hatte das Meer aufgewühlt, und ich war kopfüber hineingefallen. Doch eine Frau hatte sich in die Wellen gestürzt und mich herausgezogen – hatte meine finanzielle Existenz gerettet.

Hoffnungsvoll verließen wir das Büro des Anwalts.

»Leslie?« Ich hielt ihr die Tür auf, als wir das Gebäude verließen.

»Ja, Richard?«

»Ich danke dir.«

»Ich habe es gern getan, Wookie«, sagte sie, »sehr gern sogar!«

29

»Kannst du zu mir herüberkommen, Wookie?« Ihre Stimme am Telefon klang matt. »Ich glaube, ich brauche deine Hilfe.«

»Tut mir leid, Leslie; heute abend geht es nicht.«

Warum war es mir so peinlich, ihr das zu sagen? Ich kannte die Regeln. Ich hatte sie ja selbst aufgestellt. Ohne diese Regeln wäre keine Freundschaft zwischen uns möglich gewesen. Und doch fiel es mir schwer, ihr abzusagen – selbst am Telefon.

»Wook, ich fühle mich entsetzlich«, klagte sie. »Mir ist schwindelig und elend; ich würde mich viel besser fühlen, wenn du hier wärst. Sei mein Arzt. Komm' herüber und heile mich.«

Ich schob den Teil meines Ichs, der zu ihrer Rettung und Heilung herbeieilen wollte, energisch in den Wandschrank und schloß die Tür ab. »Es geht wirklich nicht. Ich habe eine Verabredung. Soll ich morgen vorbeikommen? Morgen paßt es hervorragend.«

»Du hast eine *Verabredung?* Du gehst mit einer anderen Frau aus, wenn ich krank bin und dich brauche? Das kann ich nicht glauben, Richard!«

Mußte ich es ihr denn schon wieder sagen? Unsere Freundschaft war ein lockeres Band ohne jegliche Besitzansprüche.

Sie beruhte auf unserer Freiheit – jeder von uns beiden hatte das Recht, den anderen jederzeit allein zu lassen. Ganz gleich, aus welchem Grund – er brauchte gar keinen Grund dafür zu haben. Allmählich bekam ich es mit der Angst zu tun. Es war schon so lange her, daß ich mich in Los Angeles mit einer anderen Frau getroffen hatte. Ich spürte, daß Leslie und ich allmählich in eine Ehe der Selbstverständlichkeiten hineinrutschten; wir vergaßen, daß wir nicht nur das Bedürfnis nach Zusammensein, sondern auch das Bedürfnis nach Getrenntsein hatten.

Die Verabredung durfte nicht abgesagt werden. Wenn ich mich verpflichtet fühlte, mit Leslie zusammenzusein, nur weil ich mich zufällig in Los Angeles aufhielt, dann stimmte etwas nicht mit unserer Freundschaft. Wenn ich die Freiheit verlor, meine Zeit zu verbringen mit wem ich wollte, hatte unsere Beziehung keinen Sinn mehr. Ich betete in Gedanken darum, daß sie das einsehen möge.

»Ich könnte bis sieben Uhr bei dir bleiben...«, erbot ich mich.

»Bis sieben? Richard, hörst du denn nicht. Ich *brauche* dich. Diesmal brauche *ich* deine Hilfe!«

Warum setzte sie mich unter Druck? Wenn sie klug gewesen wäre, hätte sie gesagt, sie werde schon gut allein zurechtkommen, und mir einen schönen Abend gewünscht. Alles andere – wußte sie es nicht? Alles andere war ein verhängnisvoller Fehler! Ich ließ mich nicht unter Druck setzen, ich wollte niemandem gehören – nirgends und unter gar keinen Umständen!

»Es tut mir leid. Wenn ich es eher gewußt hätte... Jetzt ist es zu spät zum Absagen. So etwas kommt für mich nicht in Frage; ich will das nicht.«

»Ist sie dir denn so wichtig«, fragte Leslie, »wer auch immer sie ist? Wie heißt sie?«

Leslie war eifersüchtig!

»Deborah.«

»Ist Deborah dir so wichtig, daß du sie nicht anrufen und ihr sagen kannst: ›Meine Freundin Leslie ist krank, können wir unsere Verabredung auf morgen oder nächste Woche oder nächstes Jahr verschieben‹? Bedeutet sie dir so viel, daß du ihr das nicht sagen kannst?«

Ich hörte den Schmerz in ihrer Stimme. Aber das, worum sie mich bat, konnte ich ihr nicht geben, ohne meine Unabhängigkeit zu zerstören. Auch ihr Sarkasmus würde ihr in diesem Fall nichts nützen.

»Nein«, sagte ich, »so wichtig ist sie gar nicht. Wichtig ist das Prinzip, für das sie im Augenblick steht – daß wir beide die Freiheit haben, unsere Zeit zu verbringen, mit wem wir möchten...«

Sie weinte. »Zum *Teufel* mit deiner Freiheit, Richard Bach! Ich arbeite wie ein Ochse, um zu verhindern, daß dein verfluchtes Reich völlig in der Versenkung verschwindet; ich kann nicht schlafen, weil ich darüber nachgrüble, ob es nicht doch noch eine Möglichkeit gibt, an die ich nicht gedacht habe, an die keiner gedacht hat... um dich zu retten... weil du mir so viel bedeutest... Ich bin so müde von all dieser Anspannung, daß ich mich kaum aus meinem Sessel aufraffen kann, und du weigerst dich, zu mir zu kommen, wenn ich dich brauche, weil du eine Verabredung mit irgendeiner Deborah hast, die du kaum kennst – weil sie für irgendein verdammtes *Prinzip* steht?«

Ich sprach über meterdicke Stahlmauern hinweg. »Richtig.«

Dann herrschte ein langes Schweigen am Telefon.

Schließlich antwortete sie. Ihre Stimme hatte sich verändert; Eifersucht und Kummer waren daraus verschwunden. Sie klang ruhig und gelassen.

»Auf Wiedersehen, Richard. Viel Spaß bei deiner Verabredung.«

Während ich mich noch bei ihr bedankte, weil sie Verständnis dafür hatte, wie wichtig... hatte sie bereits eingehängt.

30

An den nächsten beiden Tagen ging sie nicht ans Telefon. Und am Tag darauf erhielt ich einen Brief:

21. 12. Mittwochabend

Liebster Richard,

es ist so schwer zu entscheiden, wie und an welcher Stelle ich beginnen soll. Ich habe so lange und intensiv darüber nachgedacht, wie ich es Dir am besten erklären kann. Und mir sind dabei so viele Ideen durch den Kopf gegangen ...

Schließlich kam mir ein Gedanke – eine Metapher aus dem Bereich der Musik –, den ich klar zu Ende denken konnte und der verständlich, wenn auch nicht befriedigend ist. Ich möchte ihn gern mit Dir teilen. Also – laß noch eine letzte Musikunterrichtsstunde über dich ergehen.

Die gebräuchlichste Form längerer klassischer Werke ist die Sonatenform. Sie liegt fast allen Symphonien und Konzerten zugrunde. Sie besteht aus drei Hauptteilen: der Exposition, in der kleine Ideen, Themen, dargelegt und einander vorgestellt werden; der Durchführung, in der diese winzigen Ideen und Motive eingehend untersucht und erweitert werden und oft aus der Dur-Tonart (glücklich) in die Moll-Tonart (unglücklich) und dann wieder zurück nach Dur übergehen. Sie werden weiterentwickelt und zu einem immer komplexeren Gebilde verwoben, bis man schließlich bei der Reprise angelangt ist. Die Reprise ist eine Wiederaufnahme, ein glorreicher Ausdruck der vollen, prächtigen Reife, zu der die winzigen Ideen während des Durchführungsprozesses erwachsen sind.

Wenn Du es noch nicht erraten hast, wirst Du Dich jetzt vielleicht fragen: Was hat das mit uns zu tun?

Ich sehe unsere Beziehung folgendermaßen: Wir sind in einer nie endenden Exposition steckengeblieben. Am Anfang war unsere Beziehung ideal und das reinste Vergnügen. Denn im Anfangsstadium einer Freundschaft kommen Deine besten Seiten zum Vorschein; dann bist Du humorvoll, charmant, erregt, erregend, interessant, interessiert. In dieser Zeit fühlst Du Dich am wohlsten und bist auch am liebenswerten, denn Du verspürst noch nicht das Bedürfnis, Deine Abwehrkräfte zu mobilisieren. Und so erhält Deine Partnerin die Chance, statt eines Riesenkaktusses ein warmes menschliches Wesen zu umarmen. Es ist eine Zeit der ungetrübten Freude für beide; und daher ist es kein Wunder, daß Du die Expositionen so liebst und danach strebst, Dein ganzes Leben in eine Serie von Expositionen zu verwandeln.

Doch man kann einen Anfang nicht endlos in die Länge ziehen; und er läßt sich auch nicht ständig wiederholen. Er muß sich weiterbewegen und entwickeln – oder vor Langeweile zugrunde gehen. Das stimmt nicht, sagst Du. Du mußt von Zeit zu Zeit fortgehen, brauchst Veränderungen, andere Menschen, andere Orte, um dann wieder zu einer Beziehung zurückzukehren zu können, als sei *sie neu.*

Wir haben inzwischen eine längere Serie von Neuanfängen hinter uns. Einige kamen durch Trennungen aus geschäftlichen Gründen zustande, die zwar notwendig, aber für zwei einander so nahestehende Menschen unnötig schroff und hart waren. Die anderen Trennungen hast Du selbst verursacht, um noch mehr Gelegenheiten zu erhalten, zu Deiner so ersehnten »Neuheit« unserer Beziehung zurückzukehren.

Der Durchführungsteil ist Dir offensichtlich verhaßt, denn an dieser Stelle müßtest Du vielleicht feststellen, daß Du nicht mehr besitzt als eine Ansammlung äußerst begrenzter Ideen und Vorstellungen, mit denen Du bei aller Kreativität nicht weiterkommst. Oder – was noch schlimmer *für Dich wäre – Du würdest erkennen, daß Du die Voraussetzungen zu etwas Großartigem in Händen hältst, die Anfänge einer Symphonie. In diesem Fall gäbe es Arbeit für Dich; Du müßtest Tiefen ergründen und getrennte Einheiten sorgfältig ineinander verweben, damit sie in einem noch strahlenderen Licht erscheinen können. Ich nehme an, dieser Zeitpunkt entspricht dem Augenblick, da ein Schriftsteller vor der Idee für ein Buch davonlaufen muß, beziehungsweise nicht mehr davonlaufen kann.*

Wir beide sind zweifellos viel weiter in den Durchführungsteil eingedrungen, als Du beabsichtigtest. Aber wir sind weit hinter dem zurückgeblieben, was in meinen Augen unsere nächsten, wunderbaren Schritte hätten sein müssen. Die Entwicklung unserer Beziehung kam immer wieder zum Stillstand; und ich bin mittlerweile zu der Überzeu-

gung gelangt, daß wir immer nur sporadische Versuche unternehmen werden, gemeinsam unsere Lernfähigkeit zu nutzen, gemeinsam unsere erstaunlich ähnlichen Interessen auszuleben – ganz egal, wie viele Jahre wir zusammen verbringen, denn wir werden niemals längere Zeit ununterbrochen zusammensein. Dadurch wird das innere Wachstum, das uns so wichtig ist und von dessen Möglichkeit wir überzeugt sind, für uns unmöglich.

Wir haben beide einen Blick auf etwas Wunderbares werfen dürfen, das uns erwartet. Und doch können wir es nicht erreichen. Ich sehe mich einer massiven Verteidigungsmauer gegenüber, die von heute bis in die Ewigkeit reicht – diese Formulierung stammt von Dir, glaube ich –, und Du hast das Bedürfnis, immer weitere Verteidigungsanlagen um Dich her zu errichten. Ich sehne mich nach der Fülle und dem Reichtum weiterer Entwicklung – und Du suchst ständig nach Möglichkeiten, sie zu verhindern. Wir sind beide enttäuscht; Du kannst nicht zurückgehen, ich komme nicht vorwärts. Und so befinden wir uns in einem ständigen Kampf; und über der begrenzten Zeit des Zusammenseins, die Du uns beiden gewährst, hängen Wolken und dunkle Schatten.

Es schmerzt mich oft, Deinen beharrlichen Widerstand gegen mich und gegen die Entstehung dieses Wunderbaren zu spüren – als seien ich und dieses Wunderbare etwas Entsetzliches. Es tut mir weh, die verschiedenen Formen Deines Widerstandes erleben zu müssen – einige von ihnen sind sehr grausam. Ich habe mir Aufzeichnungen über die Zeit gemacht, die wir miteinander verlebten. Diese Aufzeichnungen habe ich mir nun in aller Ruhe – und ohne mich selbst zu belügen – noch einmal durchgelesen. Sie haben mich traurig gemacht, ja sogar erschreckt, aber sie haben mir auch dabei geholfen, der Wahrheit ins Auge zu sehen.

Ich betrachte die Tage, die wir Anfang Juli miteinander verlebten, und die darauffolgenden sieben Wochen als unsere einzige wirklich glückliche Zeit. Das war *die Exposition, und sie war schön. Dann kamen die Trennungen, jene heftigen und für mich unbegreiflichen Einschnitte in unserer Beziehung – und die ebenso heftigen Widerstände und Ausweichversuche bei Deiner Rückkehr.*

Ganz gleich, ob wir zusammen sind oder nicht – wir sind doch immer voneinander getrennt. Unsere Beziehung ist zu unglücklich. Ich stelle fest, daß ich immer häufiger weine, ja weinen muß *– denn es sieht fast so aus, als sei Mitleid eine notwendige Voraussetzung für Güte. Aber es ist noch nicht so weit mit mir gekommen, daß ich Mitleid brauche; das weiß ich.*

Als Du mir erklärtest, daß es für Dich nicht in Frage käme, Deine Verabredung abzusagen, um mir in einem Augenblick der Krise zu helfen, traf mich die Wahrheit wie ein vernichtender Schlag. Ich sehe den Tatsachen so ehrlich ins Auge, wie ich es vermag: Ich weiß, daß ich diese Beziehung nicht fortsetzen kann, auch wenn ich es mir noch so sehr wünschte; ich kann mich nicht länger beugen, ohne zu brechen.

Ich hoffe, Du betrachtest das nicht als Vertragsbruch, sondern als Fortsetzung der vielen, vielen Schlußstriche, die Du im Lauf der Zeit bereits unter unsere Freundschaft gezogen hast. Ich glaube, wir beide wissen, daß es sein muß. Ich muß mich damit abfinden, daß mein Ver-

such, Dich die Freuden echter Zuneigung entdecken zu lassen, gescheitert ist.

Richard, mein liebster Freund, ich sage Dir das ganz ohne Zorn – ja sogar zärtlich und liebevoll. Und mit meinen sanften Worten versuche ich nicht etwa ein Gefühl des Ärgers zu verbergen: Sie sind ehrlich gemeint. Dieser Brief ist keine Anklage, kein Tadel, keine Beschuldigung. Ich versuche lediglich, die Situation zu verstehen und dem Schmerz ein Ende zu bereiten. Und ich bringe nur zum Ausdruck, was ich gezwungenermaßen akzeptieren muß: daß es zwischen uns beiden niemals eine »Durchführung«, niemals eine Entwicklung geben wird; geschweige denn den großartigen Höhepunkt einer Beziehung, die ihre volle Blüte erreicht hat.

Wenn es in meinem Leben jemals etwas gegeben hat, um dessentwillen es sich lohnte, von bereits ausgeprägten früheren Verhaltensmustern abzuweichen, alle mir bekannten Grenzen zu überschreiten, so war es diese Beziehung. Wahrscheinlich hätte ich jetzt ein Recht, beschämt und gedemütigt zu sein, weil ich so vieles getan habe, um sie zu ermöglichen. Aber ich bin es nicht. Ich bin stolz auf mich und froh, daß ich diese seltene und wunderbare Gelegenheit erkannte, solange wir sie noch hatten, und im reinsten und höchsten Sinn alles gegeben habe, was ich geben konnte, um sie zu bewahren. Das tröstet mich jetzt. Wenigstens kann ich in diesem schrecklichen Augenblick des Endes aufrichtig behaupten, daß ich nicht weiß, was ich noch tun könnte oder hätte tun können, um uns jener schönen Zukunft nahezubringen, die wir hätten erleben können.

Trotz meines Schmerzes bin ich glücklich darüber, Dich

auf diese besondere Art gekannt zu haben, und werde die Zeit, die wir miteinander verbrachten, immer in lieber Erinnerung bewahren. Ich bin während meiner Zeit mit Dir ein Stück gewachsen, habe viel von Dir gelernt und weiß, daß ich auch einen positiven Beitrag zu Deiner Entwicklung geleistet habe. Unser Kontakt hat uns beide zu besseren Menschen gemacht.

Zu diesem späten Zeitpunkt fällt mir ein, daß auch eine Schachmetapher zur Erläuterung nützlich sein könnte. Schach ist ein Spiel, bei dem jeder Partner sein eigenes Ziel verfolgt, selbst wenn die Figuren der beiden Gegner auf dem Spielfeld eng miteinander verflochten sind. Im Laufe dieses Spiels entwickelt sich ein Kampf; beide Seiten müssen Verluste hinnehmen. Und am Schluß lockt der eine Gegner den anderen in eine Falle und macht ihn bewegungsunfähig.

Ich glaube, Du siehst das Leben als Schachpartie; ich sehe es als Sonate. Und wegen dieses Unterschieds gehen Dame und König verloren, und unser Lied verstummt.

Ich bin immer noch Deine Freundin und weiß, daß auch Du nach wie vor mein Freund bist. Ich sende Dir diese Zeilen mit der tiefen, zärtlichen Liebe und der großen Achtung, die ich – wie Du weißt – für Dich empfinde. Gleichzeitig bin ich zutiefst betrübt darüber, daß eine so verheißungsvolle, seltene und schöne Gelegenheit ungenutzt an uns vorübergehen mußte.

Leslie

Ich stand da und blickte aus dem Fenster, ohne etwas wahrzunehmen – außer einem heftigen Dröhnen in meinem Kopf.

Sie hatte unrecht. Natürlich hatte sie unrecht. Diese Frau verstand mich nicht, hatte keine Ahnung, wer ich bin und was in mir vorgeht.

Schade, dachte ich.

Dann zerknüllte ich ihren Brief und warf ihn fort.

31

Eine Stunde später blickte ich immer noch aus dem Fenster. Draußen hatte sich nichts verändert.

Warum belügst du dich selbst? dachte ich. Sie hat recht, und du weißt es – selbst, wenn du es nie zugibst, nie wieder an sie denkst.

Ihre Geschichte von der Symphonie und vom Schachspiel ... warum hast *du* diese Parallelen nicht erkannt? Du bist doch sonst immer so verdammt intelligent gewesen – wenn es nicht gerade um Steuerangelegenheiten ging –, hast stets mehr Scharfblick gehabt als jeder andere Sterbliche. Wie kommt es dann, daß Leslie Sachverhalte durchschaut, die dir verborgen bleiben? Bist du etwa nicht so intelligent wie sie? Und doch – wenn sie so klug ist, wo ist dann ihr Verteidigungssystem, ihr Schild, der den Schmerz von ihr abhält? Du hast immerhin deine perfek ...

Deine VERDAMMTE perfekte Frau! Sie ist ein zehn Zentner schwerer Pfau, den du dir erfunden hast! Ein Pfau, der in seltsamen Farben und unechten Federn einherstolziert und niemals fliegen wird! Dein Pfau kann vielleicht umherlaufen, mit den Flügeln schlagen und kreischen, weil er nicht zum Singen imstande ist – aber er wird sich niemals in die Lüfte erheben. Du, der du eine so entsetzliche Angst vor der Ehe hast – weißt du, daß du mit *diesem Ungetüm* verheiratet bist?

Ich sah im Geiste ein kleines Hochzeitsfoto vor mir, das mich mit einem sechs Meter hohen Pfau zeigte. Dieses Bild traf auf mich zu! Ich war mit einem Irrtum verheiratet.

Andererseits... die Einschränkung meiner Freiheit, die eine festere Bindung mit sich bringen würde! Die Langeweile, wenn ich bei Leslie blieb!

In diesem Augenblick zerbrach meine bisherige Persönlichkeit, und zwei verschiedene Menschen kamen zum Vorschein: das Ich, das mein bisheriges Leben organisiert hatte – und ein Neuankömmling, der es darauf abgesehen hatte, dieses alte Ich zu zerstören.

Die Langeweile wird dein geringstes Problem sein, du Mistkerl, sagte der Neuankömmling. Siehst du denn nicht, daß sie klüger ist als du, daß sie Welten kennt, die du vor lauter Angst nicht einmal mit einer Zange berühren würdest? Mach' nur weiter so – stopfe mir den Mund; vertreibe mich aus deinen Schutzmauern, wie du es mit allen Teilen deiner Persönlichkeit tust, die deine allmächtigen Theorien anzuzweifeln wagen! Es steht dir frei, das zu tun, Richard. Und es steht dir auch frei, den Rest deines Lebens oberflächlichen Begegnungen mit Frauen zu widmen, die ebenso große Angst vor Vertrautheit haben wie du! Gleich und gleich gesellt sich gern. Wenn du auch nur einen verdammten Funken Verstand hast... Doch diese Chance ist gering. Du gehörst zu deiner feigen, aus der Angst geborenen Fiktion von der »perfekten Frau« und wirst bei ihr bleiben, bis du an deiner Einsamkeit zugrunde gehst.

Du bist grausam wie Eis. Dein eiskalt-grausames Schachbrett und dein eiskalt-grausamer Himmel passen zu dir. Mit deinem itiotischen »Reich« hast du eine phantastische Chance zunichte gemacht; nun sind von dieser ganzen Pracht nur noch Splitter übrig, auf die die Regierung – ausgerechnet die Regierung – noch dazu ein Pfandrecht hat!

Die Chance, die die Beziehung zu Leslie Parrish dir bot, war tausendmal wertvoller als jedes »Reich«; aber du hast eine Todesangst vor ihr, weil sie intelligenter ist, als du es jemals sein wirst. Und deshalb wirst du auch sie fallenlassen. Oder hat sie dich fallenlassen? Ihr wird es nicht weh tun, mein Freund, denn sie ist keine Verliererin. Sie wird traurig sein und eine Zeitlang weinen, denn sie hat keine Angst davor, zu weinen, wenn etwas stirbt, was vielleicht schön gewesen wäre. Aber sie wird darüber hinwegkommen, wird sich darüber erheben.

Auch du wirst darüber hinwegkommen. Es wird nicht viel länger dauern als anderthalb Minuten. Du brauchst nur deine verdammten Stahltore herunterzuziehen, sie fest zuzuknallen und nie wieder an Leslie zu denken. Doch statt dich über eure verunglückte Beziehung zu erheben, wirst du im Boden versinken. Und bald werden dir deine unbewußten Selbstmordversuche immer besser gelingen. Eines Tages wirst du aufwachen – unglücklich darüber, daß du das glänzende Leben aus Feuer und Silber, Laserstrahlen und Diamanten, das sich dir bot, mit deinem verdammten, öligen Hammer zu Schweineschmalz zerschlagen hast. Du siehst jetzt der schwerwiegendsten Entscheidung deines Lebens ins Auge, das weißt du. Leslie ist entschlossen, sich nicht mit deiner dummen, grausamen Angst abzufinden, und ist in diesem Augenblick wahrscheinlich glücklich, dein lebloses Gewicht abgeschüttelt zu haben.

Nur vorwärts – tu', was du immer tust: Lauf' davon. Lauf' hinaus zum Flughafen, schieße mit deinem Flugzeug in die Luft und fliege in die Nacht hinein. Fliege, fliege! Such' dir ein nettes Mädchen mit einer Zigarette in der einen Hand und einem Rumglas in der anderen und sieh' dabei zu, wie sie dich als Sprungbrett zu einem besseren Leben benutzt – zu jenem besseren Leben, vor dem du heute abend davonlaufen wirst. Lauf', du dummer Feigling. Lauf' und bringe mich zum

Schweigen. Du wirst mich erst am Tag deines Todes wiedersehen, und dann kannst du mir erzählen, wieviel Spaß es dir gemacht hat, die einzige Brücke zu verbrennen, die ...

Ich knallte die Türen zu, um den Lärm zu übertönen, den meine beiden Ichs veranstalteten. Da wurde es in dem Zimmer plötzlich so ruhig wie über einem windstillen Meer.

»Meine Güte«, sagte ich laut vor mich hin, »sind wir heute gefühlsbetont!«

Ich fischte Leslies Brief aus dem Papierkorb, begann ihn noch einmal zu lesen und ließ ihn dann wieder zurückfallen.

Wenn sie mich nicht so mag, wie ich bin, ist es nett von ihr, mir das zu sagen. Wie schade ... Wenn sie nur anders wäre als ich, hätten wir Freunde bleiben können. Aber Eifersucht kann ich nicht ausstehen! Hält sie mich für ihr persönliches Eigentum? Hat sie zu entscheiden, wann ich mit wem meine Zeit verbringe? Ich habe ihr klar und deutlich gesagt, wer ich bin, was für Ansichten ich habe und wie ich lebe – selbst wenn das nicht der »Ich-liebe-dich«-Schwindel ist, den sie von mir erwartet. Von mir werden Sie kein »Ich liebe dich« hören, Miss Parrish. Ich werde mir selbst treu bleiben, selbst wenn ich dafür auf die überströmende Freude verzichten muß, in die unser glückliches Beisammensein mich jedesmal versetzte.

Eines habe ich nie getan, liebe Leslie – ich habe niemals gelogen, dich getäuscht oder hinters Licht geführt. Ich habe nach den Ideen gelebt, an die ich glaube – genau wie ich es dir vorher angekündigt hatte. Wenn du das nun nicht mehr akzeptieren kannst ... Nun, so etwas kommt vor. Es tut mir leid; ich wünschte, du hättest mir das ein wenig eher gesagt und uns beiden den Ärger erspart.

Ich werde mich morgen früh bei Sonnenaufgang auf die Socken machen, werde meine Sachen ins Flugzeug werfen und irgendwo hinfliegen, wo ich noch nie war. Vielleicht nach Wyoming. Oder nach Montana. Das Flugzeug lasse ich irgendwo stehen – für die Finanzbeamten, falls sie es finden –

und verschwinde. Borge mir irgendwo einen Doppeldecker und tauche unter.

Ich werde meinen Namen ändern. Winnie-the-Pooh hat unter dem Namen Sanders gelebt; warum sollte ich das nicht können? Das wäre ein Spaß! James Sanders. Sie können meine Bankkonten haben, meine Flugzeuge ... alles, was sie wollen. Kein Mensch wird jemals erfahren, was aus Richard Bach geworden ist, und das wird ein seliges Gefühl der Erleichterung sein.

Sollte ich jemals wieder etwas schreiben wollen, so tue ich es unter meinem neuen Namen. Das kann ich, wenn ich will. Ich werde alles Bisherige hinter mir lassen. Vielleicht wird James Sanders nach Kanada oder nach Australien auswandern. Er könnte auch in den abgelegenen Wäldern von Alberta herumziehen oder mit einer Tiger Moth nach Süden fliegen – Sunbury oder Whittlesea.

Und dann ...

Was dann, Mister Sanders? Wer begeht eigentlich den Mord an Richard Bach – die Regierung oder du? Möchtest du ihn aus dem Weg räumen, weil Leslie sich von ihm getrennt hat? Wird sein Leben ohne sie so leer sein, daß es dir gar nichts ausmacht, wenn er stirbt?

Ich dachte lange darüber nach. Sicherlich wäre es aufregend, ins Flugzeug zu steigen, einen neuen Namen anzunehmen und einfach davonzulaufen. Aber: War es das, was ich am liebsten mochte?

Ist das deine höchste Wahrheit? hätte Leslie gefragt.

Nein.

Ich saß auf dem Fußboden und lehnte mich zurück an die Wand.

Nein, Leslie – das ist nicht meine höchste Wahrheit.

Meine höchste Wahrheit ist, daß ich noch viel lernen muß, um einen anderen Menschen lieben zu können. Meine »perfekte Frau« taugt höchstens für ein paar Gespräche, etwas Sex

– vorübergehende Affären, um die Einsamkeit abzuwehren. Das ist nicht die Liebe, die der kleine Junge an dem Tor vor langer Zeit im Sinn hatte.

Damals – und als ich die Flugveranstaltungen auf dem Lande aufgab – kannte ich den richtigen Weg: Ich wollte meine ewige Lebensgefährtin, den zur Frau gewordenen Engel finden. Ich wollte diese Frau lieben und gemeinsam mit ihr Neues hinzulernen. Sie sollte eine große Herausforderung für mich sein, sollte mich zwingen, mich zu verändern, zu wachsen, mich in Situationen zu behaupten, vor denen ich sonst davongelaufen wäre.

Vielleicht war Leslie Parrish nicht die Richtige. Vielleicht war sie nicht meine Seelengefährtin, die mir bei meiner Suche auf halben Wege entgegengekommen war. Aber sie ist die einzige . . . Ich brauchte kein Mitleid mit ihr zu haben, sie nicht zu retten, sie vor niemandem zu rechtfertigen, wohin ich auch gehen mochte.

Wenn ein Mensch grausam genug ist, dachte ich, lebensfeindlich genug, weicht sogar seine Seelengefährtin vor ihm zurück, läßt ihn allein und wartet lieber ein anderes Leben ab, ehe sie wieder ›hallo‹ zu ihm sagt.

Und wenn ich nun *nicht* davonliefe? Was hatte ich schon zu verlieren – außer meinem hundert Tonnen schweren Stahlpanzer, der mich angeblich vor Verletzungen schützte? Wenn ich meine Flügel ohne Rüstung ausbreitete, konnte ich vielleicht schnell genug fliegen, um nicht abgeschossen zu werden. Den Namen Sanders annehmen und nach Port Darwin fliegen . . . das konnte ich ebensogut auch noch *das nächstemal* tun!

Der freche Neuankömmling, den ich ausgesperrt hatte, hatte recht. Ich öffnete die Türen wieder, entschuldigte mich bei ihm und ließ ihn herein; doch er sagte kein Wort mehr.

Ich stand vor der schwerwiegendsten Entscheidung meines Lebens – das brauchte er mir nicht noch einmal zu sagen.

War das vielleicht eine Prüfung, die hundert andere Facetten meiner Persönlichkeit angezettelt hatten? Teile meines Ichs, die von anderen Planeten und aus anderen Zeitaltern stammten? fragte ich mich.

Wenn sie tatsächlich da waren, verhielten sie sich jedenfall sehr still. Kein Laut war zu hören, und selbst das Dröhnen in meinem Kopf hatte aufgehört.

Vor mir teilte sich die Straße in zwei entgegengesetzte Richtungen.

Die beiden Zukunftsalternativen, die vor mir lagen, waren zwei völlig verschiedene Existenzen: Leslie Parrish oder meine ach so sichere, zuverlässige perfekte Frau?

Entscheide dich, Richard. Jetzt. Es wird schon Nacht draußen. Welche Richtung willst du einschlagen?

32

»Hallo?« Ihre Stimme klang, als sei sie außer Atem, und ging in den Gitarren- und Trommelklängen beinahe unter.

»Leslie? Ich bin's – Richard. Ich weiß, es ist schon spät; hättest du trotzdem ein wenig Zeit für mich? Ich möchte mit dir sprechen.«

Keine Antwort. Die Musik schmetterte weiter, während ich auf das Klicken in der Leitung wartete, das mir anzeigen würde, daß sie eingehängt hatte. Da quälst du dich nun mit Entscheidungen herum, dachte ich, und dabei ist die Entscheidung schon längst gefallen: Leslie ist an Menschen wie dir nicht mehr interessiert.

»Ja«, sagte sie endlich. »Ich muß nur eben die Musik leiser stellen. Ich habe gerade getanzt.«

Es wurde still in der Leitung. Einen Augenblick später war sie wieder da. »Hallo.«

»Hallo. Ich habe deinen Brief bekommen.«

»Gut.«

Ich lief mit dem Telefon in der Hand im Zimmer auf und ab, ohne es zu merken. »Möchtest du wirklich, daß jetzt einfach alles zu Ende ist?«

»Nicht alles«, widersprach sie. »Ich hoffe, wir werden weiter gemeinsam an dem Film arbeiten. Ich möchte dich gern als meinen guten Freund betrachten, wenn du damit einverstanden bist. Ich möchte nur, daß mir nicht mehr weh getan wird.«

»Ich wollte dir niemals weh tun.« Ich kann dich gar nicht verletzen, dachte ich. Du kannst nicht verletzt werden, ohne daß ich nicht zuerst *wahrnehme, daß du verletzt wirst*...

»Nun – es hat mir trotzdem weh getan«, sagte sie. »Ich nehme an, ich eigne mich nicht für offene Beziehungen. Am Anfang hat es mich nicht gestört – aber später waren wir so *glücklich* miteinander! Wir erlebten eine so herzliche, warme Freude... Warum mußte all das zerrissen werden – nur um abstrakter Prinzipien oder anderer Leute willen, an denen dir gar nichts lag? Es ging einfach nicht mehr.«

»Und warum?«

»Ich hatte einmal eine kleine, flauschige Perserkatze«, erzählte sie. »Sie hieß Amber. Wenn ich zu Hause war, verbrachten Amber und ich jede Minute zusammen. Sie nahm ihr Abendessen zur selben Zeit ein wie ich; wir saßen beisammen und hörten Musik; und nachts schlief sie auf meiner Schulter. Sie konnte meine Gedanken lesen und ich ihre. Dann bekam Amber Junge. Bildhübsche Junge. Sie nahmen all ihre Zeit und Liebe in Anspruch – und auch meine Zeit und meine Liebe. Amber und ich waren nicht mehr miteinander allein; wir mußten uns um die kleinen Kätzchen kümmern – wir mußten unsere Liebe verteilen. Danach standen wir einander nicht mehr so nahe wie früher – nie mehr, bis zu ihrem Todestag nicht.«

»Die Tiefe der Vertrautheit, die wir füreinander empfinden, steht also im umgekehrten Verhältnis zu der Anzahl anderer uns nahestehender Menschen?« fragte ich. Dann jedoch befürchtete ich, sie könnte meine Bemerkung als Spott auffassen, und setzte hinzu: »Findest du, wir hätten einander ausschließlich lieben sollen?«

»Ja. Zuerst akzeptierte ich deine vielen Freundinnen. Was

du tatest, wenn du fort warst, war deine Angelegenheit. Doch als Deborah kam – das ›Prinzip Deborah‹, wie du es ausdrükken würdest –, wurde mir plötzlich klar, daß du dabei warst, deinen Harem nach Westen zu verlegen und mich in ihn einzugliedern. Und das will ich nicht, Richard. – Weißt du, was ich durch dich gelernt habe? Ich habe gelernt, was alles *möglich* ist, und kann mich jetzt nicht mehr mit Geringerem zufriedengeben. Ich wünsche mir eine sehr enge Beziehung zu einem Mann, den ich respektiere, bewundere und liebe und der das gleiche für mich empfindet. Entweder das – oder nichts. Ich habe eingesehen, daß ich etwas anderes suche als du. Du willst nicht dasselbe wie ich.«

Ich hörte auf, im Zimmer auf und ab zu tigern, und ließ mich auf der Armlehne des Sofas nieder.

»Was will ich denn deiner Meinung nach?« fragte ich.

»Genau das, was du hast. Viele Frauen, die du ein wenig kennst und die dir nicht sehr viel bedeuten. Oberflächliche Flirts, gegenseitige Benutzung – keine Chance für die Liebe. Das entspricht meiner Vorstellung von der Hölle. Die Hölle ist ein Ort, ein Zeitalter, ein Bewußtsein, in dem es keine Liebe gibt, Richard. Vielleicht Sex, Schönheit, aufregende Erlebnisse – *aber keine Liebe*! Entsetzlich! Damit will ich nichts zu tun haben.«

Sie sprach so, als hätten wir beide uns bereits entschieden, als gebe es keine Hoffnung auf Veränderung mehr. Sie verlangte nichts; sie offenbarte mir ihre höchste Wahrheit und wußte, daß ich ihr niemals zustimmen würde.

»Ich hatte die allergrößte Hochachtung und Bewunderung für dich«, sagte sie. »Ich hielt dich für den wunderbarsten Menschen, den ich je kennengelernt habe. Nun beginne ich, Seiten an dir zu entdecken, die ich nicht entdecken will. Ich möchte unsere Beziehung gern in dem Glauben beenden, du seist ein wunderbarer Mensch.«

»Ich befürchtete, wir seien im Begriff, einander zu besitzen,

Leslie«, versuchte ich zu erklären. »Meine Freiheit ist mir so wichtig wie ...«

»Deine Freiheit wozu?« kam es wie aus der Pistole geschossen zurück. »Deine Freiheit, kein vertrautes Verhältnis zu einem anderen Menschen zu haben? Deine Freiheit, nicht zu lieben? Deine Freiheit, der Freude und der Langeweile zu entfliehen? Deiner Rastlosigkeit nachzugeben? Du hast recht – wenn wir zusammengeblieben wären, hätte ich dir diese Freiheiten nicht eingeräumt.«

Gut gesagt! dachte ich, als seien ihre Worte ein Schachzug gewesen.

»Du hast mir sehr gut klargemacht ...«, begann ich. »Ich verstehe jetzt, was du meinst. Vorher habe ich es nicht verstanden. Danke.«

»Bitte.«

Ich legte den Telefonhörer an das andere Ohr. Eines Tages, dachte ich, wird vielleicht irgendein Genie ein Telefon erfinden, das nicht nach einer Minute unbequem wird. »Ich glaube, es gibt viel zu besprechen. Könnten wir uns denn nicht treffen und eine Weile miteinander unterhalten?«

Sie schwieg eine Zeitlang. Dann sagte sie: »Lieber nicht. Es macht mir nichts aus, mit dir zu telefonieren; aber ich möchte dir eine Zeitlang nicht persönlich begegnen. Ich hoffe, du verstehst ...«

»Klar. Kein Problem«, sagte ich. »Mußt du jetzt Schluß machen?«

»Nein. Ich kann am Telefon bleiben.«

»Siehst du keine Möglichkeit, unser vertrautes Verhältnis aufrechtzuerhalten? Du bist ganz anders als die anderen Frauen, die ich bisher kennengelernt habe, und ich befürchte, deine Vorstellung von Freundschaft beschränkt sich auf einen herzlichen Brief und einen Händedruck am Ende eines jeden Geschäftsjahres.«

Sie lachte. »Ganz so schlimm ist es nicht. Wir können uns

auch alle halbe Jahre die Hände schütteln. Oder sogar alle Vierteljahre – weil wir so gute Freunde gewesen sind. Das Ende unserer Beziehung bedeutet nicht, daß sie ein Fehlschlag war, Richard. Ich nehme an, wir haben aus ihr gelernt, was wir lernen mußten.«

»Vielleicht«, sagte ich, »besteht die Freiheit, von der ich gesprochen habe, zu einem großen Teil in dem Recht, sich zu verändern – nächste Woche anders zu sein als heute. Und wenn zwei Menschen sich in verschiedene Richtungen verändern...«

»Wenn wir uns in verschiedenen Richtungen weiterentwikkeln«, unterbrach sie, »gibt es doch ohnehin keine Zukunft für uns, nicht wahr? Ich halte es für möglich, daß zwei Menschen sich gemeinsam verändern, gemeinsam wachsen und einander bereichern, statt sich gegenseitig zu behindern. Die Summe von eins und zwei kann ›unendlich‹ sein – wenn die beiden die richtigen Partner füreinander sind! Aber es kommt so oft vor, daß der eine Partner den anderen herunterzieht; der eine möchte gern aufsteigen wie ein Ballon, und der andere hängt an ihm wie ein lebloses Gewicht. Ich habe mich schon oft gefragt, wie es wohl wäre, wenn beide – Mann und Frau – den Wunsch hätten, wie Ballons in den Himmel aufzusteigen!«

»Kennst du Paare, bei denen das der Fall ist?«

»Wenige«, gab sie zu.

»Kennst du überhaupt welche?«

»Zwei, drei.«

»Ich kenne kein einziges«, sagte ich. »Das heißt... Eines kenne ich. Von all den Menschen, die ich kenne, sind nur zwei glücklich verheiratet. Bei den anderen ist entweder die Frau ein wunderbarer Mensch und der Mann ein Ballast, oder umgekehrt. Zwei Ballons sind ziemlich selten.«

»Ich dachte einmal, wir beide könnten zwei Ballons sein«, sagte sie.

»Das wäre schön gewesen.«

»Ja.«

»Was könnte uns denn deiner Ansicht nach wieder zusammenbringen?« fragte ich sie. »Was müßten wir tun, um wieder so zusammensein zu können, wie wir es waren?«

Ich spürte, daß sie am liebsten gesagt hätte: Nichts, es aber dann doch unterließ, weil es eine zu bequeme und oberflächliche Antwort gewesen wäre. Sie dachte über meine Frage nach; daher drängte ich sie nicht.

»So wie es einmal war? Ich glaube nicht, daß irgend etwas uns an diesen Punkt zurückbringen könnte. Ich will das nicht. Ich habe mich nach Kräften bemüht, mich zu ändern. Ich ging sogar mit anderen Männern aus, wenn du fort warst, und versuchte, deiner ›perfekten Frau‹ meinen ›perfekten Mann‹ entgegenzusetzen. Aber es funktionierte nicht. Es war langweilig – langweilig – langweilig. Eine dumme Zeitverschwendung. – Ich bin nicht eines deiner Partymädchen, Richard«, fuhr sie langsam fort. »Ich habe mich verändert – soweit dies ging. Nun ist es an dir, dich zu verändern, wenn du in meiner Nähe bleiben willst.«

Ich erstarrte. »Und was für Veränderungen sollte ich deiner Meinung nach in Betracht ziehen?« Schlimmstenfalls würde sie einen Vorschlag machen, den ich nicht akzeptieren konnte. Und das konnte unsere derzeitige Situation auch nicht mehr verschlimmern.

Sie dachte eine Zeitlang nach. »Ich schlage vor, eine ausschließliche Beziehung ins Auge zu fassen – nur du und ich«, sagte sie dann. »Eine Chance, festzustellen, ob wir zwei Ballons sind.«

»Das heißt, ich hätte keine Freiheit ... Ich dürfte mich ab sofort nicht mehr mit all meinen Freundinnen treffen?«

»Nein. Nicht mit den Freundinnen, mit denen du schläfst. Keine anderen Liebesaffären.«

Nun verstummte *ich,* und sie unterbrach das Schweigen in der Leitung nicht. Ich fühlte mich wie ein von Jägern in die

Enge getriebenes Kaninchen. Die Männer meines Bekanntenkreises, die sich auf solche Bedingungen eingelassen hatten, hatten es hinterher bereut. Sie waren mit Schüssen durchlöchert worden und hatten es zwar geschafft, am Leben zu bleiben – aber nur mit knapper Not.

Und doch – mit Leslie war ich ein ganz anderer Mensch! Nur mit ihr konnte ich so sein, wie ich am liebsten sein wollte. In ihrem Beisein war ich nie schüchtern oder unbeholfen. Ich bewunderte sie und lernte von ihr. Wenn sie mir beibringen wollte, wie man liebt, so konnte ich ja zumindest einen Versuch wagen.

»Wir sind so verschieden, Leslie – du und ich.«

»Wir sind verschieden und einander doch ähnlich. Früher dachtest du, du könntest einer Frau, die nicht fliegen kann, niemals etwas zu sagen haben. Und ich konnte mir nicht vorstellen, meine Zeit mit einem Mann zu verbringen, der Musik nicht mag. Vielleicht ist Ähnlichkeit gar nicht so wichtig? Vielleicht ist es viel wichtiger, neugierig zu sein? Gerade weil wir so verschieden sind, haben wir das Vergnügen, unsere Welten auszutauschen, einander die Dinge zu schenken, die wir lieben und die uns begeistern. Du kannst etwas über Musik lernen; ich kann fliegen lernen. Und das ist erst der Anfang. Ich glaube, es würde immer so weitergehen, solange wir leben.«

»Wir wollen darüber nachdenken«, lenkte ich ein. »Wir haben beide eine Ehe hinter uns – und viele Beziehungen, die beinahe zur Ehe geworden wären. Wir haben Verletzungen davongetragen und uns geschworen, keine Fehler mehr zu machen. Siehst du denn keine andere Möglichkeit für uns, als zu versuchen . . . als zu versuchen, eine Ehe zu führen?«

»Mach' mir ein paar andere Vorschläge«, forderte sie mich auf.

»Unsere bisherige Beziehung hat mich recht glücklich gemacht, Leslie.«

»›Recht glücklich‹ ist nicht genug. Ich kann sogar allein mehr als ›recht glücklich‹ sein. Und dann brauche ich dir wenigstens nicht dabei zuzuhören, wie du nach Entschuldigungen suchst, um davonlaufen, mich beiseite schieben und deine Mauern gegen mich errichten zu können. Ich möchte entweder deine einzige Geliebte sein oder ganz auf eine Liebesbeziehung mit dir verzichten. Ich habe es mit deinen Halbheiten probiert, aber es funktioniert nicht – nicht für mich.«

»Es ist so schwer. Die Möglichkeiten der Ehe sind so begrenzt...«

»Ich hasse die Ehe ebenso wie du, Richard – aber nur, wenn sie die Menschen langweilig und schwerfällig macht, wenn sie sie zum Betrug zwingt oder in Käfige sperrt. Ich bin ihr länger aus dem Weg gegangen als du; meine Scheidung liegt schon sechzehn Jahre zurück. Aber in einer Hinsicht bin ich anders als du: Ich glaube, es gibt auch noch eine andere Art der Ehe, durch die wir freier werden, als wir es allein jemals sein könnten. Es besteht keine große Chance, daß du das je einsehen wirst; aber ich glaube, zwischen uns beiden wäre eine solche Ehe möglich gewesen. Noch vor einer Stunde hätte ich gesagt: Es besteht *gar keine* Chance. Ich hatte nicht damit gerechnet, daß du anrufen würdest.«

»Das wußtest du doch.«

»Nein«, beharrte sie. »Ich wußte nur, daß du meinen Brief wegwerfen, in dein Flugzeug steigen und irgendwohin fliegen würdest.«

»Ich wollte nicht wortlos verschwinden. Ich wollte nicht mit dem Gefühl fortfliegen, daß du mir böse bist.«

»Ich bin dir nicht böse.«

»Hm«, sagte ich, »immerhin böse genug, um die schönste Freundschaft zu beenden, die ich jemals erlebt habe.«

»Hör' zu, Richard, ich meine es ernst: Ich bin dir nicht böse. An jenem Abend war ich wütend und empört. Dann wurde ich traurig und weinte. Doch nach einer Weile hörte ich auf zu weinen und dachte lange über dich nach. Und schließlich sah ich ein, daß du nach deinem besten Wissen handelst, der beste Mensch bist, der du sein kannst. Du mußt so weiterleben, bis du dich eines Tages änderst; und nur du selbst kannst diese Veränderung herbeiführen. Wie kann ich dir böse sein, wenn du dein Bestes tust?«

Eine Hitzewelle schoß mir ins Gesicht. Welche Liebe sprach aus diesem Gedanken! Und wie schwer mußte es für sie gewesen sein, ihn in dieser Situation zu fassen – in diesem schmerzlichen Augenblick zu begreifen, daß ich nach meinem besten Wissen und Vermögen handelte! Wer außer ihr hätte das verstanden?

Ich empfand plötzlich so viel Achtung vor ihr, daß ich mir selbst zu mißtrauen begann: »Und wenn ich nun nicht mein Bestes täte?«

»Nun – dann wäre ich dir böse.«

Sie lachte beinahe, als sie das sagte, und ich beruhigte mich ein wenig. Solange sie lachen konnte, waren wir noch nicht am Ende der Welt angelangt – zumindest nicht ganz.

»Vielleicht könnten wir einen Vertrag aufsetzen und ganz eindeutig und sorgfältig vereinbaren, was wir an unserer Beziehung verändern wollen?«

»Ich weiß nicht, Richard. Das klingt wie ein Spiel – und dazu ist die Angelegenheit zu wichtig. Spiele – und deine alten, sich endlos wiederholenden Phrasen der Verteidigung. Ich will nichts mehr von ihnen wissen. Wenn du glaubst, dich gegen mich verteidigen zu müssen, und ich dir immer wieder beweisen muß, daß ich deine gute Freundin bin, dich liebe und dich nicht verletzen, zerstören oder zu Tode langweilen werde... dann verlangst du mehr, als ich ertragen kann. Ich glaube, du kennst mich gut genug und weißt, wie du zu mir stehst. Wenn du Angst hast, hast du eben Angst. Ich habe dich gehen lassen, und ich bin froh darüber – wirklich. Wir sollten es dabei belassen. Von nun an sind wir gute Freunde. Einverstanden?«

Ich dachte über ihre Worte nach. Ich war so sehr daran

gewöhnt, recht zu haben und mich in jeder Diskussion durchzusetzen. Doch in diesem Fall... So sehr ich mich auch bemühte, Brüche und Lücken in ihrer Argumentation zu entdecken – es gelang mir nicht. Ihre Beweiskette würde nur dann zusammenbrechen, wenn sie mich belog – wenn sie es *doch* darauf abgesehen hatte, mich zu verletzen, zu betrügen oder zu zerstören. Und das konnte ich nicht glauben, denn das war ihrem Wesen fremd.

Wenn ich mir die Benutzung dieses Wortes gestattet hätte, hätte ich ihr in jenem Augenblick gestanden, daß ich in sie verliebt war.

»Du tust auch dein Bestes, nicht wahr?« fragte ich statt dessen.

»Ja.«

»Ein vertrautes, enges Verhältnis zwischen zwei Menschen ist in den meisten Fällen zum Scheitern verurteilt. Kommt es dir nicht auch unwahrscheinlich vor, daß gerade wir in dieser Hinsicht eine Ausnahme darstellen sollten? Daß es bei uns ohne Schreien und Türenknallen abgehen wird – daß wir nicht den Respekt voreinander verlieren, einander als selbstverständlichen Besitz betrachten und uns langweilen werden?«

»Warum eigentlich nicht?« fragte sie zurück. »Hältst du uns beide denn nicht für außergewöhnliche Menschen?«

»Wir sind ganz anders als alle Menschen, die ich je kennengelernt habe«, stimmte ich zu.

»Ich kann nichts Schlimmes daran finden, daß ich dich anschreie und mit den Türen knalle, wenn ich wütend auf dich bin. Oder sogar etwas an die Wand werfe, wenn meine Wut groß genug ist. Aber das bedeutet nicht, daß ich dich nicht liebe. Das verstehst du nicht – nicht wahr?«

»Absolut nicht. Es gibt kein Problem, das sich nicht durch eine ruhige, vernünftige Diskussion lösen ließe. Wenn wir eine Meinungsverschiedenheit haben – warum kann ich dann nicht einfach sagen: ›Ich bin nicht deiner Meinung, Leslie, und hier sind meine Gründe‹? Und dann sagst du: ›Du hast recht, Richard. Deine Argumente haben mich davon überzeugt, daß dein Vorschlag besser ist als meiner.‹ Und damit ist alles geklärt. Man braucht kein zerbrochenes Geschrirr beiseite zu kehren und keine Türen zu reparieren.«

»Das wäre natürlich schön«, meinte sie, »aber leider ist es unmöglich. Ich schreie immer dann, wenn ich Angst bekomme – wenn ich das Gefühl habe, daß du mich nicht hörst. Das heißt, vielleicht vernimmst du meine Worte, aber du *verstehst* sie nicht. Oft befürchte ich, daß du im nächsten Augenblick etwas tun könntest, was uns beide verletzt, was wir bereuen werden. Und wenn ich eine Möglichkeit sehe, das zu verhindern, und du mich nicht hörst, muß ich eben so laut sprechen, daß du zum Zuhören gezwungen bist!«

»Du meinst, wenn ich dir zuhören würde, bräuchtest du nicht zu schreien?«

»Ja. Das heißt, vielleicht...«, schränkte sie ein. »Aber selbst wenn ich dich anschreie, ist mein Zorn in ein paar Minuten wieder verraucht. Ich mache meinen Gefühlen Luft, und dann beruhige ich mich wieder.«

»Und ich klettere inzwischen an den Gardinen hoch und warte zitternd, bis dein Anfall vorüber ist!«

»Wenn du etwas gegen Zorn hast, Richard, dann mach' mich nicht zornig! Ich habe mich mittlerweile zu einem ziemlich ruhigen und anpassungsfähigen Menschen entwickelt. Ich explodiere weiß Gott nicht beim geringsten Anlaß – aber du bist der egoistischste Mensch, der mir je begegnet ist! Ich brauchte meine Wut, um dich davon abzuhalten, auf meinen Gefühlen herumzutrampeln, und um uns beiden zu zeigen, wann die Grenze des Zumutbaren erreicht war.«

»Aber ich habe dir doch *gesagt,* daß ich egoistisch bin«, wandte ich ein. »Und zwar schon vor langer Zeit. Ich habe dir prophezeit, daß ich stets in meinem eigenen Interesse handeln würde – in dem, was ich für mein eigenes Interesse halte. Und ich hoffte, daß du das gleiche tun würdest...«

»Bitte erspare mir deine Definitionen!« sagte sie. »Nur dadurch, daß du *nicht* ständig an dich selbst denkst – falls dir das überhaupt möglich sein sollte –, könntest du eines Tages glücklich werden. Du mußt Platz in deinem Leben schaffen – Platz für etwas, das dir ebenso wichtig ist wie du selbst. Sonst wirst du immer einsam und verirrt und auf der Suche sein...«

Wir diskutierten noch stundenlang, als sei unsere Liebe ein geängstigter Flüchtling, der im zwölften Stockwerk mit weit aufgerissenen Augen auf einem Fenstersims balancierte und herunterspringen würde, sobald wir unsere Rettungsversuche aufgaben.

Wir müssen nur weiterreden, dachte ich. Wenn wir weiterreden, wird er sich nicht fallen lassen und schreiend auf die Straße hinabstürzen. Und doch wollten wir beide den Flüchtling nur unter der Bedingung am Leben erhalten, daß er Vernunft annahm und wieder zu Kräften kam. Jede Ansicht, die wir teilten, war ein Windstoß, der den Flüchtling ein Stückchen in die Sicherheit zurücktrieb. Manchmal war unsere gemeinsame Zukunft dem Absturz gefährlich nahe, dann wieder gelang es uns, sie in die sicheren vier Wände zurückzudrängen.

Was für ein unschätzbarer Verlust es wäre, wenn sie herunterstürzte! All die Stunden der Wärme und Nähe, die außerhalb der Zeit lagen; Stunden, in denen wir einander so viel bedeuteten; Augenblicke atemloser Begeisterung über die Persönlichkeit dieser Frau... Sie alle hätten dann zu nichts geführt; ja, noch schlimmer: hätten diesen schrecklichen Verlust zur Folge gehabt.

»Der Schlüssel zur Liebe«, hatte sie mir einmal gesagt, ist die Sympathie. Wir waren lange sehr gute Freunde gewesen, ehe sich eine Liebesbeziehung zwischen uns entwickelt hatte. Ich hatte sie gemocht und bewundert, unendliches Vertrauen zu ihr gehabt... Und nun schwebte diese schöne und wertvolle Beziehung über einem gefährlichen Abgrund.

Wenn unser Flüchtling abrutschte, würde er viele andere Menschen mit sich reißen: die Wookies; den verzweifelt an einen Eisbecher geklammerten Vielfraß; die Zauberin; die Sexgöttin. Auch der Bantha würde den Aufprall nicht überleben, und es würde keine Schachpartien, keine Filme und keine Sonnenuntergänge mehr geben. Und keine über die Klaviertasten gleitenden Finger. Ich würde die geheimen Harmonien Johann Sebastian Bachs, auf die sie mich aufmerksam gemacht hatte, nie wieder hören und mich in keinem Komponisten-Quiz mehr blamieren, nie wieder Blumen sehen können, ohne dabei an sie denken zu müssen. Kein anderer Mensch würde mir jemals so nahestehen... Ich würde mich mit weiteren Mauern umgeben und sie mit scharfen Spitzen krönen. Immer höhere Schutzwälle, immer mehr Spitzen...

»Du *brauchst deine Mauern nicht,* Richard!« rief sie. »Erkennst du denn nicht, daß Mauern dich nicht beschützen werden, wenn wir einander nie wiedersehen? Sie werden dich *isolieren!«*

Sie versucht dir zu helfen, dachte ich. In diesen letzten Minuten der Trennung möchte sie immer noch, daß du etwas lernst. Wie können wir einander bloß verlassen?

»Und der Vielfraß...«, stieß sie hervor, »der Vielfraß... braucht nicht zu verhungern... Jedes Jahr am elften Juli... mache ich einen Schokoladeneisbecher mit heißem Fond... Fond... Fondant... und denke... an meinen lieben Vielfr...«

Ihre Stimme brach; ich hörte, wie sie den Telefonhörer in ein Kissen drückte. Oh, nein, Leslie, dachte ich, während ich dem erstickenden Schweigen der Federn lauschte. Muß unsere verzauberte Stadt mit den zwei Einwohnern wirklich untergehen? Ist dieses einmalige Wunder nur in unser Leben getreten, um wieder im Smog der Alltagswelt zu verschwinden? Wer ist unser Mörder?

Wenn irgendein Außenstehender uns angriffe und zu trennen versuchte, würden wir ihn in Stücke reißen. Dieses Problem jedoch liegt im Inneren. Und der Außenstehende bin ich!

Und wenn wir nun doch Seelengefährten sind? dachte ich, während sie vor sich hin schluchzte. Wenn sie der Mensch ist, den du dein Leben lang gesucht hast, und umgekehrt? Wir haben einander flüchtig berührt, haben eine kleine Kostprobe davon erhalten, was Liebe sein kann – und jetzt werden wir uns trennen und nie wiedersehen, weil du Angst hast. Willst du den Rest deiner Tage damit verbringen, nach der einen Frau zu suchen, die du schon gefunden hast und nicht zu lieben wagst?

Wir haben uns zu einem Zeitpunkt kennengelernt, an dem wir beide weder verheiratet noch verlobt waren, uns keinem höheren Zweck verschrieben hatten und auch nicht zu sehr mit Dreharbeiten, Büchern, Reisen oder Abenteuern beschäftigt waren. Es gab nichts, was uns völlig in Anspruch genommen und voneinander abgelenkt hätte... Welch unwahrscheinlicher Zufall! dachte ich. Sich im selben Zeitalter auf demselben Planeten kennenzulernen, ungefähr gleichaltrig und im selben Kulturraum aufgewachsen zu sein... Wenn wir uns schon vor Jahren getroffen hätten, wäre nichts zwischen uns geschehen. Wir *haben* uns ja schon vor Jahren getroffen – standen im selben Fahrstuhl und verfehlten einander doch. Damals war der richtige Zeitpunkt noch nicht gekommen. Und er wird auch niemals wiederkehren.

»Es tut mir leid, Wook«, sagte sie, nachdem sie ihre Tränen getrocknet hatte und wieder ans Telefon gekommen war. »Ich bin eine dumme Gans. Manchmal wünschte ich, ich hätte deine Selbstbeherrschung. Du wirst so leicht mit Abschieden fertig, als bedeuteten sie gar nichts.«

»Es hängt alles davon ab, welchem Teil deiner Persönlichkeit du die Führung überläßt«, erklärte ich, froh über den Themawechsel. »Wenn man sich von seinen Gefühlen beherrschen läßt, sind solche Zeiten nicht gerade ein Vergnügen.«

»Nein«, schniefte sie, »weiß Gott ...«

»Versuche im Geist die Zukunft vorwegzunehmen«, riet ich ihr. »Tu' so, als sei seit unserem Abschied schon ein Tag oder ein Monat vergangen. Wie fühlst du dich dann? ... Ich versuche es gerade, und ich fühle mich nicht wohler ohne dich. Ich stelle mir vor, wie es ist, allein zu sein – niemanden mehr zu haben, mit dem ich neun Stunden lang telefonieren und hundert Dollar für ein Ortsgespräch ausgeben kann. Ich werde dich so sehr vermissen!«

»Ich dich auch«, sagte sie. »Richard, wie kann man einen Menschen dazu bringen, um eine Ecke zu sehen, die er noch gar nicht erreicht hat? Die einzig lebenswerte Existenzform ist die magische – und was wir erlebt haben, *ist* Magie! Ich würde alles darum geben, wenn du einsehen könntest, was für Möglichkeiten noch vor uns liegen ...« Sie hielt inne, suchte nach Worten. »Aber wenn du es nicht sehen kannst, ist es vermutlich gar nicht da, nicht wahr? Selbst wenn ich es sehe ... Es existiert nicht wirklich.« Ihre Stimme klang müde und resigniert. Sie war im Begriff, einzuhängen.

Ich weiß nicht, ob es an meiner Müdigkeit, an meiner Angst oder an beidem lag. Ganz plötzlich, ohne Vorwarnung, zersprang etwas in mir, riß sich los und gelangte ins Freie; und es war kein glückliches Gefühl.

RICHARD! schrie es. WAS TUST DU? BIST DU VERRÜCKT? HAST DU VÖLLIG DEN VERSTAND VERLOREN? Das hier ist keine bloße Metapher, die über irgendeinem Abgrund schwebt – das bist DU! Das ist deine Zukunft, und wenn sie in die Tiefe stürzt, bist du ein ZOMBIE, eine lebende Leiche! Und du wirst so lange auf derselben Entwicklungsstufe stehenbleiben, bis du dich eines Tages wirklich umbringst! Du hast jetzt neun Stunden lang am Telefon mit Leslie gespielt. WAS GLAUBST DU, WOZU DU AUF DIESEM PLANE-

TEN BIST – UM DÜSENMASCHINEN ZU FLIEGEN? Oh, nein, du arroganter Scheißkerl – du bist hier, um etwas über die LIEBE zu lernen! Leslie ist deine Lehrerin; und in fünfundzwanzig Sekunden wird sie einhängen, und du wirst sie nie wiedersehen! Du hast noch zehn Sekunden Zeit, ehe sie auflegt du Idiot! . . . Noch zwei Sekunden! SPRICH ENDLICH!

»Leslie«, sagte ich, »du hast recht und ich unrecht. Wir haben es auf meine Weise versucht, und es ging nicht. Nun wollen wir es auf deine Art versuchen. Keine ›perfekte Frau‹ mehr, keine Schutzmauern mehr. Nur du und ich. Wir wollen sehen, was daraus wird.«

Schweigen am anderen Ende der Leitung.

»Bist du sicher?« fragte sie dann. »Bist du dir wirklich ganz sicher? Denn wenn du es nur sagst, ohne wirklich davon überzeugt zu sein, wird alles nur noch schlimmer. Das weißt du, nicht wahr?«

»Ich weiß. Ich *bin* sicher. Können wir darüber sprechen?«

Wieder Schweigen.

»Natürlich, Wookie. Warum legst du nicht auf und kommst zu mir herüber? Dann können wir gemeinsam frühstücken.«

»Einverstanden, mein Schatz«, sagte ich. »Bis gleich.«

»Ich liebe dich, Leslie Parrish«, setzte ich hinzu, als sie aufgelegt hatte.

Nun, da ich völlig ungestört war und mir niemand zuhörte, klangen diese Worte, die ich so sehr verachtet und nie benutzt hatte, plötzlich wahr und einleuchtend.

Ich legte den Hörer auf die Gabel. »GESCHAFFT!« schrie ich in das leere Zimmer hinein. »WIR HABEN ES GESCHAFFT!« Mir war so leicht zumute, als sei ich ein Segelflugzeug, das an einem Sommertag in den Bergen zu einem Flug in die Stratosphäre startet.

33

»Ich kann es nicht«, sagte sie. »Ich versuche es ja, Richie; ich habe zwar entsetzliche Angst, aber ich versuche es trotzdem. Ich fange an zu trudeln, wir gehen im Sturzflug nach unten und trudeln, und dann falle ich in Ohnmacht! Ich komme erst wieder zu mir, wenn wir uns wieder im Horizontalflug befinden und Sue, meine Lehrerin, ruft: ›Leslie! Ist alles in Ordnung?‹« Sie sah mich ganz niedergeschlagen und ohne einen Funken Hoffnung an. »Wie kann ich das Trudeln lernen, wenn ich dabei jedesmal in Ohnmacht falle?«

Ich öffnete den winzigen Wandschrank unseres Wohnwagens, kramte unseren kleinen Besen hervor und brachte ihn ihr. Sie saß auf dem Bettrand. »Dieser Besenstiel ist dein Steuerknüppel«, sagte ich. »Wir wollen das Trudeln gemeinsam hier auf dem Boden üben – so lange, bis es dich langweilt.«

»Es langweilt mich nicht – ich habe schreckliche Angst davor!«

»Hier unten wirst du keine Angst haben. Der Besen ist dein Steuerknüppel. Tu' so, als hättest du die Füße auf den Seitenrudern. Nun bist du hoch oben am Himmel und fliegst in Horizontallage geradeaus. Und jetzt ziehst du den Steuerknüppel sacht nach hinten – ganz langsam ... Die Nase des Segelflugzeugs hebt sich, und es wird gleich zu vibrieren beginnen und in die überzogene Fluglage kommen, die du zum Trudeln brauchst. Du hältst den Steuerknüppel immer noch hinten fest. Jetzt senkt sich die Nase, und NUN trittst du voll auf das rechte Seitenruder. Ja, so ist es richtig... Laß' den Steuerknüppel hinten und zähle die Umdrehungen: eins... zwei... drei... Zähle, wie oft der Montezuma Peak sich um die Nase deines Flugzeugs dreht. Nach dem drittenmal trittst du auf das linke Seitenruder und schiebst gleichzeitig den Steuerknüppel nach vorn – nur ein wenig vor die Neutralstellung. Inzwischen hat das Trudeln schon aufgehört, und du hebst die Nase des Flugzeugs leicht an und gehst wieder in den Horizontalflug über. Das ist alles. War das so schwer?«

»Nicht hier im Wohnwagen.«

»Wenn du es noch ein bißchen übst, wird es dir auch im Flugzeug leichtfallen. Das verspreche ich dir. Ich weiß, wovon ich spreche – ich mußte es ja auch durchmachen. Ich hatte auch Angst vor dem Trudeln. – Also noch einmal. Wir befinden uns jetzt in der Horizontallage, und du schiebst den Steuerknüppel ganz sacht zurück...«

Trudeln... der Teil der fliegerischen Grundausbildung, vor dem alle am meisten Angst haben. Solche Angst, daß die Regierung schon vor Jahren festgesetzt hat, es solle kein obligatorischer Bestandteil der Fliegerausbildung mehr sein... Viele Flugschüler gaben auf, weil sie das Trudel-Training nicht bewältigen konnten. Aber Laszlo Horvath – der Landesmeister im Segelfliegen, dem der Estrella Sailport gehörte – bestand trotzdem darauf, daß jeder Flugschüler lernte, wie man ein Flugzeug aus dem Trudeln abfängt, ehe er zum erstenmal allein flog.

»Du *willst,* daß an dieser Stelle der Erdboden unter dir verschwindet«, schärfte ich ihr ein, »das *soll* so sein. Du *willst,* daß die Nase des Flugzeugs senkrecht nach unten zeigt und die

Welt im Kreis um dich herumwirbelt! Wenn sie das nicht tut, hast du etwas falsch gemacht! – Noch einmal...«

Es war eine Prüfung, die Leslie zu bestehen hatte: Sie mußte dieser Angst ins Auge sehen und lernen, ein Flugzeug zu fliegen, das nicht einmal einen Motor hatte.

Die Prüfung, die ich zu bestehen hatte, bestand in der Überwindung einer anderen Angst. Ich hatte ihr versprochen, von ihr zu lernen, wie man liebt – meine frostige ›perfekte Frau‹ aufzugeben und Leslie so nah an mich heranzulassen, wie ich ihr sein durfte. Jeder von uns beiden verstraute auf die Sanftheit und Güte des anderen. Dieser ruhige, friedliche Ort sollte nicht durch Dolche und Widerhaken entstellt werden.

Der Wohnwagen in der Wüste von Arizona war meine Idee gewesen. Wenn das Experiment unserer ausschließlichen Liebesbeziehung zum Scheitern verurteilt war, dann sollte es möglichst rasch passieren, damit wir es hinter uns hatten. Wir konnten unsere Beziehung auf keine bessere Probe stellen, als gemeinsam in einem winzigen, plastiküberdachten Raum zu leben, in dem keiner von uns einen Winkel für sich hatte, in den er sich zurückziehen konnte. Eine größere Herausforderung konnte es für Menschen, denen ihre ungestörte Privatsphäre sehr wichtig ist, nicht geben. Wenn wir daran Gefallen finden konnten – und nicht nur für ein paar Tage, sondern Monat für Monat –, so waren wir auf ein Wunder gestoßen.

Doch statt mit den Zähnen zu knirschen, weil wir auf so engem Raum zusammenleben mußten, blühten wir auf.

Wir begannen den Tag bei Sonnenaufgang mit einem Dauerlauf, durchwanderten mit Blumen-Bestimmungsbüchern und Geländeführern in den Taschen die Wüste, flogen mit Segelflugzeugen, führten tagelange Gespräche, lernten Spanisch, atmeten klare, reine Luft ein, fotografierten Sonnenuntergänge – kurzum, wir begannen etwas zu üben, was unser ganzes Leben in Anspruch nehmen würde: einen – und nur einen einzigen – anderen Menschen außer uns selbst voll und ganz zu verstehen. Woher kamen wir; was hatten wir gelernt; wenn wir die Möglichkeit hätten, eine ganz neue Welt zu schaffen – wie würden wir sie gestalten?

Zum Abendessen trugen wir unsere besten Kleider und schmückten unseren Tisch mit Kerzen und Wüstenblumen, und dann unterhielten wir uns und hörten Musik, bis die Kerzen heruntergebrannt waren.

»Langeweile zwischen zwei Menschen«, sagte Leslie eines Abends, »entspringt nicht aus physischer Nähe. Sie entsteht, wenn man in geistiger und seelischer Hinsicht voneinander getrennt ist.« Dieser Gedanke – für sie ganz einleuchtend und selbstverständlich – verblüffte mich so sehr, daß ich ihn sofort aufschrieb. Bis jetzt, dachte ich, brauchen wir uns noch keine Sorgen darüber zu machen, daß Langeweile zwischen uns aufkommen könnte. Aber man kann nie vorhersagen, was die Zukunft bringen wird, kann nichts versprechen...

Dann kam der Tag, an dem ich von unten aus zusah, wie Leslie sich ihrem Drachen entgegenstellte. Ich stand im dröhnenden Propellerluftstrom eines Schleppflugzeuges, das ihr Schulflugzeug emporziehen sollte. Heute würde sie wieder das Trudeln üben. Binnen Minuten löste sich das Segelflugzeug von dem Schleppseil – ein weißes Kreuz, das allein und ruhig hoch oben in der Luft schwebte. Dann verlangsamte es seinen Flug, hielt mitten in der Luft an, und – husch! – die Nase senkte sich, Tragflächen wirbelten im Kreis herum – ein weißer Ahornsame, der tiefer stürzte... immer tiefer... Dann wurde es sanft abgefangen, ging in die Horizontallage über, verlangsamte seinen Flug erneut, hielt mitten in der Luft an und trudelte wieder.

Leslie Parrish – vor kurzem noch eine Gefangene ihrer Angst vor Flugzeugen aller Art – hatte jetzt das leichteste Flugzeug unter Kontrolle, das es gab, und verlangte ihm das Äußerste ab: Trudeln nach links, Trudeln nach rechts, halbe Drehung und Abfangen, drei Umdrehungen und Abfangen;

bis hinunter auf die Mindestflughöhe. Dann glitt sie in die Anflugbahn und landete.

Das Segelflugzeug setzte auf, rollte auf seinem einen Rad sanft auf einen weißen Streifen zu, der mit Kalk in die schmutzige Landebahn eingezeichnet worden war, und hielt etwa einen Meter davor an. Die linke Tragfläche neigte sich langsam nach unten und berührte den Boden. Leslie hatte ihre Prüfung bestanden.

Ich rannte die Landebahn entlang auf sie zu und hörte schon aus der Ferne den aus dem Cockpit dringenden Triumphschrei ihrer Fluglehrerin: »Du hast es geschafft, Leslie!« jubelte sie. »Du hast das Flugzeug ganz allein zum Trudeln gebracht! Hurra!«

Dann wurde das Kabinendach mit einem Schwung geöffnet, und Leslie stand vor mir. Sie hatte ein Lächeln auf den Lippen und sah schüchtern zu mir hoch, um an meinem Gesicht abzulesen, was ich wohl von ihrem Flug hielt. Ich küßte ihr Lächeln. »Das war ein perfekter Flug, Wook – und perfektes Trudeln! Ich bin so stolz auf dich!«

Am nächsten Tag flog sie zum erstenmal allein.

Es ist seltsam faszinierend und begeisternd, am Rande zu stehen und dabei zuzusehen, wie unser bester Freund ohne uns auf der Bühne steht! Ein neuer Geist hatte von Leslies Körper Besitz ergriffen und die Angstbestie zerstört, die jahrzehntelang in ihr auf der Lauer gelegen und sie bedroht hatte. Und dieser Geist zeigte sich nun in ihrem Gesicht. In ihren meerblauen Augen tanzten goldene Funken; sie strahlte eine elektrisierende Energie aus. Ja, das ist sie, dachte ich – Energie, Kraft. Vergiß das nie, Richard: Die Frau, die hier vor dir steht, ist kein gewöhnlicher, alltäglicher Mensch; ihr werden keine Konventionen gerecht. Vergiß es nie!

Ich bestand meine Prüfungen nicht so erfolgreich wie sie.

Hin und wieder war ich ohne Grund kalt und abweisend zu

ihr, verfiel in Schweigen, schob sie beiseite, ohne zu wissen, warum.

Dann war sie verletzt und sagte es mir auch. »Du warst heute unhöflich zu mir! Du unterhieltest dich gerade mit Jack, als ich landete. Ich lief zu dir hin, und als du mich sahst, *kehrtest du mir den Rücken zu,* als sei ich gar nicht da! Noch schlimmer: als wünschtest du, ich wäre nicht da.«

»Leslie, ich bitte dich! Ich wußte wirklich nicht, daß du da warst. Wir unterhielten uns gerade. Muß ich denn alles stehen- und liegenlassen, sobald du auftauchst?«

In Wirklichkeit hatte ich sehr wohl von ihrer Anwesenheit gewußt, aber nicht auf sie reagiert. Ich hatte sie behandelt wie ein herabfallendes Blatt oder eine vorbeistreifende Brise. Warum ärgerte ich mich darüber, daß es ihr etwas ausmachte?

Solche Zwischenfälle kamen immer wieder vor – zwischen unseren Spaziergängen, Musikabenden, Flügen und Mahlzeiten bei Kerzenlicht. Aus alter Gewohnheit errichtete ich neue Mauern, verbarg mich kühl und abweisend hinter ihnen, richtete meinen alten Schutzschild gegen Leslie. Sie reagierte in solchen Augenblicken eher traurig als ärgerlich.

»Oh, Richard! Bist du von einem Dämon besessen, der die Liebe haßt? Du hast versprochen, die Grenzen zwischen uns *aufzuheben* – statt dessen errichtest du neue!«

Sie verließ den Wohnwagen und ging allein im Dunkeln die Landebahn auf und ab.

Du bist nicht von einem Dämon besessen, dachte ich. Du brauchst nur irgend etwas Gedankenloses zu sagen oder zu tun – und schon behauptet sie, ein Dämon sei schuld. Warum muß sie so übertrieben reagieren?

Wenn Leslie dann zurückkam, war sie tief in Gedanken versunken, sprach kein Wort und schrieb stundenlang in ihr Tagebuch.

Dann rückte die Vorbereitungswoche für den Segelflug-Wettbewerb heran, an dem wir teilnehmen sollten. Ich war der Pilot, Leslie übernahm die Aufgaben am Boden. Sie stand schon um fünf Uhr morgens auf, um das Flugzeug zu waschen, zu polieren und die Fugen abzukleben, ehe die Temperatur über 38 Grad anstieg. Sie schob es auf seinen Platz in der Schlange der an der Startbahn aufgereihten Flugzeuge und füllte es mit Wasserballast. Dann kühlte sie meinen Nacken bis zum Start mit Eiswürfeln, die sie in Handtücher gewickelt hatte – und stand dabei selbst die ganze Zeit in der Sonne. Sobald ich gestartet war, fuhr sie in die Stadt, um Lebensmittel und Mineralwasser zu besorgen, und blieb dabei über das Funkgerät unseres Lastwagens mit mir in Verbindung – jederzeit bereit, mich und das Flugzeug abholen zu kommen, falls ich gezwungen sein sollte, an irgendeinem anderen als dem vorgesehenen Ort zu landen. Bei meiner Landung stand sie mit kalten Erfrischungsgetränken bereit und half mir dabei, das Segelflugzeug an die Stelle zurückzuschieben, an der es für die Nacht festgebunden werden sollte. Dann verwandelte sie sich wieder in die ›große Filmschauspielerin‹, servierte das Abendessen, zündete die Kerzen an und hörte sich an, was für Abenteuer ich während des Tages erlebt hatte.

Sie hatte mir einmal erzählt, daß sie Hitze schlecht vertragen könne; doch davon merkte man ihr nichts an. Sie arbeitete fünf Tage lang fast ununterbrochen wie ein Pferd. Wir erzielten während unserer Trainingswoche hervorragende Ergebnisse, und das war zu einem großen Teil ihr Verdienst. Sie spielte die Multi-Rolle des Bodenpersonal ebenso perfekt wie jede andere Rolle, die sie sich aussuchte.

Warum mußte ich ausgerechnet in dieser Zeit erneut wieder eine Distanz zwischen uns schaffen? Kurz nachdem sie mich bei einer der Landungen mit Erfrischungen empfangen hatte, waren meine alten Mauern wieder da. Ich kam mit ein paar anderen Piloten ins Gespräch und bemerkte erst eine halbe Stunde später, daß sie gegangen war. Ich mußte das Segelflugzeug allein wegräumen, was in dieser Sonnenglut keine geringe Mühe war; doch meine Wut über ihren demonstrativen Abgang erleichterte mir manches.

Als ich den Wohnwagen betrat, lag Leslie auf dem Boden und heuchelte Erschöpfung.

»Hallo«, sagte ich. »Vielen Dank für deine Hilfe.«

Keine Antwort.

»Ich bin dir wirklich dankbar für deine tatkräftige Unterstützung nach diesem anstrengenden Flug.«

Nichts. Sie lag auf dem Fußboden und weigerte sich, auch nur ein Wort zu sagen.

Den Partner durch Schweigen zu strafen ist ein albernes Spiel, dachte ich. Wenn sie sich über etwas ärgert, wenn sie mit deinem Verhalten nicht einverstanden ist – warum sagt sie es dann nicht einfach? Eine Aussprache ist doch besser, als verbissen vor sich hinzuschweigen.

Ich stieg über sie hinweg und stellte die Klimaanlage an. Dann streckte ich mich auf der Couch aus, öffnete ein Buch über den Segelflugsport und begann zu lesen. Wenn sie darauf besteht, sich so zu benehmen, hat unsere Beziehung keine große Zukunft, dachte ich.

Nach einer Weile bewegte sie sich. Und schließlich stand sie auf – ein Bild unendlicher Schwäche – und schleppte sich ins Bad. Ich hörte, wie das Wasser aus den Pumpen strömte. Sie ging verschwenderisch mit dem Wasser um, weil sie wußte, daß ich es Tropfen für Tropfen aus der Stadt holen und die Wassertanks des Wohnwagens eigenhändig auffüllen mußte.

Dann wurde der Wasserhahn abgedreht.

Ich legte das Buch beiseite. Soll das Wunder dieser Frau und unseres gemeinsamen Lebens in der Wüste tatsächlich von den Säuren zerfressen werden, die sich während der Vergangenheit in mir angesammelt haben? dachte ich. Kann ich denn nicht lernen, ihr zu verzeihen, wenn sie ihre Stacheln aufstellt? Sie hat mich mißverstanden, und ich war verletzt.

Warum sollte ich nicht die innere Größe besitzen, ihr zu vergeben?

Im Badezimmer war kein Laut mehr zu hören; vielleicht weint das arme Ding, dachte ich.

Ich ging an die kleine Tür und klopfte zweimal.

»Es tut mir leid, Wookie«, sagte ich. »Ich verzeihe dir ...«

»GGGGGGGGRRRRRRRRRRRRRRR!!!« Eine wilde Bestie begann im Badezimmer ihr Unwesen zu treiben. Flaschen zerschellten an der Holztür; Krüge, Bürsten und Haartrockner flogen an die Wand.

»DU VERDAMMTES (KNALL!) ARSCHLOCH! ICH (KRACHBUM!) HASSE DICH! ICH WILL DICH NIE WIEDERSEHEN! ICH (PENG!) LIEGE OHNMÄCHTIG AUF DEM BODEN, WEIL ICH BEI DER ARBEIT AN DEINEM VERDAMMTEN SEGELFLUGZEUG BEINAHE EINEN HITZSCHLAG BEKOMMEN HÄTTE, UND DU LÄSST MICH EINFACH LIEGEN UND *LIEST EIN BUCH!* WENN ES NACH DIR GEGANGEN WÄRE, HÄTTE ICH IN ALLER SEELENRUHE *STERBEN* KÖNNEN! (KRACH-SCHEPPER-PENG!) DAS WÄRE DIR GANZ EGAL GEWESEN! MIR IST JETZT AUCH ALLES EGAL, VERFLUCHTER RICHARD BACH! VERSCHWINDE UND LASS MICH ALLEIN, UND ZWAR SCHNELL, DU EGOISTISCHES ... SCHWEIN!« (WUMMM!)

Noch nie in meinem ganzen Leben hatte jemand so zu mir gesprochen. Ich hatte auch noch nie erlebt, daß sich jemand so benahm. Sie warf dort drin mit Gegenständen um sich! Wutentbrannt und angeekelt sprang ich aus dem Wohnwagen, knallte die Tür hinter mir zu und rannte zu der Meyers, die draußen in der Sonne stand. Die Hitze war erbarmungslos wie ein Ameisenschwarm, doch ich bemerkte sie kaum. Was ist nur in sie gefahren? dachte ich. – Und um ihretwillen hast du deine ›perfekte Frau‹ aufgegeben! Was bist du für ein Idiot!

Während der Zeit meiner Flugveranstaltungen auf dem Land hatte es ein sehr einfaches Heilmittel für meine Angst vor größeren Menschenmengen gegeben: Sobald ich die ersten Symptome dieser Angst verspürte, hatte ich mich sofort von den Menschen zurückgezogen, war in meinem Doppeldecker davongeflogen und allein und ungestört gewesen. Und dieses Rezept hatte so gut funktioniert, daß ich schon bald dazu überging, es auch auf meine Angst vor einzelnen Menschen anzuwenden. Auch hier wirkte es hervorragend. Immer wenn ich jemanden nicht mochte, verließ ich ihn und verschwendete von da an kein Wort und keinen Gedanken mehr an ihn.

Meistens funktioniert dieser Trick ausgezeichnet. Du bist von jeder Plage in menschlicher Gestalt schlagartig geheilt, sobald du sie verläßt. Es sei denn – aber das kommt höchstens alle tausend Jahre einmal vor –, es sei denn, daß diese Plage zufällig deine Seelengefährtin ist.

Ich fühlte mich, als habe man mich auf die Folterbank gespannt. Ich wollte nur noch davonlaufen – davonlaufen – davonlaufen. Ins Flugzeug springen und LOS! Irgendwo landen, auftanken, wieder den Motor anlassen, starten und LOS!

Niemand hat das Recht, mich anzuschreien! Wer mich ein einziges Mal anschreit, hat nie wieder Gelegenheit dazu, denn ich bin sofort für immer und ewig *verschwunden*. Ich knalle die Tür hinter mir zu, und der Mensch, der mich angeschrien hat, existiert fortan nicht mehr für mich. Ich bin fertig mit ihm. Endgültig.

Und doch blieb ich stehen; meine Finger lagen noch immer auf dem glühend heißen Griff der Flugzeugtür.

Diesesmal erlaubte mein Geist es mir nicht, davonzulaufen.

Statt dessen nickte er mit dem Kopf: Nun gut – sie ist dir böse, hat aber auch ein Recht dazu, denn du hast schon wieder gedankenlos gehandelt.

Ich lief in die Wüste hinein und machte einen langen

Spaziergang, um meinen Zorn und meine Gekränktheit abzureagieren.

Das ist eine meiner Prüfungen, dachte ich. Wenn ich jetzt nicht davonlaufe, beweise ich damit, daß ich dabei bin, etwas zu lernen. Der heutige Vorfall stellt kein echtes Problem dar. Leslie ist nur ein wenig... nun ja, sie verleiht ihren Gefühlen etwas deutlicher Ausdruck als ich.

Ich ging noch ein Stückchen weiter, bis mir einfiel, was ich während meines Überlebenstrainings gelernt hatte: daß man sterben kann, wenn man sich zu lange in der prallen Sonne aufhält.

War SIE vielleicht zu lange an der Sonne gewesen? War sie nicht aus Trotz, sondern aufgrund der *Hitze* zusammengebrochen?

Meine Wut und meine Gekränktheit waren wie weggeblasen. Leslie war durch die *Hitze* ohnmächtig geworden, und ich hatte es für Heuchelei gehalten! Richard, wie kannst du nur so ein Idiot sein?

Eilig kehrte ich zum Wohnwagen zurück. Unterwegs entdeckte ich eine Wüstenblume, die wir noch nie gesehen hatten, und grub sie rasch mit den Händen aus.

Als ich den Wohnwagen betrat, lag Leslie schluchzend auf dem Bett.

»Es tut mir leid, Wookie«, sagte ich ruhig und streichelte ihr Haar. »Es tut mir sehr leid. Ich wußte nicht...«

Sie reagierte nicht.

»Ich habe eine Blume gefunden... eine Wüstenblume. Ich habe sie dir mitgebracht. Meinst du, daß sie Wasser braucht?«

Sie setzte sich auf, wischte sich die Tränen aus den Augen und untersuchte die kleine Pflanze mit ernstem Gesicht.

»Ja. Sie braucht Wasser.«

Ich holte eine Tasse, um die Pflanze einzutopfen, und ein Glas Wasser.

»Vielen Dank für die Blume«, sagte Leslie nach einer

Minute. »Und vielen Dank für deine Entschuldigung. Versuche immer daran zu denken, Richard: Wenn du einen Menschen behalten willst, darfst du seine Anwesenheit nie als selbstverständlich betrachten!«

Am Freitagnachmittag kam sie glücklich, strahlend und bildhübsch von einem Flug zurück. Sie war bei guter Thermik über drei Stunden oben geblieben und nur gelandet, weil ein anderer Flugschüler das Flugzeug brauchte. Sie war fröhlich und hungrig, begrüßte mich mit einem Kuß und erzählte mir, was sie alles gelernt hatte.

Während ich ihr zuhörte, bereitete ich einen Salat für uns zu und verteilte ihn dann auf zwei Schalen.

»Ich habe deine Landung beobachtet«, sagte ich. »Sie war so perfekt, als sei sie für die Kamera bestimmt. Du hast so leicht aufgesetzt wie ein Vogel!«

»Schön wär's, wenn's stimmte«, wehrte sie ab. »Ich hatte die Landeklappen während des gesamten Landeanflugs voll ausgefahren, sonst hätten mich erst die Beifußsträucher gebremst.«

Trotzdem merkte ich ihr an, daß sie auf ihre Landung stolz war. Wenn man sie lobte, wechselte sie häufig das Thema und erwähnte irgend etwas anderes, was ihr nicht so gut gelungen war, um das Kompliment leichter akzeptieren zu können.

Das war der richtige Augenblick, um es ihr zu sagen. »Wook, ich glaube, ich werde mich ins Flugzeug setzen und für eine Weile verschwinden.«

Sie wußte sofort, was ich meinte, und sah mich erschrocken an. Dennoch öffnete sie mir eine Hintertür, damit ich meine Meinung noch im letzten Augenblick ändern konnte. Meine Ankündigung war doppeldeutig gewesen – ich hätte damit ja auch meinen können, ich wolle nur einen kleinen Flug unternehmen. »Es hat nicht viel Zweck, jetzt zu starten«, sagte sie deshalb. »Die Thermik ist zusammengefallen.«

Doch statt der Hintertür zu benutzen, stürzte ich mich mutig vorwärts. »Ich habe damit nicht gemeint, daß ich segelfliegen will, Leslie. Ich will fort. Morgen nach dem Wettflug; was meinst du dazu? Ich habe das Bedürfnis, eine Weile allein zu sein. Du doch sicherlich auch, nicht wahr?«

Sie legte die Gabel nieder und lehnte sich auf der Couch zurück. »Wo willst du denn hin?«

»Weiß ich noch nicht genau. Ist auch egal. Irgendwohin. Ich muß einfach für eine oder zwei Wochen allein sein, glaube ich.«

Bitte wünsche mir alles Gute für die Reise, dachte ich. Bitte sag', daß du Verständnis dafür hast und auch allein sein möchtest. Vielleicht hast du Lust, zurück nach Los Angeles zu fliegen und einen Fernsehfilm zu drehen?

Sie sah mich mit fragendem Gesichtsausdruck an. »Von ein paar Problemen abgesehen, haben wir die glücklichste Zeit unseres Lebens hier verbracht; wir waren glücklicher als je zuvor – und jetzt willst du plötzlich davonlaufen, irgendwohin, und allein sein? Sehnst du dich wirklich nur nach der Einsamkeit, oder hast du das Bedürfnis, wieder einmal mit einer deiner Frauen zusammenzusein, um hinterher eine neue Liebesgeschichte mit mir beginnen zu können?«

»Das ist nicht fair, Leslie! Ich habe versprochen, mich zu ändern; und ich *habe* auch einiges an mir verändert. Ich habe versprochen, nichts mit anderen Frauen anzufangen; also gibt es für mich auch keine anderen Frauen. Wenn unsere ›Probe-Ehe‹ nicht funktionierte, wenn ich mich mit einer anderen Frau treffen wollte, würde ich es dir sagen. Du weißt, daß ich grausam genug dazu bin.«

»Ja, ich weiß.« Auf den schönen Linien und Schatten ihres Gesichts war kein Ausdruck zu erkennen. Ich spürte, daß sie mit fieberhafter Geschwindigkeit ihre Gedanken ordnete: Gründe, Vorschläge, Alternativen.

Eigentlich, dachte ich, hätte sie früher oder später damit rechnen müssen. Mein zynisches, zerstörerisches Ich – jene Schlange, die in meinem Innern stets auf der Lauer lag – hatte bezweifelt, daß unser Experiment länger als zwei Wochen dauern würde; und jetzt lebten wir schon seit einem halben Jahr in diesem Wohnwagen und waren noch keinen Tag lang voneinander getrennt gewesen. Seit meiner Scheidung hatte ich mit keiner Frau so lange zusammengelebt wie mit ihr. Es war wirklich Zeit für eine kleine Pause.

»Bitte, Leslie. Was ist denn so verkehrt daran, wenn man sich hin und wieder für eine Zeitlang trennt? Das ist das Tödliche an der Ehe ...«

»Oh, Gott, jetzt hält er mir wieder einen Vortrag. Wenn ich mir noch einmal die Litanei der Gründe anhören muß, die du für deine Lieblosigkeit hast ...« Sie hob die Hand, um einen eventuellen Einwand im Keim zu ersticken. »Ich weiß, du haßt das Wort ›Liebe‹, es hat seinen Sinn verloren, und du hast mir schon hundertmal gesagt, daß du es nie benutzen möchtest – aber *ich* benutze es jetzt! ... Wenn ich mir noch einmal anhören muß, welche Gründe dich dazu bewegen, nur den Himmel und dein Flugzeug zu lieben, fange ich an zu schreien!«

Ruhig saß ich da und versuchte mich in sie hineinzuversetzen. Aber es gelang mir nicht. Was war so schlimm daran, wenn wir uns einen kleinen Urlaub voneinander genehmigten? Warum erschreckte der Gedanke, eine Zeitlang nicht miteinander in Verbindung zu stehen, sie so sehr?

»Wenn du schreist«, lächelte ich, »schreist du mich damit automatisch an!« Solange ich mich noch über meine eigenen geheiligten Regeln lustig machen kann – wollte ich ihr damit zu verstehen geben –, stehen uns keine allzu schrecklichen Zeiten bevor.

Sie weigerte sich, über meine Bemerkung zu lächeln. »Du und deine verdammten Regeln! Wie lange – oh, mein Gott! – wie lange gedenkst du diesen elenden Ballast noch mit dir herumzuschleppen?«

Ein Gefühl des Zorns durchfuhr mich; meine Haltung wurde ein wenig steifer und abweisender. »Wenn diese Regeln nicht wahr und richtig wären, würde ich dich nicht mit ihnen belästigen. Verstehst du das denn nicht? Diese Ideen sind mir wichtig; ich halte sie für wahr; ich lebe nun einmal nach ihnen! Und bitte drück' dich in meiner Gegenwart gepflegter aus.«

»Jetzt willst du mir auch noch vorschreiben, wie ich sprechen soll! Ich sage – verdammt noch mal – das, was mir gefällt!«

»Das steht dir frei, Leslie; aber ich brauche dir nicht zuzuhören ...«

»Ach, du und dein dummer Stolz!«

»Es gibt nichts, was ich mehr hasse, als respektlos behandelt zu werden.«

»Und es gibt nichts, was ich mehr hasse, als VERLASSEN zu werden!« Sie vergrub das Gesicht in den Händen. Ihr Haar fiel wie ein goldener Vorhang darüber und verbarg ihren Kummer.

»Verlassen?« wiederholte ich. »Wook, ich verlasse dich doch nicht! Ich habe nur gesagt ...«

»Doch, du verläßt mich! Und ich hasse es ... verlassen zu werden ...« Die Worte drangen in erstickten Schluchzern durch ihre Hände und ihr goldenes Haar.

Ich schob den Tisch beiseite, setzte mich neben sie auf die Couch und zog ihren zu einer eigensinnigen Kugel verkrampften Körper an mich. Aber sie löste sich nicht aus ihrer starren Haltung und hörte auch nicht auf zu schluchzen.

Sie hatte sich in jenem Augenblick in das kleine Mädchen verwandelt, das sich nach der Scheidung seiner Eltern unendlich verlassen fühlte. Dieses Mädchen steckte immer noch in ihr. Inzwischen verband sie zwar mit beiden Elternteilen wieder ein liebevolles Verhältnis, doch die Narben aus ihrer Kindheit würden niemals ganz verblassen.

Leslie Parrish hatte sich ihr jetziges Leben und ihre jetzige Position allein erkämpft. Sie hatte allein gelebt und war glücklich dabei gewesen. Doch mittlerweile hatte sie sich dem Glauben hingegeben, sie sei nun zum erstenmal frei von jenem Teil ihrer Unabhängigkeit, der »Alleinsein« bedeutete – weil wir beide, sie und ich, so viele glückliche Monate miteinander verbracht hatten. Sie hatte auch ihre Mauern, genau wie ich – und ich befand mich jetzt innerhalb dieser Mauern.

»Ich bin doch da, Wook«, beruhigte ich sie. »Ich bin bei dir.«

Es stimmt, was sie über deinen Stolz gesagt hat, dachte ich. Schon bei den ersten Anzeichen eines Sturms bist du so sehr damit beschäftigt, dich selbst zu beschützen, daß du gar nicht mehr daran denkst, daß *sie* die Hölle durchgemacht hat – nicht du. Trotz ihrer starken Persönlichkeit und ihrer Intelligenz hat sie immer noch Angst.

In Hollywood hatte sie im Mittelpunkt allgemeinen Interesses gestanden. Ihr war viel mehr Aufmerksamkeit entgegengebracht worden, als du jemals zu verkraften hattest. Und doch hatte sie an dem Tag nach unserem neunstündigen Telefongespräch ihre Freunde, ihren Agenten, ihre Filmstudios und ihre politischen Aktivitäten im Stich gelassen – war einfach verschwunden, ohne ›Auf Wiedersehen‹ zu sagen, ohne Erklärungen abzugeben, ohne zu wissen, ob sie bald oder nie zurückkehren würde.

Wenn ich nach Westen schaute, sah ich vor meinem geistigen Auge Fragezeichen über der Stadt, die sie hinter sich gelassen hatte: *Was um alles in der Welt ist mit Leslie Parrish passiert?*

Und jetzt, dachte ich, ist sie nur noch der Mittelpunkt einer riesigen Wüste. Statt ihrer lieben, alten, in Frieden unter der Erde ruhenden Katze hat sie jetzt weniger liebe Klapperschlangen und Skorpione um sich und genießt den Komfort des Sand- und Felsbodens. Ihre Welt ist nun die sanfte Gewalt des Fliegens. Sie hat alles aufs Spiel gesetzt – hat Hollywood aufgegeben. Einzig und allein im Vertrauen auf dich lebt sie in dieser rauhen Gegend – beschützt nur von der warmen Kraft, die uns beide umhüllt, wenn wir miteinander glücklich sind.

Ihr Schluchzen ließ allmählich nach, doch sie saß immer noch verkrampft und zusammengekrümmt da. Ihr an mich gelehnter Körper fühlte sich an wie der Stamm einer Eiche.

»Oh, Richard«, sagte sie trostlos und müde. »Ich möchte so gern, daß es funktioniert – daß es uns gelingt, zusammenzuleben. Wünschst du dir das nicht auch?«

»Ja«, sagte ich. Wenn du mir erlaubst, ich selbst zu sein, setzte ich in Gedanken hinzu. Ich werde mich niemals zwischen dich und irgendeinen deiner Wünsche stellen; warum kannst du mir nicht die gleiche Freiheit einräumen?

Sie löste sich aus ihrer verkrümmten Haltung und setzte sich von mir weg ans andere Ende der Couch. Sie weinte nicht mehr.

Und dann geschah plötzlich etwas Seltsames: Ich wußte auf einmal, daß ich diesen Augenblick schon einmal erlebt hatte. Der Himmel, der sich im Westen in Blut verwandelte; die Silhouette eines knorrigen Baumes draußen vor dem Fenster; Leslie niedergedrückt unter der Schwere der Meinungsverschiedenheiten, die uns voneinander trennten ... Genau das hatte sich schon einmal abgespielt, in einer anderen Zeit. Ich hatte fortgehen wollen, und Leslie war nicht damit einverstanden gewesen. Es war zu einem Streit zwischen uns gekommen. Sie hatte geweint und mich dann nach längerem Schweigen gefragt: ›Möchtest du denn nicht auch, daß es funktioniert?‹ Und ich hatte gesagt: ›Ja.‹ Als nächstes würde sie mich fragen: *Bist du sicher?* – genau wie damals ...

Leslie hob den Kopf und sah mich an. »Bist du sicher?«

Es verschlug mir den Atem.

Ich kannte meine Antwort – Wort für Wort. Sie hatte gelautet: ›Nein. Um ganz ehrlich zu sein – ich bin mir nicht sicher ...‹ Und danach verblaßte alles: meine Worte, der Sonnenuntergang, der Baum – alles. Ich war blind vor Tränen; solche Traurigkeit, solchen Schmerz hatte dieser plötzlich Blick in ein anderes Jetzt in mir ausgelöst.

»Du hast dich schon gebessert«, sagte sie langsam. »Ich weiß, daß du dabei bist, dich zu verändern; du bist nicht mehr derselbe wie damals im Dezember. Meistens bist du sehr lieb, und unser gemeinsames Leben ist so schön. Ich sehe eine so herrliche Zukunft vor uns, Richard! Warum willst du davonlaufen? Liegt es daran, daß du diese Zukunft auch siehst und sie dir nicht wünschst – oder siehst du sie nach all dieser Zeit immer noch nicht?«

Es war schon beinahe dunkel im Wohnwagen; doch keiner von uns beiden stand auf, um das Licht anzuschalten.

»Leslie, ich habe gerade etwas anderes vor mir gesehen. Hat das, was wir heute erleben, sich schon einmal ereignet?«

»Du meinst – dieser Augenblick, diese Minute?« fragte sie. »Déjà-vu?«

»Ja. Man weiß schon im voraus, was der andere im nächsten Augenblick sagen wird – Wort für Wort. Hattest du dieses Gefühl gerade?«

»Nein.«

»Aber ich. Ich wußte genau, was du sagen würdest; und du hast es auch tatsächlich gesagt.«

»Und was geschah dann?«

»Ich weiß es nicht; das Bild verblaßte plötzlich. Aber ich war sehr traurig. Entsetzlich traurig.«

Sie streckte den Arm aus und berührte meine Schulter. Ich glaubte im Dunkeln den Schatten eines Lächelns auf ihrem Gesicht zu erkennen. »Geschieht dir recht«, sagte sie.

»Laß mich die Sache verfolgen. Gib mir zehn Minuten Zeit . . .«

Sie hatte nichts dagegen einzuwenden. Ich legte mich auf den Teppich, schloß die Augen und tat einen tiefen Atemzug.

Dein Körper ist vollkommen entspannt . . .

Noch ein tiefer Atemzug.

Dein Geist ist vollkommen entspannt . . .

Noch einer.

Ich stehe an einer Tür, und die Tür öffnet sich in eine andere Zeit . . .

Der Wohnwagen. Sonnenuntergang. Leslie hatte sich am anderen Ende der Couch zusammengekauert und mit einer undurchdringlichen Schutzschale umgeben. Ich sah alles so deutlich und wirklich vor mir wie einen dreidimensionalen Film.

»Oh, Richard«, sagte sie trostlos und müde. »Ich möchte so gern, daß es funktioniert – daß es uns gelingt, zusammenzuleben. Wünschst du dir das nicht auch?«

»Ja«, sagte ich. Wenn du mir erlaubst, ich selbst zu sein, setzte ich in Gedanken hinzu. Ich werde mich niemals zwischen dich und irgendeinen deiner Wünsche stellen; warum kannst du mir nicht die gleiche Freiheit einräumen?

Sie löste sich aus ihrer verkrümmten Haltung und setzte sich von mir weg ans andere Ende der Couch. Sie weinte nicht mehr.

»Bist du sicher? Bist du wirklich sicher, daß du es willst?«

»Nein. Um ganz ehrlich zu sein – ich bin mir nicht sicher. Ich glaube nicht, daß ich diese Fesseln ertragen kann; ich habe das Gefühl, in hundert Seilen und Ketten verfangen zu sein, durch die der Sturm pfeift! Sobald ich mich zu rühren wage, schreist du mich an. Wir sind so verschieden; ich habe Angst vor dir. Ich habe mich wirklich bemüht, unserem Experiment eine Chance zu geben, aber wenn ich nicht einmal für ein paar Wochen fortgehen und allein sein darf, bin ich nicht sicher, ob ich mir das Gelingen dieses Experiments überhaupt noch wünsche. Ich sehe keine große Zukunft für uns.«

Sie seufzte. Selbst in der Dunkelheit konnte ich erkennen, wie ihre Schutzmauern sich aufrichteten – und diesmal befand ich mich außerhalb dieser Mauern. »Ich sehe auch keine Zukunft mehr, Richard. Du hast mir gesagt, daß du egoistisch seist, aber ich wollte es nicht hören. Wir haben es miteinander versucht, aber es ging nicht. Es mußte immer alles nach deinen Wünschen gehen, genau nach deinen Wünschen, nicht wahr?«

»Ich fürchte, ja, Leslie.« Beinahe hätte ich sie Wookie genannt. Jetzt wußte ich, daß ich diesen Namen nie wieder aussprechen würde. »Ich kann nicht ohne Freiheit leben ...«

»Bitte verschone mich mit deinen Freiheiten. Ich möchte keine Vorträge mehr hören. Es war ein Fehler, mich von dir zu einem weiteren gemeinsamen Versuch überreden zu lassen. Jetzt gebe ich es auf. Du bist, wer du bist.«

»Immerhin hast du das Segelflugzeug allein geflogen.« Ich versuchte ihr die Schwere unserer Trennung zu erleichtern. »Du wirst nie wieder Angst vor dem Fliegen haben.«

»Das stimmt. Vielen Dank, daß du mir dabei geholfen hast.« Sie stand auf, schaltete das Licht an und sah auf die Uhr. »Am späten Abend fliegt doch noch eine Maschine zurück nach Los Angeles, nicht wahr? Kannst du mich nach Phoenix fahren, damit ich sie noch erreiche?«

»Wenn du willst. Wir können auch selbst zurückfliegen – in der Meyers.«

»Nein, danke. Es macht mir nichts aus, die letzte Maschine nach Los Angeles zu nehmen.«

Innerhalb von zehn Minuten hatte sie ihre Sachen gepackt. Sie stopfte hastig all ihre Habseligkeiten in zwei Koffer und schloß sie.

Wir sprachen kein Wort miteinander.

Ich stellte die Koffer in den Lastwagen und wartete in der nächtlichen Wüste auf sie. Eine schmale Mondsichel hing niedrig am westlichen Himmel. Ein winzig kleiner Mond neben mir im Dunkeln lachte ... hatte sie einmal geschrieben. Nun hing derselbe Mond – er hatte nur ein paar weitere Umdrehungen hinter sich – trüb und trauervoll über mir.

Ich fühlte, wie ein Leben des Glücks und des Staunens,

des Lernens und der Freude mit dieser Frau sich von mir losriß, sich abwandte und sich unter dem Mond blähte wie ein riesiges silbernes Segel... Es flatterte einmal kurz, blähte sich dann wieder und verschwand, wurde von Sekunde zu Sekunde blasser und undeutlicher...

»Möchtest du den Wohnwagen nicht abschließen?« fragte sie. Der Wohnwagen war jetzt nicht mehr unsere Wohnung, sondern meine.

»Egal.«

Sie ließ ihn unverschlossen.

»Soll ich fahren?« fragte sie. Sie war mit meiner Fahrweise nie einverstanden gewesen, ich fuhr ihr zu geistesabwesend und unvorsichtig.

»Einerlei«, sagte ich. »Da ich ohnehin schon am Steuer sitze, kann ich ebensogut fahren.«

Wortlos fuhren wir durch die Nacht zu dem vierzig Meilen entfernten Flughafen.

Während sie ihr Gepäck eincheckte, hoffte ich, mir würde etwas einfallen, was noch nicht gesagt worden war. Dann begleitete ich sie zum Flugsteig.

»Nicht nötig«, sagte sie, »ich finde mich schon allein zurecht. Danke. Wir bleiben Freunde – einverstanden?«

»Einverstanden.«

»Tschüs, Richard, und fahr vorsichtig«, hätte sie mich normalerweise ermahnt. Doch das war einmal. Jetzt konnte ich fahren, wie ich wollte. »Tschüs.«

»Auf Wiedersehen.« Ich neigte mich zu ihr herunter, um sie zu küssen, doch sie wandte den Kopf beiseite.

Langsam hüllten sich meine Gedanken in ein verschwommenes Grau. Ich tat jetzt etwas, das sich nie mehr rückgängig machen ließ, es war wie ein Absprung aus einem Flugzeug in einer Höhe von zehntausend Fuß.

Noch befand sie sich in Reichweite, und ich konnte sie am Arm fassen, falls ich wollte.

Dann ging sie – und es war zu spät dazu.

Überlegt handeln bedeutet: das Für und Wider abwägen, eine Entscheidung treffen und sie dann in die Tat umsetzen. Es ist niemals klug, noch einmal zurückzugehen und seinen Entschluß zu ändern. Sie hatte das einmal getan, und es war ein Fehler gewesen. Es lohnte sich nicht, den Fehler noch einmal zu begehen, noch eine Welt zwischen uns aufzubauen.

Aber, Leslie, dachte ich, du kannst nicht einfach weggehen – dazu kenne ich dich zu gut! Ich kenne dich besser als alle anderen Menschen, und auch du kennst mich. Du bist in diesem Leben meine beste Freundin; wie kannst du mich verlassen? Weißt du denn nicht, daß ich dich liebe? Ich habe noch nie jemanden geliebt; aber DICH LIEBE ICH!

Warum hatte ich ihr das nicht sagen können? Ich konnte sie immer noch sehen; sie ging weg und drehte sich nicht nach mir um. Dann hatte sie die Flughalle verlassen und war fort.

Wieder klang mir das windstoßähnliche Geräusch in den Ohren: ein sich langsam drehender Propeller, der geduldig darauf wartete, daß ich wieder einstieg und mein Fliegerleben zu Ende führte.

Ich stand noch lange da und beobachtete den Ausgang, durch den sie verschwunden war, als könnte sie plötzlich zurückgerannt kommen und sagen: ›Oh, Richard, wie dumm wir beide sind; wie idiotisch, einander so etwas anzutun!‹

Aber sie kam nicht; und auch ich lief ihr nicht nach.

Es ist nun einmal so – wir sind allein auf diesem Planeten, dachte ich; jeder Mensch ist vollkommen allein und auf sich gestellt, und je eher wir diese unabänderliche Tatsache akzeptieren, desto besser für uns.

Viele Menschen leben allein: verheiratete und unverheiratete, Suchende, die ihr Ziel niemals finden und zu guter

Letzt vergessen, daß sie jemals auf der Suche waren . . . So hatte ich früher gelebt, und so würde ich von nun an wieder leben. Aber, Richard: Du darfst niemals zulassen, daß dir wieder eine Frau so nahe kommt wie diese.

Ohne Hast verließ ich den Flughafen, ging hinüber zu meinem Lastwagen und fuhr davon, ohne mich zu beeilen.

Eine DC-8 hob in Richtung Westen ab. War das Leslies Maschine?

Danach eine Boeing 727; dann noch ein Flugzeug. Steil, unheimlich steil zogen die Maschinen nach oben. Dann wurde das Fahrwerk eingezogen; sie drehten eine Schleife und gingen auf Kurs. Das ist MEIN *Himmel, dachte ich – wie kann sie einfach davonfliegen und mich hier unten stehenlassen?*

Am nächsten Tag wurde mir der achtzehnte Platz in der Schlange der Segelflugzeuge zugewiesen, die auf den Start warteten. Ich hatte ausreichenden Wasserballast in den Tragflächen und eine Notausrüstung an Bord. Mein Kabinendach war markiert; die Wendemarken-Kameras waren überprüft.

Wie leer, wie vollkommen still der Wohnwagen während der letzten schlaflosen Nacht gewesen war!

War sie wirklich fort? Irgendwie konnte ich es noch gar nicht glauben . . .

Ich lehnte mich in meinem Pilotensitz zurück, checkte die Fluginstrumente durch und nickte den Leuten vom Bodenpersonal draußen zu, daß alles in Ordnung sei.

Es war wie ein Katapultstart von einem Flugzeugträger aus – allerdings im Zeitlupentempo. Das Schleppflugzeug vorn am Seil gab ein lautes, dröhnendes Motorengeräusch von sich; wir schlichen erst langsam an und wurden dann immer schneller. Die Startbahn unter uns wurde immer verschwommener und undeutlicher, während das Schleppflugzeug zu steigen begann.

Ich hatte gestern abend einen schwerwiegenden Fehler begangen. Es war falsch gewesen, Leslie diese Dinge zu sagen und sie gehen zu lassen. Konnte ich sie noch bitten, zurückzukommen, oder war es bereits zu spät?

Und dann war es Zeit für mich zum Ausklinken.

Sobald ein Pilot auf gute Thermik stößt, folgen ihm die anderen wie Lemminge in einer großen Spirale aus glattem weißem Fiberglas: ein kreisender, in dem warmen Aufwind immer höher steigender Segelflugzeugschwarm.

Achtung, Richard – halt die Augen offen und kreise in der gleichen Richtung wie die anderen. Ein Zusammenstoß in der Luft kann einem den ganzen Tag verderben.

Obwohl ich schon so oft geflogen bin, war ich immer noch nervös und zappelig, wenn ich mir mit so vielen Flugzeugen den kleinen Luftraum eines Thermikschlauches teilen mußte, der einen wie ein Expreß-Fahrstuhl nach oben befördert: fünfhundert Fuß pro Minute, siebenhundert, neunhundert . . .

Ob Leslie wohl ans Telefon gehen würde, wenn ich sie anriefe? Und wenn ja – was könnte ich ihr sagen?

Leslie, es tut mir schrecklich leid?

Wir wollen noch einmal von vorn anfangen?

All das hatte ich ihr schon einmal gesagt und den Satz »Es tut mir leid« inzwischen schon so sehr strapaziert, daß ich ihn nicht noch einmal verwenden konnte.

Mir gegenüber, auf der anderen Seite der thermischen Auftriebszone flog eine AS-W 19, ein Spiegelbild meines eigenen Segelflugzeugs, auf Schwanz und Tragfläche die Wettflugnummer CZ aufgemalt. Unter mir befanden sich drei weitere Segelflugzeuge, die gemeinsam die Thermik ansteuerten, und über mir kreiste mindestens ein weiteres Dutzend.

Unsere Tagesaufgabe bestand aus einem Dreiecksflug von einhundertfünfzig Meilen über der glühend heißen, wilden Verlassenheit der Wüste.

Halte die Augen offen, Richard! Sei vorsichtig. Gestaffelt über mir befanden sich eine Libelle, eine Cirrus und eine Schweizer 1–35. Meine AS-W 19 konnte schneller als die Schweizer und vielleicht auch als die Cirrus steigen. Sobald die Maschinen hinreichend Höhe hatten, würden sie auf Kurs gehen, und es brauchte dann nicht mehr auf so engem Raum geflogen werden.

Und was dann? Sollte ich den Rest meines Lebens allein verbringen und an Segelflugwettbewerben teilnehmen? Von nun an würde die Frau, der zu begegnen mir von Geburt an bestimmt war, nicht mehr bei mir sein. Wie wird der Meister des Rückzugs es anstellen, vor dieser Tatsache davonzulaufen? Leslie! Es tut mir so leid!

Ohne Vorwarnung schoß mir plötzlich ein grelles, sonnenhelles Licht in die Augen, ein Blitz und ein Sprühregen umherfliegender Plexiglasteile folgte. Das Cockpit drehte sich mit einem Ruck zur Seite. Ich spürte einen Windstoß in meinem Gesicht. Dann wurde ich gegen den Schultergurt geschleudert und in meinen Sitz zurückgeschmettert; die Beschleunigungskraft versuchte zuerst, mich aus dem Flugzeug herauszuwirbeln, und dann, mich plattzudrücken.

Das Cockpit purzelte nach unten wie fliegende Granatsplitter. Die Zeit bewegte sich im Schneckentempo vorwärts.

Richard, du hast einen Zusammenstoß hinter dir! Von deinem Flugzeug ist nicht mehr viel übrig, und wenn du Wert darauf legst, am Leben zu bleiben, solltest du möglichst schnell aus diesem Ding herausspringen und deinen Fallschirm öffnen.

Ich spürte, wie die Wrackteile um mich her ins Schlingern gerieten, auseinanderbrachen und immer rascher nach unten stürzten.

Himmel... Felsen... Himmel umwirbelten mich in

einem roten Dunst. Um mich her eine zerfetzte Wolke aus Tragflächenteilen. Himmel Felsen Himmel. Meine Hände können die Reißleine einfach nicht erreichen . . .

Ist durch Erfahrung weder klüger noch geschickter geworden. Braucht eine Ewigkeit, um das Problem richtig einzuschätzen.

Hallo, Kumpel! Wirst du mir helfen, Beobachter? Sie werden sagen, ich hätte mich in den Wrackteilen verfangen. Aber das stimmt nicht. Nur die Beschleunigungskraft ist so stark . . . Ich kann nicht . . .

Sagt »kann nicht«, wenn er meint »will nicht«.

Doch, ich will . . . Ich werde . . . die Aufziehleine ziehen . . .

Hört in den letzten Sekunden noch seinem Beobachter zu. Seltsamer Tod.

DA!

In dem Augenblick, in dem meine Hände die Reißleine erreichten, verschwand das Cockpit. Ich zog an ihr und drehte mich herum, um den Erdboden zu sehen, ehe der Fallschirm sich öffnete . . . Zu spät. Es tut mir leid, Wook. Es ist alles so dunkel . . .

Ich blinzelte, öffnete die Augen und blickte ins Dunkel des Wohnwagens.

»Leslie . . .«

Schwer atmend und mit tränenüberströmtem Gesicht lag ich auf dem Fußboden. Sie saß immer noch auf der Couch.

»Ist alles in Ordnung?« fragte sie. »Wookie – geht es dir gut?«

Ich stand auf, kuschelte mich so nah wie möglich an sie heran und hielt sie fest umklammert.

»Ich will dich nicht verlassen, kleine Wookie. Niemals«, sagte ich. »Ich liebe dich.«

Ich fühlte, wie ein leichter Schauer durch ihren Körper ging. Dann schwieg sie einen Augenblick, der mir wie eine Ewigkeit vorkam.

»Was?« fragte sie schließlich.

34

Gegen zwei Uhr morgens lagen wir engumschlungen auf unserem Bett und waren in ein Gespräch über Blumen, Erfindungen und das wunderbare Leben vertieft, das uns vielleicht bevorstand. Alle Zwietracht war vergessen. Da seufzte ich plötzlich.

»Erinnerst du dich noch an meine alte Definition?« fragte ich sie. »Daß ein Seelengefährte ein Mensch ist, der stets all deinen Bedürfnissen entspricht?«

»Ja.«

»Dann sind wir wohl keine Seelengefährten.«

»Warum nicht?« fragte sie.

»Ich habe kein Bedürfnis nach Meinungsverschiedenheiten«, sagte ich. »Ich habe kein Verlangen nach Streit.«

»Woher weißt du das?« fragte sie sanft. »Vielleicht können manche Dinge, die du lernen mußt, nur auf diese Weise zu dir vordringen! Wenn du keinen Streit bräuchtest, um Neues hinzuzulernen, würdest du nicht so viele Probleme schaffen! Manchmal verstehe ich dich erst, wenn du ärgerlich wirst ... Geht es dir nicht auch so? Verstehst du nicht auch manchmal erst, was ich meine, wenn ich dich anschreie? Welche Regel besagt, daß wir nur durch Küsse und liebe Worte etwas dazulernen können?«

Ich sah sie verblüfft an: »Ich dachte, in dem Zusammenleben zweier Seelengefährten müsse jeder Augenblick vollkommen sein – *wie können Seelengefährten sich dann miteinander streiten?* Willst du damit sagen, Wookie, daß unser Zusammenleben bereits perfekt ist? Daß selbst eine Auseinandersetzung zu seinem Zauber beiträgt? Weil jeder Streit ein neues Einverständnis zwischen uns schafft, das vorher nicht da war?«

»Oh«, seufzte sie in die goldene Dunkelheit hinein, »das Leben mit einem Philosophen ist nicht leicht . . .«

35

Am nächsten Tag wurde mir der dreiundzwanzigste und vorletzte Platz in Startreihenfolge der Segelflugzeuge zugewiesen. Leslie reichte mir Flugkarten und Funkcodes, küßte mich, wünschte mir viel Glück und ließ das Kabinendach herunter, das ich von innen verschloß. Ich checkte noch einmal die Instrumente durch und nickte dann Leslie zu, um ihr zu verstehen zu geben, daß alles in Ordnung sei. Ich warf ihr noch eine letzte Kußhand zu und trat ungeduldig auf die Seitenruderpedale: Vorwärts, Schleppflugzeug; laß uns endlich starten.

Leslie war an jenem Morgen sehr ausgelassen und fröhlich gewesen. Sie war glücklich, und ich auch. Welch ein schwerwiegender Fehler wäre es gewesen, wenn ich darauf bestanden hätte, sie zu verlassen!

Nach dem Ausklinken durchlief mich trotz der Hitze, die in meinem Cockpit herrschte, ein kalter Schauer in Anbetracht des Schwarms der Segelflugzeuge, die auf engstem Raum in der Luft waren. Vorsichtig und behutsam bediente ich den Steuerknüppel. Halt' die Augen offen, dachte ich, und sei vorsichtig!

Der Hals tat mir bereits weh, so hastig bewegte ich den Kopf abwechselnd nach rechts und links, um auf die anderen

Flugzeuge zu achten. Unter mir segelte eine Schweizer in den Auftrieb hinein und flog eine scharfe Kurve.

Leslie hat recht. Du schaffst tatsächlich Probleme. Wir hatten Krisen zu überstehen, aber das ging schließlich allen Paaren so. Und die schönen Zeiten, die wir miteinander erleben, sind herrlich, sie ... VORSICHT!

Die Cirrus über mir zog immer engere Kreise, machte eine zu scharfe Wendung und sackte schlagartig durch. Ihre Tragfläche zielte nach meinem Kopf wie das Schwert eines Riesen. Blitzschnell drückte ich den Steuerknüppel nach vorn und stürzte nach unten, wobei ich gleichzeitig dem unter mir kreisenden Segelflugzeug auswich.

»Wenn du so fliegst«, stieß ich mit schreckerstickter Stimme hervor, »werde ich wohl besser einen großen Abstand zu dir halten!«

Ich begab mich wieder in den Thermikschlauch zurück und blickte nach oben, mitten in den spiralförmigen Wirbelsturm aufsteigender Flugzeuge hinein, dessen Durchmesser nur knapp eine halbe Meile betrug. Nicht viele Piloten, dachte ich, bekommen so einen Anblick zu sehen.

In diesem Augenblick nahm ich oben eine eigenartige Bewegung wahr. Zuerst konnte ich es nicht glauben – ein Segelflugzeug trudelte inmitten all der anderen Maschinen. Ich traute meinen Augen nicht. Was für ein Wahnsinn! Nein, doch nicht! Der Pilot trudelte nicht zum Vergnügen, sondern weil sein Flugzeug eine Tragfläche verloren hatte. Und noch eine zweite Maschine war außer Kontrolle geraten und stürzte genau auf mein Cockpit zu.

Ich riß den Steuerknüppel nach links, trat das linke Seitenruder ganz durch und glitt in Windeseile unter den beiden abstürzenden Flugzeugen weg.

Sie brausten hinter meiner rechten Tragfläche vorbei, gefolgt von einer Wolke zerbrochener Teile, die träge wie Herbstlaub nach unten taumelten.

Aus dem Funkgerät, aus dem minutenlang kein Laut gedrungen war, ein Schrei: »ZUSAMMENSTOSS! Zwei Flugzeuge sind in der Luft miteinander zusammengestoßen!«

»AUSSTEIGEN! AUSSTEIGEN!«

Was kann es nützen, dachte ich, den beiden Piloten über Funk die Anweisung zum Absprung zu geben? Wenn das Flugzeug, in dem man bis vor einer Minute saß, nur noch aus Bruchteilen besteht – verfällt man dann nicht ganz von selbst auf den Gedanken, seinen Fallschirm zu öffnen?

Eines der Flugzeugteile inmitten der Wolke entpuppte sich bei näherem Hinsehen als herabstürzender Körper. Er fiel immer tiefer... Endlich flatterten hinter ihm Nylonfäden in den Wind. Er lebte und hatte seinen Fallschirm geöffnet. Gut gemacht, Junge!

Der Schirm entfaltete sich und trieb lautlos auf die Felsen zu.

»Zwei Fallschirme!« war über das Funkgerät zu hören. »Bodenpersonal! Fünf Kilometer nördlich gehen zwei Fallschirme nieder! Könnt ihr einen Jeep rausschicken?«

Ich konnte den anderen Fallschirm nicht sehen. Der, den ich beobachtete, fiel in sich zusammen, als der Pilot auf dem Boden aufkam.

Stücke der zerstörten Segelflugzeuge flatterten immer noch durch die Luft. Ein Flugzeugteil, an dem noch eine halbe Tragfläche hing, drehte sich im Zeitlupentempo um seine eigene Achse.

Ich hatte noch nie einen Flugzeugzusammenstoß in der Luft gesehen. Aus der Ferne betrachtet, wirkte er sanft und geräuschlos. Es hätte ein neuer Sport sein können, den irgendein gelangweilter Pilot erfunden hatte – wenn die durch die Luft funkelnden Flugzeugtrümmer nicht gewesen wären. Kein Pilot erfindet einen Sport, bei dem Flugzeuge zum Spaß in Stücke gerissen werden.

»Hat jemand die Piloten gesichtet?« knisterte das Funkgerät weiter.

»Ja. Ich sehe sie beide.«

»Wie geht es ihnen? Können Sie erkennen, ob alles in Ordnung ist?«

»Ja. Es scheint beiden nichts passiert zu sein. Sie sitzen auf dem Boden und winken.«

»Gott sei Dank!«

»In Ordnung, Jungs. Nun aber los. Wir sind zu viele Flugzeuge auf kleinem Raum...«

An diesem Wettflug, dachte ich, nehmen auch vier Pilotinnen teil. Wie man sich wohl fühlt, wenn man als Frau hier oben herumfliegt und als »Junge« bezeichnet wird?

Plötzlich wurde mir trotz der Hitze eiskalt. *All das hatte ich doch gestern schon gesehen!* Welch unwahrscheinlicher Zufall... Der einzige Flugzeugzusammenstoß, den ich je gesehen habe, ereignet sich ausgerechnet einen Tag, nachdem ich ihn auf dem Fußboden des Wohnwagens im voraus beobachtet hatte!

Nein, ich hatte ihn nicht beobachtet. Ich *selbst* war von der Tragfläche des anderen Flugzeugs getroffen worden! Zumindest hätte ich es selbst sein können... und vielleicht hätte ich weniger Glück gehabt als die beiden Piloten, die nun in den Jeep steigen und interessante Geschichten erzählen durften. Wenn Leslie mich gestern abend verlassen hätte, wenn ich vor dem Wettflug nicht ausgeruht und gelassen, sondern müde und traurig gewesen wäre – dann hätte ich es sein können.

Ich ging auf Kurs. Der Himmel wirkte plötzlich seltsam leer. Segelflugzeuge bleiben bei Wettflügen nicht lange dicht beieinander, wenn ihre Piloten es verhindern können.

Meine AS-W 19 senkte ihre Nase und glitt mit Höchstgeschwindigkeit auf eine Bergkette zu. Die Felsen waren ganz nah unter uns; dann gerieten wir plötzlich in einen neuen Aufwind und stiegen im Spiralenflug jäh nach oben.

Hatte meine Vision mir das Leben gerettet?

Jetzt liegt eine schützende Hand über dir, und sie beschirmt dich mit gutem Grund, dachte ich.

War meine Entscheidung für die Liebe gleichbedeutend mit einer Entscheidung für das Leben gewesen?

36

Sie lag zusammengerollt auf der Fahrspur im Sand – bereit, den Kombi anzugreifen, der da auf sie zugerumpelt kam. Ich hielt an und griff nach dem Mikrofon meiner CB-Funk-Anlage.

»Hallo, kleine Wook, kannst du mich hören?«

Es war einen Augenblick still, bis sie sich über das Funkgerät des Lastwagens meldete.

»Ja. Warum hast du angehalten?«

»Es liegt eine Schlange im Weg. Könntest du die Schlangenbücher holen? Ich werde sie dir beschreiben.«

»Einen Augenblick, Schatz.«

Ich fuhr noch ein kleines Stückchen vorwärts. Die Schlange bewegte ihre Schwanzrassel so heftig, daß sie nur noch undeutlich zu erkennen war, und gab ein scharfes, hohles Zischen von sich: *Ich warne dich ...*

Was für eine tapferes Tier! Ob ich den Mut hätte, mich mit gerunzelter Stirn und geballten Fäusten einem drei Häuserblocks hohen und sechs Häuserblocks breiten Panzerwagen entgegenzustellen: ›Ich warne dich; bis hierher und nicht weiter‹ ...?

»Ich habe die Schlangenbücher«, war Leslies Stimme über

das Funkgerät zu vernehmen. »Sei vorsichtig. Bleib' im Wagen und mach' die Tür nicht auf, ja?«

Ja, sagte die Schlange. Höre auf sie; sei vorsichtig. Das ist meine Wüste. Wenn du dich mit mir anlegst, bringe ich deinen Kombi um. Ich tue es nur ungern; aber wenn du mich dazu zwingst, habe ich keine andere Wahl. Die gelben Augen blickten mich furchtlos an, und die schwarze Zunge züngelte unaufhörlich prüfend durch die Luft.

Leslie konnte ihre Neugier nicht bezähmen. »Ich komme heraus, um sie mir anzusehen.«

»Nein! Bleib' lieber, wo du bist. Es könnte ja auch ein ganzes Schlangennest in der Nähe sein. Ja?«

Schweigen.

»Leslie?«

Schweigen.

Im Rückspiegel sah ich eine Gestalt aus dem Wohnwagen steigen und auf mich zukommen. Eines fehlt bei diesen modernen Zweierbeziehungen: Gehorsam, dachte ich.

»Entschuldige mich bitte«, sagte ich zu der Schlange. »Wir sind gleich wieder da.«

Ich fuhr im Rückwärtsgang Leslie entgegen. Sie setzte sich rechts neben mich; im Arm hielt sie die Bücher: *Nordamerikanische Reptilien und Amphibien* und *Sierra Club Naturführer: Die Wüstengebiete im Südwesten der Vereinigten Staaten.*

»Wo ist denn die Schlange?«

»Sie wartet auf uns«, sagte ich. »Jetzt möchte ich aber, daß du hier drin bleibst. Du darfst den Wagen nicht verlassen, hörst du?«

»Wenn du nicht aussteigst, tue ich das auch nicht.« Ein Hauch von Abenteuer lag in der Luft.

Die Schlange hatte sich nicht von der Stelle gerührt. Sie brachte unseren Wagen mit einem Zischen zum Stillstand.

Bist du schon wieder da? Nun – weiter als bis hierher kommst du nicht; keinen Zentimeter weiter als beim letztenmal.

Leslie lehnte sich zu mir herüber, um sie besser sehen zu können. »Hallo«, rief sie ihr fröhlich zu. »Hallo, kleine Schlange! Wie geht's uns denn heute?«

Die Schlange würdigte sie keiner Antwort. Was sagt man als wilde, hinterlistige, robuste, giftige Wüstenklapperschlange, wenn man mit lieber, süßer Kleinmädchenstimme gefragt wird: »Wie geht's uns denn heute?« Man weiß nicht, was man sagen soll. Man kneift ungläubig die Augen zusammen und hüllt sich in erstauntes Schweigen.

Leslie lehnte sich im Sitz zurück und schlug das erste der beiden Bücher auf. »Wie würdest du die Farbe bezeichnen?«

»Grünlich-sandfarben; ein staubiges Blaßolivgrün. Der Bursche hat ein Muster aus schwarzen Ovalen auf dem Rücken. Innerhalb der Ovale ist das Oliv dunkler, an den Außenseiten fast weiß. Er hat einen breiten, flachen, dreieckigen Kopf und eine kurze Nase.«

Leslie blätterte in dem Buch. »Meine Güte – hier gibt es einige gefährliche Biester!« rief sie. »Wie groß ist *sie?«*

Ich mußte lächeln. In der letzten Zeit verfielen wir beide immer häufiger in männlichen beziehungsweise weiblichen Chauvinismus; der andere Partner berichtigte dann mit mehr oder weniger behutsamen Andeutungen.

»Sie ist nicht gerade klein«, sagte ich. »In ausgestrecktem Zustand vielleicht ... hundertzwanzig Zentimeter?«

»Könnte man sagen, daß *die ovale Zeichnung in Schwanznähe allmählich in unauffällige Querstreifen übergeht?«* zitierte Leslie aus dem Buch.

»Könnte stimmen. Das heißt, nein ... doch nicht. Der Schwanz ist schwarzweiß gestreift. Die schwarzen Streifen sind schmal, die weißen breit.«

Die Schlange streckte sich langsam und glitt auf einen Strauch zu. Ich ließ den Wagen ein Stück vorrollen. Sofort schnellte sie zurück in ihre ursprüngliche, zusammengerollte Haltung, funkelte mich drohend an und bewegte mit rasender

Geschwindigkeit die Schwanzrassel hin und her. Ich habe dich gewarnt, und diese Warnung war ernst gemeint! Wenn du unbedingt einen toten Kombi haben willst – bitte, du kannst ihn haben. Bleib', wo du bist, rühre dich nicht vom Fleck, oder...

»Kielförmige Schuppen, etwa fünfundzwanzig in einer Reihe?« fragte Leslie. »Ah, jetzt habe ich es! *Schwarzweiße Streifen am Schwanz!* Schau mal nach, ob folgende Beschreibung zutrifft: *Heller Streifen hinter den Augen, der oberhalb der Mundwinkel nach hinten verläuft.«*

Siehst du den hellen Streifen hinter meinen Augen? fragte die Schlange. Muß ich dir noch mehr sagen? Halte deine Hände so, daß ich sie sehen kann, und fahr' langsam zurück...

»Stimmt!« rief ich. »Das ist sie! Was ist es denn für eine Art?«

»Eine Mojave-Klapperschlange«, las Leslie vor. *»Crotalus scutellatus.* Hier ist sie abgebildet – siehst du?«

Die Schlange auf dem Foto lächelte nicht.

Leslie schlug den *Naturführer* auf und blätterte darin herum. *»Laut Dr. Lowe hat die Mojave-Klapperschlange ein ›besonderes‹ Gift mit nervenschädigenden Eigenschaften, das in dieser Form bei keiner anderen Schlange vorkommt. Gegen dieses Gift ist bis jetzt noch kein spezielles Schlangenserum entwickelt worden. Daher ist der Biß der Mojave-Klapperschlange unter Umständen gefährlicher als der Biß der Texas-Klapperschlange, mit der sie manchmal verwechselt wird.«*

Schweigen. Da keine Texas-Klapperschlangen in der Nähe waren, hatte unsere Schlange keine Identitätsprobleme.

Wir sahen uns an. »Vielleicht sollten wir lieber im Wagen bleiben«, meinte Leslie.

»Mach' dir keine Sorgen. Ich verspüre keinen allzu großen Drang, hinauszugehen.«

Sehr richtig, zischte die Mojave-Klapperschlange stolz und wild. Wenn euch euer Leben lieb ist, tut nichts Voreiliges...

Leslie spähte wieder hinaus. »Was macht sie jetzt?«

»Sie hat mir gerade gesagt, wenn mir mein Leben lieb sei, solle ich nichts Voreiliges tun.«

Nach einer Weile streckte die Schlange sich wieder und sah uns beobachtend in die Augen, auf jeden Trick gefaßt. Doch uns fielen keine Tricks ein.

Ich überlegte, ob ich sterben müßte, wenn sie mich bisse. Nein, natürlich nicht, denn ich könnte mich mit psychischen Schutzmechanismen gegen das Gift abschirmen, es in Wasser oder Limonade verwandeln und dem Glauben der Welt, daß Schlangenbisse tödlich sind, keine Macht über mich einräumen. Ich *könnte* es, dachte ich – aber ich brauche meine Fähigkeiten ja nicht unbedingt jetzt gleich auf die Probe zu stellen.

Bewundernd beobachteten wir die Schlange.

Ich seufzte innerlich, weil ich tatsächlich zunächst den dummen, langweiligen, vorhersehbaren Impuls verspürt hatte, die Schlange zu töten, da sie möglicherweise in den Wohnwagen eindringen und wild um sich beißen könnte. Nimm lieber gleich eine Schaufel und zerschmettere sie damit, ehe das passieren kann, hatte ich mir gesagt. Es handelt sich um die gefährlichste Wüstenschlange, die es gibt, nimm dein Gewehr und erschieße sie, ehe sie Leslie tötet!

Oh, Richard, wie enttäuschend, daß ein Teil deines Wesens so häßliche und grausame Gedanken hegt. Töten. Wann wirst du endlich zu einer Bewußtseinsstufe aufsteigen, auf der du nicht mehr irgendeine *Angst* mit dir herumschleppst?

Ich klagte mich zu Unrecht an! Der Gedanke ans Töten war eine irrige, von Angst und Unwissenheit diktierte, unsinnige Eingebung. Ich war für diese Eingebung nicht verantwortlich, sondern nur für mein Handeln, für meine endgültige Entscheidung. Und die lautete: Ich habe Achtung vor dieser Schlange. Sie ist ein Ausdruck des Lebens und als solcher ebenso wahr oder falsch wie du – jenes zweibeinige, werkzeugbenutzende, lastwagenfahrende, hin und wieder gewalttätige, aber ständig dazulernende Lebewesen. In jenem Augenblick wäre ich auf jeden Menschen, der unsere tapfere Mojava-Klapperschlange anzugreifen wagte, mit einer Schaufel losgegangen.

»Wir wollen das Radio einschalten und ihr ein bißchen Musik vorspielen.« Leslie drehte an einem Knopf, fand ein Musikstück, das nach Rachmaninow klang, und drehte das Radio auf volle Lautstärke. »SCHLANGEN HÖREN ANGEBLICH NICHT SEHR GUT«, schrie sie mir erklärend ins Ohr.

Nach ein paar Augenblicken löste die Schlange sich aus ihrer drohenden Haltung und züngelte uns wenig später zum letztenmal an: Gut gemacht. Ihr habt eure Prüfung bestanden. Herzlichen Glückwunsch. Eure Musik ist zu laut.

»Sie verschwindet, Wook! Siehst du?«

Auf Wiedersehen.

Fräulein Schlange verschwand mit einer sanften Wellenbewegung in den Sträuchern.

»Mach's gut!« rief Leslie und winkte der Klapperschlange beinahe traurig nach.

Ich löste die Bremse, fuhr im Rückwärtsgang zum Wohnwagen und ließ meinen lieben Fahrgast mit seinen Schlangenbüchern wieder aussteigen.

»Was meinst du?« fragte ich sie. »Hat unsere Phantasie wirklich ausgereicht, um uns alles vorzustellen, was die Schlange gesagt hat? War sie vielleicht ein vorüberziehender Geist, der eine Stunde lang Schlangengestalt annahm, um festzustellen, wie gut wir unsere Angst unter Kontrolle haben und ob wir ihn töten würden oder nicht? Ein Engel im Schlangenkostüm, der uns prüfen wollte?«

»Ich möchte dir nicht widersprechen«, sagte Leslie. »Aber für den Fall, daß es doch eine Schlange war, wollen wir in Zukunft immer viel Lärm machen, wenn wir unseren Wohnwagen verlassen, damit sie verschwindet, ehe wir kommen. Einverstanden?«

37

Wenn wir unser Denken ändern, ändert sich auch die Welt, die uns umgibt. Das sommerliche Arizona wurde uns ein bißchen zu warm, und wir fanden es an der Zeit, die Fenster unseres Wohnwagens mit einem anderen Ausblick zu füllen. Vielleicht sollten wir etwas weiter nach Norden ziehen, wo es kühler war? Zum Beispiel nach Nevada. Warum machten wir uns nicht einfach mit Wohnwagen und Segelflugzeug auf den Weg nach Nevada?

Dort war es tatsächlich kühler. Die Tagestemperatur betrug nur 44 Grad statt 46. Und statt der kleinen Berge waren jetzt große am Horizont zu sehen.

Der Generator auf unserem Wohnwagen gab seinen Geist auf . . . Nachdem ich drei Tage lang an ihm herumgebastelt und nach der Ursache des Defekts gesucht hatte, funktionierte er wieder. Kaum war dieses Übel aus der Welt geschafft, versagten die Wasserpumpen ihren Dienst. Doch die Aussicht, inmitten eines riesigen Gebietes aus Sand und Rinderknochen ohne Wasser leben zu müssen, beflügelte uns bei unseren Reparaturarbeiten, und es gelang uns, die Pumpen mit Hilfe eines Taschenmessers und eines Stücks Pappe wieder instand zu setzen.

Nachdem wir sechzig Meilen weit gefahren waren, um Wasser und unsere Post zu holen, stand Leslie in der Küche und las mir den Brief aus Los Angeles vor. Das Leben in der Wildnis hatte unsere Wahrnehmungsweise verändert. Die Großstadt war so unwirklich für uns geworden, und wir fanden es schwierig, uns vorzustellen, daß sie noch da war, daß es wirklich Menschen gab, die in Städten lebten. Der Brief erinnerte uns daran.

»Lieber Richard! Es tut mir leid, Ihnen mitteilen zu müssen, daß das Finanzamt Ihr Angebot abgelehnt hat und die sofortige Zahlung von einer Million Dollar verlangt. Wie Sie wissen, hat es ein Pfandrecht auf Ihren gesamten Besitz und ist jederzeit berechtigt, ihn zu beschlagnahmen. Ich schlage vor, daß wir uns zum nächstmöglichen Termin treffen und die Angelegenheit besprechen. Mit freundlichen Grüßen, John Marquart.«

»Warum haben sie das Angebot abgelehnt?« fragte ich. »Ich hatte doch angeboten, ihnen den vollen Betrag zu bezahlen!«

»Da muß irgendein Mißverständnis vorliegen«, vermutete Leslie. »Wir sollten uns am besten gleich auf den Weg machen, um herauszufinden, was los ist.«

Wir fuhren quer durch die Wüste zur Telefonzelle einer Tankstelle und vereinbarten mit John Marquart einen Besprechungstermin für den nächsten Morgen, neun Uhr. Dann warfen wir ein paar Kleidungsstücke in unsere Meyers, schossen mit Höchstgeschwindigkeit über das Land und landeten bei Sonnenuntergang in Los Angeles.

»Das Problem besteht nicht in Ihrem Angebot«, erklärte Marquart mir am nächsten Morgen. »Das Problem ist, daß Sie berühmt sind.«

»*Was? Worin* besteht das Problem?«

»Sie werden es kaum glauben; auch ich habe bisher noch nie so was gehört. Das Finanzamt nimmt inzwischen grundsätzlich keine Vergleichsvorschläge mehr von berühmten Leuten an.«

»Wie... kommen die Finanzbeamten darauf, daß ich berühmt bin?«

Marquart drehte sich auf seinem Stuhl hin und her. »Das habe ich sie auch gefragt. Der zuständige Steuerbeamte teilte mir daraufhin mit, er sei den Korridor seines Büros entlanggegangen und habe aufs Geratewohl Leute gefragt, ob sie schon einmal etwas von Richard Bach gehört hätten. Die Menschen, die Sie kannten, waren in der Überzahl.«

Im Zimmer herrschte absolutes Schweigen. Ich konnte nicht glauben, was ich gerade gehört hatte.

»Um es noch einmal klarzustellen«, sagte Leslie schließlich, »das Finanzamt – nimmt Richards Angebot nicht an – weil ein paar Leute in irgendeinem Korridor – schon einmal von ihm gehört haben. Ist das Ihr Ernst?«

Der Anwalt breitete hilflos die Hände aus, um anzudeuten, daß er das Geschehen nicht ändern könne. »Sie akzeptieren nur eine Zahlung des vollen Betrages auf einmal. Auf Teilzahlungen gehen sie bei berühmten Leuten nicht ein.«

»Wenn er Geschäftsmann wäre, würden sie das Angebot annehmen«, fragte Leslie, »aber weil er Richard Bach ist, lehnen sie es ab?«

»Richtig«, sagte Marquart.

»Aber das ist Diskriminierung!«

»Sie könnten die Steuerbehörde dafür vor Gericht bringen. Vielleicht würden Sie den Prozeß sogar gewinnen. Es würde allerdings ungefähr zehn Jahre dauern.«

»Das kann doch nicht sein! Wer ist der Vorgesetzte dieses Beamten?« erkundigte ich mich. »Es muß doch irgendeinen obersten Verantwortlichen geben...«

»Der Mann, der Ihren Fall im Augenblick bearbeitet, *ist* der oberste Verantwortliche. Er hat diese Vorschrift erlassen.«

Ich sah Leslie an.

»Was sollen wir jetzt tun?« fragte sie Marquart. »Richard hat all das Geld, das er dem Finanzamt angeboten hat; wir haben beinahe seinen gesamten Besitz verkauft, um die Anzahlung leisten zu können! Er könnte ihm heute einen Scheck über fast die Hälfte des geforderten Betrages ausstellen, wenn es darauf verzichten würde, seinen restlichen Besitz zu beschlagnahmen. Und den Restbetrag könnte er vermutlich in einem Jahr zahlen – vor allem, wenn er die Möglichkeit hätte, seine Arbeit wiederaufzunehmen. Aber er kann ja nicht an dem Film weiterarbeiten; er kann nicht einmal schreiben, solange er jeden Augenblick damit rechnen muß, daß diese Leute sich auf ihn stürzen und ihm die Arbeit vom Schreibtisch reißen!«

Plötzlich kam mir eine Idee. Mit triumphierendem Lächeln erhob sie sich über meinen Zorn. »Ein anderer Beamter!« rief ich. »Es gibt doch sicher eine Möglichkeit, den Fall einem anderen Mann zu übergeben?«

Marquart durchblätterte einen Stapel Papiere, der auf seinem Schreibtisch lag. »Mal sehen ... Ihre Angelegenheit ist bereits durch sieben Hände gegangen: Die Beamten Bulleigh, Paroseit, Ghoone, Saydyst, Blutzucker, Fradequat und Beeste waren mit ihr betraut. Keiner von ihnen will die Verantwortung übernehmen; keiner will etwas damit zu tun haben.«

Leslie verlor die Geduld. »Sind die *verrückt geworden?* Wollen die das Geld denn nicht haben? Verstehen die nicht, daß dieser Mann versucht, seine Schulden zu *bezahlen;* daß er sich nicht drücken und pro Dollar nur dreißig Cents herausrükken will? Er versucht, ihnen *den vollen Betrag zu zahlen!* SIND DIE DENN TATSÄCHLICH SO BLÖDE, VERDAMMTE IDIOTEN?« In ihren Augen standen Tränen der Enttäuschung.

Marquart blieb so ruhig, als habe er schon tausendmal in dieser Szene mitgespielt.

»Leslie. Leslie? Leslie: Hören Sie zu. Es ist wichtig für Sie, das zu verstehen. Der Beamtenstab der Steuerbehörde besteht aus den unintelligentesten, ängstlichsten, bösartigsten und nachtragendsten Leuten, die sich je hinter der schützenden

Fassade eines Regierungsamtes verborgen haben. Ich weiß das. Ich habe drei Jahre lang dort gearbeitet. Jeder junge Anwalt für Steuerangelegenheiten arbeitet zunächst einmal bei der Regierung, um seinen künftigen Feind genau kennenzulernen. Wenn man nie für das Finanzamt gearbeitet hat, kann man als Anwalt für Steuerangelegenheiten keine gute Arbeit leisten; denn dann erscheinen einem die Dinge, mit denen man zu tun hat, einfach zu unglaublich.«

Ich fühlte, wie ich blaß wurde, während er weiterredete.

»Solange das Finanzamt keinen Grund zu der Annahme hat, daß Sie sich aus dem Staub machen könnten, beantwortet es keine Briefe und reagiert nicht auf Telefonanrufe. Oft können wir monatelang nicht zu den entsprechenden Verantwortlichen vordringen. Niemand beim Finanzamt möchte für die Handhabung einer solchen Angelegenheit, einer so hohen Summe, verantwortlich sein. Denn sobald er einen Fehler begeht, wird er in der Presse kritisiert: ›Arme alte Damen zwingt ihr zur Räumung ihrer armseligen Behausungen, aber den berühmten Richard Bach laßt ihr mit Teilzahlungen davonkommen!‹«

»Warum! Warum nehmen sie mir dann nicht gleich alles weg, was ich habe?«

»Das könnte auch ein Fehler sein: ›Richard Bach hat angeboten, den vollen Betrag zu zahlen; aber ihr habt sein Eigentum beschlagnahmt, obwohl es nicht halb soviel wert war wie das, was ihr hättet bekommen können ...‹ Begreifen Sie denn immer noch nicht? Gar keine Entscheidung ist viel besser als eine verkehrte Entscheidung! Deshalb ist unser Fall so oft weitergereicht worden. Jeder Beamte wirft die heiße Kartoffel in die Luft und hofft, daß er versetzt wird oder daß ein neuer Zuständiger auftaucht, ehe sie wieder herunterkommt und er sich mit ihr beschäftigen muß.«

»Aber die Leute an der Spitze ...«, meinte Leslie. »Wenn wir uns an den Bezirksleiter wenden würden ...«

Marquart nickte. »Mit dem habe ich schon einmal zusammengearbeitet. Ihn habe ich als erstes angerufen. Als ich ihn endlich erreichte, sagte er, es gebe keine Ausnahmen und wir müßten uns auf dem ordentlichen, vorgeschriebenen Dienstweg durch die Beamtenhierarchie hindurchkämpfen und könnten uns immer nur mit dem jeweils zuständigen Beamten auseinandersetzen – dann mit dem nächsten – und dann wieder mit dem nächsten . . .«

Leslie nahm das Problem in Angriff wie eine schwierige Schachkonstellation: »Sie nehmen sein Angebot nicht an, obwohl er nicht eine Million Dollar auf einmal zahlen kann. Wenn sie sein Eigentum beschlagnahmen, kann er nicht arbeiten. Wenn sie keine Entscheidung treffen, kann er auch nicht arbeiten, denn sie *könnten* es ja schon morgen beschlagnahmen, und dann wäre seine Arbeit verloren. Wenn er keine Gelegenheit zum Arbeiten erhält, kann er kein Geld verdienen und ihnen den Restbetrag nicht zahlen. Wir hängen jetzt schon seit fast einem Jahr in der Luft! Soll das denn bis zum Jüngsten Tag so weitergehen?«

Zum erstenmal während unserer Besprechung hellte das Gesicht des Anwalts sich auf. »In gewisser Hinsicht ist die Lage gar nicht so übel. Die Zeit steht auf Richards Seite. Wenn sich diese Angelegenheit drei Jahre lang hinzieht, ohne daß eine Entscheidung erfolgt, ist er berechtigt, Konkurs anzumelden und sich dadurch seiner Schulden zu entledigen.«

Ich hatte das Gefühl, in eine Welt von Verrückten geraten zu sein. »Aber wenn ich pleite gehe, bekommen die ihr Geld doch nicht! Wissen die das denn nicht?«

»Natürlich tun sie das. Aber ich glaube, sie haben vor, diesen Zeitpunkt abzuwarten, weil sie *wollen,* daß Sie bankrott gehen.«

»WARUM?« fragte ich. »Was für verrückte . . . Sie bekämen eine Million Dollar, wenn sie mit den Teilzahlungen einverstanden wären.«

Er blickte mich traurig an. »Sie vergessen es immer wieder,

Richard. Wenn Sie in Konkurs gehen, hat das Finanzamt nichts damit zu tun; es ist Ihre eigene Entscheidung – *man wird der Regierung nicht die Schuld geben!* Niemand trägt die Verantwortung. Man kann niemanden kritisieren. Die Schulden sind auf rechtmäßige Weise getilgt. Und bis dahin ist Ihre Situation gar nicht so übel. Solange in Ihrem Fall keine Entscheidung gefällt wird, steht es Ihnen frei, Ihr Geld auszugeben. Warum machen Sie keine Weltreise, wohnen in den besten Hotels und rufen mich ab und zu aus Paris, Rom oder Tokio an?«

»Drei Jahre?« rief Leslie. »Bankrott?« Sie sah zu mir herüber. In ihren Augen war zuerst Mitleid für uns beide und dann Entschlossenheit zu lesen. »Nein! Dazu wird es nicht kommen! Wir werden diese Angelegenheit in Ordnung bringen!« Ihre Augen funkelten. »Ganz egal, ob Richard berühmt ist oder nicht – wir geben nicht auf. Versuchen Sie es mit einem neuen Angebot. Es muß so gut sein, daß das Finanzamt es nicht ablehnen kann. Und finden Sie um Himmels willen jemanden, der die Courage hat, es anzunehmen!«

Marquart erklärte seufzend, es sei keine Frage der Angebote; aber er war bereit, es zu versuchen.

Er rief einen Buchhalter und noch ein paar Rechtsanwälte zur Beratung in sein Büro. Weitere Zahlenreihen wanderten in die Rechenmaschine, noch mehr Papiere raschelten über den Schreibtisch, Pläne wurden vorgeschlagen und wieder verworfen, neue Termine für den nächsten Tag festgesetzt. Wir suchten nach einem Angebot, das so risikolos war, daß die Regierung es nicht ablehnen konnte.

Während die Anwälte arbeiteten, starrte ich aus dem Fenster in den Himmel. Wie der Pilot eines zerfetzten Flugzeuges war ich sicher, daß ich abstürzen würde; aber ich hatte keine Angst davor. Wir würden die Trümmer verlassen und wieder von vorn anfangen – erleichtert, daß es endlich vorüber war.

»Erinnerst du dich noch an die Mojave-Klapperschlange?«

fragte Leslie, als die Besprechung vertagt worden war und wir im Fahrstuhl zum Parkplatz hinunterfuhren.

»Klar. *Croandelphilis scootamorphulus.* Gegen das Gift ist kein Serum bekannt«, sagte ich. »Natürlich erinnere ich mich an sie. Eine tapfere kleine Schlange!«

»Wenn man tagelang versucht hat, mit diesen Schnecken vom Finanzamt fertig zu werden, merkt man erst, wie erfrischend es ist, in der Wüste zu sitzen und sich mit einer echten, aufrichtigen, unkomplizierten Klapperschlange auseinanderzusetzen!«

Erschöpft flogen wir nach Nevada zurück. Als wir schließlich in der Wüste ankamen, stellten wir fest, daß unser Wohnwagen geplündert worden war: Die Türen waren aufgebrochen, die Bücherregale abgeräumt, die Schubladen geleert; alles, was wir in unserem kleinen Haus auf Rädern zurückgelassen hatten, fehlte.

38

Leslie konnte es nicht fassen. Sie lief durch den Wohnwagen und suchte nach den Dingen, mit denen wir gelebt hatten und die ihr zu lieben Gefährten geworden waren, als hoffe sie, sie könnten plötzlich wieder auftauchen. Bücher, Kleider, hölzerne Kochlöffel, die für sie »Zuhause« bedeuteten, ja selbst ihre Haarbürsten: Alles war fort.

»Kein Problem, Wook«, beschwichtigte ich sie. »Was wir verloren haben, sind nur Gegenstände. Solange das Finanzamt keine Entscheidung trifft, haben wir noch eine Menge Geld. Wir brauchen nur in die Stadt zu fahren und alles neu zu kaufen.«

Sie hörte meine Worte kaum. Entsetzt schaute sie von der leeren Schreibtischschublade auf. »Richard, sie haben sogar unser *Bindfadenknäuel* mitgenommen . . .«

Verzweifelt bemühte ich mich, sie aufzuheitern. »Und wir dachten schon, wir seien die letzten Bindfadensammler der Welt! Stell' dir vor, wie glücklich sie jetzt sind – sie haben ein ganzes Bindfadenknäuel! Und angebrannte Holzlöffel! Und angeschlagene Teller!«

»Unsere Teller waren nicht angeschlagen«, widersprach Leslie. »Wir haben sie gemeinsam gekauft. Erinnerst du dich nicht mehr daran?«

»Nun ja, wir werden uns neue Teller besorgen. Wie wäre es diesmal zur Abwechslung mit hübschen orangegelben Keramiktellern? Und wir brauchen ohnehin größere Tassen. Zuerst können wir uns in der Buchhandlung austoben, und dann kleiden wir uns neu ein ...«

»Ich trauere nicht den Gegenständen nach, Richie, sondern der Bedeutung, die sie für mich hatten. Tut es dir nicht weh, daß Fremde in dein Zuhause eingebrochen sind und Dinge aus deinem Leben entfernt haben, die eine Bedeutung für dich hatten?«

»Es tut nur weh, wenn wir zulassen, daß es uns weh tut«, sagte ich. »Wir können jetzt nicht mehr viel daran ändern; es ist geschehen und vorbei, und je schneller wir uns darüber hinwegsetzen, desto besser. Wenn es etwas nützen würde, niedergeschlagen zu sein, wäre ich niedergeschlagen. Es wird uns jedoch viel eher helfen, nicht mehr daran zu denken, etwas Neues einzukaufen und zu warten, bis ein wenig Zeit verstrichen ist. Und wenn sie uns den ganzen Wohnwagen wegnehmen – was macht das schon? Wichtig sind schließlich wir beide, oder nicht? Besser zu zweit und glücklich in einer Wüste als getrennt in Palästen voller Teller und Bindfäden!«

Sie wischte sich eine Träne aus dem Gesicht. »Du hast ja recht«, sagte sie. »Aber ich glaube, ich bin dabei, mich zu verändern. Früher sagte ich immer: ›Wenn jemand bei mir einbricht, kann er von mir aus stehlen, was er will; ich würde niemals das Risiko eingehen, einen Menschen zu verletzen, um mein Eigentum oder mich selbst zu schützen. Doch damit ist es jetzt vorbei. Ich habe mittlerweile drei Einbrüche hinter mir; heute sind wir beide beraubt worden; und ich habe soeben beschlossen, daß mir das nicht noch einmal passieren wird. Warum sollst du der einzige sein, der uns in der Wüste beschützt? Das ist nicht fair! Ich werde auch meinen Teil dazu beitragen. Ich werde mir eine Pistole kaufen!«

Zwei Tage später gab es in ihrem Leben eine Angst weniger.

Sie, die früher nicht einmal den Anblick einer Pistole hatte ertragen können, handhabte Schußwaffen nun auf einmal mit der Selbstverständlichkeit eines Soldaten einer Eliteeinheit.

Sie übte stundenlang, und es klang jedesmal, als sei die letzte Schlacht um El Alamein im Gange. Ich warf Büchsen ins Gelände, und sie schoß mit einem .357-Magnum-Revolver auf sie. Zuerst traf sie jede fünfte, dann drei von fünf, dann vier.

Während sie die Winchester lud, stellte ich im Sand eine Reihe leerer Patronenhülsen als Zielscheiben für sie auf. Dann trat ich zurück und beobachtete, wie sie zielte und abdrückte. Mittlerweile zuckte sie bei den Schüssen kaum noch mit der Wimper; ihre Zielscheiben verschwanden nacheinander – von links nach rechts – mit scharfem Zischen und Donnern – und verwandelten sich in einen glitzernden Sprühregen aus Blei und Sand.

Es fiel mir schwer, zu begreifen, was für Empfindungen die Plünderung unseres Wohnwagens in ihr ausgelöst hatte.

»Meinst du denn im Ernst«, fragte ich, »daß du, wenn wieder jemand in den Wohnwagen einbräche ...«

»Wenn irgend jemand irgendwo einbricht, wo ich wohne, wird es ihm leid tun! Wer nicht erschossen werden will, sollte sich lieber nicht mit dem Gedanken tragen, uns zu berauben!« Sie mußte über meinen Gesichtsausdruck lachen. »Schau mich nicht so an! Du würdest dasselbe tun, das weißt du.«

»Nein! Ich bin da anderer Meinung.«

»Welcher Meinung?«

»Nun, ich bin der Meinung: Kein Mensch kann sterben. ›Du sollst nicht töten‹ ist kein Gebot, sondern ein Versprechen. Es besagt: ›Du kannst gar nicht töten, selbst wenn du es versuchst, denn das Leben ist unzerstörbar. Aber es steht dir natürlich frei, an den Tod zu *glauben,* wenn du unbedingt willst.‹ Wenn wir das Haus einer Frau auszurauben versuchen, die mit geladenem Revolver auf uns wartet, sagen wir ihr damit, daß wir der gängigen Vorstellung von Leben auf diesem Planeten überdrüssig sind; wir *bitten* sie, unser Bewußtsein von dieser Ebene auf eine andere zu befördern. Sie tut uns mit ihrer aus Notwehr abgeschossenen Kugel nur einen Gefallen. Das ist meine Meinung. Hältst du sie nicht auch für wahr?«

Sie lachte und schob eine neue Patrone in die Kammer ihres Gewehrs. »Ich weiß nicht, wer von uns beiden kaltblütiger ist, Richard – du oder ich.«

Sie hielt den Atem an, zielte und drückte ab. Eine weitere Patronenhülse kreischte im Wüstensand auf.

Nach dem Raub, dem Generatordefekt und dem Versagen der Wasserpumpen ging der Kühlschrank kaputt. Die Gasleitung zum Herd wurde undicht und füllte den Wohnwagen mit explosivem Gas. Und schließlich suchte uns der Staubteufel heim.

Staubteufel sind winzige Wüstentornados. Sie streifen im Sommer durch das Land, beschnüffeln hier eine Sanddüne und dort ein paar Sträucher, reißen sie tausend Fuß hoch in den Himmel ... Staubteufel kommen überall vor und tun, wozu sie Lust haben.

Der Generator funktionierte wieder. Leslie hatte gerade den Wohnwagen gesäubert. Nun stellte sie den Staubsauger beiseite und warf einen Blick aus dem Fenster. »Wookie, komm' mal her und sieh dir diesen riesigen Staubsturm an!«

Ich wand mich unter dem Warmwasserbereiter hervor, der uns schon seit geraumer Zeit keines heißen Wassers mehr würdigte. »Meine Güte!« rief ich.

»Reichst du mal bitte die Kamera herüber? Ich möchte ein Foto machen.«

»Die ist uns auch gestohlen worden«, sagte ich bedauernd. »Tut mir leid.«

»Die neue kleine Kamera liegt auf dem untersten Regal.«

Ich reichte Leslie Kamera, und sie machte vom Wohnwagenfenster aus ein Foto. »Er wird immer größer!«

»In Wirklichkeit wird er gar nicht größer«, korrigierte sie. »Er sieht nur größer aus, weil er immer näher kommt.«

»Meinst du, er wird unseren Wohnwagen treffen?«

»Leslie, die Chance, daß dieser Staubsturm, dem die ganze Wüste von Nevada zur Verfügung steht, ausgerechnet unseren irgendwo am Ende der Welt parkenden winzigen Wohnwagen treffen wird, steht in etwa eins zu siebenhunderttausend . . .«

In diesem Augenblick geriet die Welt ins Wanken, die Sonne verschwand, unser Vordach riß sich mitsamt seinen Pfeilern vom Boden los und zersprang auf dem Wohnwagendach krachend in tausend Stücke. Die Tür sprang auf; durch die Fenster heulte der Wind. Sand – pulveriger Staub wie beim Zusammenstürzen einer Mine – überschüttete uns. Die Vorhänge standen waagerecht ins Zimmer hinein, unser Haus auf Rädern wankte hin und her und setzte zum Start an. Es war ein vertrautes Gefühl: ein Flugzeugabsturz – nur ohne Ausblick.

Dann begann die Sonne schüchtern wieder in unseren Wohnwagen hereinzuschimmern, und das Heulen verlor sich.

»Die Chancen . . .«, keuchte ich, »stehen zwei zu eins . . . für den Tornado!«

Leslie konnte meine Belustigung nicht teilen. »Ich hatte gerade den ganzen Wohnwagen geputzt und gesaugt und überall Staub gewischt!« Wenn es ihr möglich gewesen wäre, den Tornado am Hals zu packen, hätte sie ihm bessere Manieren beigebracht.

»Wookie«, sagte Leslie, und ihre Stimme klang hoffnungslos, »hast du auch manchmal das Gefühl, daß es uns nicht bestimmt ist, hier zu leben? Daß es an der Zeit ist, weiterzuziehen?«

Ich legte den Schraubenschlüssel beiseite, an den ich mich während des ganzen Sturms verzweifelt geklammert hatte. Mein Herz war von begeisterter Zustimmung erfüllt. »Ich wollte dir gerade die gleiche Frage stellen. Ich habe es so satt, in einer kleinen Schachtel auf Rädern zu leben! Das geht jetzt schon seit über einem Jahr so. Können wir uns nicht nach einem Haus umsehen – einem echten Haus, das nicht aus Plastik ist?«

Leslie warf mir einen seltsamen Blick zu. »Höre ich recht? Richard Bach spielt mit dem Gedanken, seßhaft zu werden und sich nach einem ständigen Wohnsitz umzusehen?«

»Ja.«

Sie befreite einen Teil des Sessels vom Sand und setzte sich ruhig nieder.

»Nein«, sagte sie. »Ich möchte mein Herz nicht an den Bau und die Einrichtung eines Hauses hängen und dann vielleicht mittendrin wieder aufhören müssen, weil du zu dem Schluß kommst, daß du doch zu ruhelos bist und daß unser Experiment gescheitert ist. Wenn du immer noch davon überzeugt bist, daß die Langeweile uns früher oder später einholen wird, ist der Gedanke an ein Haus noch verfrüht, nicht wahr?«

Ich dachte darüber nach. »Ich weiß nicht . . .«

Leslie meinte, wir seien dabei, innere Horizonte zu finden, unerforschte Gebiete unseres Geistes; sie glaubte zu wissen, daß wir auf dem Weg waren, Freuden zu entdecken, die wir beide nicht allein finden konnten. Hatte sie recht, oder war sie lediglich optimistisch?

Wir sind jetzt seit einem Jahr verheiratet, dachte ich – ganz gleichgültig, ob eine Zeremonie stattgefunden hat oder nicht. War ich immer noch ein Sklave meiner alten Ängste? Hatte ich meinen Doppeldecker verkauft und mich auf die Suche nach meiner Seelengefährtin begeben, um das Fürchten zu lernen? Hatten all unsere gemeinsamen Unternehmungen mich gar nicht verändert, habe ich *nichts* gelernt?

Leslie saß bewegungslos da und hing ihren eigenen Gedanken nach.

Ich erinnerte mich daran, wie ich damals in Florida mein Leben betrachtet und festgestellt hatte, daß es tot am Grund eines Flusses lag – Geld, Flugzeuge und Frauen in Hülle und Fülle, aber kein wirklicher Fortschritt.

Nun hatte ich längst nicht mehr so viel Geld, und die meisten meiner Flugzeuge waren bereits verkauft. Aber es hat eine Frau in meinem Leben gegeben – nur eine. Und mein Leben bewegt sich so rasch dahin wie ein Rennboot – so sehr habe ich mich mit ihr zusammen verändert, und unser gemeinsames Leben war gewachsen wie Wolken im Sommer. Frage einen Mann und eine Frau, die gemeinsam mit ihrem Boot über die Meere segeln: ›Langweilt ihr euch nicht? Was fangt ihr nur mit eurer Zeit an?‹ Sie lächeln. Die Stunden eines ganzen Jahres reichen nicht aus, um zu tun, was getan werden muß!

Das galt auch für uns. Manchmal waren wir begeistert gewesen, hatten miteinander von Herzen gelacht, dann wieder waren wir ängstlich, zärtlich, verzweifelt, froh, voller Entdekkungslust, leidenschaftlich ... Aber wir hatten uns keine Sekunde gelangweilt.

Was für eine faszinierende Geschichte man darüber schreiben könnte! Wie viele Männer und Frauen durchquerten dieselben Flüsse, wurden von denselben zerstörerischen Klischees, denselben tückischen Gefahren bedroht wie wir! Wenn die Idee unseres Zusammenlebens sich bewährt, dachte ich, würde es sich wahrhaftig lohnen, die Schreibmaschine auszupacken! Wie gern hätte der Richard, der ich vor Jahren gewesen war, gewußt, was geschieht, wenn wir uns auf die Suche nach einer Seelengefährtin begeben, die gar nicht existiert, *und sie finden?*

»›Ich weiß nicht‹ ist nicht die richtige Antwort, Wook«, sagte ich nach einer Weile. »Ich *weiß* es. Ich möchte, daß wir uns ein Haus bauen, in dem wir lange Zeit allein, ruhig und ungestört zusammen leben können.«

Sie wandte sich mir wieder zu. »Meinst du damit, daß du eine feste Bindung eingehen möchtest?«

»Ja.«

Sie stand auf, setzte sich neben mich in den Wüstensand, der sich auf unseren Fußboden herabgesenkt hatte, und küßte mich zärtlich.

Nach langer Zeit fragte sie: »Denkst du an irgendeinen bestimmten Ort?«

Ich nickte. »Wenn du nichts dagegen hast, schlage ich vor, daß wir uns nach einem Ort mit viel mehr Wasser und viel weniger Sand umschauen.«

39

Wir mußten uns drei Monate lang in Berge von Immobilienprospekten, Landkarten und Zeitungen aus anderen Bundesstaaten vertiefen und wochenlang in der Gegend umherfliegen, um zu finden, was wir suchten. Von unserer Meyers aus hielten wir nach dem Wohnort Ausschau – einer Stadt, die uns mit einem Namen wie »Trautes Heim«, »Glückliche Lagerstätte« oder »Rhododendron« willkommen hieß. Schließlich war es soweit: Anstelle von Beifußsträuchern, Felsen und einer ausgedörrten Wüstenkruste rahmten die Fenster unseres Wohnwagens nun blumenübersäte Frühlingswiesen, steil emporsteigende grüne Wälder und einen Fluß ein.

Wir befanden uns im Little Applegate Valley in Oregon. Vom Gipfel unseres Hügels aus konnten wir einen Umkreis von zwanzig Meilen überblicken, und es war kaum ein anderes Haus in Sicht. Es gab zwei Häuser, doch sic waren von Bäumen und Hängen umgeben, und wir fühlten uns ungestört und genossen die paradiesische Ruhe. Hier wollten wir unser Haus bauen.

Zunächst – solange die Verhandlungen mit dem Finanzamt noch im Gang waren – nur ein ganz kleines Haus, ein Zimmer mit einem Dach darüber. Später, wenn das Problem sich gelöst hatte, würden wir daneben unser richtiges Haus bauen und das kleine als »Gästehaus« bezeichnen.

Monate wurden zu Jahren, während das Finanzamt, leise vor sich hin knurrend, versuchte, mein neues Angebot zu entwirren. Es war naiv wie das eines Kindes: Ich verweigerte nichts. Ich fühlte mich wie ein Besucher in einem fremden Land, der mit der Währung nicht vertraut ist. Ich hatte Schulden und wußte nicht, wie ich sie bezahlen sollte – also hielt ich einfach alles hin, was ich besaß, und bat das Finanzamt, sich zu bedienen.

Mein Angebot landete auf dem Schreibtisch eines weiteren Beamten in Los Angeles. Er bat mich um einen auf den neuesten Stand gebrachten Finanzbericht, den ich ihm zusandte. Danach hörten wir monatelang nichts von ihm. Der Fall wurde wieder weitergereicht. Die neue Beamtin bat mich ebenfalls um einen aktuellen Finanzbericht. Sie bekam ihn. Weitere Monate vergingen. Noch ein Beamter – noch ein Finanzbericht. Die zuständigen Beamten wechselten wie Kalenderblätter.

Traurig blickte Leslie von der neuesten Bitte um einen neuen Finanzbericht auf. Mit der gleichen Stimme, die ich noch von unserem Ferngespräch im Ohr hatte, das ich vor zweieinhalb Jahren von Madrid aus mit ihr geführt hatte, sagte sie: »Oh, Richie, wenn ich dich doch nur schon gekannt hätte, ehe du in diese Schwierigkeiten geraten bist! Dann wäre das alles nicht passiert . . .«

»Wir sind einander so früh begegnet, wie wir konnten«, sagte ich. »Wenn es eher geschehen wäre – das weißt du –, hätte ich dich zerstört oder wäre vor dir davongelaufen; oder du hättest die Geduld verloren und mich verlassen, und das mit gutem Grund. Es wäre niemals gutgegangen; ich mußte mich erst einmal durch dieses Durcheinander hindurchkämpfen und daran lernen. Ich würde denselben Fehler nicht noch einmal begehen – aber ich bin jetzt auch nicht mehr derselbe wie früher.«

»Gott sei Dank«, sagte sie. »Doch nun bin ich ja da. Wenn wir das hier überleben, wird deine Zukunft ganz anders aussehen als deine Vergangenheit, das verspreche ich dir!«

Die Uhr tickte. Die Steuerbehörde nahm keine Notiz davon, daß unsere Existenz festgefahren war, weil es sie auch nicht interessierte.

Konkurs, hatte der Anwalt gesagt. Vielleicht stimmte John Marquarts seltsame Theorie doch. Kein schönes Ende, dachte ich, aber besser als schachmatt – besser, als bis in alle Ewigkeit die gleichen Züge wiederholen zu müssen.

Wir versuchten den Gedanken ernsthaft in Erwägung zu ziehen, aber es gelang uns nicht. Konkurs, eine solche Verzweiflungstat – niemals!

Statt eine Weltreise zu machen und uns Paris, Rom und Tokio anzusehen, begannen wir auf dem Gipfel unseres Hügels mit den Bauarbeiten.

Einen Tag, nachdem wir den Grundstein gelegt hatten, fiel mein Blick beim Lebensmittelkauf in der Stadt auf ein neues Geschäft im Einkaufszentrum: *Computer für jeden.*

Ich ging hinein.

»Ich weiß, daß du mich für einen Idioten halten wirst, Leslie«, sagte ich, als ich zum Wohnwagen zurückkehrte.

Sie war über und über mit Schmutz bedeckt, denn sie hatte sich daran gemacht, unseren Garten anzulegen.

»Eigentlich bin ich nur in die Stadt gefahren, um einen Laib Brot zu kaufen«, sagte ich, »und Milch, Salat und Tomaten zu besorgen. Und nun rate mal, was ich statt dessen gekauft habe!«

Leslie setzte sich erst einmal. »Oh, nein . . . Richard, du willst doch nicht etwa sagen, daß du . . .«

»Ein Geschenk für meinen Liebling!« sagte ich.

»Richard, bitte! Was hast du gekauft! Wir haben keinen *Platz!* Hast du noch genügend Zeit, um es zurückzubringen?«

»Wir können das Gerät zurückgeben, wenn es dir nicht gefällt. Aber du wirst begeistert davon sein. Ich prophezeie dir: DEIN Geist und DIESES Gerät...«

»Wie groß ist es denn bloß?«

»Es geht. Sobald du wieder aus der Dusche kommst, Wook, wirst du ein Wunder vor dir sehen – direkt hier in unserem Wohnwagen. Das verspreche ich dir.«

Da ich ihr nicht mehr verriet, verschwand sie schließlich lachend unter der Dusche.

Ich räumte den heillos überfüllten Schreibtisch ab, packte den Computer aus und stellte ihn auf den ehemaligen Platz der Schreibmaschine. Den Toaster und den Mixer verbannte ich in den Besenschrank, um auf der Küchenanrichte Platz für den Drucker zu schaffen, und schloß die Geräte an. Nachdem ich die Diskette mit dem Textverarbeitungsprogramm eingeschoben hatte, nahm ich den Computer in Betrieb und tippte eine Nachricht ein.

Frisch und sauber kam Leslie aus dem Badezimmer. Sie hatte ihr Haar zum Trocknen unter einen Handtuchturban gesteckt.

»Also, Richie, ich kann die Spannung kaum noch ertragen! Wo ist die Überraschung?«

Ich enthüllte den Computer, den ich zur Erhöhung der Spannung unter einem Küchenhandtuch verborgen hatte. »Da!«

»Richard?« rief sie. »Was ist das?«

»Dein eigener... COMPUTER!«

Sie starrte mich wortlos an.

»Setz' dich hierher«, drängte ich sie, »und drücke die ›Control‹-Taste und gleichzeitig das B. Das nennt man ›Control-B‹.«

»So?« fragte sie.

Auf dem Bildschrim erschienen die Worte:

GUTEN TAG, LESLIE!
ICH BIN DEIN NEUER COMPUTER.
ICH BIN ENTZÜCKT ÜBER DIESE GELEGENHEIT, DICH KENNENLERNEN UND DIR ZU DIENSTEN STEHEN ZU DÜRFEN.
ICH GLAUBE, DU WIRST BEGEISTERT SEIN
VON DEINEM NEUEN
APPLE.
MÖCHTEST DU MICH NICHT AUSPROBIEREN UND ETWAS IN DAS JETZT FOLGENDE LEERE FELD SCHREIBEN?

»Wie reizend«, sagte Leslie.

Sie tippte versuchshalber eine Zeile ein: JEZT IST ES HÖCHSTE ZEIT, DASS ALLE . . .

»Ich habe mich vertippt.«

»Bring' den Cursor auf die rechte Seite des Tippfehlers und drück' dann auf die Taste Insert. So. Und jetzt den Buchstaben ›T‹.« Leslie befolgte meine Anweisungen, und der Fehler verschwand.

»Gibt es auch eine Gebrauchsanleitung für diesen Computer?« fragte sie.

»Nicht nötig. Er bringt dir selbst bei, was du tun mußt. Drück' zweimal auf die ESC-Taste und ein paarmal auf die M-Taste und befolge dann die Anweisungen auf dem Bildschirm . . .«

Das waren für die nächsten zehn Stunden die letzten Worte, die ich mit Leslie wechselte. Verzückt saß sie vor dem Gerät und lernte das System. Dann tippte sie ganze Listen von Terminen und anderen Daten ein, die sie nicht vergessen durfte, entwarf Pläne, listete Ideen auf und nahm ihre Korrespondenz in Angriff.

Der Computer verbrauchte erst Papier, wenn das Geschriebene in druckreifer Form vorlag; bei ihm brauchten keine Bäume in Form von Tippfehlern im Papierkorb zu enden.

»Wookie«, ließ sie sich nach Mitternacht endlich wieder vernehmen, »ich muß mich bei dir entschuldigen. Es tut mir leid.«

»Ist schon gut«, sagte ich. »Was tut dir denn leid?«

»Im ersten Augenblick hielt ich dich für einen Idioten. Ich dachte: ›Das ist genau das, was uns zu unserem Glück noch gefehlt hat: Richard schleppt ein riesiges elektrisches Spielzeug in den Wohnwagen, und wir müssen von nun an draußen im Regen schlafen.‹ Ich habe es nur nicht gesagt, weil es ein so liebes Geschenk von dir war. Aber ich hatte *unrecht!* Dieser Computer ist so ...« Sie blickte zu mir auf, suchte nach einem passenden Wort. »... so *systematisch!* Er wird unser ganzes *Leben* verändern!«

Die Fähigkeiten des Computers berauschten sie so, daß ich sie in den nächsten Tagen mehr als einmal sehr höflich fragen mußte, ob es ihr wohl möglich sei, mich auch einmal für ein paar Minuten an die Tastatur zu lassen.

»Armer Schatz«, sagte sie geistesabwesend, ohne mit dem Tippen aufzuhören. »Natürlich möchtest du es auch lernen. Natürlich kann ich dir für eine Zeitlang den Computer überlassen ...«

Doch ihrem »Natürlich« folgte niemals ein »Hier, bitte«. Daher kehrte ich bald mit einem zweiten Computer im Schlepptau aus dem Apple-Geschäft zurück. Zur Unterbringung dieses Geräts mußten wir einen Zeichentisch in die leerste Ecke des Wohnwagens stellen, wodurch sie zur vollsten Ecke wurde.

Unsere Computer waren Kuriositäten für uns, aber auch Kompasse, die uns in einem Wald beachtenswerter Ideen, Terminpläne und Strategien die Orientierung erleichterten. Außerdem vermochten sie Finanzberichte schneller auszudrucken, als die Beamten der Steuerbehörde mit der Wimper zucken konnten; mit einem Tastendruck konnten wir sie mit Finanzberichten überschütten.

Als unser Haus fertig war, waren wir beide schon ziemlich versiert im Umgang mit unseren schlauen kleinen Maschinen, die bereits sechs Stunden pro Tag in Betrieb waren.

Unser Wortschatz veränderte sich.

»Mein Computer hat sich schon beim Laden aufgehängt, Wookie!« Sie wies auf ein Buchstabenchaos auf dem Bildschirm. »Ist dir das schon einmal passiert?«

Ich nickte verständnisvoll. »Ja. Es liegt an deinem Video-Controller. Drücke ›Reset‹, wenn du kannst, oder versuche, dein System auf meinem Laufwerk neu zu starten. Wenn es auf meinem funktioniert, liegt es nicht an der Video-Karte, sondern an deinem Laufwerk. Vielleicht ist deine Drehzahl falsch justiert und deine Diskette ist dabei draufgegangen.«

»Die Diskette kann es nicht sein – sonst hätte ich einen Ein-/Ausgabefehler erhalten«, sagte sie stirnrunzelnd.

In diesem Augenblick hörten wir ein Geräusch, das wir eigentlich gar nicht hätten hören dürfen: das Knirschen von Reifen auf dem Kiesweg vor unserem Haus. Unter Mißachtung von fünf Schildern mit der Aufschrift *Betreten unter allen Umständen verboten. Verschwinden Sie. – Ja, Sie sind gemeint!* hatte ein Auto sich auf unsere abschreckend steile, lange Auffahrt gewagt. Es hielt vor unserem Haus.

Eine Frau mit einem Bündel Papieren stieg aus und erdreistete sich, in unsere geheiligte Privatsphäre einzudringen.

Ich ließ meinen Computer im Stich, stürmte aus dem Haus und fing sie bereits ab, ehe sie auch nur fünf Schritte getan hatte.

»Guten Morgen«, sagte sie höflich und mit gepflegtem britischem Akzent. »Ich hoffe, ich störe nicht . . .«

»Oh, doch!« bellte ich sie an. »Haben Sie die *Schilder* nicht gesehen?«

Sie erstarrte wie ein Reh, das sich dem Lauf eines Jagdgewehrs gegenübersieht.

»Ich wollte Ihnen nur sagen – *sie werden alle Bäume fällen, und sie werden nie wieder nachwachsen!«* stieß sie hervor; dann stürzte sie eilig zu ihrem Auto zurück, um sich in Sicherheit zu bringen.

Leslie kam aus dem Haus gelaufen, um sie zurückzuhalten.

»Sie ... Was heißt *sie?«* fragte sie. »Wer will alle Bäume fällen?«

»Die Regierung«, sagte die Dame und blickte über Leslies Schulter hinweg nervös zu mir hin, »das Bodenbewirtschaftungsamt. Es ist zwar illegal, aber sie werden es tun, weil niemand sie davon abhält!«

»Kommen Sie herein«, forderte Leslie sie auf und nickte mir beschwichtigend zu, als sei ich ein angriffslustiger Hofhund: »Bitte kommen Sie doch herein. Wir sollten uns darüber unbedingt unterhalten.«

Auf diese Weise kam ich – wenn auch mit gesträubtem Fell und gefletschten Zähnen – zum erstenmal mit der Bürgeraktion in Berührung.

40

Als Diane Albrechtsen wieder aufbrach, hinterließ sie einen Stapel Dokumente auf unserem Schreibtisch, eine allmählich verblassende Staubwolke über unserer Auffahrt und ein Gefühl düsterer Bedrücktheit in unseren Herzen. Hatte ich denn noch nicht genug Schwierigkeiten mit der Regierung? Mußte sie jetzt auch noch das Land zerstören, das uns umgab?

Ich baute mir im Bett eine Sitzmulde aus Kissen, las die ersten paar Seiten des zusammenfassenden Berichts über die Bauholzverkaufspläne durch und seufzte. »Das klingt sehr offiziell, Wookie; ich glaube, wir haben uns den falschen Ort für unser Haus ausgesucht. Wie wäre es, wenn wir es verkaufen und weiter nach Norden zögen? Nach Idaho vielleicht? Oder nach Montana?«

»Idaho, gibt's da nicht die Probleme mit der Kohle, die im Tagebau gefördert wird?« fragte Leslie und blickte nur flüchtig von dem Dokument auf, das sie in der Hand hielt. »Und in Montana sind es die Uranminen, oder ?«

»Warum legst du deine Karten nicht offen auf den Tisch – beziehungsweise auf das Bett – und sagst, was dich beschäftigt?«

Sie legte das Blatt aus der Hand. »Laß' uns nicht davonlaufen, ehe wir herausgefunden haben, was los ist. Oder mußt du unbedingt davonlaufen? Hast du noch nie daran gedacht, Unrecht zu bekämpfen?«

»Du weißt doch, ich glaube nicht an Unrecht. Wir führen jedes Ereignis – jedes! – selbst herbei, oder bist du nicht dieser Ansicht?«

»Vielleicht«, meinte Leslie nachdenklich. »Aber warum hast du dann ausgerechnet dieses Ereignis herbeigeführt? Warum muß die Regierung einen Tag nach unserem Einzug den Wald abholzen? Damit du wieder etwas hast, wovor du davonlaufen kannst? Oder damit es etwas gibt, woraus du lernen kannst?«

An einer sehr klugen Geliebten, dachte ich, hat man zwar viel Freude, aber manchmal liegt sie einem wie ein Mühlstein im Magen.

»Was gibt es denn aus dieser Situation zu lernen?«

»Wie stark wir gemeinsam sein könnten«, erwiderte sie. »Wenn wir wollen, können wir die Lage ändern.«

Ein Gefühl der Niedergeschlagenheit ergriff mich. Leslie war bereit gewesen, zu sterben, um die Welt zu verändern, einen Krieg zu beenden und alle Ungerechtigkeiten, die sie mitangesehen hatte, wiedergutzumachen. Und alles, was sie verändern wollte, hatte sich verändert.

»Bist du den sozialen Aktivismus denn immer noch nicht leid? Hast du nicht gesagt: *Nie wieder*?«

»Doch«, gab sie zu. »Ich glaube, ich habe meinen Beitrag zum Wohl der Gesellschaft geleistet – nicht nur für dieses eine Leben, sondern sogar noch für zehn weitere Existenzen. Und nach der Enttäuschung mit dem Fernsehsender hatte ich mir tatsächlich geschworen, mich wenigstens für den Rest dieses Lebens von allen guten Zwecken fernzuhalten. Aber es gibt Augenblicke . . .«

Ich spürte, daß sie es eigentlich gar nicht sagen wollte; daß sie nach Worten suchte, um mir vorzuschlagen, was man mir noch bis vor kurzem nie hätte vorschlagen dürfen.

»Was ich gelernt habe, kann ich mit dir teilen«, sagte sie, »aber nicht, was ich *weiß*. Möchtest du gern deine Fähigkeiten entdecken, dem Guten zu dienen, statt den Rückzug in die Privatsphäre anzutreten? Dann gebe ich meinen Rückzug vielleicht auch auf. Für mich gibt es nicht den geringsten Zweifel: Wenn wir die Regierung davon abhalten wollen, Bäume zu fällen, die nicht wieder nachwachsen werden, und sie als Bauholz zu verkaufen, dann können wir es. Wenn das Vorhaben der Regierung illegal ist, wird es uns gelingen. Wenn nicht, können wir immer noch nach Idaho ziehen.«

Nichts interessierte mich weniger, als eine Regierung zur Änderung ihrer Pläne zu zwingen. Manche Leute vergeuden ihr ganzes Leben mit diesem Versuch. Wenn wir am Ende tatsächlich als Sieger hervorgehen, dachte ich, haben wir die Bürokratie lediglich davon abgehalten, etwas zu tun, was sie von vornherein nicht hätte versuchen dürfen. Gibt es denn keine sinnvollere Beschäftigung, als Beamten zur Einhaltung der Gesetze zu zwingen?

»Vielleicht lohnt es sich«, räumte ich ein, »rasch zu überprüfen, ob das Vorhaben der Regierung rechtmäßig ist, ehe wir umziehen. Wir werden die Computer auf ihre Fährte setzen. Aber, mein kleines Rehlein, ich bin sicher, daß wir nichts finden werden. Die Regierung der Vereinigten Staaten wird doch nicht ihre eigenen Gesetze brechen!«

War ihr Lächeln süß oder bitter? »Ich bin vom Gegenteil überzeugt«, sagte sie.

An jenem Nachmittag flimmerten unsere Computer in den abgelegenen Wäldern Oregons mit Lichtgeschwindigkeit Fragen hinüber zu einem Computer in Ohio; dieser wiederum gab sie an einen Computer in San Francisco weiter. Und der Computer in San Francisco ließ blitzschnell die Antworten auf unseren Bildschirmen erscheinen: *Laut Bundesgesetz ist es verboten, nicht regenerierbare Waldbestände öffentlicher Ländereien abzuholzen und zu verkaufen.* Es folgten zusammenfassende Darstellungen von zweiundachtzig mit diesem Gesetz in Zusammenhang stehenden Fällen.

Hatten wir uns mit unserem Umzug in die gefährdeten Wälder Südoregons noch in letzter Minute in eine Gasse gewagt, in der gleich Mord und Totschlag stattfinden würde?

Ich blickte Leslie an und stimmte ihrem unausgesprochenen Entschluß zu. Man durfte das geplante Verbrechen nicht ignorieren.

»Hast du einen Augenblick Zeit?« fragte ich sie am nächsten Tag, als wir beide vor unseren Computern saßen und aufmerksam die leuchtenden Bildschirme betrachteten. Das war unser privates Computeroperator-Kodewort, das wir uns ausgedacht hatten. Wir baten damit um Aufmerksamkeit, sagten aber im gleichen Atemzug: ›Bitte antworte nicht, wenn du gerade mitten in einer komplizierten Arbeit steckst und ein falscher Tastendruck das Werk eines ganzen Morgens zunichte machen würde.‹

Eine Sekunde später blickte sie von ihrem Bildschirm auf. »Ja?«

»Glaubst du, daß der Wald selbst uns hierhergerufen hat?« fragte ich sie. »Vielleicht hat er tatsächlich um Hilfe geschrien? Und Baumgottheiten, Pflanzengeister und die unsichtbaren Anführer wilder Tiere haben sich hundert Zufälle ausgedacht, um uns hierherzubringen, damit wir für sie kämpfen können?«

»Das klingt sehr poetisch«, meinte sie. »Vielleicht stimmt es.« Sie wandte sich wieder ihrem Computer zu.

Schon nach einer weiteren Stunde konnte ich das Schweigen nicht mehr aushalten. »Hast du einen Augenblick Zeit?«

»Ja?«

»Wie ist so etwas möglich?« fragte ich. »Das Bodenbewirtschaftungsamt zerstört das Land, das es seinem gesetzlichen Auftrag nach eigentlich schützen müßte?«

»Eines wirst du mit Sicherheit bald lernen, Wookie«, klärte

Leslie mich auf. »Der Weitblick der Regierungen ist beinahe gleich Null. Dafür haben sie eine nahezu unbegrenzte Begabung für Dummheit, Gewalt und Zerstörung. Auf Grenzen stoßen sie nur, wenn die Menschen sich empören und sich ihnen in den Weg stellen.«

»Ich würde viel lieber die Erfahrung machen, daß dies nicht zutrifft und daß die Bürger ihre Freiheit nicht damit vergeuden müssen, sich vor ihren selbstgewählten Führern zu schützen!«

»Schön wär's ...«, sagte sie. Sie war mir in Gedanken schon weit voraus. Dann wandte sie sich mir zu: »Es wird nicht leicht sein, denn es dreht sich nicht nur bloß um einen Wald, sondern um viel Geld und viel Macht.«

Sie legte mir ein Bundesdokument auf den Schreibtisch. »Das Bodenbewirtschaftungsamt bezieht einen großen Teil seiner Einkünfte von den Bauholzfirmen. Das heißt: Es wird dafür bezahlt, Bäume zu *verkaufen,* nicht sie zu retten. Und deshalb darfst du nicht denken, daß wir nur zum Bezirksdirektor zu gehen und auf Gesetzesverstöße hinzuweisen brauchen, um ihm das Versprechen zu entlocken: ›Oh, das tut uns leid! Wir werden dies nie wieder tun!‹ Es wird ein langer, harter Kampf werden. Es werden Sechzehnstundentage und Siebentagewochen erforderlich sein, um die Aufgabe zu bewältigen. Aber wir wollen keine Aktion in Angriff nehmen, solange wir nicht sicher sind, ob wir überhaupt gewinnen wollen. Wenn du aufgeben willst, sollten wir jetzt aufgeben.«

»Wir haben ohnehin nichts mehr zu verlieren«, entschied ich und schob eine neue Diskette in mein Gerät. »Solange die Steuerbeamten sich jederzeit auf mich stürzen und schon den bloßen Entwurf eines Manuskripts aus meinem Computer reißen können, hat es keinen Sinn, Kurzgeschichten zu schreiben. Aber ich kann sehr wohl ein Protestschreiben gegen Holzfällaktionen verfassen, das sich gewaschen hat? Und die Regierung braucht es gar nicht erst zu beschlagnahmen – wir schicken es ihr selbst zu. Ich sehe schon einen Interessenkonflikt der Behörden voraus: Ehe das Finanzamt sich entscheiden kann, ob es mir mein Geld wegnehmen soll oder nicht, werde ich es bereits für den Kampf gegen das Bodenbewirtschaftungsamt ausgegeben haben.«

Sie lachte. »Manchmal glaube ich dir. Vielleicht gibt es wirklich keine Ungerechtigkeit.«

Unsere Prioritäten änderten sich. Wir ließen alle anderen Arbeiten stehen und liegen und vertieften uns in Informationen und Dokumente. Auf unseren Schreibtischen, der Küchenanrichte und dem Bett stapelte sich Fachliteratur über Forstwirtschaft, Bodenerosion, die Regeneration gefährdeter Gebiete, den Schutz von Wasserscheiden, Wärmeübertragungskoeffizienten in Granitböden und Gesetze, Gesetze, Gesetze.

Als wir genügend überzeugende Informationen beisammen hatten, begannen wir uns mit den Nachbarn zu treffen. Gemeinsam mit Diane Albrechtsen und Chant Thomas, die vor unserem Einschreiten größtenteils allein gekämpft hatten, drängten wir nun auch andere Bewohner des Tals, uns zu helfen.

Den meisten widerstrebte es, sich einzumischen ... Wie gut ich ihre Denkweise verstehen konnte!

»Es ist noch niemandem gelungen, einen Bauholzverkauf der Regierung zu verhindern«, sagten sie. »Man kann das Bodenbewirtschaftungsamt nicht davon abhalten, abzuholzen, was es abholzen will.«

Doch als sie erfuhren, was wir erfahren hatten – daß es ungesetzlich war, Wälder in Wüsten zu verwandeln –, schlossen sich unserer ›Rettet-den-Wald‹-Aktion bald über siebenhundert Leute an. Unser privates Refugium in der Wildnis wurde zum Hauptquartier; unser kleiner Berg verwandelte sich in einen Ameisenhaufen: Ständig kamen und gingen Mitarbeiter, um die Computer mit Daten zu füttern.

Ich lernte eine ganz neue Leslie kennen: völlig auf ihre

Arbeit konzentriert – kein Lächeln, keine persönlichen Randbemerkungen, nur uneingeschränkte, zielgerichtete Konzentration.

Immer wieder ermahnte sie uns: »Appelle an das Gefühl – Ach, bitte, fällt die schönen Bäume nicht! Zerstört die Landschaft nicht! Laßt die Tiere nicht sterben! – haben keinen Zweck. All das bedeutet dem Bodenbewirtschaftungsamt nichts. Und auch Gewalt – ›Wir werden die Bäume mit Stacheldraht umgeben! Waffen gegen Waldtöter!‹ – ist sinnlos. Damit erreichen wir nur, daß sie den Wald unter militärischem Schutz abholzen. Wir können der Regierung nur Einhalt gebieten, indem wir gerichtlich gegen sie vorgehen. Wenn wir die Gesetze besser kennen als sie, wenn sie weiß, daß wir sie verklagen und den Prozeß gewinnen können, wenn wir beweisen können, daß sie die Bundesvorschriften verletzt, wird sie von der Abholzung Abstand nehmen.«

Wir versuchten mit dem Bodenbewirtschaftungsamt zu verhandeln. »Erwartet keine Kooperation«, warnte Leslie. »Macht euch lieber auf Doppeldeutigkeiten, Abwehrhaltung und Ausweichmanöver gefaßt. Aber wir müssen mit den Leuten sprechen; es ist ein notwendiger Schritt.« Es stellte sich heraus, daß sie mit jedem Wort recht hatte.

»Leslie, hör' dir diese Tonbandaufnahme an! Unglaublich, was der Direktor des Bodenbewirtschaftungsamtes in Medford uns gegenüber geäußert hat!«

RICHARD: Wollen Sie damit sagen, daß ein großangelegter Protest gegen die Abholzung notwendig ist, um sie zu verhindern, oder daß die Meinung der Leute gar nichts an Ihrem Vorhaben ändert?

DIREKTOR: Für mich persönlich wird sie höchstwahrscheinlich nichts ändern.

RICHARD: Egal, ob Sie vierhundert oder viertausend Unterschriften erhalten ...?

DIREKTOR: Ja; wir bekommen immer wieder solche Unterschriftenlisten. Sie ändern nichts.

RICHARD: Und wenn es vierzigtausend Unterschriften wären; wenn die gesamte Bevölkerung von Medford, Oregon, gegen den Verkauf protestierte -- würde das etwas ändern?

DIREKTOR: Für mich nicht.

RICHARD: Und wenn die Förster gegen die Abholzung wären? Würden Sie auf sie hören?

DIREKTOR: Nein. Die Proteste der Öffentlichkeit interessieren mich nicht.

RICHARD: Und warum sind Sie so sicher, daß es sich lohnt, dieses Vorhaben trotz der weitverbreiteten Proteste der Öffentlichkeit durchzuführen?

DIREKTOR: Nun ja – wir tun es eben.

RICHARD: Haben Sie schon einmal aufgrund des Protests der Bevölkerung von einem Bauholzverkauf Abstand genommen?

DIREKTOR: Nein. Noch nie.

Leslie beobachtete weiter den Computerbildschirn, ohne mit der Wimper zu zucken. »Gut«, sagte sie. »Das gehört unter die Rubrik *Mangel an gutem Glauben.* Diskette Nummer zweiundzwanzig; nach *Der Verkauf verstößt gegen das nationale Umweltschutzgesetz.*«

Sie reagierte selten mit Zorn gegen unsere Widersacher. Sie sammelte Beweismaterial, heftete es ab, baute ihre Argumente für den Prozeß auf.

»Und wenn wir nun übersinnliche Fähigkeiten hätten und wüßten, wann und auf welche Weise der Direktor sterben wird?« fragte ich Leslie einmal. »Wenn wir wüßten, daß er nur noch zwei Tage zu leben hat, daß übermorgen zehn Zentner Bauholz von einem Lastwagen herabrollen und ihn zerschmettern werden – würde das irgend etwas an unserer jetzigen Einstellung zu ihm ändern?«

»Nein«, erwiderte Leslie.

Für mein Geld, welches das Finanzamt nicht annehmen wollte, beauftragten wir Sachverständige mit Untersuchungen: *Vorläufiges Gutachten über die Wasserbeschaffenheit im Einzugsgebiet von Grouse Creek, Waters Gulch, Mule Creek und Hanley Gulch in Jackson County, Oregon; Bericht über die voraussichtlichen Auswirkungen der im vorgesehenen Bauholzverkaufsgebiet Grouse Creek geplanten Abholzungen auf den Lachs und seinen Lebensraum; Ökonomischer Bericht über den Grouse-Greek-Bauholzverkauf.* Wir erhielten noch acht weitere Studien mit ähnlich einprägsamen Titeln.

Hin und wieder standen wir auf dem Gipfel unseres kleinen Hügels und blickten zum Wald hinüber. Unzerstörbar wie die Berge, hatten wir früher gedacht. Nun sahen wir ihn als eine gefährdete Familie aus Pflanzen und Tieren, die in harmonischem Miteinander zusammenlebten, deren Existenz jedoch jetzt auf der Schneide einer Kettensäge balancierte und sich gefährlich der Vernichtung durch unüberlegte Abholzungen entgegenneigte.

»Gebt nicht auf, Bäume«, riefen wir dem Wald zu, »gebt nicht auf! Wir werden ihnen Einhalt gebieten, das versprechen wir!«

An anderen Tagen, wenn wir viel zu tun hatten, blickten wir nur flüchtig von unseren Computern auf und aus dem Fenster. »Haltet die Ohren steif, Bäume!« murmelten wir.

Was einstmals der Colt für den Revolverhelden, das waren unsere Apples für uns. Das Bodenbewirtschaftungsamt räumte gnädigerweise den betroffenen Bewohnern eine Anhörungsfrist von dreißig Tagen ein und erwartete wohl, allenfalls ein paar Briefe mit leidenschaftlichen Bitten um Gnade für die Umwelt zu erhalten. Statt dessen ging ihm von uns – unserer Organisation und ihren Heimcomputern – ein sechshundert Seiten starker wissenschaftlicher und mit Entscheidungen der bisherigen Rechtsprechung untermauertes dreibändiges Gutachten zu. Kopien davon gingen an die Senatoren, die Abgeordneten und die Presse.

Der Kampf gegen diese Behörde dauerte zwanzig Monate und nahm unsere ganze Zeit in Anspruch.

Ich hatte inzwischen alle meine Flugzeuge verkauft. Zum erstenmal, seit ich erwachsen war, vergingen Wochen und Monate ohne einen einzigen Flug – ohne daß ich auch nur ein einziges Mal den Boden verlassen durfte. Statt von meinen wunderbaren, frei in den Lüften schwebenden Maschinen herabschauen zu können, blickte ich nun zu ihnen empor und erinnerte mich daran, wieviel das Fliegen mir bedeutet hatte. So fühlt man sich also als Bodenbewohner, dachte ich. Grrr!

Eines Tages geschah das, woran Leslie in ihrer grimmigen Gewißheit keinen Augenblick lang gezweifelt hatte und was für mich völlig überraschend kam: Die Regierung nahm von dem Bauholzverkauf Abstand.

»In Anbetracht einer mit dem geplanten Vorhaben verbundenen unvorhersehbaren Rechtsproblematik verzichtet das Bodenbewirtschaftungsamt auf dessen Realisierung«, erklärte der stellvertretende Direktor der obersten Bodenbewirtschaftungsbehörde von Oregon der Presse.

Der Direktor der Dienststelle in Medford wurde nicht unter Baumstämmen zu Tode gequetscht, sondern samt seinem Gebietsleiter an eine andere Behörde versetzt.

Die Ansprache anläßlich unseres Sieges war kurz.

»Eines darfst du nie vergessen«, erklärte Leslie mir, während ihr Computer zum erstenmal seit Beginn des Kampfes abkühlte. »Der Satz: ›Gegen die Bürokratie kommt man nicht an‹ ist Regierungspropaganda. Wenn die Bevölkerung sich entschließt, die Regierungsbürokratie zu bekämpfen – nur ein paar kleine Leute gegen eine große Institution, die im Unrecht ist –, gibt es nichts – *nichts!* –, was ihren Sieg verhindern könnte!«

Dann ließ sie sich auf das Bett fallen und schlief drei Tage lang.

41

Irgendwann während unseres Kampfes gegen das Bodenbewirtschaftungsamt schlug mitten in der Nacht – ungehört – die Uhr der Steuerbehörde. Beinahe vier Jahre hatte sie die Angelegenheit hinausgezögert, ohne eine Entscheidung zu fällen; der Zeitpunkt, zu dem es mir freistand, mich durch Konkurs meiner Millionenschuld zu entledigen, war bereits vor einem Jahr herangerückt.

Im Verlaufe unserer Schlacht gegen das Bodenbewirtschaftungsamt hatten wir keinen Augenblick Zeit gehabt, über Konkurs nachzudenken; nun, da sie vorüber war, konnten wir kaum mehr an etwas anderes denken.

»Es wäre nicht gerade ein Vergnügen, kleine Wook, alles zu verlieren«, sagte ich und stürzte mich mit mannhafter Entschlossenheit in meinen vierten Versuch, einen Zitronenkuchen nach dem Rezept ihrer Mutter zu backen. »Ich stünde vor dem Nichts und müßte noch einmal von vorn anfangen.«

»Das stimmt nicht«, widersprach sie. »Ich habe mich sachkundig gemacht: So darf man etwa in solch einem Fall die ›für seinen Beruf erforderlichen Werkzeuge‹ behalten. Das Lebensminimum wird dir gelassen, so daß du nicht allzu rasch verhungern müßtest.«

»Ach wirklich? Ich dürfte also das Haus behalten?« Ich bemühte mich verzweifelt, den Kuchenteig dünn auszurollen, und flehte die Kuchengöttin um Hilfe an.

»Das Haus nicht. Nicht einmal den Wohnwagen.«

»Wir könnten ja auf den Bäumen leben.«

»So schlimm wird es auch nicht kommen. Die ›große Schauspielerin‹ hat ja schließlich auch noch ihre Ersparnisse, das darfst du nicht vergessen; und sie geht nicht bankrott. Aber wie würdest du dich fühlen, wenn du sämtliche Rechte an deinen Büchern verlierst? Wenn jemand die Filmrechte kaufte, ohne daß sie ihm wirklich etwas bedeuteten, und Schundfilme aus deinen herrlichen Büchern machte?«

Ich schob den Kuchen in den Backofen. »Ich würde es überleben.«

»Du hast meine Frage nicht beantwortet«, erwiderte sie. »Aber gib dir keine Mühe. Ganz gleich, was du sagst – ich weiß, wie du dich fühlen würdest. Wir werden sehr sorgfältig wirtschaften und jeden Cent sparen müssen, damit wir sie vielleicht eines Tages zurückkaufen können.«

Der Gedanke an den Verlust der Rechte an unserem Buch verfolgte uns beide. Es war, als ließen wir unsere eigenen Kinder meistbietend versteigern. Und doch würden sie verlorengehen, und es würde eine Aktion stattfinden, wenn ich Konkurs anmeldete.

»Wenn ich Konkurs anmelde, erhält die Regierung von jedem Dollar, den ich ihr schulde, nur fünfzig Cents, und dabei hätte ich ihr den vollen Betrag zahlen können. Und der gescheiterte Versuch des Bodenbewirtschaftungsamtes, illegale Bauholzverkäufe durchzusetzen, kostet sie ein weiteres Vermögen. Wenn all das schon allein uns passiert, Wookie, obwohl wir nur einen winzigen Teil der Regierungsaktivitäten überblicken – wie viele Millionen mag die Regierung dann wohl insgesamt verschwenden? Woher nimmt sie das Geschick, so viele so große Fehler zu begehen?«

»Das habe ich mich auch gefragt«, entgegnete Leslie. »Ich habe lange darüber nachgedacht. Und schließlich bin ich auf die einzig mögliche Antwort gestoßen.«

»Und wie lautet sie?«

»Es ist eine Frage der Übung«, meinte sie. »Unermüdlicher, unerbittlicher Übung.«

Wir flogen nach Los Angeles und trafen uns mit Anwälten und Buchhaltern zu einem letzten Versuch, die Angelegenheit zu regeln.

»Es tut mir leid«, sagte John Marquart, »aber wir kommen bei unseren Versuchen, uns mit dem Finanzamt in Verbindung zu setzen, nie über seine Computer hinaus. Kein Mensch beantwortet unsere Briefe oder reagiert auf unsere Anrufe. Der Computer druckt Formulare, die uns zugesandt werden; das ist alles. Vor einiger Zeit erhielten wir die Nachricht, daß jetzt eine neue Beamtin – eine Miß Faumpire – mit dem Fall betraut ist. Sie ist die elfte. Wetten, daß sie um einen Finanzbericht bittet?«

Ganz klar, dachte ich. Sie zwingen mich zum Konkurs. Und doch bin ich sicher, daß es keine Ungerechtigkeit gibt; ich weiß, daß die Existenzen, die wir durchleben, zum Lernen und zum Zeitvertreib da sind. Wir führen unsere Probleme selbst herbei, um unsere Kräfte an ihnen zu erproben ... Wenn ich diese Probleme nicht hätte, gäbe es andere, die mich auf eine ebenso harte Probe stellen würden. Prüfungen bleiben niemandem erspart. Doch Prüfungsfragen haben oft unerwartete Lösungen; und manchmal ist eine außergewöhnliche Entscheidung die einzig richtige.

Einer meiner Berater runzelte die Stirn. »Ich arbeitete für das Finanzamt in Washington, als das Recht, von dem Sie Gebrauch machen wollen – das Gesetz über die Tilgung von Steuerschulden durch Konkurs –, zur Abstimmung kam. Die Steuerbehörde stellte sich diesem Gesetzesentwurf heftig entgegen, und als es dennoch zum Gesetz wurde, schworen die zuständigen Beamten sich: ›Wenn jemand versucht, davon Gebrauch zu machen, werden wir dafür sorgen, daß es ihm leid tut!‹«

»Aber wenn es ein Gesetz ist...«, wandte Leslie ein, »wie können sie die Leute denn davon abhalten, sich eines gesetzlich verankerten Rechts zu bedienen?«

Er schüttelte den Kopf. »Ich warne Sie. Gesetz oder nicht – das Finanzamt wird hinter Ihnen her sein. Es wird keine Gelegenheit auslassen, Sie zu schikanieren.«

»Aber es *will* doch, daß ich bankrott gehe«, rief ich, »damit man keinem der zuständigen Beamten irgendeinen Vorwurf machen kann!«

»Das trifft wahrscheinlich zu.«

Ich blickte Leslie an, sah die Spuren der Anspannung und Erschöpfung in ihrem Gesicht. »Zum Teufel mit dem Finanzamt«, sagte ich.

Sie nickte. »Vier vergeudete Jahre sind genug. Jetzt wollen wir endlich wieder leben.«

Wir brachten dem Konkursanwalt Listen unserer gesamten Besitztümer: Haus, Lastwagen, Wohnwagen, Bankkonten, Computer, Kleidungsstücke, Auto, Urheberrechte aller Bücher, die ich geschrieben hatte. Ich würde alles verlieren.

Der Anwalt las sich die Liste schweigend durch und sagte dann: »Es wird das Gericht wohl kaum interessieren, wie viele Socken er hat, Leslie.«

»In meinem Buch über Konkurs steht, man müsse alles angeben«, wandte sie ein.

»Die Socken waren bestimmt nicht gemeint«, sagte er.

Vier Jahre lang hatte unsere Existenz an den Fäden des aufgeblasenen Zyklopen »Finanzamt« in der Schwebe gehangen. Gleichzeitig waren wir von dem sägenschwingenden

Bodenbewirtschaftungsamt angegriffen worden. Und wir hatten ununterbrochen entweder gegen das eine oder das andere oder beide Ungeheuer gekämpft.

Keine Kurzgeschichten, keine Bücher, keine Drehbücher, keine Filme, kein Fernsehen, keine Filmrollen, keine Filmproduktion – keine Spur mehr von dem Leben, das wir geführt hatten, ehe der Kampf gegen die Regierung zu unserer einzigen Beschäftigung geworden war.

Und das Seltsame war: Während all dieser Kämpfe, während der anstrengendsten Zeit, die wir beide je erlebt hatten... waren wir immer glücklicher miteinander geworden – glücklicher als je zuvor.

Nachdem wir unsere Prüfung im Wohnwagen überstanden hatten, war es uns leichtgefallen, in dem kleinen Haus zusammenzuleben, das wir uns auf dem Hügel gebaut hatten. Wir waren niemals länger voneinander getrennt als für die Zeit, die man braucht, um zum Lebensmittelkauf in die Stadt zu fahren.

Ich wußte, daß sie es wußte; und doch sagte ich ihr immer häufiger, daß ich sie liebte. Wie ein verliebtes Pärchen gingen wir Arm in Arm durch die Stadt und Hand in Hand durch den Wald. Hätte ich es vor Jahren für möglich gehalten, daß es mich unglücklich machen würde, neben ihr herzugehen, ohne sie zu berühren?

Es war, als hätte unsere »Ehe« den umgekehrten Effekt – unsere Beziehung wurde durch sie nicht kühler und distanzierter, sondern immer herzlicher und enger.

»Du hattest versprochen, daß wir uns langweilen würden«, sagte sie hin und wieder und zog einen Schmollmund.

»Wann verlieren wir endlich den Respekt voreinander?« fragte ich ungeduldig.

»Bald werden Langeweile und Trübsinn über uns hereinbrechen«, prophezeiten wir einander. Meine einstmals ernsten Befürchtungen hatten sich in alberne Witze verwandelt, über die wir lachten.

Von Tag zu Tag kannten wir einander besser, und unser Staunen und unsere Freude über unser Zusammenleben wuchsen.

Eigentlich waren wir schon seit vier Jahren verheiratet – seit dem Augenblick, in dem das Experiment unserer ausschließlichen Liebesbeziehung begonnen hatte – seitdem es uns gelungen war, zu beweisen, daß wir Seelengefährten waren.

Vor dem Gesetz jedoch waren wir beide ledig. »Keine gesetzliche Trauung, ehe Sie die Angelegenheit mit dem Finanzamt nicht geregelt haben!« hatte Marquart mich gewarnt. »Bitte nicht. Sie müssen Leslie aus der Angelegenheit heraushalten, sonst gerät sie auch in Schwierigkeiten!«

Nachdem ich Konkurs angemeldet und meine Verfolger vom Finanzamt abgeschüttelt hatte, konnten wir uns endlich trauen lassen.

Ich fand das Standesamt im Telefonbuch zwischen »Stadtkasse« und »Straßenbeleuchtung«, und das Ereignis erhielt seinen bescheidenen Platz auf der Terminliste für unseren letzten Samstag in Los Angeles:

9.00: Koffer packen, Hotel verlassen.
10.00: Drugstore – Sonnenbrille, Notizbücher, Bleistifte.
10.30: Heiraten.

In einem schäbigen kleinen Zimmer beantworteten wir die Fragen, die die Pfarrerin uns stellte. Als sie Leslies Namen hörte, blickte sie auf und kniff die Augen zusammen.

»Leslie Parrish. Der Name kommt mir bekannt vor. Sind Sie irgendeine berühmte Persönlichkeit?«

»Nein«, sagte Leslie.

Sie kniff nochmals die Augen zusammen, zuckte die Achseln und tippte den Namen auf ein Formular.

Am Wagen ihrer mechanischen Schreibmaschine klebte ein Schild: *Christen sind nicht perfekt, aber ihnen wird vergeben.* An die Wand war ein weiteres Schild genagelt: HIER DARF GERAUCHT WERDEN. Das Büro stank nach Zigarettenrauch, und auf dem Schreibtisch und dem Fußboden lag Asche verstreut.

Ich warf Leslie einen raschen Blick zu, verdrehte dann die Augen zur Decke und seufzte. Man hat mir am Telefon nicht gesagt, daß dieses Büro so schäbig ist, entschuldigte ich mich stillschweigend bei ihr.

»Wir haben ein einfaches Heiratsurkundenformular«, sagte die Pfarrerin, »für drei Dollar. Und ein besonderes mit Goldbuchstaben für sechs Dollar. Sie können auch die Luxusausfertigung mit Goldbuchstaben und glitzernden Krümeln auf Büttenpapier haben; die kostet zwölf Dollar. Welches wollen Sie?« An einem Anschlagbrett aus Kork hingen Musterexemplare der Formulare.

Wir sahen einander an. Statt uns vor Lachen zu krümmen, nickten wir ernst. Schließlich unterzogen wir uns hier einer wichtigen Amtshandlung.

Wir trafen unser Entscheidung beide im selben Augenblick: DAS EINFACHE, flüsterten wir einander lautlos zu.

»Das einfache reicht vollauf«, sagte ich. Der Frau war es gleichgültig. Sie spannte das bescheidene Formular in die Schreibmaschine, hämmerte auf die Tasten ein, unterzeichnete es, schrie dann quer über den Korridor hinweg nach den Trauzeugen und wandte sich uns zu.

»Nun unterschreiben Sie bitte hier...«

Wir unterschrieben.

»Der Fotograf kostet fünfzehn Dollar...«

»Das können wir uns schenken«, sagte ich. »Wir brauchen keine Fotos.«

»Die Gebühr für die Kirche beträgt fünfzehn Dollar...«

»Eigentlich können wir ebensogut auf eine Zeremonie verzichten«, wehrte ich ab. »Auf jede Art von Zeremonie.«

»Keine Zeremonie?« Sie blickte uns an, ihr Gesicht ein einziges Fragezeichen; doch wir beantworteten ihre unausgesprochene Frage nicht, und sie zuckte die Achseln. »In Ordnung. Ich stelle fest, daß Sie nunmehr rechtmäßig verbundene Eheleute sind.«

Halblaut addierte sie Zahlen. »Zeugengebühren . . . Bundesstaatsgebühren . . . Eintragungsgebühr . . . Macht insgesamt achtunddreißig Dollar, Mr. Bach. Und hier ist ein Umschlag, in den Sie eine beliebig hohe Spende legen können.«

Leslie nahm das Geld aus ihrem Portemonnaie – achtunddreißig Dollar und fünf Dollar für den Umschlag. Sie gab es mir, und ich reichte es der Dame, die uns getraut hatte. Als wir alle erforderlichen Unterschriften geleistet hatten und endlich unsere Heiratsurkunde in der Hand hielten, verließen wir das Büro, so schnell wir konnten.

Im Stadtverkehr tauschten wir die Ringe und öffneten die Autofenster, um unsere nach Rauch stinkende Kleidung auszulüften. Die ersten anderthalb Minuten unserer offiziellen Ehe waren mit Gelächter gefüllt.

Leslies erste Worte als mir rechtmäßig angetraute Ehefrau lauteten: »Eines muß man dir lassen – du weißt, wie man eine Frau verwöhnt!«

»Sie sollten es von einer anderen Seite betrachten, Mrs. Parrish-Bach«, widerprach ich. »Wenigstens war es ein denkwürdiges Ereignis! Unser Hochzeitstag wird uns für immer in unvergeßlicher Erinnerung bleiben.«

»Das befürchte ich auch«, lachte sie. »Oh, Richard, du bist der romantischste . . .«

»Für dreiundvierzig Dollar bekommt man keine Romantik, mein Schatz. Wenn du Wert auf Romantik legst, hätten wir uns die Luxusausfertigung kaufen müssen – die mit den glitzernden Krümeln auf dem Büttenpapier, für die man einen Aufpreis zahlen muß. Und du weißt, daß wir mit jedem Penny rechnen müssen.«

Ich blickte sie eine Sekunde lang an, während ich fuhr. »Fühlst du dich jetzt irgendwie anders? Verheirateter als vorher?«

»Nein. Du?«

»Ja, ein bißchen. Etwas ist anders geworden. Was wir vor einer Minute in dieser Rauchhöhle vollzogen haben, wird von unserer Gesellschaft als das eigentlich Wahre anerkannt. Was wir bisher miteinander erlebt haben – die Freude und die Tränen –, spielt gar keine Rolle; nur auf *das unterzeichnete Papier* kommt es an! Irgendwie habe ich das Gefühl, daß wir die Regierung mit unserer Eheschließung einer weiteren Möglichkeit beraubt haben, uns zu schikanieren. Weißt du, was? Je mehr ich dazulerne, Wook, desto weniger mag ich Regierungen. Oder liegt es nur an unserer Regierung?«

»Also bist du inzwischen auch so weit gekommen, mein Schatz. Früher wurden meine Augen feucht, wenn ich unsere Fahne sah – so sehr liebte ich mein Land. Du kannst dich glücklich schätzen, hier leben zu dürfen, dachte ich, und du darfst dieses Glück nicht als Selbstverständlichkeit hinnehmen, sondern mußt etwas dafür tun – an Wahlen mitwirken, ein Teil der Demokratie sein! Doch dann begann ich mich eingehend mit Politik zu befassen und gelangte allmählich zu der Erkenntnis, daß nicht alles so war, wie wir es in der Schule gelernt hatten. Amerikaner waren nicht immer Engel; unsere Regierung stand nicht immer auf der Seite der Freiheit und Gerechtigkeit! Damals begann der Vietnamkrieg; und je mehr ich mich mit ihm beschäftigte . . . Ich konnte es nicht glauben: Die Vereinigten Staaten unterdrückten Wahlen in einem fremden Land, weil sie wußten, daß das Ergebnis ihnen nicht gefallen würde; sie unterstützten einen Diktator, der nur eine Marionette in ihren Händen war; ein amerikanischer Präsident sagte nachweislich, wir seien nicht in Vietnam, um dort die Gerechtigkeit wiederherzustellen, sondern wegen *des Zinns und Wolframs* im Lande. – Es steht dir ja frei, zu protestieren, dachte ich. Also nahm ich an einem Friedensmarsch teil, einer legalen, gewaltlosen Demonstration. Wir waren keine Verrückten, keine Plünderer mit Brandbomben, sondern rechtschaffene

Bürger von Los Angeles: Anwälte, Ärzte, Eltern, Lehrer, Geschäftsleute. Die Polizei verfolgte uns wie wild gewordene Hunde und schlug uns mit ihren Knüppeln blutig. Ich sah, wie sie damit auf Mütter einprügelten, die Babys in den Armen hielten, und einen Mann aus seinem Rollstuhl schlugen! Die Gehwege waren blutüberströmt – und das in der Innenstadt von Los Angeles! Ich dachte die ganze Zeit: Das darf doch nicht wahr sein! Wir sind *Amerikaner* und werden von *unserer eigenen Polizei* angegriffen! Ich lief davon, als sie mich schlugen; an viel mehr kann ich mich nicht erinnern. Ein paar Freunde brachten mich nach Hause.«

Gut, daß du nicht dabei warst, dachte ich. Dein gewalttätiges Ich, das du normalerweise in deinem Inneren gefangenhältst und streng bewachst, wäre hervorgebrochen und hätte in blinder Wut um sich geschlagen.

»Wenn ich früher Fotos in der Zeitung sah, auf denen jemand von der Polizei verprügelt wurde, dachte ich immer, derjenige habe etwas Schreckliches getan und verdiene die Schläge«, sagte sie. »Doch an jenem Abend lernte ich, daß es selbst hier in den Vereinigten Staaten bereits ein schreckliches Verbrechen ist, anderer Meinung zu sein als die Regierung. Sie wollte den Krieg; wir wollten ihn nicht. Und deshalb wurden wir zusammengeschlagen!«

Verkrampft und zitternd umklammerten meine Hände das Lenkrad. »Ihr wart eine große Bedrohung für die Regierung«, sagte ich; »Tausende gehorsamer, gesetzestreuer Bürger, die sich gegen einen Krieg wehren!«

»Krieg. Gibt es noch eine Institution, die wir zu solcher Perfektion entwickelt haben wie den Krieg? Wir geben *so viel Geld* für Mord und Zerstörung aus! Und wir rechtfertigen es, indem wir den Krieg als Verteidung bezeichnen und die Meinung verbreiten, daß man andere Völker, andere Länder, die uns nicht genehm sind, fürchten und hassen müsse. Wenn eine Regierung an die Macht zu kommen versucht, die wir nicht billigen, zerschlagen wir sie – vorausgesetzt, daß sie schwach genug ist. Das Recht zur Selbstbestimmung gilt nur für *uns* – nicht für sie. Wir erobern ihr Herz und ihren Geist mit Napalm. Was für ein Beispiel geben wir der Welt? Wann reichen wir anderen Völkern jemals gütig und verständnisvoll die Hände? Wieviel Geld geben wir für die Erhaltung des Friedens aus?«

»Die Hälfte von dem, was wir für den Krieg ausgeben?« vermutete ich.

»Schön wär's! Nein, Richie. Die Religion und das Vaterland stehen im Weg, sie sind *Hindernisse* für den Weltfrieden, sie trennen die Menschen voneinander! Die Prinzipien ›Gott und Vaterland, Ruhe und Ordnung‹ standen hinter den Polizisten, die uns in Los Angeles mit Gummiknüppeln verprügelten! Früher dachte ich immer: Wenn es auf der Welt irgendein anderes Land gäbe, in das du bloß gehen könntest... Aber Amerika – so tyrannisch es einerseits und so ängstlich es andererseits auch sein mag – ist immer noch das beste Land, das ich kenne. Und daher habe ich beschlossen, hierzubleiben und zu versuchen, ihm beim Erwachsenwerden zu helfen.«

Und du liebst es immer noch, wollte ich hinzufügen.

»Weißt du, was ich am meisten vermisse?« fragte sie mich in diesem Augenblick.

»Was denn?«

»Das Gefühl, das ich einmal hatte, als ich unsere Fahne ansah und stolz auf sie war.«

Sie rutschte näher an mich heran, entschlossen, das Thema zu wechseln.

»Nun, da wir uns die Regierung vom Hals geschafft haben – worüber möchten Sie sich an Ihrem Hochzeitstag noch unterhalten, Mr. Bach?«

»Egal, worüber«, sagte ich. »Hauptsache, ich bin mit dir zusammen.« Doch tief im Innern würde ich es nie vergessen:

Sie hatten eine flüchtende Frau mit Gummiknüppeln verprügelt!

Die standesamtliche Eheschließung war ein weiterer großer Schritt, der mich von meinem früheren Ich entfernte. Der Richard, der Verpflichtungen haßte, war nun vor dem Gesetz eine Verpflichtung eingegangen. Der Mann, der die Bande der Ehe verabscheut hatte, war gesetzlich gebunden.

Ich probierte im Geiste aus, wie die Bezeichnungen ›Ehe‹ und ›verheiratet‹ – die mir noch vor vier Jahren so gut zu Gesicht gestanden hätten wie ein Stachelhalsband und ein Hut voll Asche – nun zu mir paßten: Du bist jetzt ein *Ehemann,* Richard. Du bist *verheiratet.* Du wirst den Rest deines Lebens mit einer einzigen Frau verbringen – mit dieser Frau, die neben dir sitzt. Du kannst nicht mehr ganz so leben, wie es dir gefällt. Du hast deine Freiheit und Unabhängigkeit aufgegeben. Du bist rechtmäßig verheiratet. Was ist das für ein Gefühl?

Noch vor kurzem wäre jeder dieser Sätze ein Stachel in meinem Herzen gewesen, ein durch meine Rüstung geschossener Stahlpfeil. Doch von heute an waren sie wahr – jeder einzelne – und schmerzten mich ebensowenig wie ein Angriff schmackhafter Sahnetörtchen.

Wir fuhren in einen Vorort, in dem sich das Haus meiner Eltern befand – jener Ort, an dem ich meine Kindheit und Jugend verbracht hatte, bis ich eines Tages davongelaufen war, um fliegen zu lernen. Ich fuhr langsamer, hielt an und parkte das Auto an der Auffahrt, die allen meinen früheren Ichs vertraut war, so weit ich zurückdenken konnte.

Dasselbe dämmergrüne Eukalyptuslaub über uns, der Rasen, den ich stets unter größtmöglicher Schonung des Grases – und meiner Kräfte – gemäht hatte; die Flachdachgarage, von der aus ich mein erstes selbstgebasteltes Fernrohr auf den Mond gerichtet hatte; der an der Hofmauer emporkletternde

Efeu; und das weiße Tor aus weichem Holz, in das Gucklöcher für einen schon längst verstorbenen Hund gebohrt waren ...

»Deine Eltern werden aber überrascht sein!« Leslie streckte die Hand aus; ihre Finger berührten das Tor.

Ich erstarrte. Plötzlich stand die Zeit still. Ihre Hand auf dem Holz, der neue, golden funkelnde Ring ... Der Anblick brach sich in meinem Gedächtnis Bahn, rief eine uralte Erinnerung wach, löste eine Zeitspanne von dreißig Jahren im Handumdrehen in nichts auf.

Der kleine Junge hatte es damals schon gewußt! Der kleine Junge, der ich gewesen war, hatte an diesem Tor gestanden und gewußt, daß die Frau, die zu lieben ihm von Geburt an vorherbestimmt war, eines Tages auch hier stehen würde. Dieses weiße Holztor existierte in diesem Augenblick nicht im Raum, sondern in der Zeit. Den Bruchteil einer Sekunde lang sah ich den kleinen Richard im Dunkel jener weit zurückliegenden Vergangenheit stehen und die im Sonnenlicht stehende Leslie mit offenem Mund anstarren. Der kleine Junge hatte es damals schon gewußt!

Meine Frau schob das Tor auf und lief meinem Vater und meiner Stiefmutter entgegen, um sie zu umarmen.

Der kleine Junge wurde immer durchscheinender und verblaßte schließlich. Als letztes sah ich seine immer noch staunend aufgerissenen Augen und seinen geöffneten Mund; dann war der Augenblick vorüber.

Vergiß es nicht! rief ich ihm über Jahrzehnte hinweg wortlos zu. *Vergiß diesen Augenblick nie!*

42

Als wir uns in jener Nacht in unserem Hotelzimmer auszogen, erzählte ich Leslie von dem Tor, schilderte ihr, wie mein Leben damals durch ihre zarte, leichte Berührung des Holzes erschüttert worden war. Sie hörte mir zu, während sie ihre Bluse ordentlich auf einen Bügel hängte und glattstrich.

»Warum mußtest du mich so lange von dir fernhalten?« fragte sie. »Wovor hattest du Angst?«

Ich legte mein Hemd für einen Augenblick über einen Stuhl. Beinahe hätte ich vergessen, so ordentlich zu sein wie sie, aber dann griff ich doch nach einem Bügel. »Ich hatte natürlich Angst davor, mich zu verändern. Ich beschützte mein altvertrautes, gewohntes Leben, das ich für das einzig richtige hielt und das doch nur beinahe richtig war.«

»Und deshalb die Rüstung?« fragte sie.

»Du meinst meine Abwehrmaßnahmen? Ja.«

»Abwehrmaßnahmen. Fast alle Männer, die ich kennengelernt habe, verschanzten sich hinter Abwehrmaßnahmen«, sagte sie. »Deshalb waren selbst die gutaussehenden so verdammt reizlos!«

»Sie haben dich vertrieben. Ich auch.«

»Du nicht«, widersprach sie; doch als ich Einspruch erhob

und unwiderlegbare Beweise anführte, gab sie zu: »Du hättest mich beinahe vertrieben. Aber ich wußte, daß das kalte Wesen, das ich vor mir sah, nicht du warst.«

Ich zog sie ins Bett, atmete den Duft ihrer goldenen Haare ein.

»Was für ein wunderschöner Körper! Du bist so ... unwahrscheinlich schön, und du bist *meine Frau*! Wie läßt sich das vereinbaren?« Ich küßte ganz zart ihren Mundwinkel. »Nun muß ich wohl von meiner Hypothese Abschied nehmen ...«

»Abschied nehmen?«

»Ehe du meinen Nachforschungen auf diesem Gebiet ein Ende bereitetest, war ich dabei, eine Hypothese zu entwickeln. Es war fast schon eine Theorie: *Schöne Frauen machen sich nicht viel aus Sex.«*

Sie lachte überrascht auf. »Aber, Richard, das ist doch nicht dein Ernst! Hast du das wirklich geglaubt?«

»Ja.« Ich wurde zwischen widerstreitenden Gefühlen hin und her gerissen: Ich wollte Leslie meine Theorie darlegen, und ich wollte sie berühren. Nur ruhig, dachte ich, es ist für beides Zeit.

»Weißt du, was an deiner Hypothese nicht stimmt?« sagte sie.

»Ich glaube, sie stimmt haargenau. Es gibt Ausnahmen – zu denen glücklicherweise auch du gehörst –, aber im allgemeinen stimmt es: Schöne Frauen werden es bald leid, als Sexualobjekte betrachtet zu werden und dabei zu wissen, daß sie in Wirklichkeit viel mehr wert sind; und dann sind sie sexuell nicht mehr ansprechbar.«

»Das ist eine sehr hübsche Theorie. Sie hat nur einen Fehler: Sie stimmt nicht«, behauptete Leslie.

»Warum nicht?«

»Verbohrter männlicher Chauvinist. Wie wäre es, wenn wir den Spieß umdrehten? ›Ich habe eine Theorie, Richard: Gutaussehende Männer machen sich nicht viel aus Sex.‹«

»Unsinn! Worauf willst du hinaus?«

»Hör' zu. Wenn ich gutaussehenden Männern begegne, mache ich all meine Verteidigungen mobil, bin kalt und uneinnehmbar wie eine Festung, halte sie auf Armeslänge von mir fern, lasse sie nicht zu einem Teil meines Lebens werden . . . Und irgendwie habe ich den Eindruck, daß sie den Sex nicht so sehr genießen, wie ich es mir wünsche . . .«

Ich suchte in einem Trümmerhaufen nicht zu Ende gedachter Vermutungen und Deutungsversuche nach dem Sinn ihrer Worte. Plötzlich wußte ich, was sie meinte. »Kein Wunder«, sagte ich. »Kein Wunder! Wenn du nicht so kühl zu ihnen wärst, Wook, wenn du dich ihnen ein wenig öffnen und deine Gefühle und Gedanken verraten würdest . . . Schließlich lassen wir gutaussehenden Männer uns nicht gern wie Sexmaschinen behandeln! Wenn eine Frau uns ein wenig menschliche Wärme zeigt, sind wir ganz anders.«

Sie schmiegte sich sehr eng an mich an. »Und?« fragte sie. »Wer kann sich denken, wie die Moral dieser Geschichte lautet? Bitte melden! Richard?«

»Wo die Vertrautheit fehlt, ist auch der Sex nicht mehr befriedigend«, sagte ich. »Ist das die Moral, Frau Lehrerin?«

»Zu welch weisem Philosophen du dich entwickelst!«

»Und wenn man zu dieser Einsicht gekommen ist und jemanden findet, den man liebt, bewundert und respektiert und nach dem man sein Leben lang gesucht hat, fühlt man sich in seinem Bett am wohlsten, nicht wahr? Und selbst wenn dieser Jemand eine sehr schöne Frau ist, wird man bald feststellen, daß ihr der Sex sehr viel bedeutet und daß sie die Fleischeslust ebensosehr genießt wie man selbst?«

»Mindestens ebensosehr wie man selbst«, lachte sie. »Vielleicht sogar noch mehr!«

»Nein, Frau Lehrerin!« widersprach ich. »Das kann nicht sein!«

»Wenn du Frau sein könntest, wärst du vielleicht überrascht.«

Und so unterhielten und berührten wir, das frischgebackene Ehepaar, uns eine ganze Nacht lang – eine Nacht, durch die einstürzende Mauern, zusammenbrechende Reiche, Auseinandersetzungen mit der Regierung und der Sturz in den Bankrott bedeutungslos wurden. Eine Nacht von vielen, die sich aus der Vergangenheit erhob, die Gegenwart überspannte und in die Zukunft hinein verblaßte.

Was ist das Wichtigste in all den Existenzen, die wir uns aussuchen? fragte ich mich. Kann es etwas so Einfaches sein wie ein vertrautes Verhältnis mit dem Menschen, den wir lieben?

Abgesehen von den Stunden, in denen wir in der Wüste aufeinander wütend gewesen oder erschöpft über unseren Computern zusammengebrochen waren, hatte über allem, was wir taten, stets eine zarte Atmosphäre der Erotik gelegen. Es verging selten eine Stunde ohne ein kurzes Aufleuchten unserer Augen, ein Lächeln oder eine Berührung im Vorübergehen.

Vor Jahren hatte ich danach gestrebt, unsere Beziehung immer wieder von neuem beginnen zu lassen, weil ich das Ende haßte – das Dahinschwinden des zarten Stroms der Erotik. Doch zu meinem Entzücken ließ bei meiner Beziehung mit dieser Frau die Spannung nicht nach. Sie wurde allmählich immer schöner und reizvoller für mich; ich genoß es immer mehr, sie anzusehen und zu berühren.

»Es ist alles subjektiv, nicht wahr?« sagte ich, in den Anblick sanfter Rundungen und goldener Lichter vertieft.

»Ja«, sagte sie. Sie wußte, was ich meinte. Es kam oft vor, daß wir gegenseitig unsere Gedanken errieten, ohne daß es dazu einer besonderen Technik bedurft hätte – es geschah einfach.

»Ein Außenstehender, der uns jetzt ansähe, würde sagen, daß wir uns nicht verändert haben«, meinte sie, »daß wir immer noch dieselben sind wir früher. Und doch ist etwas an dir, was mich immer mehr anzieht!«

Genau das ist es, dachte ich. Wenn wir uns in den Augen des Partners nicht ständig veränderten, würden wir uns eines Tages doch langweilen!

»Ist es mit unseren Anfängen nun vorbei?« fragte ich. »Oder wird es immer so weitergehen?«

»Erinnerst du dich noch daran, was die Möwe in deinem Buch gesagt hat? Das beschreibt deinen jetzigen Ausgangspunkt vielleicht am besten: *Dann erst kannst du dich dazu aufschwingen, das wahre Wesen von Güte und Liebe zu begreifen.«*

»Das stammt nicht von Jonathan. Jemand anders sagt es zu ihm.«

Sie lächelte. »Nun sagt es jemand zu dir.«

43

Das Konkursgericht ließ uns noch eine Zeitlang als Hausmeister in unserem kleinen Haus wohnen, während wir nach einer Mietwohnung suchten. Sie sollte irgendwo weiter im Norden liegen und billig sein.

Dann rückte schließlich der Tag heran, an dem wir das Little Applegate Valley verlassen mußten.

Wir gingen durch das Haus und verabschiedeten uns gemeinsam von ihm. Auf Wiedersehen, Schreibtisch und Bauholzverkaufsprotest. Auf Wiedersehen, Bett unter dem Dachfenster. Es war schön, vor dem Einschlafen den Sternenhimmel zu betrachten. Auf Wiedersehen, du Kamin aus Steinen, die wir alle selbst herangeschleppt haben, einen nach dem anderen ... Auf Wiedersehen, kleines Haus. Auf Wiedersehen, Garten. In Leslies Phantasie warst du bereits mit blühenden Blumen übersät. Sie hat dich umgegraben, bepflanzt und beschützt. Auf Wiedersehen, ihr Wälder und Tiere. Wir haben euch geliebt und um eure Rettung gekämpft. Auf Wiedersehen ...

Als es Zeit war zu gehen, vergrub Leslie ihr Gesicht an meiner Brust, und ihr Mut und ihre Entschlossenheit lösten sich in Tränen auf. »Unser Garten!« schluchzte sie. »Ich habe unseren Garten so geliebt! Und unser kleines Haus und die

Wildpflanzen und unsere Rehfamilie und den Sonnenaufgang über dem Wald ...« Sie weinte, als wolle sie nie wieder aufhören.

Ich hielt sie im Arm und strich ihr über das Haar. »Schon gut, Wookie«, murmelte ich, »schon gut. Es ist doch nur ein Haus. Das Zuhause sind wir. Ganz egal, wohin wir gehen ...«

»Aber Richie, ich liebe *diesen* Ort!«

Ihr Schluchzen wurde immer unterdrückter, bis ich ihr schließlich ins Auto half und wir davonfuhren. Wir ließen das Tal, in dem wir gelebt hatten, immer weiter hinter uns. Schließlich war es gar nicht mehr zu sehen.

Ich weinte nicht, denn wir hatten ein stillschweigendes Abkommen getroffen: Es darf sich immer nur einer von uns beiden gehenlassen. Wir dürfen niemals beide gleichzeitig erschöpft, krank, verletzt, gramgebeugt, auf Hilfe angewiesen sein. Schweigend saß ich am Lenkrad, und Leslie weinte sich an meiner Schulter in Schlaf.

Endlich sind wir frei, dachte ich und fuhr auf dem Highway in Richtung Norden. Wir können noch einmal von vorn anfangen; und wir brauchen unsere neue Existenz nicht aus dem Nichts aufzubauen. Wir haben eine gute Grundlage für unseren Neubeginn: alles, was wir inzwischen gelernt, all das Wissen, das wir uns angeeignet haben! Selbst in diesem Augenblick sind Prinzipien am Werk, die uns helfen – Prinzipien der Liebe, Führung, Unterstützung und Heilung.

Der Konkurs, der Verlust der Rechte an den Büchern – all das sieht vielleicht nach einer unverdienten Katastrophe aus, Richard; aber wir sind ja nicht so dumm, an den äußeren Schein zu glauben, nicht wahr? Jetzt ist unsere Chance gekommen, uns an das zu halten, was *ist,* und den Schein mit Verachtung zu strafen.

Reiner Tisch, keine Fesseln, keine Rettungsanker – das ist die Chance, die Macht des Unsichtbaren zu beweisen, in das ich so großes Vertrauen setze! Kosmisches Gesetz: *Das Leben gibt das Leben niemals preis.*

Nun kannst du dich endlich aus den Ruinen deines Reichtums erheben. Es ist, als steige man in einem Ballon aus einem Kerker auf. Die rauhen, dunklen Mauern, die uns umgaben, sind gefallen; die schweren, harten Jahre, die unsere größte Prüfung und Herausforderung darstellten, sind vorüber. Und doch ist inmitten dieser Mauern die in Gold und Regenbogenfarben leuchtende Antwort auf die Suche des einsamen Doppeldeckerpiloten gewachsen ... Du hast den einen Menschen gefunden, der dir mehr bedeutet als alle Menschen der Welt; deine jahrzehntelange rastlose Suche ist zu Ende.

In diesem Augenblick – das Panorama der in der Dämmerung verschwindenden Hügel von Oregon im Hintergrund – würde jeder gute Schriftsteller flüstern: »Ende.«

44

Wir zogen weiter nach Norden und fingen von vorn an: in einem Haus, dessen Miete von dem Geld der ›großen Schauspielerin‹ bezahlt wurde. Leslie beharrte darauf, daß es nun *unser* Geld sei. Aber es war schon ein seltsames Gefühl, keinen eigenen Penny zu besitzen!

Sie war ebenso besonnen und vorsichtig, wie ich verschwenderisch gewesen war. Besonnenheit und Sparsamkeit standen nicht auf meiner Liste der Bedingungen, die eine Seelengefährtin erfüllen mußte. Doch hier zeigte sich die weise Voraussicht, die ich vom Universum erwarte: Der eine Teil eines verzauberten Paares muß stets das liefern, was dem anderen fehlt.

Schon seit der ersten Attacke meines Prominenteneinkommens hatte ich das einfache, unkomplizierte Leben vermißt. Wenn man nicht von vornherein auf den Schock vorbereitet ist, verfängt man sich hoffnungslos in den verschlungenen, unentwirrbaren Netzen plötzlichen Reichtums, und Komplikationen und Probleme hängen sich einem wie Gewichte an die Beine. Einfachheit ist wie Quecksilber: Sie gleitet einem beim leisesten Druck aus den Fingern.

Jetzt klopfte die langvermißte Einfachheit schüchtern an den Pfosten, der früher meine Tür eingefaßt hatte: »Hallo,

Richard! Es ist mir nicht verborgen geblieben, daß du dein Geld verloren hast. Hast du in letzter Zeit eigentlich schon einmal zum Himmel emporgeschaut? Sieh dir die Wolken an! Und beobachte Leslie beim Einpflanzen der Blumen – sie verzaubert selbst einen gemieteten Garten! Und sieht deine Frau nicht umwerfend aus, wenn sie sich zur Arbeit an den Computer setzt?«

Und ob, dachte ich...

Es war jedoch noch nicht aller Druck von uns gewichen. Schließlich rückte der Tag heran, an dem der Konkursverwalter, der mit der Liquidierung aller meiner früheren Vermögenswerte beauftragt war, uns mitteilte, daß er nun bereit sei, Angebote für die Rechte an meinen sieben Büchern entgegenzunehmen. Auch wir, schrieb er uns, seien wie jeder andere berechtigt, ein Angebot zu unterbreiten, wenn wir wollten.

Nun tauschten wir die Rollen. Ich war vorsichtig und besonnen, während Leslie, die monatelang auf diese Versteigerung gewartet hatte, sich plötzlich zur Verschwenderin entwickelte.

»Wir wollen nicht zuviel anbieten«, sagte ich. »Drei der Bücher sind bereits vergriffen. Wer wird dafür schon eine hohe Summe bieten?«

»Ich weiß es nicht«, zögerte Leslie. »Ich möchte keine Risiken eingehen. Ich finde, wir sollten jeden Penny bieten, den wir haben.«

Ich schnappte nach Luft. »Jeden Penny? Und wovon sollen wir dann die Miete bezahlen; wovon sollen wir leben?«

»Meine Eltern haben versprochen, uns Geld zu leihen«, erklärte sie, »bis wir wieder Boden unter den Füßen haben.« Sie war wild entschlossen, die Rechte zurückzukaufen.

»Bitte nicht. Ich möchte mir kein Geld leihen. Ich kann ja jetzt wieder an die Arbeit gehen. Ich glaube, ich habe den Stoff für ein neues Buch.«

Sie lächelte. »Das glaube ich auch. Aber du hast mir doch einmal gesagt, deine Aufgabe sei erfüllt! Du könnest jederzeit sterben, denn du hättest alles gesagt, was es zu sagen gebe. Erinnerst du dich nicht mehr daran?«

»Ich war ein Idiot. Damals hatte ich keinen anderen Lebensinhalt.«

»Und jetzt hast du einen?«

»Ja.«

»Vergiß es nicht!« warnte sie mich. »Wenn du stirbst, werden zwei Leichen auf dem Fußboden liegen! Denn wenn du gehst, bleibe ich auch nicht länger hier.«

»Aber, Leslie, wenn du unser Wirtschaftsgeld für Rechte an alten Büchern ausgibst, werden die beiden Leichen eher daliegen, als uns lieb ist!«

»Wir werden schon irgendwie zurechtkommen. Wir können doch nicht sieben deiner Bücher hergeben, ohne auch nur einen Versuch zu ihrer Rettung zu unternehmen!«

Gegen Mitternacht schlossen wir einen Kompromiß. Wir würden dem Konkursanwalt jeden Penny bieten, den wir hatten, und uns Geld von Leslies Eltern leihen, um leben zu können. Am nächsten Morgen sandte sie dem Konkursanwalt das Angebot zu, ehe ich sie davon überzeugen konnte, daß es zu hoch war.

Der Anwalt gab es den anderen Interessenten bekannt: Können Sie dieses Angebot überbieten?

Die Spannung, die in unserem Haus herrschte, war so intensiv, daß man sie mit dem Messer hätte schneiden können.

Dann endlich ein Anruf.

Atemlos kam Leslie die Treppen heraufgerannt. *»Wookie!«* rief sie. »Wir haben sie! *Wir haben sie!* Die Bücher – sie gehören uns wieder!«

Ich umarmte sie, bis sie keine Luft mehr bekam. Wir kreischten, schrien, hüpften und lachten vor Freude. Ich hatte nicht gewußt, daß die Heimkehr meiner papiernen Kinder mir so viel bedeuten würde.

»Wie lautete denn das zweithöchste Angebot?« fragte ich.

Ihr Gesichtsausdruck wurde ein wenig dümmlich. »Es gab keine anderen Angebote.«

»Was – kein einziges?«

»Nein.«

»Also sind wir die unangefochtenen Sieger! Hurra!«

»Es gibt keinen Grund zum Hurraschreien«, sagte sie.

»Keinen Grund zum Hurraschreien? Warum nicht?«

»Du hattest recht! Wir hätten nicht so viel zu bieten brauchen. Ich habe unser Wirtschaftsgeld für die nächsten hundert Jahre vergeudet!«

Ich umarmte sie wieder. »Aber nein, kleine Wookie. Dein Angebot hat die anderen Interessenten so eingeschüchtert, daß sie gar nicht mehr zu bieten wagten! Das war es! Wenn du weniger geboten hättest, hätten die anderen sich an der Auktion beteiligt und dich um fünf Cents überboten!«

Bei diesen Worten erhellte sich ihr Gesicht; und auch über unserer Zukunft erstrahlte ein seltsames Licht.

45

In jenen Monaten vollzog sich im Flugsport ein grundlegender Wandel: Preisgünstige Flugzeuge kamen auf den Markt. Die erste Geschichte, die ich schrieb, nachdem wir mit dem Finanzamt reinen Tisch gemacht hatten, brachte uns gerade so viel Geld ein, daß wir uns ein paar Lebensmittel und einen Bausatz für ein Ultraleichtflugzeug kaufen konnten. Die Teile wurden von einer Firma namens Pterodactyl, Ltd. hergestellt. Schon der Name nahm mich für die Firma ein; und später stellte sich tatsächlich heraus, daß die Kleinstflugzeuge, die Pterodactyl herstellte, für meine Zwecke am besten geeignet waren: Ich wollte – nur zum Spaß – wieder einmal von Wiesen und Weiden abfliegen und im Freien über den Wolken schweben.

Ich brauchte einen Monat, um die Maschine mit Hilfe der Montageanleitung zusammenzubauen.

»Was für ein hübsches kleines Flugzeug«, hatte Leslie gesagt, als sie zum erstenmal Fotos der Pterodactyl sah.

Sie wiederholte ihre Worte mit größerem Enthusiasmus, als unsere Ultraleicht vollkommen fertiggestellt auf der Wiese stand – eine Riesenausgabe eines Spielzeugmodellflugzeugs, die leise wippte wie eine Libelle aus Seide und Metall auf einem Seerosenblatt.

Warum hatte man dieses so einfache Fluggerät nicht schon vor vierzig Jahren erfunden? Egal. Inzwischen gab es es ja, und es war gerade zum richtigen Zeitpunkt für Menschen wie mich auf den Markt gekommen, die nicht viel Geld hatten und es nicht erwarten konnten, endlich einmal wieder den Erdboden unter sich lassen zu dürfen.

Mit großem Respekt vor dem unbekannten Wesen und erst nach zahlreichen Anrollübungen und Zehnsekundenflügen über die Weide eines Nachbarn gab ich schließlich Vollgas, und mein Motordrachen schoß aus dem Gras empor und erhob sich in die Luft wie ein bunter, sonnenglitzernder, in seine Heimat zurückkehrender Fluggeist. Der Präsident der Pterodactyl hatte mir einen farblich auf das Flugzeug abgestimmten Motorschlittenanzug geschenkt; denn um diese Jahreszeit war ein Flug ohne Cockpit ein recht kühles Vergnügen.

Und dann war ich wieder oben, in der Luft! Mir war, als nähme ich Wind und Windstille, Berge und Täler, Gras und Erde und Regen und die süße, durch mich hindurchpfeifende Eisluft zum erstenmal wahr, obwohl ich schon Hunderte von Malen geflogen war. Bei der Zahl achttausend hatte ich es aufgegeben, meine Flugstunden zu zählen; bei der Zahl einhundertfünfundzwanzig hatte ich aufgehört, mir weiter aufzuschreiben, mit wie vielen verschiedenen Flugzeugtypen ich schon geflogen war. Doch dieses Ultraleichtflugzeug schenkte mir wie keines zuvor das reine, freudige Gefühl, in der Luft zu sein.

Man mußte zwar besondere Vorsichtsmaßregeln beachten – beispielsweise war die Pterodactyl unter gar keinen Umständen für Flüge bei rauhem Wetter geeignet –; doch bei Windstille gab es kein größeres Vergnügen, als sie zu fliegen. Und wenn sie ihr Flugpensum für den Tag erledigt hatte, faltete sie ihre Tragflächen zusammen, wanderte in eine längliche Tasche, die man auf dem Auto befestigen konnte, und legte sich zu Hause im Hof schlafen.

Der einzige Nachteil der Maschine war, daß nur eine Person darin Platz hatte; ich konnte das Flugvergnügen also nicht mit Leslie teilen.

»Das macht nichts«, tröstete sie mich. »Wenn du fliegst, bin ich auch mit in der Luft. Wenn du über unser Haus fliegst, schaue ich hinunter in den Garten und sehe mich winken!«

Zum Spaß setzte sie sich ins Cockpit, das nur aus einem dünnen Rahmen bestand, ließ den Motor laufen, steckte ihr Haar unter einen Sturzhelm und rollte mit dem kleinen Flugzeug um die Weide. Sie versprach, es fliegen zu lernen, sobald sie Zeit dazu hatte.

Vielleicht lag es an dem Hochgefühl, das das Fliegen in diesem ersten Monat in mir auslöste. Jedenfalls hatte ich eines Nachts – bald nach der Anschaffung des Flugzeugs – einen sehr ungewöhnlichen Traum.

Ich flog in der Pterodactyl, die anstelle des einen Sitzes zwei hatte, hoch über eine im Dunst liegende silberne Brücke und landete in der Nähe irgendeines großen Stadions auf einem wiesengrünen Abhang. Immer noch mit meinem leuchtend bunten Overall bekleidet, schlenderte ich in das Stadion hinein, setzte mich hin, stützte das Kinn auf die Knie und wartete. Seltsam, dachte ich. Es ist dir noch in keinem Traum passiert, daß du zu irgendeinem Ereignis zu früh erschienen wärst.

Eine oder zwei Minuten später hörte ich hinter mir ein Geräusch.

Ich drehte mich um und erkannte ihn sofort. Erkannte mich. Mein früheres, fünf Jahre zurückliegendes Ich, das aussah, als habe es sich verirrt, und von Sehnsüchten umgeben war, die sich in schützende Schilde verwandelt hatten. Offensichtlich fragte es sich, an was für einem Ort es sich wohl befinden mochte.

Es erfüllte mich mit einer seltsamen Freude, diesen Mann

zu sehen. Ein Gefühl der Liebe zu ihm durchströmte mich. Und doch tat er mir auf Anhieb leid; man sah ihm an, daß er entsetzlich einsam war. Er wollte so vieles fragen und wagte so wenig zu wissen. Ich stand auf und lächelte ihn an, als ich mich daran erinnerte, daß er vereinbarte Termine stets peinlich genau einhielt und nie zu spät kam.

»Hallo, Richard«, begrüßte ich ihn so beiläufig wie möglich. »Du bist nicht nur pünktlich, du kommst sogar zu früh!«

Ihm war sichtlich unbehaglich zumute, und er wußte nicht, wie er mich einordnen sollte. Wenn du nicht sicher bist, wer ich bin, warum fragst du dann nicht einfach?

Ich führte ihn nach draußen, denn ich wußte, daß er sich in der Nähe des Flugzeuges eher zu Hause fühlen würde.

Ich wußte Antworten auf all seine Fragen, Auswege aus seinem Schmerz und seiner Isolation; ich konnte ihm sagen, was er tun mußte, um seine Fehler rückgängig zu machen. Doch die Werkzeuge, die in meinen Händen Wunder vollbringen konnten, würden in den seinen brennen wie glühende Eisen. Was konnte ich ihm schon sagen?

Ich zeigte ihm das Flugzeug und erklärte ihm die Steuerung. Seltsam, dachte ich. Ich erzähle ihm etwas über das Fliegen, obwohl ich außer diesem Ultraleichtflugzeug schon seit Jahren keine Maschine mehr geflogen habe. Er mag einsam sein, aber er ist mit Sicherheit ein viel besserer Pilot als du!

Als er es sich auf seinem Sitz bequem gemacht hatte, rief ich: »Achtung, Propeller!« und ließ den Motor an. Das Geräusch war leise und so anders als bei allen Flugzeugmotoren, die er kannte, daß er für einen Augenblick vergaß, warum er beschlossen hatte, sich mit mir zu treffen, und das Flugzeug versehentlich für den Mittelpunkt und nicht den Hintergrund unseres Traumes hielt.

»Fertig?« fragte ich ihn, bereit zum Start.

»Los.«

Wie könnte man ihn beschreiben? Gehetztes Wild, dachte ich. Der arme Kerl macht gerade die trügerischen Qualen plötzlichen Reichtums durch, erlebt, was das Geld aus einem Unschuldigen und seinen Freunden macht. Und nun explodiert sein ganzes Reich um ihn her, seine Welt zerfällt in Stücke. Doch in diesem Augenblick war er wie ein Kind, das sich an einem Spielzeug freut; er mag Flugzeuge so sehr. Wie leicht es ist, Mitleid zu haben, dachte ich, wenn wir uns selbst in Schwierigkeiten sehen.

Als wir tausend Fuß hoch gestiegen waren, nahm ich die Hände von der Steuerung. »Jetzt kannst du übernehmen.«

Das Fliegen dieser Maschine, die er sich noch nie auch nur im entferntesten vorzustellen vermocht hatte, fiel ihm erstaunlich leicht.

Ich wußte, daß dieser Traum eine Art Vorstellung war, die ich für ihn veranstaltete, und daß er auf eine Mitteilung von mir wartete. Und doch war dieser Mann so felsenfest davon überzeugt, alles gelernt zu haben, was es für ihn zu lernen gab! Ich spürte den eigensinnigen Widerstand in ihm. Er wartete nur darauf, das Wissen, das ihn befreien würde, zurückzuweisen.

»Kann man den Motor abstellen?« rief er mir durch den Wind zu.

Statt zu antworten, berührte ich den Notschalter am Handgashebel. Der Propeller drehte sich immer langsamer, kam schließlich ganz zum Stillstand, und die Maschine verwandelte sich in ein Segelflugzeug.

Gegen Flugunterricht hatte er offensichtlich nichts einzuwenden. Kaum waren wir ein paar Minuten geflogen, war er drauf und dran, davonzustürzen und sich eine Pterodactyl zu kaufen. Das Geld dafür hatte er; er hätte sich hundert Pterodactyls leisten können. Der einzige Hinderungsgrund bestand darin, daß dieses Flugzeug damals erst eine Idee war, von der noch nicht einmal eine Skizze existierte.

»Phantastisch!« rief er. »Wo kann ich mir ein solches Ding kaufen?«

Den Weg zu diesem Flugzeug würde ihm sein Geld nicht ebnen können – und das war meine Chance. Das war der Ansatzpunkt für meinen Versuch, die Verteidigungsmauern zu durchbrechen, die er gegen die Veränderung errichtet hatte.

Ich forderte ihn auf, mir alles zu sagen, was er wisse: In was für einem Flugzeug er sitze und wer der Pilot in dem Motorschlittenanzug sei. Ich war nicht überrascht, als er mir die richtige Antworten gab. Man mußte ihm nur Fragen stellen...!

Nach einer Weile ließ ich mein eigentliches Anliegen in unser auf den Flug bezogenes Gespräch einfließen. Ich erklärte ihm geradeheraus, ich hätte die Antworten, die er suche, wisse jedoch genau, daß er nicht auf sie hören werde.

»Bist du sicher?*« fragte er.*

»Möchtest du sie denn hören?«

»Zu wem könnte ich mehr Vertrauen haben als zu dir?«

Zu Leslie, dachte ich; aber über diese Antwort würde er nur lachen. Sie würde uns nicht weiterbringen.

»Du bist hierhergekommen, um folgendes zu lernen«, sagte ich, »die Antwort, die du suchst, lautet: Gib deine Freiheit und Unabhängigkeit auf und heirate Leslie. Du wirst dafür eine ganz andere Freiheit finden, eine Freiheit, die so schön ist, daß du sie dir nicht vorstellen kannst...«

Nach den Worten ›heirate Leslie‹ hatte er nichts mehr von dem verstanden, was ich sagte; er war so erschrocken, daß er beinahe aus dem Flugzeug gefallen wäre.

Er hat noch so einen weiten Weg vor sich, dachte ich, während er an meiner Antwort beinahe erstickte und nach Luft rang. Und doch wird er nur fünf Jahre brauchen, um ihn zurückzulegen. Er war zwar ein eigensinniger, unzugänglicher Scheißkerl, aber im Grunde genommen mochte ich ihn. Er wird es schon schaffen, dachte ich . . . Wird er es wirklich schaffen? Oder wird aus diesem Richard vielleicht der Pilot, der bei dem Segelflugzeugabsturz ums Leben kommt, oder der Mann, der die andere Richtung einschlägt und nach Wyoming geht? Steht ihm eine mißglückte Zukunft bevor?

Doch gerade seine Einsamkeit, die er so erfolgreich verteidigte, war meine Hoffnung. Wenn ich von Leslie sprach, hörte er aufmerksam zu, schluckte sogar ein paarmal, nahm einen Teil der Wahrheit über seine Zukunft in sich auf. Wenn er von ihr erfährt, wird er vielleicht leichter überleben können, dachte ich, selbst wenn er die Worte und die Schauplätze dieses Traums wieder vergißt. Ich drehte ab und flog in Richtung Norden.

Leslie wartete bereits unten, als wir landeten. Ihre Kleidung war – wie stets an den Tagen, die wir ungestört zu Hause verbrachten – nicht gerade als züchtig zu bezeichnen. Er fuhr zusammen, als er sie sah. Bei ihrem Anblick löste sich eine Tonne Eisen in seinem Inneren in Sekundenschnelle in nichts auf. So groß ist die Macht der Schönheit!

Sie hatte ihm etwas Persönliches mitzuteilen, daher bewegte ich mich im Schlaf, wurde immer blasser, verschwand schließlich ganz aus seinem Blickfeld und wachte auf – Jahre später, als er aus diesem Traum erwachen würde.

Kaum hatte ich die Augen aufgeschlagen, löste die Geschichte sich in nichts auf, verlor sich wie Dampf in der Luft. Ein Flugtraum, dachte ich. Ich kann mich glücklich schätzen, so oft vom Fliegen zu träumen! Aber an diesem Traum war irgend etwas Besonderes . . . Was war es nur? Ich investierte Geld in ungeschliffene Diamanten – war es das? Ich flog mit einer

Schachtel Diamanten oder Samen oder irgend etwas anderem irgendwohin, und sie wären beinahe aus dem Flugzeug gefallen? Ein Traum, der mit Investitionen zu tun hat. Befindet ein Teil meines Unterbewußtseins sich immer noch in dem Glauben, ich hätte Geld? Vielleicht weiß er mehr als ich ...

Ich schrieb in das Notizbuch, das auf meinem Nachttisch lag: *Warum sollte es keine Träume geben, deren Inhalt wir selbst bestimmen – Träume, in denen wir umherreisen und alles sehen und lernen können, was wir wollen?*

Ruhig lag ich da und betrachtete die schlafende Leslie. In ihrem nachlässig über das Kopfkissen gebreiteten Haar schimmerte das Morgengrauen. Einen Augenblick lang wirkte sie so still – *wenn sie nun tot war?*

Ich wußte, daß ich es mir nur einbildete, und doch – welche Erleichterung, welch plötzliche Freude, als sie sich nun leicht bewegte und ein unmerkliches Traumlächeln auf ihren Lippen erschien!

Du hast dein Leben lang nach dieser Frau gesucht, dachte ich.

Ich hatte unrecht. Sie zu finden, war nicht das Ziel meines Lebens gewesen, sondern ein unumgängliches Ereignis. Unsere Begegnung war die Voraussetzung, ohne die mein Leben nicht hätte beginnen können.

Das Ziel bestand in dem, was nun kam.

Liebesgeschichten – wahre Liebesgeschichten – enden nie. »Und sie waren glücklich und zufrieden bis an ihr Lebensende« ist ein hastiger, breiter Strich mit einem Pinsel, dessen Farbe schon fast ausgetrocknet ist. Was nach dem »Glücklich und zufrieden bis ans Lebensende« passiert, kann man nur herausfinden, indem man es selbst erlebt – mit einer perfekten Gefährtin. Es besteht aus Romantik – natürlich – und den sinnlichen Freuden verliebter Lust.

Und was dann?

Dann kommen Tage und Monate ununterbrochenen

Gesprächs. Es gibt so vieles nachzuholen, wenn man jahrhundertelang voneinander getrennt war – Was hast du damals getan? Was hast du gedacht? Was hast du gelernt? Bist du dabei, dich zu verändern? In welcher Hinsicht?

Und dann?

Erzähl' mir von deinen geheimsten Hoffnungen Träumen Wünschen, dem ›Ach wenn doch nur‹, das du schon so lange verzweifelt in die Tat umsetzen möchtest. Beschreibe mir das schönste, undurchführbarste Leben, das du dir vorstellen kannst; und ich beschreibe dir meines. Und siehe da – die beiden passen zusammen wie die Sonne und der Mond an unserem Himmel, und gemeinsam können wir sie verwirklichen!

Und dann?

Es gibt so vieles, was man gemeinsam lernen, und so viele Erlebnisse, die man miteinander teilen kann! Sprachen und Schauspielkunst, Gedichte und Dramen, das Programmieren von Computern, Physik und Metaphysik, Parapsychologie und Elektronik, Gartenarbeit, Konkurs, Mythologie, Geographie, Kochen, Geschichte, Malerei, Wirtschaft, Tischlerei, Musik und Musikgeschichte, Fliegen, Segeln und die Geschichte des Segelns, politische Aktivitäten, Geologie, Mut und Bequemlichkeit, wildwachsende Pflanzen und heimische Tierarten, Sterben und Tod, Archäologie und Paläontologie, Astronomie und Kosmologie, Zorn und Reue, schriftstellerische Tätigkeit, Metallurgie, Scharfschießen, Fotografieren, Entwürfe von Solarheizungen, Hausbau, Investitionen, Buchdruck, Geben und Nehmen, Windsurfen, göttlich inspirierte Heilung, übersinnliche Heilung, kultureller Austausch, Filmproduktion, Fotoelektrik, Mikroskopie und alternative Energie. Man kann gemeinsam altern, mit Kindern Freundschaft schließen, die Erde retten, dem Krieg ein Ende bereiten· kann lernen, wie man spielt, wie man sich streitet und wie man sich wieder versöhnt, wie man den anderen überrascht und entzückt, wie man sich kleidet, wie man weint, wie man Klavier, Flöte und Gitarre spielt, wie man über den Schein hinausblickt, sich an andere Leben – vergangene und zukünftige – erinnert, wie man Türen aufschließt, hinter denen sich Antworten befinden, forscht und lernt, Wissen sammelt, analysiert und Synthesen herstellt, Zwecken dient oder Beiträge zu ihnen leistet, Vorträge hält und zuhört, sieht und berührt, quer durch die Zeit reist und dem anderen »Wir« begegnet, Welten aus Träumen schafft, in ihnen lebt und sich dabei ständig verändert.

Leslie lächelte im Traum.

Und was dann? dachte ich. Mehr, immer mehr – ein lebensgieriger Vielfraß lernt nie aus. Lernen, üben und das Gelernte an andere lebenshungrige Vielfraße weitergeben, um sie daran zu erinnern, daß wir nicht allein auf der Welt sind.

Und wenn wir unsere Träume ausgelebt haben und der Zeit überdrüssig geworden sind – was dann?

Dann . . . Das Leben *Ist!*

Erinnerst du dich noch daran? Vergiß es nie: *ICH BIN! UND DU BIST! UND LIEBE: IST DAS EINZIGE: WAS ZÄHLT!*

Das ist die Antwort auf die Frage: Was dann?

Deshalb enden Liebesgeschichten niemals! Sie haben kein Ende, weil die Liebe kein Ende hat!

Und dann wußte ich hundert Sekunden lang ganz plötzlich, wie leicht Alles-Was-Ist sich zusammensetzen läßt. Ich griff nach meinem Notizbuch auf dem Nachttisch und warf diese Sekunden in großen, schwarzen, aufgeregten Filzstiftbuchstaben auf das Papier:

Das Leben ist das einzig Wirkliche!

Das Leben setzt das Bewußtsein frei, gibt ihm die Möglichkeit, die Formlosigkeit oder unendlich viele, vielfältige Trillionen von Formen zu wählen – alle Formen, die es sich vorzustellen vermag.

Zitternd huschte meine Hand über das Papier; Worte taumelten über die blauen Linien.

Das Bewußtsein kann sich selbst vergessen, wenn es will. Es kann Grenzen erfinden und Fiktionen ersinnen; es kann Milchstraßen, Universen, Multiversen, schwarze Löcher, weiße Löcher, Urknalle und Beharrungszustände, Sonnen und Planeten, Astralebenen und stoffliche Ebenen vortäuschen. Es sieht, was es sich vorstellt: Krieg und Frieden, Krankheit und Gesundheit, Grausamkeit und Güte.

Das Bewußtsein kann die dreidimensionale Form einer Kellnerin annehmen, die zur göttlichen Prophetin geworden ist; es kann ein Gänseblümchen, ein beschützender und leitender Geist oder ein Doppeldecker auf einer Wiese sein; ein gerade aus einem Traum erwachter Flieger, der hingerissen das Lächeln seiner schlafenden Frau betrachtet; oder das im Sprung auf das Bett begriffene, ungeduldige Kätzchen Dolly: Wo, ZUM TEUFEL, bleibt mein morgendliches Katzenfutter?

Es kann sich an seine Identität, an die Wirklichkeit, an die Liebe erinnern, wann immer es will. Und in dem Augenblick, in dem es das tut, verändert sich alles . . .

Eine flauschige Kugel mit unsichtbaren blauen Augen und schokoladengraubrauner Maske setzte zum Sprung an, war mit einem Satz auf meinem Bett, bemächtigte sich der Mäuseschwanzlinie, die aus meiner dahineilenden Feder drang, und warf sie vom Notizbuch.

»Pfui, Dolly!« flüsterte ich grimmig.

Du willst mir kein Katzenfutter geben? Na gut, dann fresse ich deinen Füller . . .

»Dolly! Pfui! Verschwinde!«

Deinen Füller bekomme ich auch nicht? funkelte sie mich an. Na schön, dann deine HAND!

»Dolly!«

»Was ist denn los, ihr beiden?« Leslie erwachte durch den Spektakel und bewegte die Finger unter der Decke. Eine Hundertstelsekunde später wirbelte das kleine Tier herum und attackierte die neuerwachte Gefahr mit zwanzig nadelspitzen Krallen.

»Unsere Katze Dolly ist dafür, daß wir den Tag beginnen«, seufzte ich über den Schlachtenlärm hinweg.

Den größten Teil meiner plötzlichen Erkenntnisse hatte ich bereits auf Papier gebannt und in Sicherheit gebracht.

»Bist du schon wach, Wook?« fragte ich Leslie. »Ich hatte gerade eine bemerkenswerte Idee; und wenn du wach bist, möchte ich dir von ihr erzählen...«

»Erzähle.« Sie schüttelte ein Kissen auf und schob es sich unter den Kopf, wofür sie von Dolly eine Tracht Prügel bezogen hätte, wenn in diesem Augenblick nicht zufällig Angel, unser anderes Kätzchen, hereinspaziert wäre – eine neue ahnungslose Zielscheibe, die Dolly beschleichen und angreifen konnte.

Ich las Leslie vor, was ich gerade in mein Notizbuch geschrieben hatte. Die Sätze sprangen übereinander wie Gazellen über einen hohen Zaun. Nach einer Minute war ich fertig, sah von dem Papier auf und blickte Leslie an. »Vor Jahren versuchte ich, einen Brief an mein jüngeres Ich zu schreiben. Er trug die Überschrift: *Ich wollte, ich hätte das schon gewußt, als ich noch so jung war wie du.* Könnten wir das, was ich eben niedergeschrieben habe, doch nur den Kindern in die Hand drücken, die wir einmal waren!«

»Würde es nicht Spaß machen, auf einer Wolke zu sitzen«, sagte sie, »und zuzusehen, wie sie ein Notizbuch von uns finden und lesen, was wir in der Zwischenzeit gelernt haben?«

»In gewisser Hinsicht wäre es auch traurig«, wandte ich ein.

»Warum traurig?«

»So viel Gutes wartet auf sie, und sie können einander erst jetzt finden; oder, besser gesagt, erst vor fünf Jahren...«

»Wir wollen es ihnen sagen!« schlug Leslie vor. »Schreib' auf den Notizblock: Lieber Dick. Du wirst jetzt Leslie Maria Parrish anrufen. Sie ist gerade nach Los Angeles gezogen und steht bei der Twentieth-Century Fox unter Vertrag. Ihre Telefonnummer lautet Crestview eins zwei neun neun drei ...«

»Und was dann?« fragte ich. »Soll er etwa sagen: ›Hallo, hier spricht dein Seelengefährte‹? Leslie Parrish war damals bereits ein kleiner Star! Männer schauten sich ihre Fotos an und verliebten sich in sie! Glaubst du wirklich, daß sie ihn zum Mittagessen einladen wird – einen kleinen Jungen, der gerade im Begriff ist, nach seinem ersten und einzigen Studienjahr fluchtartig die Universität zu verlassen?«

»Wenn sie klug ist, wird sie zu ihm sagen: ›Laß uns so schnell wie möglich aus Hollywood verschwinden!‹«

Ich seufzte. »Daraus würde niemals etwas werden. Er muß doch erst noch zur Luftwaffe gehen, fliegen, heiraten, sich wieder scheiden lassen, seine Persönlichkeit entwickeln und sein beginnendes Wissen entfalten. Und sie muß ihre Ehe hinter sich bringen und Erfahrungen über Geschäftsleben, Politik und Macht sammeln.«

»Dann schicken wir ihr eben auch einen Brief«, meinte Leslie. »›Liebe Leslie, Du wirst jetzt gleich einen Anruf von Dick Bach erhalten. Er ist Dein Seelengefährte, also sei nett zu ihm, liebe ihn immer ...‹«

»›Immer‹, Wook? Immer bedeutet ...«

Ich brach mitten in meiner Antwort ab, blickte sie an und erstarrte. Plötzlich wußte ich es.

Bilder aus vergessenen Träumen, Fragmente vergangener und künftiger Existenzen leuchteten hinter meinen Augen auf wie Farbdias ... Klick, klick, klick ...

Die Frau, die in diesem Augenblick auf dem Bett lag, nach der ich meine Hand ausstrecken, deren Gesicht ich berühren konnte – *diese selbe Frau* war die Gefährtin, die während des Massakers im Pennsylvania der Kolonialzeit gemeinsam mit mir ums Leben gekommen war. Sie war der geliebte Mensch, den ich schon Dutzende von Malen als guter Geist durchs Leben geführt hatte und der ebensooft mein guter Geist gewesen war; der Weidenbaum, dessen Zweige sich in meine rankten; der Fuchs, dessen Junge ich mit entblößten Fängen und wütendem Schnappen gegen eine Überzahl von Wölfen verteidigt hatte; die Möwe, die mich in immer größere Höhen emporgeführt hatte; das lebendige Licht auf der Straße nach Alexandria; die silberne Lebensform von Bellatrix Fünf; die Raumfahrttechnikoffizierin, die ich in ferner Zukunft lieben würde; die Blumengottheit meiner fernen Vergangenheit.

Klick, klick, klick . . . Ein Dia nach dem anderen flammte vor meinem inneren Auge auf.

Warum habe ich eine solche Vorliebe für die Eigenarten und Neigungen dieses einen, einmaligen Geistes, für die einzigartigen Rundungen dieses Gesichts und dieser Brüste, das unverwechselbare fröhliche Licht, das in ihren Augen aufleuchtet, wenn sie lacht? Warum kann ich mich so sehr an ihnen freuen?

Weil wir diese einzigartigen Rundungen, dieses unverwechselbare Funkeln in unseren Augen *immer bei uns tragen,* Richard, von Existenz zu Existenz! Sie sind unsere *Warenzeichen,* die tief in unsere Ansichten und Vorstellungen eingeprägt sind, und ohne es zu wissen, *erinnern wir uns an sie,* wenn wir uns wiedertreffen!

Sie sah mir beunruhigt ins Gesicht. »Was ist denn los, Richard? Fehlt dir etwas?«

»Es ist alles in Ordnung«, sagte ich, immer noch wie vom Donner gerührt. »Es geht mir gut . . .«

Hastig griff ich nach einem Stück Papier, übersäte es mit Worten. Welch ein Morgen!

Immer und immer wieder hatten wir einander angezogen, weil wir gemeinsam am meisten lernen konnten – Schweres und auch Schönes.

Woher weiß ich, daß der Tod uns nicht von dem Menschen trennt, den wir lieben? Warum bin ich so unerschütterlich davon überzeugt?

Weil diese Frau, die ich heute liebe... Weil sie und ich schon Millionen von Malen gestorben und doch in dieser Sekunde Minute Stunde Existenz wieder vereint sind! Der Tod trennt uns nicht mehr voneinander als das Leben! Tief im Innern kennen wir alle die Gesetze des Lebens, und eines dieser Gesetze lautet: Wir kehren immer wieder in die Arme der Menschen zurück, die wir lieben, ganz gleichgültig, ob uns nur eine Nacht trennt oder der Tod.

»Einen Augenblick, Wook. Ich muß das nur rasch niederschreiben...«

Das einzig Bleibende ist die Liebe!

Die Worte rissen sich so rasch von mir los, wie die Feder sie zu Papier bringen konnte.

Am Anfang des Weltalls – ehe der Urknall stattfand – standen wir!

Wir existierten bereits vor allen Urknallen aller Zeiten und werden immer noch existieren, wenn das Echo des letzten Urknalls verhallt ist. Wir, Tänzer in allen Formen, von überallher widergespiegelt – wir sind die Ursache des Raumes, die Schöpfer der Zeit.

Wir sind die Brücke über die Zeit, wir wölben uns über das Meer, lassen uns zu unserem bloßen Vergnügen auf gefährliche Unternehmungen ein, erleben Geheimnisse, wählen Katastrophen, Triumphe, Herausforderungen, Situationen, in denen unsere Chance eins zu hundert steht, stellen uns selbst immer wieder auf die Probe und lernen Liebe Liebe LIEBE!

Ich hob den Füller, saß atemlos auf dem Bett und schaute meine Frau an.

»Du lebst!« sagte ich.

Ihre Augen funkelten. »Wir leben gemeinsam.«

Wir schwiegen eine Zeitlang; dann fügte sie hinzu: »Ich hatte die Suche nach dir bereits aufgegeben. Ich war auch allein glücklich – mit meinem Garten, meiner Musik, meinen guten Zwecken und meinen Freunden. Es machte mir Spaß, allein zu leben. Ich dachte, ich würde es bis an mein Lebensende tun.«

»Und ich wäre glücklich und zufrieden an meiner Freiheit erstickt«, sagte ich. »Es wäre gar nicht einmal so schlimm gewesen – es wäre die beste Lebensform gewesen, die wir beide kannten. Wie hätten wir etwas vermissen können, was wir nie besaßen?«

»Aber wir haben es doch vermißt, Richie! Hast du dich nicht hin und wieder, wenn du einsam warst – ganz gleich, ob du Menschen um dich hattest oder nicht –, so unglücklich gefühlt, daß du hättest weinen mögen? Hattest du nie das Gefühl, es gebe keinen anderen Menschen auf der Welt, der so ist wie du?« Sie streckte die Hand aus und berührte mein Gesicht.

»Hattest du nicht auch manchmal das Gefühl«, fragte sie, »jemanden zu vermissen, dem du noch nie begegnet warst?«

46

Wir waren beide lange aufgeblieben. Leslie hatte sich in das *Passive Sonnenenergiebuch; Erweiterte Fachausgabe,* vertieft und bereits über dreihundert Seiten gelesen.

Ich klappte gerade das Buch *Geschichte des Revolvers* zu, legte es auf den Stapel der bereits ausgelesenen Bücher und nahm den obersten Band von dem Bücherstoß, den ich als nächstes bewältigen wollte.

Wie gut unsere Bücher uns charakterisieren, dachte ich. Auf Leslies Nachttisch lagen: E. E. Cummings, *Sämtliche Gedichte; Die weltpolitische Lage im Jahr 2000 – Bericht an den Präsidenten; Der mühevolle Weg zum frugalen Mahl;* Carl Sandburg, *Abraham Lincoln; Begegnungen mit Einhörnern; Dieser zeitlose Augenblick; Die mageren Jahre; Barischnikow bei der Arbeit; Amerikanische Filmregisseure; 2081.*

Auf meinem: *Die tanzenden Wu-Li-Meister;* Ray Bradbury, *Erzählungen; Die Odyssee des Fliegers; Die Verschwörung der Aquarier; Die Vielweltendeutung der Quantenmechanik; Eßbare wildwachsende Pflanzen des amerikanischen Westens; Steuerknüppel und Seitenruder.* Wenn ich einen Menschen möglichst rasch verstehen möchte, brauche ich nur einen Blick auf sein Bücherregal zu werfen.

Das Geräusch meines Bücherwechsels unterbrach sie bei einer nahezu beendeten Berechnung. »Na, wie war Mr. Colt?« fragte sie und schob ihre Solarenergiediagramme näher ans Licht heran.

»Oh, er hat seine Sache gut gemacht. Weißt du, daß dieses Land heute statt fünfzig Staaten nur sechsundvierzig hätte, wenn der Revolver nicht gewesen wäre?«

»Wir haben uns also vier Staaten mit vorgehaltenem Revolver erstohlen?«

»Das ist ziemlich kraß ausgedrückt, Leslie. Wir haben sie nicht gestohlen. Einige haben wir verteidigt, andere befreit. Und außerdem waren es nicht wir. Du und ich hatten nichts damit zu tun. Doch vor über hundert Jahren war der Colt eine furchterregende Waffe – eine Faustfeuerwaffe, die schneller schoß als alle Gewehre und geradliniger als die meisten. Ich habe mir schon immer einen Colt aus dem Jahr 1851 gewünscht. Albern, nicht wahr? Die Originale sind teuer; aber die Firma stellt davon Repliken her.«

»Was willst du denn mit so einem Ding anfangen?«

Sie hatte im Augenblick gar nicht die Absicht, sexy zu wirken, doch selbst ein Winternachthemd konnte die reizenden Konturen ihres Körpers nicht verbergen. Wann werde ich über meine einfältige Begeisterung über die Form hinauswachsen, die sie sich für ihren Körper ausgesucht hat? Niemals.

»Mit was für einem Ding?« fragte ich geistesabwesend.

»Du Tier«, knurrte sie. »Warum wünschst du dir eine alte Pistole?«

»Ach so. Der Colt. Das ist ein seltsames Gefühl; ich habe es immer gehabt, so weit ich zurückdenken kann. Immer wenn mir klar wird, daß ich keinen Colt besitze, fühle ich mich irgendwie nackt, verwundbar. Ich bin es gewöhnt, einen in greifbarer Nähe zu haben, aber ich habe noch niemals auch nur einen berührt. Ist das nicht seltsam?«

»Wenn du einen haben möchtest, können wir ja anfangen, auf ihn zu sparen. Wenn es dir wirklich so wichtig ist.«

Wie oft führen uns kleine Haushaltsartikel, alte Maschinen, Bauwerke und Landschaften, denen wir leidenschaftliche Liebe oder wütenden Haß entgegenbringen, ohne zu wissen warum, in unsere anderen Vergangenheiten zurück! Wer von uns hat sich nicht schon einmal mit magnetischer Kraft zu anderen Orten hingezogen oder in anderen Zeitaltern zu Hause gefühlt? In einer meiner Vergangenheiten – das wußte ich – hatte ich das Metall eines Colt in der Hand gehalten. Ich stellte es mir amüsant vor, dieser Vergangenheit irgendwann einmal nachzugehen.

»Wahrscheinlich ist es mir gar nicht so wichtig, Wookie. Dumme Idee.«

»Was wirst du jetzt lesen?« fragte sie mich und legte ihr Buch quer, um das nächste Diagramm zu studieren.

»Es heißt *Das Leben beim Tode* und scheint eine sehr gründliche und sorgfältige Untersuchung zu sein – Interviews mit Leuten, die schon einmal dem Tode nahe waren. Sie beschreiben, wie sie sich dabei fühlten und was sie sahen. Und wie kommst du mit deinem Buch voran?«

In diesem Augenblick sprang Angel T. Cat, unser sechs Pfund schwerer, weißer, langhaariger Perserkater, auf das Bett, stolzierte zu Leslie hinüber, ließ sich so schwer auf ihr Buch fallen, als wiege er sechs Tonnen, und schnurrte.

»Gut. Dieses Kapitel ist besonders interessant. Es lautet: Fell Fell Fell AUGEN NASE AUGEN Fell Fell Fell Krallen Schwanz. Angel, haben die Worte *Du bist mir im Weg* irgendeine Bedeutung für dich? Oder die Worte: *Du sitzt auf meinem Buch?«*

Der Kater warf ihr einen schläfrigen Blick zu, der eindeutig als »Nein« zu interpretieren war, und schnurrte noch lauter.

Wir lasen noch eine Zeitlang schweigend.

»Gute Nacht, kleine Wook«, sagte ich dann und schaltete

meine Leselampe aus. »Wir treffen uns an der Ecke von Wolkenstraße und Traumallee . . .«

»Bis gleich, Schatz«, erwiderte sie. »Gute Nacht.«

Ich drückte mir das Kissen unter den Kopf und rollte mich zu einer Schlafkugel zusammen. Eine Zeitlang hatte ich geübt, meine Träume selbst zu bestimmen, aber nur geringen Erfolg dabei gehabt. Heute war ich zu müde zum Üben. Ich fiel sofort in tiefen Schlaf.

Wir sahen ein helles, luftiges Glashaus hoch oben auf einer Insel, die von grünem Wald bedeckt war. Alles war mit Blumen übersät; sie ergossen sich in einer glitzernden Flut durch die Räume und über die Dächer und strömten den Hang hinab auf eine ebene Wiese. Im Gras stand eine leichte, graziöse Lake Amphibian, die in Prismenfarben schimmerte. In der Ferne, jenseits des tiefen Wassers, lagen andere Inseln in Farben von Immergrün bis Dunstblau.

Und überall standen Bäume – sowohl im Haus als auch außerhalb; Bäume und Hängepflanzen unter einem großen, viereckigen Dach, das beiseitegeschoben worden war, damit Luft und Sonne hereindringen konnten. Regale voller Bücher befanden sich in greifbarer Nähe, und die Klänge von Bartóks wunderbarem Konzert für Orchester erfüllten das Haus. Die Musik, die Pflanzen, das draußen stehende Flugzeug und der weite Ausblick, der uns ans Fliegen erinnerte, bewirkten, daß wir uns hier sofort zu Hause fühlten. Dieses Haus war genau das, was wir eines Tages zu besitzen hofften.

»Willkommen, ihr beiden! Ihr habt es geschafft!«

Die beiden Menschen, die auf uns zuschritten, kamen uns bekannt vor.

»Danke«, sagte Leslie.

Tagsüber vergessen wir unsere Träume; doch im Schlaf können wir uns an jene erinnern, die Jahre zurückliegen.

Der Mann war der Pilot, mit dem ich zum erstenmal in der Pterodactyl geflogen war; er war der Mann, der ich in zehn oder zwanzig Jahren sein würde; und doch war er jünger geworden. Und die Frau war die Leslie, die neben dem Flugzeug gestanden hatte. Sie sah wissender und schöner aus.

»Bitte setzt euch«, sagte sie. »Wir haben nicht viel Zeit.«

Der Mann stellte uns eine Kanne mit heißem Apfelwein auf einen Tisch aus Treibholz.

»So sieht also unsere Zukunft aus«, stellte Leslie fest. »Das habt ihr gut gemacht, ihr beiden.«

»Das ist nur eine eurer Zukunftsalternativen«, berichtigte die andere Leslie. »Und außerdem habt IHR *es gutgemacht – nicht wir.«*

»Ihr habt die Straße gebaut, auf der wir uns jetzt fortbewegen«, fügte der Mann hinzu. »Ihr habt uns Gelegenheiten gegeben, die wir ohne euch nicht gehabt hätten.«

»Es war kein Kinderspiel«, widersprach sie. »Es war eine Menge Arbeit!«

»Eine Einladung in dieses Haus war unsere einzige Möglichkeit, euch zu danken«, sagte der künftige Richard. »Du hast es entworfen, Leslie! Es funktioniert alles perfekt.«

»Beinahe perfekt«, korrigierte seine Frau. »Die Fotoelektrik ist besser, als du dachtest. Aber ich habe ein paar Verbesserungsvorschläge hinsichtlich der thermischen Masse . . .«

Die beiden Leslies waren gerade im Begriff, sich in ein eingehendes Fachgespräch über Hybrid-Solartechnik und Superisolation zu vertiefen, als mir plötzlich klar wurde . . .

»Darf ich euch einen Augenblick unterbrechen?« bat ich. »Wir träumen doch! Wir alle – nicht wahr? Oder ist das kein Traum?«

»Richtig«, sagte der künftige Richard. »Es ist das erste-

mal, daß wir euch beide gleichzeitig erreichen. Wir üben es nun schon seit Jahren immer wieder – und es gelingt von Mal zu Mal besser!«

Ich kniff erstaunt die Augen zusammen. »Ihr übt es schon seit Jahren und erreicht uns heute zum erstenmal?«

»Sobald ihr es selbst praktiziert, werdet ihr es verstehen. Lange Zeit WÜNSCHT *man sich nur, Menschen zu begegnen, die man noch nie oder schon lange nicht mehr gesehen hat – zukünftigen Ichs, alternativen Ichs, verstorbenen Freunden. Man muß lange lernen, ehe man sein Wissen weitergeben kann. Ihr werdet zwanzig Jahre dazu brauchen. Nach zwanzigjähriger Übung kann man die Richtung seiner Träume ziemlich gut beeinflussen, wann immer man das Verlangen danach hat. Dann erhält man die Gelegenheit, sich bei seinen Vorfahren zu bedanken.«*

»Vorfahren?« fragte Leslie. »Sind wir denn schon so alt?«

»Es tut mir leid«, entschuldigte er sich. »›Vorfahren‹ war kein sehr treffender Begriff. Eure Zukunft ist unsere Vergangenheit. Doch unsere Zukunft ist auch eure Vergangenheit. Sobald ihr euch von dieser Zeit befreit und Fortschritte bei euren Traumübungen gemacht habt, werdet ihr verstehen, was ich meine. Solange wir an die chronologische Zeit glauben, sehen wir die Existenz als Werden und nicht als Sein. Jenseits der Zeit jedoch bilden wir alle eine große Einheit.«

»Wie gut, daß es nicht kompliziert ist«, warf Leslie ein.

Ich konnte nicht umhin, das Gespräch zu unterbrechen. »Verzeihung. Das neue Buch ... Ihr kennt mich und die Titel meiner Bücher. Habe ich jemals einen Titel für dieses Buch gefunden? Ist es überhaupt geschrieben und gedruckt worden? Und hat es jemand gelesen? Mir fällt beim besten Willen kein ... Habe ich jemals einen Titel gefunden?«

Der künftige Richard hatte nicht viel Nachsicht mit

meiner Neugier. »Dieser Traum ist nicht dazu bestimmt, dir das mitzuteilen. Ja, du hast einen Titel gefunden; ja, das Buch wurde gedruckt; ja, jemand hat es gelesen.«

»Das ist alles, was ich wissen wollte«, sagte ich. Und dann fügte ich demütig hinzu: »Wie lautet der Titel?«

»Dieser Traum soll euch etwas anderes mitteilen«, sagte er. »WIR haben einen... nun ja, sagen wir, eine Art Brief... von unseren zukünftigen Ichs erhalten. Eure Idee, dem jungen Dick und der jungen Leslie Nachrichten zukommen zu lassen, hat etwas in Gang gesetzt. Mittlerweile sind einige von uns gewissermaßen zu ›übersinnlichen Brieffreunden‹ geworden. Alle Gedanken, die ihr euren jüngeren Ichs zusandtet, sind angekommen. Und sie haben tatsächlich kleine, wenn auch unbewußte Veränderungen in ihnen bewirkt... haben andere Menschen aus ihnen gemacht, die vielleicht nicht so schwere Zeiten durchstehen müssen wie wir. Ein paar Schwierigkeiten werden sie natürlich haben; doch es besteht zumindest die Chance, daß das Liebenlernen nicht zu ihnen gehören wird.«

»In dem Brief, den wir bekommen haben«, sagte die künftige Leslie, »stand: ›Alles, was ihr wißt, ist wahr!‹«

Dann verblaßte sie; die Szene begann vor meinen Augen zu flimmern.

»Es gibt natürlich noch mehr zu lernen; aber: ZWEIFELT NIEMALS AN DEM, WAS IHR WISST. *Das ist nicht nur ein hübscher Buchtitel; wir sind Brücken...«*

Dann zerbrach der Traum in tausend Stücke, und ich sah wieder andere Bilder vor mir: Koffer voller Teegebäck, eine Verfolgungsjagd im Auto, einen Dampfer auf Rädern.

Ich weckte Leslie nicht, doch ich füllte Seiten des Notizbuches, das neben meinem Kopfkissen lag, während ich mich im Dunkeln daran zu erinnern versuchte, was vor den Koffern mit dem Teegebäck geschehen war.

Als sie am nächsten Morgen aufwachte, sagte ich: »Nun werde ich dir deinen Traum erzählen.«

»Welchen Traum?«

»Den Traum von der Begegnung in dem Haus, das du entworfen hast . . .«

»Richard!« rief sie. »Nun weiß ich es wieder! Laß *mich* erzählen! Es war ein herrlicher Ort – auf der Wiese grasten Rehe, und in dem Teich spiegelte sich ein Blumenfeld, wie wir es in Oregon hatten. Mein Entwurf – das Haus mit der Solarheizung – läßt sich realisieren! Im Inneren des Hauses standen Bücherregale und Bäume, und wir hörten Musik . . . Es war alles so offen und hell! Es war ein schöner, in strahlenden Farben leuchtender Tag, und Dolly und Angel – die inzwischen dicke alte Katzen geworden waren – sahen uns an und schnurrten sich wieder in Schlaf. Ich habe auch das neue Buch – unser Buch – auf dem Regal gesehen!«

»Ja, tatsächlich? Wie lautete der Titel? Sag' ihn mir!«

Sie bemühte sich angestrengt, sich zu erinnern. »Es tut mir so leid, Wookie!« sagte sie dann. »Er ist einfach weg . . .«

»Macht nichts. Es braucht dir nicht leid zu tun«, beruhigte ich sie. »Alberne Neugierde. Ein bemerkenswerter Traum – findest du nicht auch?«

»Es war ein Traum über die Ewigkeit.«

47

Wir verbrachten den Abend lesend. Ich war mit dem letzten Kapitel von *Erinnerungen an den Tod* beschäftigt, während Leslie gerade *Das Leben nach dem Leben* begonnen hatte. Je länger ich über das Gelesene nachdachte, desto größer wurde mein Bedürfnis, mit ihr zu sprechen.

»Hast du einen Augenblick Zeit?« fragte ich sie. »Einen langen Augenblick...«

Sie beendete den Absatz, den sie gerade las, und klappte den Schutzumschlag als Lesezeichen über die Seite.

»Ja«, sagte sie.

»Empfindest du es nicht auch als falsch«, fragte ich sie, »daß der Tod für die meisten Menschen eine lästige, im ungünstigsten Augenblick kommende Plage ist – daß er uns vielleicht ausgerechnet dann überfällt, wenn wir gerade den einzigen Menschen gefunden haben, den wir lieben? Wir möchten nicht einmal einen Tag lang von ihm getrennt sein; und dann kommt der Tod und sagt: ›Das ist mir ganz egal; ich werde euch auseinanderreißen, ob ihr wollt oder nicht‹?«

»Das habe ich auch schon manchmal gedacht«, stimmte sie zu.

»Warum muß das Sterben so sein? Warum sind wir mit einem so unkontrollierten Tod einverstanden?«

»Vielleicht, weil die einzige andere Alternative der Selbstmord wäre«, meinte sie.

»Aha!« rief ich. »Ist Selbstmord wirklich die einzige Alternative? Gibt es keine bessere Methode, die Erde zu verlassen, als das willkürliche, gewaltsame Sterben in letzter Minute, das auf diesem Planeten üblich ist?«

»Laß mich raten«, sagte sie. »Du hast vermutlich einen Plan, den du mir unterbreiten willst? Zunächst einmal solltest du wissen, daß ich gar nicht so unglücklich darüber bin, in letzter Minute zu sterben, solange du hier bist.«

»Warte, bis du meinen Vorschlag hörst. Denn er wird deinen Ordnungssinn ansprechen: Warum erreichen die Menschen, statt überraschend zu sterben, nicht einfach einen Zeitpunkt, an dem sie beschließen: ›Geschafft! Wir haben alles erledigt, wozu wir hergekommen sind. Es gibt keinen Berg, den wir nicht zu unserer Zufriedenheit erklommen hätten; nichts von dem, was wir lernen wollten, ist ungelernt geblieben; wir haben ein schönes Leben geführt.‹ Und warum setzen sie sich dann nicht einfach bei bester Gesundheit zu zweit unter einen Baum oder einen Stern, erheben sich aus ihren Körpern und kehren nie wieder zurück?«

»So wie in den Büchern, die wir gerade lesen«, setzte Leslie hinzu. »Was für eine gute Idee! Sie hat nur einen Haken: Wir wissen nicht, wie man das macht.«

»Leslie!« rief ich, ganz von meinem Plan erfüllt. *»Ich weiß es!«*

»Bitte noch nicht jetzt«, sagte sie. »Wir müssen erst noch unser Haus bauen und schließlich auch an die Katzen und die Waschbären denken; die Milch im Kühlschrank würde sauer werden; und wir haben unsere Post noch nicht beantwortet. Wir sind gerade dabei, wieder von vorn anzufangen!«

»Also gut. Dann eben noch nicht. Doch als ich las, was für Erlebnisse die Menschen hatten, die schon einmal beinahe tot waren, fiel mir auf, daß sie genau den Out-of-body-Erlebnissen der Astralreisebücher entsprechen! Sterben ist nichts anderes als ein Out-of-body-Erlebnis, von dem wir nicht zurückkehren! Und man kann es lernen, seinen Körper zu verlassen!«

»Einen Augenblick«, sagte sie. »Schlägst du etwa vor, daß wir eines Tages bei einem besonders hübschen Sonnenuntergang unsere Körper verlassen und uns nicht die Mühe machen sollen, zurückzukehren?«

»Eines Tages – ja.«

Sie warf mir einen mißtrauischen Seitenblick zu. »Wie ernst ist es dir mit dieser Idee?«

»Hundertprozentig ernst. Wirklich! Ist das nicht reizvoller, als von einer Straßenbahn überfahren zu werden? Ist es nicht besser, als getrennt zu werden und einen oder zwei Tage oder ein oder zwei Jahrhunderte unseres Zusammenlebens zu versäumen?«

»Das, was du über das Zusammenleben gesagt hast, gefällt mir«, stimmte sie zu. »Denn damit ist es mir ebenfalls ernst: Wenn du stirbst, möchte ich auch nicht mehr hier leben.«

»Ich weiß«, sagte ich. »Also brauchen wir nur zu lernen, unsere Körper zu verlassen – wie Meister übersinnlicher Erfahrungen und Wölfe es tun.«

»Wölfe?«

»Ja; ich habe es in einem Buch über Wölfe gelesen. Ein paar Tierpfleger aus einem Zoo fingen in einer jener tierfreundlichen Fallen, die den Tieren keinen Schmerz zufügen, ein Wolfspaar. Sie sperrten es in einen großen Käfig, schoben ihn in den hinteren Teil eines Kleinlastwagens und fuhren zum Zoo. Als sie dort ankamen und den Käfig heraushoben, waren beide Wölfe ... tot. Keine Krankheit, keine Verletzung – nichts. Die Wölfe wollten nicht getrennt werden, wollten nicht in einem Käfig leben. Und so gaben sie ihren Lebenswillen auf und starben gemeinsam. Es gab keine medizinische Erklärung für ihren Tod.«

»Ist das wirklich wahr?«

»Es steht in dem Buch über Wölfe; es ist keine erfundene Geschichte, sondern ein Sachbuch. Ich hätte genauso gehandelt, wenn ich dieser Wolf gewesen wäre – du nicht? Hältst du es nicht für eine sehr kultivierte und intelligente Art und Weise, diesen Planeten zu verlassen? Wenn die ganze Erde, das gesamte Raum-Zeit-Kontinuum nur ein Traum ist – warum wachen wir dann nicht einfach glücklich und zufrieden woanders auf, statt uns verzweifelt ans Erdenleben zu klammern?«

»Glaubst du wirklich, daß wir das könnten?« zweifelte sie. Die Idee sprach ihren Ordnungssinn tatsächlich an.

Kaum hatte sie ihre Frage ausgesprochen, war ich bereits mit einem Dutzend Büchern aus unseren Regalen auf das Bett zurückgekehrt: *Studium und Ausübung der Astralprojektion, Reisen aus unserem Körper, Das Abenteuer des Todes, Praktische Anleitung zur Astralprojektion, Geist jenseits des Körpers.* Ihr Gewicht drückte einen flachen Krater in die Matratze.

»Diese Leute« – ich wies auf die Bücher – »behaupten, man könne es lernen. Es ist nicht leicht und bedarf langer Übung; aber es ist möglich. Die Frage ist nur: Lohnt es sich?«

Sie runzelte die Stirn. »Im Augenblick würde ich sagen: nein. Doch wenn du morgen sterben solltest, würde ich sehr bereuen, es nicht gelernt zu haben und dir nicht folgen zu können.«

»Laß uns einen Kompromiß schließen: Wir lernen den Out-of-body-Teil und heben uns das Nicht-Zurückkommen für einen viel späteren Zeitpunkt auf. Wir haben beide schon einmal unseren Körper verlassen, wissen also, daß wir es können. Jetzt kommt es nur noch darauf an, es willentlich und gemeinsam zu tun. Das dürfte eigentlich nicht so schwierig sein.«

Aber ich hatte mich getäuscht. Es *war* schwierig. Das Problem bestand darin, einzuschlafen, ohne einzuschlafen; das heißt, nicht das Bewußtsein zu verlieren, sondern uns selbst getrennt von unserem Körper wahrzunehmen. Sich das

Bewußtsein zu bewahren, wenn man von einer bleischweren Schlafdecke in den Bereich des Unbewußten herabgezogen wird – das ist weiß Gott keine leichte Aufgabe.

Abend für Abend lasen wir in unseren Astralreisebüchern und versprachen einander, uns in der Luft über unseren schlafenden Körpern zu treffen, uns kurz anzusehen und uns an das Erlebnis zu erinnern, wenn wir aufwachten. Doch wir hatten kein Glück. Wochen vergingen. Monate. Unsere Übung entwickelte sich zur Gewohnheit, die wir selbst dann nicht aufgaben, als wir die Bücher längst ausgelesen hatten.

»Vergiß nicht, dich zu erinnern . . .«, pflegten wir einander zu ermahnen, wenn wir das Licht ausschalteten.

Wir schliefen mit dem festen Vorsatz ein, uns über unseren Betten zu treffen, doch dann reiste sie nach Pennsylvania, während ich auf dem Dach eines Hauses in Peking landete. Oder ich tauchte in einer Zukunft auf, deren Bilder kaleidoskopartig wechselten, während sie im neunzehnten Jahrhundert Konzerte gab.

Nach fünfmonatiger Übung erwachte ich eines Nachts. Es muß gegen drei Uhr gewesen sein.

> *Ich versuchte, meinen Kopf auf dem Kissen zu bewegen, meine Lage zu verändern, stellte jedoch fest, daß ich es nicht konnte, weil das Kopfkissen sich unten auf dem Bett befand und ich einen Meter darüber in Rückenlage in der Luft schwebte.*
>
> *Hellwach. Schwebend. Das Zimmer war von Wand zu Wand in dunkles, silbergraues Licht getaucht. Man hätte es als Mondlicht beschreiben können; doch es war Neumond. Dort die Wände, der Stuhl, die Steroanlage; hier das Bett und die Bücher – auf Leslies Seite sorgfältig aufgestapelt, auf meiner in einem unordentlichen Haufen verstreut. Und auf dem Bett unsere schlafenden Körper!*
>
> *Ein Schock reinen Erstaunens durchfuhr mich, durch-*

drang mich inmitten der nächtlichen Dunkelheit wie blaues Licht. Dann eine jähe Freude. Das dort unten war mein Körper; dieses seltsame, mit geschlossenen Augen fest schlafende Wesen auf dem Bett war ich! Nicht mein eigentliches Ich, natürlich... Mein eigentliches Ich war das Wesen, das von oben herunterschaute.

Es funktioniert! Und es ist so einfach! Das ist... die Freiheit! Hurra!

Alles, was in den Büchern stand, stimmte. Ich brauchte nur an Bewegung zu denken, und schon bewegte ich mich, glitt auf der Luft wie ein Schlitten auf Eis. Ich hatte nicht direkt einen Körper, aber man hätte auch nicht sagen können, daß ich keinen besaß. Ich hatte ein Körpergefühl – den nebelhaften, verschwommenen Körper eines Geistes. Wie konnte es nach dieser langen Zeit entschlossenen Übens plötzlich SO LEICHT *sein? Äußerste Bewußtheit. Im Vergleich zu diesem energiegeladenen, wissenden, messerscharfen Leben ist unser tägliches Bewußtsein nichts anderes als Schlafwandeln!*

Ich drehte mich in der Luft um und blickte hinter mich. Ein hauchdünner Faden aus leuchtendem Licht führte von mir zu meiner schlafenden Gestalt. Das ist das Band, von dem man immer liest, das silberne Band, das einen lebenden Geist mit seinem Körper verbindet. Wenn man dieses Band durchtrennt, so heißt es, stirbt man.

In diesem Augenblick wurde eine wogende Aura hinter mir immer undeutlicher und verschwommener, schwebte langsam um die im Bett liegende Leslie herum, verblaßte schließlich und verschwand in ihrem Körper. Eine Sekunde später bewegte Leslie sich, drehte sich unter der Bettdecke um; ihre Hand berührte meine Schulter. Es war, als werde ich von hinten angegriffen; die Berührung schleuderte mich Hals über Kopf in den Wachzustand.

Meine Augen öffneten sich jäh und blickten in einen Raum, der dunkler war als die Mitternacht ... so dunkel, daß es keine Rolle spielte, ob ich die Augen öffnete oder schloß. Mit heftig klopfendem Herzen tastete ich nach dem Schalter der Nachttischlampe.

»Wookie!« rief ich. »Bist du wach, Liebling?«

»Mhm. Jetzt ja. Ist irgend etwas nicht in Ordnung?«

»Alles ist in Ordnung!« rief ich gelassen. »Es hat funktioniert! Wir haben es geschafft!«

»Was denn?«

»Wir haben unsere Körper verlassen!«

»Wirklich, Richie? Ich kann mich nicht erinnern ...«

»Nein? Was ist das letzte, woran du dich erinnern kannst, ehe du aufwachtest?«

Sie strich sich das goldene Haar aus den Augen und lächelte träumerisch. »Ich bin geflogen. Ein schöner Traum. Über Felder geflogen ...«

»Dann stimmt es! Nächte, in denen wir unseren Körper verlassen, bleiben uns immer als Flugträume in Erinnerung!«

»Woher weißt du, daß ich meinen Körper verlassen habe?«

»Weil ich dich gesehen habe!«

Als sie das hörte, war sie mit einem Schlag hellwach. Ich erzählte ihr, was geschehen war, was ich gesehen hatte.

»›Gesehen‹ ist allerdings nicht der richtige Ausdruck für die Wahrnehmung bei Out-of-body-Erlebnissen, Wook. Es ist weniger ein Sehen als ein Wissen – ein detailliertes Wissen, das deutlicher ist als die optische Wahrnehmung.« Ich schaltete das Licht aus. »Es ist so dunkel hier im Zimmer, und doch konnte ich alles sehen. Die Stereoanlage, die Regale, das Bett, dich und mich ...« Es war eindrucksvoll, in der Dunkelheit vom Sehen zu sprechen.

Sie knipste ihre Lampe wieder an, setzte sich im Bett auf und runzelte die Stirn. »Ich kann mich nicht daran erinnern!«

»Du huschtest an mir vorbei wie ein UFO in Rosen- und

Gänseblümchenfarben, bliebst in der Luft stehen und schmolzest dann gewissermaßen in deinen Körper hinein. Dann bewegtest du dich, berührtest mich, und – päng! Ich war hellwach. Wenn du mich in diesem Augenblick nicht berührt hättest, hätte ich mich auch nicht erinnert.«

Es dauerte einen ganzen Monat, bis es wieder geschah. Es war beinahe das gleiche Erlebnis, nur mit vertauschten Rollen. Leslie erzählte es mir nicht gleich, sondern wartete bis zum nächsten Morgen.

»Es war genauso wie bei dir, Wook! Ich fühlte mich wie eine Wolke am Himmel – leicht wie Luft. Und glücklich! Ich drehte mich um, blickte zurück zum Bett und sah uns beide schlafend daliegen – und *Amber!* Die liebe kleine Amber lag zusammengerollt an meiner Schulter, so wie sie immer geschlafen hatte! ›AMBER!‹ rief ich, und sie öffnete die Augen und sah mich an, als hätte sie mich nie verlassen. Dann stand sie auf und kam auf mich zu; und dann war es zu Ende. Ich erwachte im Bett.«

»Hattest du das Gefühl, im Zimmer bleiben zu müssen?«

»Nein! Nein! Ich hätte überall hingehen können, an jeden beliebigen Ort des Weltalls; hätte jeden Menschen besuchen können, den ich sehen wollte. Es war, als hätte ich einen magischen Körper ...«

In unserem Zimmer knisterte die spannungsgeladene Stille eines Elektrizitätswerks.

»Wir haben es geschafft!« rief sie ebenso aufgeregt, wie ich es gewesen war. »Wir sind dabei, es zu schaffen!«

»Wir wollen es noch einen Monat lang üben«, schlug ich vor. »Vielleicht gelingt es uns wieder!«

Es geschah bereits in der nächsten Nacht.

Diesmal saß ich in der Luft, als ich über dem Bett erwachte. Meine Aufmerksamkeit wurde von einer strahlenden, schwebenden Gestalt gefesselt, die kaum sechzig

Zentimeter von mir entfernt war. Sie war makelloses, funkelndes Gold und Silber, herrliche, lebendige Liebe.

Oh, Gott, dachte ich. Die Leslie, die ich bisher mit meinen Augen gesehen habe, ist noch nicht einmal der winzigste Teil ihres wahren Ichs! Sie besteht aus unzähligen ineinander verschlungenen Leben und entfaltet sich immer weiter... Werde ich sie jemals ganz kennen?

Es bedurfte keiner Worte; ich wußte alles, was sie mir sagen wollte.

– Du hast geschlafen, und ich war hier und habe dich aus deinem Körper herausgelockt: Ach, Richard, BITTE *komm' heraus... Und du bist tatsächlich gekommen –*

– Hallo, Liebling! Hallo! Nimm mich bei der Hand! –

Ich streckte meine Hand nach ihr aus, und als unser beider Licht sich berührte, hatten wir das Gefühl, das wir immer haben, wenn wir einander bei den Händen halten, nur viel, viel inniger – eine sanfte Freude.

– Aufwärts – forderte ich sie in Gedanken auf. – Ganz langsam. Wir wollen versuchen, aufzusteigen. –

Wie zwei warme Ballons erhoben wir uns und flogen gemeinsam durch die Decke, als sei sie nichts anderes als kühle Luft.

Das Dach unseres Hauses sank immer tiefer: rauhe, von herabgefallenen Fichtennadeln bedeckte Holzschindeln, ein Ziegelschornstein, eine Fernsehantenne – der einzige Hinweis auf die Zivilisation. Unten auf den Flachdächern schliefen dic Blumen in ihren Übertöpfen.

Dann waren wir über den Bäumen und ließen uns vorsichtig über das Wasser treiben. Am Sternenhimmel waren vereinzelte Wolkenfetzen zu sehen – dünne, verstreute Federwolken; Sichtweite unbegrenzt; Wind aus südlicher Richtung mit einer Geschwindigkeit von zwei Knoten. Es gab keine Temperatur.

Wir hatten einander so viel zu sagen, daß es uns die

Sprache verschlug. Wenn das das Leben ist, dachte ich, dann ist es unendlich schöner als alles, was ich bisher...

– Ja – hörte ich Leslie denken. – Ja. –

– Verschließe dieses Erlebnis fest in deinem ehrfurchtgebietenden Gedächtnis – befahl ich ihr. – Du darfst es nicht vergessen, wenn wir aufwachen! –

– Du auch nicht... –

Langsam, wie Flugschüler bei ihrem ersten Alleinflug, bewegten wir uns vorwärts, machten keine hastigen Bewegungen. Wir hatten nicht die geringste Höhenangst – ebensowenig, wie zwei Wolken sich vor dem Herabfallen oder zwei Fische sich vor dem Ertrinken fürchten. Ganz gleich, welcher Art die Körper waren, mit denen wir über die Erde schwebten – sie hatten kein Gewicht, keine Masse. Wir hätten auch durch Eisen oder durch den Mittelpunkt der Sonne hindurchschweben können, wenn wir Lust dazu gehabt hätten.

– Das Band! Siehst du es? –

Als sie es sagte, erinnerte ich mich und blickte mich um. Zwei glänzende Spinnweben erstreckten sich von uns bis zum Haus.

– Wir sind Geisterdrachen, die an Schnüren durch die Luft fliegen, – dachte ich.

– Bist du bereit zum Umkehren? –

– Aber ganz langsam! –

– Wir müssen nicht zurück... –

– Aber wir wollen es, Richie! –

Ganz langsam schwebten wir über das Wasser zurück zu unserem Haus und glitten durch die Westwand des Schlafzimmers.

Neben dem Bücherregal machten wir halt.

– Da! – dachte sie. – Siehst du die Katze dort? Das ist Amber! –

Eine flauschige Lichtgestalt schwebte auf Leslie zu.

– Hallo, Amber! Hallo, meine kleine Amber! –

Das Licht strömte ein Gefühl der Wiedersehensfreude und Liebe aus. Langsam verließ ich die beiden und bewegte mich quer durch das Zimmer. Und wenn wir nun mit irgend jemandem sprechen wollten? Wenn Leslie ihren Bruder wiedersehen wollte, der gestorben war, als sie neunzehn war; oder wenn ich mich mit meiner Mutter und meinem gerade verstorbenen Vater unterhalten wollte? Was würde dann geschehen?

In diesem seltsamen Out-of-body-Zustand fallen einem mit den Fragen zugleich auch die Antworten ein: Wenn wir mit ihnen sprechen wollen, können wir es. Wir können jedem Menschen begegnen, an den uns irgend etwas bindet und der gleichfalls den Wunsch hat, mit uns zusammenzusein.

Ich wandte mich um und blickte zu den beiden – der Frau und der Katze – zurück. Zum erstenmal bemerkte ich, daß auch von der Katze ein silberner Faden ausging. Er führte durch die Dunkelheit hinunter zu einem auf dem Fußboden stehenden Korb und einer weißen, flauschigen, zum Schlafen zusammengerollten Kugel.

Wenn ich in diesem Zustand ein Herz gehabt hätte, so hätte es sicherlich einen Schlag ausgelassen.

– Leslie! Amber . . . Amber ist unser Angel T. Cat! –

In diesem Augenblick stürzte unsere zweite Katze Dolly mit Höchstgeschwindigkeit den Korridor entlang und sprang auf unser Bett wie ein vierbeiniges Mororrad. Es war, als habe sie nur auf ihr Stichwort gewartet, um ihre Rolle in einem Stück zu spielen, das wir nicht kannten.

In der nächsten Minute stapften Katzenpfoten über uns hinweg und bedachten uns großzügig mit Schlägen, bis wir erwachten und alles vergaßen.

»DOLLY!« schrie ich, doch sie war bereits vom Bett zur Wand

gesprungen und wieder im Korridor verschwunden. Sie meinte es nicht böse; es war lediglich ihre Art, sich zu amüsieren.

»Tut mir leid, Wook«, sagte ich. »Tut mir leid, daß ich dich geweckt habe.«

Sie schaltete das Licht an.

»Woher weißt du, daß es Dolly war?« fragte sie verschlafen.

»Es war Dolly. Ich habe sie gesehen.«

»Im Dunkeln? Du hast Dolly, eine schwarzbraune Katze, im Dunkeln mit Höchstgeschwindigkeit auf uns zuspringen sehen?«

Und dann erinnerten wir uns beide in derselben Sekunde.

»Wir waren wieder außerhalb unserer Körper, nicht wahr?« fragte sie. »Oh, Wookie, wir schwebten gemeinsam oben in den Wolken!«

Hastig griff ich nach meinem Notizbuch, tastete nach einem Füller. »Erzähle mir alles, woran du dich noch erinnerst – schnell!«

Von dieser Nacht an fiel es uns allmählich immer leichter. Ein Erfolg ebnete dem anderen den Weg.

Nach einem Jahr gelang es uns bereits mehrmals im Monat, uns außerhalb unserer Körper zu treffen, und wir fühlten uns immer mehr in unserer Vermutung bestärkt, nur Besucher auf diesem Planeten zu sein. Schließlich war es soweit, daß wir einander inmitten der Abendnachrichten zulächeln konnten – wir waren nur noch interessierte Beobachter.

Aufgrund unserer Übungen erkannten wir, daß die Tode und Unglücksfälle, die wir auf Kanal Fünf sahen, in Wirklichkeit weder Tode noch Unglücksfälle waren, sondern lediglich das Kommen und Gehen, die Abenteuer von Geistern, die im Besitz unendlicher Macht waren. Die düsteren Schrecken der Abendnachrichten verwandelten sich für uns in eine Übertragung von Unterrichtsstunden, zu bestehenden Prüfungen,

Gelegenheiten zu sozialem Engagement, Herausforderungen, hingeworfenen Fehdehandschuhen.

»Guten Abend, Amerika. Hier ist Nancy, die Nachrichtensprecherin. Hören Sie nun die allabendliche Aufzählung weltweiter Katastrophen. Alle religiösen Abenteurer, die eine höhere geistige Entwicklungsstufe zu erreichen hoffen, indem sie die Welt retten, bitte herhören: Heute wurde im Nahen Osten...« Sie verliest ihre Nachricht und hofft, daß ein paar Weltretter zuhören. »Es folgen die heutigen Mißerfolge der Regierung! Ist unter den Zuhörern vielleicht jemand, dem es Spaß macht, bürokratische Katastrophen rückgängig zu machen? Nach einer kurzen Werbepause werden wir eine Kiste mit verschiedenen ernsten Problemen öffnen. Wenn Sie Lösungen parat haben, bleiben Sie auf unserem Kanal!«

Wir hatten gehofft, durch unsere Out-of-body-Übungen würden wir lernen, den Körper und seinen Tod zu beherrschen, statt – wie bisher – sein Opfer zu sein. Doch wir hatten nicht ahnen können, daß wir die Dinge nun aus einem neuen Blickwinkel sehen würden, der alles andere veränderte: Was fangen wir mit unserer Macht an, wenn wir uns vom Opfer zum Meister entwickelt haben?

Eines Abends, nachdem ich an meinem Buch weitergeschrieben hatte, schüttete ich wie immer Katzenfutter und winzige Marshmallows in eine Schale, die für die uns allnächtlich besuchende Waschbärin Racquel bestimmt war. Leslie kam herein, um mich dabei zu beaufsichtigen. Sie hatte ihren Computer schon recht früh verlassen, um sich über den Zustand der Welt zu informieren.

»Hast du in den Nachrichten irgend etwas gesehen«, fragte ich sie, »wofür du dich gern einsetzen würdest?«

»Für die Einstellung des Kernkraftwerkbaus, für das Ende des Krieges – wie immer. Vielleicht auch für Siedlungen im

Weltraum; und natürlich für die Rettung der Umwelt und die bedrohten Wale.«

Das Futter sah verführerisch aus – wenn ich es durch prüfend zusammengekniffene Waschbärenaugen betrachtete.

»Das sind zu viele Marshmallows«, sagte sie und nahm ein paar von dem Häufchen herunter. »Schließlich ist die Portion für Racquel bestimmt und nicht für meinen kleinen Vielfraß.«

»Ich dachte, sie hätte heute vielleicht gern eine kleine Extraration. Je mehr Marshmallows sie bekommt, desto geringer wird ihr Bedürfnis sein, junge Vögel oder andere Tiere zu fressen.«

Wortlos legte Leslie die zusätzlichen Marshmallows zurück und ging ins Wohnzimmer, um uns einen gemütlichen Platz auf der Couch herzurichten.

Ich stellte das Waschbärfutter hinaus und kuschelte mich dann neben meine Frau auf die Couch.

»Ich glaube, der individuelle Fortschritt ist aussichtsreicher als jeder andere«, sagte ich. »Wenn wir beide Neues dazulernen... Das ist ein Vorgang, den wir *steuern* können!«

»Wir sollen also nicht mehr aus unseren Körpern herausflattern und anderen Existenzebenen zustreben?« neckte sie mich. »Sind wir denn noch nicht bereit, unserem kleinen Planeten Lebewohl zu sagen?«

»Noch nicht ganz«, sagte ich. »Es genügt zu wissen, daß wir ihn jetzt jederzeit verlassen *können,* wenn wir wollen. Wir mögen Fremde auf der Erde sein, Wookie – aber wir haben uns hier trotzdem einen hohen Rang erworben! Wir haben eine langjährige Ausbildung hinter uns, die uns gelehrt hat, wie man von Körper, Zivilisation, Ideen und Sprache Gebrauch macht. Wie man Dinge verändern kann. Wir sind noch nicht bereit, all das wegzuwerfen. Ich bin froh, daß ich mir nicht schon vor langer Zeit das Leben genommen habe – ehe ich dich fand.«

Sie sah mich neugierig an. »Hast du denn bewußt versucht, Selbstmord zu begehen?«

»Nicht bewußt. Das glaube ich nicht. Aber ich halte die Situationen, in denen ich dem Tode nahe war, auch nicht für bloße Zufälle. Die Einsamkeit war damals ein solches Problem für mich, daß es mir nichts ausgemacht hätte zu sterben. Es wäre nur ein neues Abenteuer für mich gewesen.«

»Und wie hättest du dich gefühlt«, fragte sie, »wenn du dir das Leben genommen und dann festgestellt hättest, daß deine Seelengefährtin immer noch auf der Erde ist und auf dich wartet?«

Ihre Worte gefroren in der Luft zu Eis. War ich dieser Gefahr vielleicht näher gewesen, als ich wußte? Wir saßen nebeneinander auf unserer gemieteten Couch; draußen ging die Dämmerung allmählich in Dunkelheit über.

»GRR!« rief ich. »Was für ein Gedanke!«

Selbstmord, Mord – wie unkreativ! Jeder, der verzweifelt genug ist, um Selbstmord zu begehen, dachte ich, sollte eigentlich auch verzweifelt genug sein, um seine Probleme mittels schöpferischer Extreme zu lösen. Er könnte sich zum Beispiel um Mitternacht heimlich davonmachen, als blinder Passagier nach Neuseeland fahren und noch einmal ganz von vorn anfangen – all die Dinge tun, die er schon immer tun wollte und die er nie auszuprobieren wagte.

Ich griff im Dunkeln nach ihrer Hand. »Was für ein Gedanke!« sagte ich. »Hier stehe ich; ich habe mir gerade das Leben genommen und bin dabei, mich von meinem toten Körper zu trennen – und da erkenne ich, allerdings zu spät . . . daß ich dir auf meinem Weg nach Neuseeland in Los Angeles zufällig begegnet wäre, wenn ich mich nicht gerade umgebracht hätte! ›Oh, nein!‹ hätte ich gesagt. *›Was für ein Idiot bin ich!‹*«

»Armer, toter Idiot«, bedauerte sie mich. »Aber du hättest ja jederzeit ein neues Leben anfangen können.«

»Sicher. Aber dann wäre ich vierzig Jahre jünger gewesen als du.«

»Seit wann zählen wir unsere Jahre?« Sie machte sich über meine Antigeburtstagskampagne lustig.

»Das Problem bestünde nicht so sehr in unserem Altersunterschied; unsere Existenzen verliefen einfach nicht synchron. Du würdest mir irgend etwas über Friedensmärsche oder Banthas erzählen, und ich würde dasitzen wie ein stumpfsinniger Felsen und verständnislos fragen: ›Was?‹ Und außerdem wäre ein neues Leben unbequem! Kannst du dir vorstellen, dich wieder in ein Baby zu verwandeln? Wieder ... laufen lernen zu müssen? Oder das Leben eines Teenagers zu führen? Es ist ein Wunder, daß wir das Erwachsenwerden überhaupt überlebt haben. Aber noch einmal achtzehn, noch einmal vierundzwanzig sein? Nein, danke. Zu einem solchen Opfer wäre ich frühestens in tausend Jahren wieder bereit; vielleicht aber auch nie mehr. Lieber komme ich als Sattelrobbe auf die Welt.«

»Dann verwandle ich mich auch in eine Sattelrobbe und leiste dir Gesellschaft«, versprach sie. »Doch wenn das hier für Jahrhunderte unser letztes Erdenleben ist, sollten wir das Beste daraus machen. Was spielen andere Existenzen für eine Rolle? Zum Beispiel die Dinge, die wir in diesem Leben getan haben – Hollywood, das Leben im Wohnwagen, der Kampf um die Rettung des Waldes – was werden sie in tausend Jahren bedeuten; was bedeuten sie in diesem Augenblick? Kommt es nicht ausschließlich darauf an, was wir aus ihnen gelernt haben? Was wir gelernt haben, ist das einzige, was zählt! Es ist alles! Ich glaube, wir haben diesmal eine gute Ausgangsposition. Wir wollen uns lieber noch nicht in Sattelrobben verwandeln.« Sie bewegte sich und fröstelte. »Möchtest du eine Decke? Oder ein Feuer?«

Ich dachte über ihre Worte nach. »Egal, was«, murmelte ich. »Soll ich das Feuer anmachen?«

»Nicht nötig. Ich brauche nur ein Streichholz ...«

Die winzige Flamme des Holzofens warf einen warmen Schein auf ihre Augen und ihr Haar.

»Wenn du im Augenblick alles tun könntest, was du willst«, fragte sie, »was tätest du dann?«

»Ich KANN alles tun, was ich will.«

»Was tätest du dann?« beharrte sie, kuschelte sich wieder neben mich und beobachtete das Feuer.

»Ich hätte den Wunsch, den Menschen mitzuteilen, was wir gelernt haben.« Ich blinzelte verdutzt, als ich meine Worte hörte. Ist das nicht seltsam, dachte ich; ich will also keine Antworten mehr finden, sondern die bereits gefundenen weitergeben! Aber warum eigentlich nicht – nun, da wir unsere Liebe entdeckt haben und endlich wissen, wie das Universum funktioniert? Oder zumindest, wie es unserer Meinung nach funktioniert.

Sie blickte vom Feuer auf und sah mir in die Augen. »Was wir gelernt haben, ist der einzige Besitz, der uns noch geblieben ist. Willst du ihn wirklich hergeben?« Sie wandte sich wieder dem Feuer zu. Lächelnd stellte sie mich auf die Probe: »Vergiß nicht, daß du es warst, der geschrieben hat: ›Alles, was ich sage, könnte auch falsch sein.‹«

»Es könnte falsch sein«, stimmte ich zu. »Aber wenn wir uns die Antworten eines Menschen anhören, hören wir doch eigentlich gar nicht *ihm* zu! Wir hören nur uns selbst, während er spricht; wir selbst sagen: ›Dieser Teil der Antwort ist wahr, jener ist verrückt, dieser wiederum ist wahr . . .‹ Darin besteht das Vergnügen des Zuhörens. Das Vergnügen des Mitteilens besteht darin, so wenig unrecht zu haben wie möglich.«

»Du spielst also mit dem Gedanken, wieder Vorträge zu halten«, stellte sie fest.

»Vielleicht. Aber ein achtstündiger Vortrag entspricht bereits einem ganzen Buch; und doch könnte ich darin nur eine Andeutung dessen vermitteln, was ich zu sagen habe. Ich bin kein besonders guter Redner; ich spreche so lange und gehe doch nur auf einen kleinen Teil des Themas ein.«

»Soll das ein Scherz sein? Wenn du keine Vorträge halten

willst, gib es zu; aber behaupte nicht, ein schlechter Redner zu sein! Du warst schon früher großartig; und jetzt hast du noch viel mehr zu sagen – Dinge, die du damals nicht wußtest. Du hast dich so sehr verändert – du bist ein ganz anderer Mensch geworden!«

»Würdest du dich mit mir auf die Bühne stellen und den Leuten erzählen, was wir gemeinsam entdeckt haben? Keine Angst haben, von unseren schlechten und unseren guten Zeiten zu berichten? Zu den Menschen sprechen, die noch auf der Suche sind, wie wir es früher waren, und ihnen die Hoffnung geben, daß das ›Glücklich-und-zufrieden-bis-ans-Lebensende‹ der Romane tatsächlich Wirklichkeit werden kann? Ich wünschte, wir hätten vor Jahren einen solchen Vortrag hören können!«

»Ich glaube nicht, daß ich das könnte. Ich kann die Vorbereitungen dazu treffen, alles für dich organisieren, aber ich möchte nicht auf der Bühne stehen.«

Irgend etwas stimmte nicht. »Wirklich nicht? Es gibt Dinge, die wir den Leuten nur gemeinsam mitteilen können – keiner von uns könnte sie allein ausdrücken. Beispielsweise könnte ich nicht so gut beschreiben, was du durchgemacht hast ... Es geht nur gemeinsam!«

»Das glaube ich nicht«, widersprach sie.

»Warum nicht?«

»Richie, als ich Reden gegen den Krieg hielt, stand die Zuschauermenge mir so feindselig gegenüber! Ich hatte entsetzliche Angst davor, mich vor sie zu stellen und zu sagen, was ich zu sagen hatte; aber ich mußte es tun. Und als es vorüber war, schwor ich mir, mich nie wieder auf eine Bühne zu stellen und Reden zu halten. Nie wieder. Ganz gleichgültig, aus welchem Grund. Ich glaube nicht, daß ich es kann.«

»Wie dumm von dir«, sagte ich. »Der Krieg ist doch vorbei! Diesmal werden wir nicht über den Krieg, sondern über die Liebe sprechen!«

Ihre Augen füllten sich mit Tränen. »Oh, Richie!« sagte sie. »Damals habe ich doch auch über die Liebe gesprochen!«

48

»Wo nehmen Sie eigentlich Ihre verrückten Ideen her?« fragte der Herr in der zwanzigsten Reihe. Es war die erste Frage in der zweiten Stunde unseres Vortrags.

In dem mehrere tausend Menschen fassenden Auditorium der Stadthalle ertönte ein gedämpftes Lachen. Der Herr war nicht der einzige, den das interessierte.

Leslie saß graziös auf dem großen Stuhl, der neben meinem auf der Bühne stand. Sie wirkte gelassen und ungezwungen. Nur in dem Augenblick, in dem ich mich mit einem schnurlosen Mikrofon in der Hand an die Rampe begeben und die erste der Wortmeldungen entgegengenommen hatte, war sie ein wenig nervös geworden.

Ich schärfte mir ein, jede der Fragen zu wiederholen, damit die Leute im obersten Rang sie auch verstanden – und damit ich Zeit hatte, über meine Antwort nachzudenken.

»Wo ich meine verrückten Ideen hernehme?« wiederholte ich. Bruchteile von Sekunden später nahm eine Antwort in meinem Gehirn Gestalt an; dann fielen mir die Worte ein, die ich benötigte, um sie zu formulieren.

»Sie haben denselben Ursprung wie meine vernünftigen Ideen«, erklärte ich. »Sie stammen von der Schlaffee, der

Spaziergangsfee und – wenn ich völlig durchnäßt bin und mir keine Notizen machen kann – von der Regenfee. Ich fordere meine Feen stets auf: *Bitte schenkt mir Ideen, die meiner Intuition keine Gewalt antun.* Meine Intuition sagt mir beispielsweise, daß wir Lebewesen des Lichts und des Lebens und nicht des blinden Todes sind. Ich weiß, daß wir nicht aus Raum und Zeit zusammengebastelt und einer Million stets wechselnder Orte und Zeitpunkte, guter und böser Zufälle unterworfen sind. Die Vorstellung, daß wir stoffliche Lebewesen sind und von primitiven Zellen abstammen, die vor Jahrtausenden in nahrhaften Suppen lebten, tut meiner Intuition Gewalt an; sie trampelt mit Fußballschuhen auf ihr herum. Und die Vorstellung, daß wir von einem eifersüchtigen Gott abstammen, der uns aus Staub erschaffen hat und uns die Wahl zwischen Hinknien-und-Beten und den Feuern-der-Verdammnis überläßt, tut mir noch mehr weh. Solche Ideen hat mir noch keine Schlaffee anzubieten gewagt. In meinen Augen ist das gesamte Konzept der *Abstammung* ein Irrtum. Wenn Gott Liebe und allmächtige, unendliche, lebendige Realität ist, dann sind wir es auch! Und woher kommen das Böse, die Grausamkeit, die Ungerechtigkeit, das Unglück, die Krankheit, der Krieg und die englische Grammatik? Sie existieren gar nicht, weil sie nicht wirklich sind. Sie sind Kräfte, die ihre Energie einzig und allein aus unseren Gedanken beziehen – Kräfte, die wir aus ebenso freien Stücken gewählt haben wie die Regeln für Baseball und Schach und all unsere anderen Spiele. – Das sind die Ideen, die mir sinnvoll erscheinen. Und doch konnte ich meine Antworten nirgends finden, niemand konnte sie mir sagen – nur mein eigenes, inneres Ich; und ich fürchtete mich davor, diesem inneren Ich zu trauen. Ich mußte mein Leben durchschwimmen wie ein Walfisch und meinen hungrigen Mund mit dem Meerwasser dessen füllen, was andere Leute schrieben, dachten und sagten; mußte es kosten und mir winzige, planktongroße Wissensfetzen aussuchen, die zu dem paßten, was ich glauben wollte. Ich suchte begierig nach Erläuterungen der Wahrheit, die ich bereits kannte. Von den Ergüssen einer Schriftstellerin konnte ich nicht einmal eine winzige Garnele verwerten, gleichgültig, wie viele ihrer Bücher ich las. Von dem Werk eines anderen verstand ich nur einen einzigen Satz: ›*Wir sind nicht, was wir zu sein scheinen.*‹ Hurra! Das – so sagte mir meine Intuition – ist WAHR! Der Rest des Buches war vielleicht nur Meerwasser; doch der Wal bewahrte sich wenigstens diesen einen Satz. Ich glaube, wir bauen uns nach und nach ein bewußtes Verständnis jenes Wissens auf, mit dem wir bereits geboren werden: Das, was unser erhabenstes, inneres Ich glauben möchte, ist wahr. Doch unser Bewußtsein ist erst glücklich, wenn es diese Wahrheit in Worten erläutern kann. Und so entwickelte ich im Handumdrehen – im Laufe von ein paar Jahrzehnten – ein Denksystem, das mir Antworten liefert, sobald ich Fragen stelle.«

Ich warf einen raschen Blick zu Leslie hinüber, und sie winkte mir verstohlen zu: Keine Angst – ich bin noch da!

»Wie lautete die Frage?« nahm ich den Faden wieder auf. »Ach so. Wo ich meine verrückten Ideen hernehme . . . Die Antwort lautet: von der Schlaffee, der Spaziergangsfee, der Regenfee und der Bücherfee. Und in den letzten Jahren auch von meiner Frau. Jetzt wende ich mich an sie, wenn ich eine Frage habe, und sie gibt mir die Antwort. Ich schlage Ihnen vor, so bald wie möglich Ihre Seelengefährtin zu finden, falls Sie sie noch nicht entdeckt haben. Nächste Frage?«

Es gibt so viel zu sagen, dachte ich; und ich habe in jeder der Städte, die uns eingeladen und um einen Vortrag gebeten haben, nur einen Tag Zeit dazu. Acht Stunden sind viel zuwenig. Wie schafft ein Redner es nur, den Leuten das Notwendigste innerhalb einer Stunde mitzuteilen? Wir hatten den Zuhörern in der ersten Stunde kaum die Grundzüge unserer Weltsicht vermitteln können.

»Bitte die Dame dort hinten rechts . . .«

»Meine Frage ist für Leslie bestimmt. Woran erkennt man seinen Seelengefährten?«

Meine Frau blickte mich den Bruchteil einer Sekunde lang schreckerfüllt an; dann hob sie das Mikrofon zum Mund.

»Woran man seinen Seelengefährten erkennt?« wiederholte sie so ruhig, als halte sie ständig Vorträge. »Ich erkannte meinen zunächst nicht. Wir begegneten uns im Fahrstuhl. ›Nach oben?‹ fragte ich. ›Ja‹, antwortete er. Wir wußten damals beide nicht, was diese Worte den Menschen, die wir heute sind, eines Tages bedeuten würden. Fünf Jahre später lernten wir einander kennen und waren sofort die besten Freunde. Je besser ich ihn kennenlernte, desto mehr bewunderte ich ihn, desto mehr hielt ich ihn für einen wunderbaren Menschen. Das ist eine Möglichkeit. Suchen Sie nach einer Liebesbeziehung, die im Lauf der Zeit *immer befriedigender* wird, in der die gegenseitige Bewunderung mehr und mehr wächst und Stürme das Vertrauen zum Partner nur noch verstärken. Ich erkannte, daß ich mit diesem Mann ein inniges, vertrautes Verhältnis aufbauen und intensive Freude erleben konnte. Früher hatte ich Vertrautheit und Freude für meine eigenen, persönlichen Bedürfnisse gehalten – für die Anforderungen, die *ich* an die Beziehung mit einem Seelengefährten stellte. Mittlerweile glaube ich, daß wir vielleicht alle diese Bedürfnisse haben; aber da wir die Hoffnung aufgeben, sie jemals befriedigt zu sehen, geben wir uns mit Geringerem zufrieden. Wie können wir es wagen, nach Vertrautheit und Freude zu verlangen, wenn ein lauwarmer Liebhaber und gedämpftes Glück das Beste sind, was wir finden können? Und doch wissen wir im Innern, daß die laue Wärme abkühlen und das gedämpfte Glück sich in eine namenlose Traurigkeit verwandeln wird; daß bohrende Fragen in uns aufsteigen werden: Ist das wirklich die große Liebe meines Lebens? Ist das alles? Ist das der Grund, warum ich hier bin? In unserem Inneren wissen wir, daß es mehr geben muß als das, was wir haben, und sehnen uns nach dem einen Mann, den wir nie gefunden haben. Es kommt so oft vor, daß ein Partner emporzusteigen versucht, während der andere ihn wieder nach unten zieht. Oder der eine strebt nach vorn, und der andere sorgt dafür, daß nach zwei Schritten vorwärts sofort wieder drei Schritte rückwärts getan werden. Ich lerne lieber, allein glücklich zu werden, dachte ich; ich ziehe es vor, nur meine Freunde und meine Katze zu lieben und auf einen Seelengefährten zu warten, der niemals kommt, statt einen solch stumpfsinnigen Kompromiß zu schließen. Ein Seelengefährte ist ein Mensch, dessen Schlösser zu unseren Schlüsseln und dessen Schlüssel zu unseren Schlössern passen. Wenn wir uns sicher genug fühlen, die Schlösser zu öffnen, kommt unser wahrstes Ich zum Vorschein, und wir können ehrlich und völlig wir selbst sein. Dann kann der Partner uns um unserer selbst willen lieben und nicht um der Person willen, die wir zu sein vorgeben. Der eine Partner läßt die besten Seiten des anderen zur Entfaltung kommen. Ganz egal, was in unserer Umgebung alles schiefgeht – mit diesem einen Menschen leben wir in unserem Privatparadies und sind glücklich. Ein Seelengefährte ist ein Mensch, der unsere innersten Sehnsüchte mit uns teilt und in dieselbe Richtung strebt wie wir. Wenn wir zwei Ballons sind und gemeinsam nach oben steigen, haben wir aller Wahrscheinlichkeit nach den richtigen Partner gefunden. Ein Seelengefährte ist der eine Mensch, der das Leben zum Leben erweckt.«

Zu ihrer Verwunderung überschüttete die Menge sie mit Applaus. Ich hatte ihr beinahe geglaubt, als sie den Verdacht äußerte, sie könne auf der Rednertribüne vielleicht nicht ganz so perfekt sein. Doch sie war perfekt.

»Denken Sie genauso wie er?« erklang die nächste Frage aus dem Publikum, »sind Sie sich über alles einig?«

»Sind wir uns über alles einig?« wiederholte sie. »Meistens. Wenn er das Radio aufdreht, stelle ich fest, daß er außer mir der einzige begeisterte Dudelsackfan ist. Und es gibt nur einen

Menschen, der das Lied ›Alone am I‹ aus *Tubby the Tuba* Wort für Wort mit mir singen kann: ihn. Selbst solche Kindheitserinnerungen haben wir miteinander gemeinsam. Und doch«, fuhr sie fort, »hätten unsere Ausgangspunkte kaum weiter auseinanderliegen können ... Ich gehörte der Friedensbewegung an; Richard war Pilot bei der Luftwaffe. Für mich gab es immer nur einen Mann; Richards ›einzige große Liebe‹ hatte viele Namen. In beiderlei Hinsicht hatte er unrecht; also hat er sich natürlich geändert. Doch letzten Endes spielt es keine Rolle, ob wir uns einig sind oder nicht und wer recht hat. Wichtig ist nur, was zwischen uns beiden geschieht ... Verändern und entwickeln wir uns ständig weiter? Wächst unsere Liebe immer mehr? Das ist das Entscheidende.«

»Darf ich auch noch ein Wort dazu sagen?« warf ich ein.

»Natürlich.«

»In manchen Punkten haben wir so gründlich unrecht und sind so unerschütterlich von unserem Irrtum überzeugt, daß nur wir selbst unsere Meinung ändern können. Wir selbst – oder ein anderer Mensch, dem wir so sehr vertrauen, daß er ebensogut ›wir selbst‹ sein könnte. Früher dachte ich, Liebe sei so wichtig wie ... Honig oder Sirup. Doch die Liebe, die ich bei Leslie gefunden habe, ist auf eine ganz andere Art wichtig – sie ist so wichtig wie die Luft, die wir atmen! Das hatte ich vorher nie gewußt. Die Dinge, die uns umgeben – Häuser, Berufe, Autos – sind lediglich Stützen, Einfassungen unserer Liebe. Unser Eigentum, unsere Wohnorte, die Ereignisse unseres Lebens: leere Einfassungen. Wie leicht verfällt man in den Fehler, den Fassungen nachzujagen und die Diamanten zu vergessen! Die einzig wichtige Frage am Ende eines Aufenthalts auf der Erde lautet: Wie gut haben wir geliebt; *welche Qualität hatte unsere Liebe?«*

In der ersten Pause standen die meisten Leute auf und reckten sich. Einige kamen mit Büchern nach vorn und baten um

Autogramme; andere trafen sich, ohne einander vorgestellt worden zu sein, auf dem Platz vor der Bühne, den wir für sie bestimmt hatten, und sprachen miteinander.

Während die Leute auf ihre Plätze zurückkehrten und auf die fünfte Stunde des Vortrags warteten, tippte ich Leslie auf die Schulter. »Na, wie geht es dir, kleine Wook? Ist alles in Ordnung?«

»Ja«, sagte sie. »Es ist ganz anders als früher! Es ist wunderbar!«

»Du bist so klug!« bewunderte ich sie. »So weise und entzückend. Du könntest die Wahl unter allen Männern unserer Zuhörerschaft haben.«

Sie drückte meinen Arm. »Vielen Dank. Ich habe mich für diesen hier entschieden. Ist es soweit? Müssen wir wieder anfangen?«

Ich nickte und schaltete mein Mikrofon wieder ein. »Also los«, sagte ich. »Machen wir weiter. Wir versprechen Ihnen, daß wir alle Fragen, die seit dem Beginn der Menschheit gestellt worden sind, zu Ihrer vollen Zufriedenheit beantworten können.«

So vieles von dem, was wir sagten, klang verrückt, und doch war es nicht falsch . . . Es war, als stünden zwei Physiker auf der Bühne, um den Zuhörern mitzuteilen: Wenn wir uns annähernd mit Lichtgeschwindigkeit bewegten, würden wir jünger werden als jene Menschen, die sich nicht von der Stelle rühren. Eine Meile im Raum um die Sonne unterscheidet sich von einer in dem der Erde durch die stärkere Krümmung.

Es sind alberne Ideen, für die wir eigentlich keinen Eintritt, sondern allerhöchstens ein Lächeln verlangen dürften, dachte ich; und doch sind sie wahr. Ist die Hochenergiephysik interessant, weil sie wahr ist oder weil sie verrückt ist?

»Ja, meine Dame?« Ich nickte einer Frau zu, die mitten im Zuhörerraum stand. Wohin ihre Frage uns wohl führen würde?

»Haben Sie eigentlich die Absicht, zu sterben?«

Das war eine leichte Frage; Leslie und ich teilten uns die Antwort.

An jenem Tag durchsegelten wir – angetrieben von dem Wind des Wissens, das uns verändert und belehrt hatte – ein Meer von Fragen.

Warum gibt es Probleme?

Kann der Tod uns voneinander trennen? Da ich weiß, daß Sie ›nein‹ sagen werden, stelle ich gleich meine nächste Frage: Wie unterhält man sich mit verstorbenen Freunden?

Gibt es das Böse denn nicht?

Wie fühlt man sich eigentlich, wenn man mit einer Schauspielerin verheiratet ist?

Haben Sie den Herrn Jesus Christus als Ihren persönlichen Heiland angenommen?

Wozu braucht man eigentlich den Staat?

Werden Sie auch manchmal krank?

Wer sitzt in den Ufos?

Wieviel Geld haben Sie?

Ist Hollywood wirklich so glanzvoll, wie man immer liest?

Wenn ich schon einmal gelebt habe – warum habe ich es dann vergessen?

Ist Leslie wirklich so wunderbar, wie Sie behaupten?

Welche Eigenschaften Ihres Partners / Ihrer Partnerin sagen Ihnen nicht zu?

Haben Sie jetzt alle Veränderungen hinter sich, oder verändern Sie sich immer weiter?

Können Sie in Ihre Zukunft sehen?

Was ändern Sie mit Ihren Worten eigentlich?

Wie wird man Filmstar?

Haben Sie schon einmal Ihre Vergangenheit verändert?

Warum berührt die Musik uns so sehr?

Bitte tun Sie etwas Übersinnliches.

Warum sind Sie so sicher, daß wir unsterblich sind?
Woran merkt man es, wenn eine Ehe zerbrochen ist?
Wie viele Menschen sehen die Welt noch so wie Sie?
Halten Sie sich eigentlich für verrückt?

Wir durchsegelten einen Tag, der für uns nur einen Augenblick dauerte – als hätten wir selbst die Fähigkeit, uns mit Lichtgeschwindigkeit fortzubewegen.

Rasch rückte der Augenblick heran, da wir unsere Hotelzimmertür hinter uns schlossen und uns auf das Bett sinken ließen.

»Es war gar nicht so schlecht«, sagte ich. »Kein übler Tag. Müde?«

»Nein!« wehrte sie ab. »Bei solchen Veranstaltungen liegt so viel *Energie,* so viel Liebe in der Luft! Die Freude schließt uns alle in die Arme!«

»Beim nächstenmal wollen wir üben, die Aura der Zuhörer zu sehen«, schlug ich vor. »Man sagt, bei einer guten Veranstaltung liege ein goldenes Licht über dem Publikum und dem Podium. Alle Menschen seien elektrisiert.«

Ich warf einen Blick auf ihre Bluse. »Berührung gestattet?«

Sie betrachtete mich eingehend von der Seite. »Was soll das heißen?«

»Das ist unter Luftwaffenkadetten so üblich. Man darf niemals einen anderen Menschen berühren, ohne ihn vorher um Erlaubnis zu fragen.«

»Sie brauchen wohl kaum um Erlaubnis zu fragen, Mr. Bach.«

»Ich dachte nur, ehe ich dir die Kleider vom Leib reiße, könnte ich wenigstens so höflich sein, dich zu fragen, ob du einverstanden bist.«

»Du Bestie«, beschimpfte sie mich. »Als der Mann uns fragte, ob es noch Drachen gäbe, hätte ich auf dich zeigen sollen.«

Ich rollte mich auf den Rücken, betrachtete die schmucklose Decke und schloß die Augen. »Ich bin ein Drache. Aber ich bin auch ein Engel. Vergiß das nicht. Wir haben beide unser Geheimnis und unser Abenteuer, verfolgen gleichzeitig und gemeinsam Millionen verschiedener Wege durch die Zeit, nicht wahr? Was tun wir wohl gerade in all den anderen Zeiten? Ich weiß es nicht. Aber eine Wette könnte ich mit dir abschließen, Schatz«, sagte ich, »eine sehr seltsame Wette. Ich wette, daß das, was wir gerade tun ...«

»...durch Bänder aus Licht mit dem verbunden ist, was wir damals taten!« ergänzte sie.

Ich war mit einem Schlag hellwach, als sie meinen Satz beendete.

Sie lag auf ihrer Seite des Bettes und hatte ihre meerblauen Augen in meine versenkt. Sie wußten alles über mich, wußten noch viel mehr.

So leise ich konnte, sprach ich zu dem Leben, das hinter diesen Augen funkelte und tanzte.

»Hallo, Geheimnis«, flüsterte ich.

»Hallo, Abenteuer.«

»In welche Richtung werden wir als nächstes gehen?« fragte ich, von unser beider Energie erfüllt. »Wie werden wir die Welt verändern?«

»Heute habe ich unser Haus gesehen«, erzählte sie. »Als die Dame uns fragte, ob wir in unsere Zukunft sehen könnten. Erinnerst du dich noch an unseren Traum? Dieses Haus meine ich. Ich sah die bewaldete Insel und die Wiese. Und den Platz, an dem wir das Haus bauen werden, das wir damals in unserem Traum besuchten.«

Einer ihrer Mundwinkel verzog sich zu einem kleinen Lächeln. »Glaubst du, daß es ihnen etwas ausmachen würde – unseren unzähligen anderen Ichs, die überall gleichzeitig jenseits von Zeit und Raum unterwegs sind? In Anbetracht dessen, was wir durchgemacht haben«, fragte sie, »glaubst du wirklich, daß sie es uns übelnehmen würden, wenn wir zuerst einmal unser Haus bauen und *dann* die Welt verändern?«

49

Die kleine Bodenfräse dröhnte über den Hügel. Als Leslie mich an der Wiese stehen sah, rollte sie mir entgegen.

»Hallo, Liebling!« rief Leslie und stellte den Motor ab. »Wie geht es meinem geliebten Wortschmied?«

»Gut«, antwortete ich. »Ich weiß nicht, ob dieses Buch überhaupt jemandem gefallen wird. Die Leute werden sagen, es sei zu lang und zu erotisch für einen Autor wie mich. Aber ich bin ganz begeistert davon. Und heute habe ich den Titel gefunden!«

»Endlich! Wie lautet er denn?«

»Er ist bereits da – er war die ganze Zeit da. Wenn du denselben Titel findest wie ich, werden wir ihn dem Buch geben. Einverstanden?«

»Also kann ich es jetzt lesen – das ganze Manuskript, von Anfang bis Ende?«

»Ja. Ich muß nur noch ein Kapitel schreiben; dann ist es fertig.«

»Nur noch ein Kapitel«, wiederholte sie bewundernd. »Herzlichen Glückwunsch!«

Ich blickte den Abhang hinunter und schaute über die Wiese und das Wasser hinweg zu den Inseln, die am Horizont schwebten. »Es ist schön hier, nicht wahr?«

»Es ist ein Paradies! Und du solltest erst einmal das Haus sehen«, sagte sie. »Heute ist der erste Teil der Fotoelektrik eingebaut worden. Steig' auf; ich fahre dich nach oben und zeige es dir!«

Ich stellte mich auf die halb mit Erde gefüllte Schaufel. Sie drückte auf den Anlasser.

Dröhnend erwachte der Motor zum Leben; und einen Augenblick lang hätte ich schwören können, der plötzliche, donnernde Windstoß sei das Geräusch meines alten, auf einer Wiese startenden Doppeldeckers.

Wenn ich meine Augen halb schloß, sah ich ... wie sich auf der Wiese etwas bewegte – eine Fata Morgana, ein Geist aus vergangenen Jahren. Richard, der Doppeldeckerpilot, ließ zum letztenmal den Motor seiner Fleet an, machte es sich in seinem Cockpit bequem und streckte die Hand nach dem Gashebel aus. Er war im Begriff, zu starten und sich auf die Suche nach seiner Seelengefährtin zu begeben.

Der Doppeldecker schlich langsam vorwärts.

Was täte ich wohl, wenn ich sie jetzt sähe? dachte er. Wenn sie jetzt über die Wiese käme und mir zuriefe, ich solle warten?

Ein törichter Impuls veranlaßte ihn, sich umzuwenden und nachzusehen, ob sie da war.

Auf dem Feld wurde ein verschwommener, sonnenheller Fleck sichtbar. Langes goldenes Haar blitzte auf, und durch das Heu kam eine Frau auf das Flugzeug zugerannt, die allerschönste ... Wie ist sie hierherge ... LESLIE PARRISH!

Er stellte sofort den Motor ab, verblüfft, sie zu sehen. »Leslie! Bist du es?«

»Richard!« rief sie. »Nach oben?« Atemlos blieb sie neben dem Cockpit stehen. »Richard ... Hättest du Zeit, mit mir zu fliegen?«

»Hättest du . . .«, fragte er, plötzlich selbst außer Atem, ». . .denn Lust dazu?«

Ebenso verblüfft, wie der Pilot anscheinend war, wandte ich mich meiner Frau zu.

Sie lächelte mich an, durch ihre Schmutzkruste hindurch. Auf ihrem Gesicht breitete sich ein tränenglitzerndes Strahlen aus.

»Sie werden es miteinander versuchen, Richie!« rief sie. *»Wünsche ihnen Liebe!«*

Bitte beachten Sie
die folgenden Seiten:

Richard Bach

Glück des Fliegens

Ullstein Buch 20711

ein Ullstein Buch

»Richard Bach gehört zu den wahren Flugnarren, die sich vom Propellerwind Haare, Herz und Seele zerzausen lassen. Der Reiz seiner Fliegergeschichten liegt darin, daß ihm die Begeisterung nicht in der Schreibmaschine steckenbleibt. Er bringt sie bis aufs Papier. Ein Buch von entwaffnendem Charme.«

Frankfurter Allgemeine Zeitung

Richard Bach

Illusionen

Ullstein Buch 22117

»Richard Bach, der Autor der ›Möwe Jonathan‹, erzählt auf eine zupackende und dabei behutsame Weise von den ›Abenteuern eines Messias wider Willen‹. Bachs vom Wind der Phantasie bestimmter Gleitflug ist so unterhaltsam wie nachdenkenswert.«
Berliner Morgenpost

ein Ullstein Buch

Friedrich Wilhelm Korff

Drachentanz

Ein Fliegerbuch

Ullstein Buch 20402

ein Ullstein Buch

Der Drachen, ein Gestell aus Rohr, Draht und Stoff, lehrt den Autor, sich gegen die Luftschläge aus dem Raum zu werfen, zu sprechen, zu schreiben und zu tanzen. Mit seiner Hilfe findet er den Übergang vom Gedankenflug zum wirklichen Fliegen. Er erlernt das Drachenfliegen, montiert einen Motor an sein Gerät, hebt ab und steigt mit Fahrradgeschwindigkeit in den Raum. Am Himmel hängend und davonschwebend, sieht er das Entlegene, Abseitige, vorher nicht Gesehene und auch nicht Sichtbare.

Dieter Vogt

Himmel, wo ist die Erde?

Reportagen aus der Luft

Mit Zeichnungen von
Luis Murschetz

Ullstein Buch 20547

ein Ullstein Buch

Dieter Vogt, Reporter und Flieger, treibt sich in der Luft herum: am Steuerknüppel, im Ballonkorb, in der Luftschiffgondel, am Fallschirm, im Cockpit der Concorde, in der Uniform eines Flugstewards. Kein Sensationsreporter – ein Feuilletonist erzählt nachdenklich und ironisch, was der Himmel den Menschen zu bieten hat: Glück, Angst und Staunen. Ein Fliegerbuch? Ein Buch der Entdeckungsreisen. Für alle, für die der Himmel nicht nur Luft ist.

Antoine de Saint-Exupéry

Die Stadt in der Wüste

(Citadelle)

Ullstein Buch 22432

ein Ullstein Buch

Dieses Werk aus dem Nachlaß des Verfassers von »Nachtflug«, »Wind, Sand und Sterne« und »Der kleine Prinz« bildet nach seinen eigenen Worten den Schlußstein im großen Gewölbe seines Gesamtwerkes. Schauplatz ist die arabische Wüste – eine Landschaft von grandioser Monotonie, die der Autor als Pilot unzählige Male überflogen hat.